古典文獻研究輯刊

十九編

曾永義 主編

第 7 冊

徐孚遠在世變下之生命情懷（上）

蔡靖文 著

國家圖書館出版品預行編目資料

徐孚遠在世變下之生命情懷（上）／蔡靖文 著—初版—新
北市：花木蘭文化事業有限公司，2019〔民108〕
目 6+190 面；19×26 公分
（古典文學研究輯刊 十九編；第 7 冊）
ISBN 978-986-485-642-8（精裝）
1.（明）徐孚遠 2. 明代文學 3. 文學評論
820.8   108000766

ISBN-978-986-485-642-8

9 789864 856428

古典文學研究輯刊
十九編　第 七 冊   ISBN：978-986-485-642-8

徐孚遠在世變下之生命情懷(上)

作　　者　蔡靖文
主　　編　曾永義
總 編 輯　杜潔祥
副總編輯　楊嘉樂
編　　輯　許郁翎、王筑　美術編輯　陳逸婷
出　　版　花木蘭文化事業有限公司
發 行 人　高小娟
聯絡地址　235 新北市中和區中安街七二號十三樓
　　　　　電話：02-2923-1455／傳真：02-2923-1452
網　　址　http://www.huamulan.tw 信箱 hml 810518@gmail.com
印　　刷　普羅文化出版廣告事業
初　　版　2019 年 3 月
全書字數　320501 字
定　　價　十九編 33 冊（精裝）新台幣 64,000 元

徐孚遠在世變下之生命情懷（上）

蔡靖文　著

作者簡介

蔡靖文，國立中山大學中國文學系博士。曾任高雄應用科技大學、文藻外語大學、屏東科技大學、高雄海洋科技大學、樹德科技大學、美和科技大學、等校兼任講師，高雄醫學大學兼任助理教授；現任高雄科技大學、文藻外語大學兼任助理教授。主要研究領域為古典詩詞、中國文學理論、中國女性文學。著有《韓偓詩新探》、〈宋、魯二國君位嗣繼制析疑〉、〈論《蘭雪集》中張玉娘之自我形象〉、〈由《釣璜堂存稿》試探徐孚遠入臺之相關問題〉、〈趙元禮「詩味」說〉等論文，及編撰《文苑采風》一書。

提　　要

　　徐孚遠，明季與陳子龍、夏允彝等人籌組幾社，有聲於眾。明清易代之變，擇選棄家抗清，輾轉經歷南明諸王。《釣璜堂存稿》、《交行摘稿》為其流離抗清之作，總計詩約二千八百首。卻因世人不易取得，以至論明代詩文者鮮少言及，而論臺灣文學者，又有爭議待決。國家不幸詩家幸，賦到滄桑語便工。因此本編以此二書為研究範圍，探討他在改朝換代下的生命情懷，試圖填補徐孚遠研究的不足。

　　本編共計七章。分別從徐孚遠生平、著述、交遊、世變下之自我認同、離亂情懷、海洋書寫、異域臺灣書寫著手探討，針對其人、其詩進行深入考察。一、生平事蹟，文中正誤闇公長子世威去世時間，以及浮海安南在永曆十二年（1658）二月等。二、交遊考略，得出《釣璜堂存稿》、《交行摘稿》中一百四十多名闇公僑朋交遊事蹟，不僅有助了解闇公和時人詩文，也可裨補南明史。三、自我認同和離亂情懷，得出闇公有根深蒂固的忠節思想和民族精神，詩歌具發抒亡國之痛、描述民間疾苦、譴責滿清暴行、倡導民族思想、嚴辨夷夏之防的時代特色。四、海洋書寫，徐孚遠具有豐富的海洋經驗，書寫海洋題材多樣，多采的海洋意象則增添感時憂國、救亡圖存的精神，兼具個人色彩和時代意義。五、臺灣書寫，據《釣璜堂存稿》探得徐孚遠康熙元年（1662）十月攜眷移墾臺灣，也探知相關臺灣詩中詩人情懷。另外，還考證出〈桃花〉、〈送張宮師北伐〉、〈挽張宮傅〉三首不為闇公在臺之詠。總而言之，得出在臺灣文學、中國文學和史學上研究的意義。

緒　論

　　人為「在世存在」的生命主體，本是無法脫離現實性，個人與社會、國家緊密相連，無法切割。同樣的，國家遭受變故，不只影響一國興衰存亡，也影響一國人民。尤其在江山易主，兵災四起、天翻地覆的鼎革世變。

　　康有為說：「嗟夫！明清之際，關於中國亦大矣，非只繫一朝之興亡也。」〔註1〕誠然，明清易代，覆巢之下任誰都難以倖免。只是對當時士人來說，並非僅僅關乎政權轉移、個人生命安危，最痛苦的莫過於異族統治，挑戰自身認同的文化價值。身陷如此變局，士人們不得不有所抉擇——認同清廷與否。認同者歸順，仕於新朝，不復贅言。不認同者，或殉國，或積極抗清，或隱世、為僧以消極反抗。也有抗清不成而後變節仕清者，如宋徵璧等；亦有如黃宗羲、錢澄之等先是積極抗清而後遁世者。

　　至於徐孚遠，則選擇積極抗清，身體力行於復明。即便以政治活動為重心，不如抗清前活躍於詩、文社，闇公詩歌創作依然不輟，而在依附鄭成功期間，更吟詠出大量詩作。

　　劉勰說：「文變染乎世情，興廢繫乎時序。」〔註2〕文學是時代與人生的反映與寫照，舉凡政治、經濟及社會、文化發生變化，文學常隨之變化。換言之，文學反映世變。徐孚遠身陷明清更替——一個漢族政治、文化遭受巨大衝擊的時代，他以詩歌記載他的生命歷程，呈現亂世經驗。時代洪流裡，雖然他只是芸芸眾生之一，但透過他的作品，可體察明清之際政治、社會，

〔註1〕　康有為：〈明袁督師廟記〉，見北京袁督師廟康有為手書石刻。
〔註2〕　（齊）劉勰著、王更生注譯：《文心雕龍・時序》（台北：文史哲出版社，1995年10月初版五刷），頁273。

以及同類型士人所遇、所感。

一、研究動機

　　學術界每言及中國明末幾社六子，往往標舉陳子龍、夏允彝，然披閱杜登春《社事始末》不禁令人疑惑：何以當時士子推崇，主持選政、共選刻《幾社會義》五集的徐孚遠，後世論明代詩文者卻鮮少言及？誠如學者所言，相較於陳子龍、夏允彝父子，徐孚遠研究的貧乏，是個不該存在的空白。〔註3〕從明末文學史角度來看，顯然並未給予徐孚遠適當評價。

　　至於在臺灣文學史，論及明鄭時期文學，徐孚遠是重要作家，無法置之不論。徐孚遠入臺與否、逝世臺灣與否、海外幾社以及相關臺灣的詩作，向來為論者關注焦點，但卻多有異議。爭議之源，實肇於徐孚遠傳記與相關史料記載分歧，加上多數論者無緣披覽他的巨帙《釣璜堂存稿》所致。

　　現今坊間通行徐孚遠詩文，常見的有藝海珠塵本《交行摘稿》、臺灣歷史文獻叢刊本《徐闇公先生年譜》附錄二的《交行摘稿》，以及《臺灣詩乘》鈔錄的十首、《臺灣詩錄》二十九首、《臺灣詩鈔》五十一首詩。2000 年出版之四庫禁燬書叢刊中《幾社壬申合稿》、《幾社六子詩》也收錄些許詩文，以及二零零四年出版的《全臺詩》二十四首。至於詩作數量高達近二千八百首的《釣璜堂存稿》，彷彿湮沒人世。筆者思量再三，各朝代總集或別集文獻整理與發行，相關研究的論文，已有許多具體而優秀的成果。以明末清初文獻來說，《明遺民傳記匯編》已編成，四庫禁燬書叢刊也已出版，何以不見《釣璜堂存稿》蹤影？又暗自忖度，眾多疑義若求諸《釣璜堂存稿》，或可迎刃而解。

　　先是連橫編《東寧三子詩錄》、《臺灣詩乘》，以及後來陳漢光《臺灣詩錄》、吳幅員編《臺灣詩鈔》，分別選錄闇公《釣璜堂存稿》詩作，應當披閱過此書無疑。令人納悶的是，之後學者在臺灣似乎便不曾見過此書了。就連 2004 年的《全臺詩》，其中所錄詩作亦不出《臺灣詩乘》、《臺灣詩錄》、《臺灣詩鈔》之範圍。原因在於今日可見之《釣璜堂存稿》，惟有 1926 年姚光懷舊廔刊本，極為罕見。所幸國家圖書館臺灣分館典藏一冊，但由於先前編目疏忽，導致大多學者以為臺灣已無藏本。2005 年冬，筆者經多方搜尋，終於能一睹遺珠，得以細味全冊，有所發現，進而完成〈由《釣璜堂存稿》試探徐孚遠入臺之

〔註3〕　見蔣星煜：〈徐孚遠及其《釣璜堂存稿》〉，載《史林》1991 年第 2 期。

相關問題〉一文，〔註4〕暫時拋開文獻分歧，由《釣璜堂存稿》探討徐孚遠來臺的時間。

　　爲能釐清文獻上關於徐孚遠事蹟的分歧、詩文在幾社的地位、相關臺灣詩的研究，以及其流離詩文的時代意義，本文主要以《釣璜堂存稿》、《交行摘稿》爲研究對象，希企塡補徐孚遠研究的不足。

二、相關研究

　　關於徐孚遠的研究嚴重不足，如上所言，光是詩文集文本的發掘尙在起步。這與同時期的文士相較，眞有天壤之別。例如、陳子龍、夏允彝、方以智、錢澄之、王忠孝、張煌言、盧若騰等皆已采編專集，甚至有點校本或是注解本，但至今仍未見徐孚遠全集的編纂，更遑論注解疏義之作。可說關於徐孚遠的研究，仍在初步基礎階段。

　　前人探討徐孚遠，主要呈現在幾方面。

　　首先，論述生平，與徐孚遠同時或稍後者有林霍〈徐闇公先生傳〉、王澐〈東海先生傳〉、鄭郊〈祭大中丞闇公老祖臺老社翁文〉。而後，清乾隆時則有全祖望〈徐都御史傳〉、嘉慶年間則有姜皋〈明封光祿大夫柱國少師都御史徐公神道碑〉。至於民國，十四年則有陳乃乾、陳洙合編之《徐闇公先生年譜》，七十三年葉英〈徐孚遠行傳〉〔註5〕，考述徐孚遠一生行事，而八十年蔣星煜〈徐孚遠及其《釣璜堂存稿》〉，〔註6〕則評論生平與著作。

　　其次，研究明末幾社、幾社諸子等問題而連帶的論及徐孚遠。如民國九十四年東海大學中文所高士原碩士論文《晚明幾社六子及李雯社會詩探微》，以李雯爲研究重心而旁及幾社成員，其中言及徐孚遠還是以在幾社事蹟爲主。又姚容〈陳子龍交遊考〉，論述徐、陳二人交遊情感。〔註7〕

　　再者，因研究臺灣明鄭時期文藝而論述徐孚遠。這又針對他入臺與否，以及對臺灣文化的影響爲核心。如陳香〈兩篇徐孚遠傳的商榷〉、〔註8〕毛一

〔註4〕　載《東海大學圖書館館刊》2007 年 5 月，頁 50～68。
〔註5〕　葉英：〈徐孚遠行傳〉，載《臺南文化》第十七期，1984 年 6 月。
〔註6〕　蔣星煜：〈徐孚遠及其《釣璜堂存稿》〉，載《史林》1991 年第 2 期。
〔註7〕　見姚蓉：《明末雲間三子研究》附錄（廣州：廣東高等教育出版社，2004 年 9 月一刷），頁 355～359。
〔註8〕　《食貨月刊》1 卷 10 期。

波〈關於徐孚遠傳〉、〔註9〕盛成〈復社與幾社對台灣文化的影響〉。〔註10〕

以上三方面探討徐孚遠，特別是後兩者，其實都未能看到《釣璜堂存稿》，僅觀其一斑即作論斷。

目前今人看過《釣璜堂存稿》並作研究有二。

一為2007年郭秋顯的博士論文《海外幾社三子研究》。據其言，《釣璜堂存稿》得之於中國。在論文中第三章「徐孚遠的釣璜之稿」專論徐孚遠，對於《釣璜堂存稿》流傳現況作一探討，從書中得出「詩文所貴，至性眞情」〔註11〕的詩文觀念。重點主要在文學外緣研究，針對《釣璜堂存稿》中所見徐孚遠與佳朋杜麟徵、夏允彝、彭賓、周立勳、陳子龍的關係上著墨；另一則是由《釣璜堂存稿》詩作證明徐孚遠於明亡後「本忠貞之忱，銳奮匡扶，故綢繆海上，戮力疆場，矢忠明室，至死不悔」〔註12〕的情操，並以詩史觀念，選取拈出與其設題有關的文獻，加以羅列說明。

二為2010年浙江大學司文朋的碩士論文《徐孚遠研究》。是編為首次全然以徐孚遠為研究對象的專著。內容針對徐孚遠家世及生平、交遊、著述以及詩歌研究四部分探討。得出他的詩歌特有風格為一、師法杜甫、以詩為史的現實風格，直接紀錄南明時期的歷史事件，可謂「詩史」；二兼及宋調，議論多有見地；三自然直白，情感自然。深深的肯定徐孚遠詩歌的價值。

二者各有其貢獻。只是關於徐孚遠事蹟，面對錯雜的南明史料，他們在材料取捨多以主流說法為主。而本文則試著由文獻、和明清之際士人文集進行考證，取出較為可靠的說法。

三、研究方法及範圍

文學研究從各種角度切入有許多方法，然而，不管從任何角度，第一步最基礎的工作就是文獻工作，否則必成為空談。文獻即文本，是作者的著作，文獻工作以文本的蒐集、版本、校勘、註釋等等為要。徐孚遠之所以長期受冷落，甚至不為人知，學人所談各異，無非是他的著作世人很少見到。現在既然可以目睹《釣璜堂存稿》全文，著作蒐集的問題就迎刃而解。《釣璜堂存

〔註9〕《食貨月刊》1卷11期。
〔註10〕《臺灣文獻》第13卷第3期。
〔註11〕二〇〇七年中山大學中文系博士論文《海外幾社三子研究》，頁168。
〔註12〕二〇〇七年山大學中文系博士論文《海外幾社三子研究》，頁195。

稿》所見僅有一個版本，版本校勘自無問題。倒是《釣璜堂存稿》用字遣詞雖不至於艱澀，但徐孚遠熟讀史典，以史入詩，大量使用典故，閱讀倍感困難。其次，由於尚未有人做通盤性考讀，許多問題未被提出，例如詩作因由、繫年等闕如。因此傳統的訓詁工作就成爲第一要務，文獻基礎研究就顯得格外重要。

　　當然，文字訓詁只是初步，最重要的在通盤的文本研究，才能有助我們對作家的了解。「國家不幸詩家幸，賦到滄桑語便工」〔註13〕，作家往往經過磨難，作品才能達到一定的藝術境界，生命的價值才得以顯現。因此，本文以徐孚遠流離抗清時期的詩文爲研究範圍，也就是以《釣璜堂存稿》、《交行摘稿》爲核心，進行文本分析。西方學者狄爾泰（Wilhelm Dilthey，1833～1911）主張「詩向我們揭示了人生之謎」〔註14〕，文本是人的生命所留下的符號形式，是生命的外化和表達（Ausdruk）。是以本文以「徐孚遠世變下之生命情懷」爲題，透過分析《釣璜堂存稿》、《交行摘稿》來窺探闇公在明清易代之際的事蹟、思想與生命情懷，以見其生命價值。

　　本文以「徐孚遠世變下之生命情懷」爲設題，主要著重於個體在時間與空間的流徙所產生對生命的體驗，因此終究需要回歸到由「文本」而「知人」，由「知人」而「論世」的文學批評傳統。傳記研究法注重「知人」，「悉心探尋作品與作者的聯繫，試圖透過作品尋找作者經歷、人格，並根據作者經歷、人格去解釋作品。」〔註15〕而社會歷史研究則更注重「論世」，把作家、作品放到其得以產生的社會、時代、事件等周遭世態中去考察，即「一種按照社會、文化、歷史背景去解釋文學活動的研究方法。」〔註16〕是以本論文撰寫，主要以社會歷史、傳記研究爲研究方法，藉由徐孚遠的文本建構出個人的生命史或生命故事，同時也可透過個人的述說，進一步理解並描繪出他當時的社會。

　　要探得徐孚遠生命情懷，則其在世存在的生命、生命外化和表達的著作

〔註13〕（清）趙翼著、李學穎，曹光甫校點：《甌北集‧題元遺山集》（上海：上海古籍出版社，1997年4月1版），頁255。

〔註14〕狄爾泰：《體驗與詩》，引自胡經之主編，《西方文藝理論名著教程‧下卷》（北京：北京大學出版社，2003年9月二版二刷），頁50。

〔註15〕胡經之主編：《文藝美學方法論》（北京：北京大學出版社，1998年3月一版三刷），頁44。

〔註16〕胡經之主編：《文藝美學方法論》（北京：北京大學出版社，1998年3月一版三刷），頁24。

不可不知，是以第一章著重在徐孚遠生平、著述的探討，並對文獻上歧異或訛誤的事蹟進行考證；著述方面，則作知見徐孚遠著作的介紹和詩文輯佚。由於《釣璜堂存稿》、《交行摘稿》二書述及時人甚多，見於《釣璜堂存稿》詩題便高達七百餘首，不對這些人予以考究，難以掌握詩作內容。因此，第二、三章以此二書為核心，考查徐孚遠交遊，藉由考究這些人物的事蹟和闇公往來情形，更深入了解闇公生平，進而推敲詩章約略成篇時間。

處在鼎革、兵馬倥傯的世變，徐孚遠如何選擇、顯現他的離亂情懷，以及為何如此，有必要知道，是以第四章世變下之自我認同，透過現實情勢下的選擇、面對世變的心理反應，以及歷史典型的追尋，來分析徐孚遠何以百折不回，以見其深層的思想和內心世界。第五章世變下之離亂情懷，則從國家社稷、社會民生，以及個人遭遇三方面進行觀察，他在遭遇改朝換代時的情感。

文變染乎世情，世人往往注意到時代因素帶給作家的影響，忽略作家個人的空間移動經驗。徐孚遠自述流離期間，「所看風物異，著處欲題詩。」[註17] 漂泊的抗清生涯，詩人雖然偃蹇落寞，不過也因為離鄉背井，他才有機會接觸異地自然風光、風土人情，將所見所聞形諸詩歌，擴增寫作題材。是以六、七章著重探討空間遷徙對詩人個人創作的影響。流徙東南沿海和海嶼，徐孚遠因而具有豐富的海洋經驗，進而有多樣的海洋書寫，這是身處內陸的抗清志士所缺乏的。是以第六章探討他的海洋書寫。相較於故鄉，流寓之處皆是異域。徐孚遠在臺灣文學史上有其地位，這是他所始料未及的。是以第七章異域臺灣書寫，探討闇公來臺事蹟，討論其相關臺灣題詠，並觀察其所呈現的異地生命情懷。

四、研究意義

本文期望藉由徐孚遠流離抗清時期生命情懷的研究，可達到下列成果：

一、考查徐孚遠交遊，藉由考究這些人物的事蹟和闇公往來情形，更深入了解闇公生平，進而推敲詩章約略成篇時間。

二、就臺灣文學而言，試圖釐清徐孚遠相關臺灣題詠，和今人揀選徐孚遠臺灣詩作的問題。

[註17] 〈村居雜詠〉之一，《釣璜堂存稿》卷九，頁 14。

三、就中國文學而言，增進了解徐孚遠詩文，重新檢視他在明季文學中的地位。

四、就史學而言，補證南明史。

第一章　生平事略與著述

　　孟子說：「讀其書、誦其詩，不知其人可乎？」〔註1〕藝術爲作家生命形式的顯現，作家生平事蹟豈可茫然不知？尤其是影響作品生成的事件。本文擬先敘述徐孚遠生平，再論其著述。又由於後世載錄闇公事蹟有所分歧，特別是抗清生涯關於長子徐世威死難、浮海交南時間和長逝地點，文中將一併考究說明。

第一節　兩腳書廚，〔註2〕幾社主盟

一、夙慧博識，場屋不順

　　徐孚遠，字闇公，晚號復齋，生於明萬曆二十七年十一月二十五日，〔註3〕松江華亭（今上海）人。闇公出生世族門第。曾祖徐陟，明世宗嘉靖二十六年（1547）進士，累官南京刑部侍郎。曾伯祖徐階，嘉靖二年（1523）進

〔註1〕　見（漢）趙岐注、（宋）孫奭疏：《孟子注疏・萬章下》卷十下（重刊宋本孟子注疏附校勘記，台北：藝文印書館，1993年9月12刷），頁188。

〔註2〕　「書廚」本義爲書櫃，用來譬喻人意義有二：一是比喻學識淵博，博學強記之人。如《宋史》卷三百四十七〈吳時傳〉曰：「時敏於爲文，未嘗屬稿，落筆已就，兩學目之曰『立地書廚』。」二是譏諷讀書雖多，卻不能靈活運用之人。如《南齊書》卷三十九〈陸澄傳〉道：「（澄）當世稱爲碩學，讀《易》三年不解文義，欲撰《宋書》竟不成，王儉戲之曰：『陸公，書廚也。』」本文採取前者意義，指徐孚遠學識淵博，博學強記。

〔註3〕　雖然明萬曆二十七年爲西元1599年，但闇公生日換算成西元爲1600年1月10日。

士，官至首輔，有名相之稱，《明史》稱其「立朝有相度，保全善類，嘉、隆之政多所匡救」，諡文貞。〔註4〕王父徐琳以門蔭授太常典簿，官至雲南楚雄知府。父親爾遂爲太學生，無意仕宦，以文行知名。胞弟鳳彩、致遠也多識負才，與闇公時人稱爲「雲間三徐」。〔註5〕

闇公天性沉敏，篤志力學，經史百家之言一覽成誦。據說七歲已經通曉《春秋》、《國語》諸書，某日塾師斥責族兄將「蠻夷」倒寫爲「夷蠻」，闇公因熟記《國語》中有周內史說「於是有夷蠻之國」之句，於是告訴塾師：「無害也，咎在周內史使人犯過。」〔註6〕其勤學強記可見一斑。

闇公深精六藝，主治《毛詩》，該綜典乘，於史學特稱淹博，以博學受時人敬重。夏允彝稱其博雅；〔註7〕陳子龍稱其「閎偉多聞」，〔註8〕還告知方以智，若要「考古而不紕繆，則問闇公。」〔註9〕正因其博洽多聞，每每有人問學解惑，王澐說：「每同人高會，上下古今或有遺忘，必質之先生，先生應對若流，群疑盡釋；四方問字而至者，戶外之屨常滿。」〔註10〕是以有「兩腳書廚」美稱。〔註11〕

〔註4〕 （清）張廷玉等撰：《明史》〈徐階傳〉卷二百十三（中華書局點校本，北京：中華書局，1997年6月一版四刷），頁5637。

〔註5〕 （清）王澐：〈東海先生傳〉，載《徐闇公先生年譜·附錄》（國家圖書館館藏1926年姚光懷舊庼刊本《釣璜堂存稿》），頁6。又，姚光於《釣璜堂存稿》後，亦將《交行摘稿》，陳乃乾、陳洙纂輯：《徐闇公先生年譜》（含附錄）、與所輯徐孚遠遺文，一同付梓。按本文所引之《釣璜堂存稿》、《交行摘稿》、《徐闇公先生年譜》（含附錄）、《釣璜堂存稿目錄》，皆本於國家圖書館臺灣分館館藏姚光一九二六年懷舊庼刊本，是以下文所引，不復說明版本所據，僅標明書中出處頁碼。

〔註6〕 （清）李延昰：《南吳舊話錄》（台北：廣文書局，1971年8月初版），頁710。

〔註7〕 鄭郊：〈祭大中丞闇公老祖臺老社翁文〉：「余以己卯（崇禎十二年，1639）再會彝仲（夏允彝），爲予歷數幾社諸賢，首以博雅稱吾闇公，予心識之。」載《徐闇公先生年譜·附錄》，頁18。

〔註8〕 陳子龍：〈與倪鴻寶大司成〉，見氏著《安雅堂稿》卷十八（台北：偉文圖書出版社，1977年9月），頁1248。

〔註9〕 方以智〈送李舒章序〉云：「前年臥子告我曰：『我與舒章居雲間誠足樂也！有天下疑難事則問彝仲（夏允彝），……考古而不紕繆，則問闇公、偉男（顧開雍）。』」見氏著：《浮山文集前編》卷三，四庫禁燬書叢刊集部113冊（據湖北省圖書館藏清康熙此藏軒刻本影印，北京：北京出版社，2000年1月一版一刷），頁507。

〔註10〕 王澐：〈東海先生傳〉，載《徐闇公先生年譜·附錄》，頁6。

〔註11〕 林霍：〈徐闇公先生傳〉，見《徐闇公先生年譜·附錄》，頁1。

　　固然徐孚遠學識淵博，受時人稱許，卻久困科場。明崇禎三年（1630），
闇公偕同陳子龍、彭賓及周立勳至南京應試舉人，陳子龍和彭賓獲雋中舉，
闇公則在孫山外。崇禎十年（1637），陳子龍與夏允彝雙雙高中進士，闇公仍
與舉人無緣。如此累試不得志，遲至崇禎十五年（1642）始登北闈李震成榜，
當時闇公年已四十四，而明室卻氣數將盡，瀕臨覆亡之際。

二、名重松江，幾社主盟

　　中國文人結社，始於中唐，極盛於明代。明代文社總數遠超過三百家。〔註
12〕至明末，更爲風行，文有文社，詩有詩社，廣佈江蘇、浙江、福建、廣東、
江西、山東、河北各地，甚至連仕女也立詩文社。然而，隨著朝政日益腐敗，
內憂外患紛起，崇禎年間社局，也從詩文活動轉爲政治活動。〔註13〕這些社
盟以復社聲勢最浩大，幾社則流傳時間最久遠。幾社雖無復社聲勢，卻是「明
季之文莫盛於雲間」，〔註14〕「雲間之學始於幾社」，〔註15〕形成所謂的雲間
派，影響力延伸到清初文壇，導致「海內言文章者必歸雲間」，〔註16〕「天下
言詩者輒首雲間」〔註17〕的現象。此外，不可諱言的，滿人入主中原，幾社
人士不乏媚清順降者，不過當時重要抗清勢力即來自於幾社。可見，就文學、

〔註12〕參何宗美：《明末清初文人結社研究》（天津：南開大學出版社，2004年1月
　　　　二刷），頁65～70。

〔註13〕參謝國楨：《明清之際黨社運動考》（民國叢書第二編第25冊，上海：上海書
　　　　店，1990年一版），頁8～12。

〔註14〕（清）呂留良：《呂晚邨先生論文彙鈔》，四庫禁燬書叢刊子部第36冊（北京
　　　　圖書館藏清康熙五十二年呂氏家塾刻本，北京：北京出版社，2000年1月一
　　　　版），頁109。

〔註15〕見（清）宋琬：〈周釜山詩序〉，載氏著：《安雅堂文集》，四庫全書存目叢書
　　　　補編第2冊卷一（影印首都圖書館藏清康熙刻本，濟南：齊魯書社，2001年
　　　　9月1版），頁13。

〔註16〕見（清）宋琬：〈尚木兄詩序〉，載氏著：《安雅堂文集》，四庫全書存目叢書
　　　　補編第2冊（影印首都圖書館藏清康熙刻本，濟南：齊魯書社，2001年9月
　　　　1版），頁62。又該篇所言之尚木爲宋徵璧。文中云：「今潮之爲潮何如耶？
　　　　始君之領是州也，人人咸以道險且遠爲君憂，今爲政八年而吏民安之」。考《潮
　　　　州府志》，宋徵璧康熙元年就任潮州知府。宋徵璧爲政八年，宋琬而有此序，
　　　　則該篇作於康熙八年（見（清）周碩勳纂：《潮州府志》，影印清光緒十九年
　　　　重刊本，台北：成文出版社，1967年12月，頁701）。

〔註17〕吳偉業：〈宋直方林屋詩草序〉，見氏著：《吳梅村全集》（上海：上海古籍出
　　　　版社，1999年12月第一版2刷），頁672。

政治層面來說，幾社有其不可抹滅之處，因此以下首述幾社立社緣起，再述及閹公活動情形。

（一）幾社創立緣起

幾社為一區域性文社，成員多屬於松江籍。松江舊名雲間，因而松江幾社又稱雲間幾社。據《社氏始末》所載，當時首唱六人，主事者杜麟徵、夏允彝，其餘四人為徐孚遠、周立勳、彭賓和陳子龍；〔註18〕即當世所稱之「雲間六子」。〔註19〕

早在幾社之前，松江文社已有疊花五子會、小疊花會，〔註20〕二者與幾社淵源極深。疊花五子會由杜麟徵父親杜喬林、伯父杜十遠，以及長輩張鼎、李凌雲、莫天洪五人組成。小疊花會，則由杜麟徵和莫天洪兒子儼皋籌組，與會者有陳子龍父親陳所聞、王玄一、朱灝、唐允諧、章闇、吳楨、唐昌世、唐昌齡、俞弦、焦維藩等人。至於創社者杜麟徵，除籌組小疊花會外，因魏忠賢等閹黨亂政，憂心政局，又於京師和王崇簡、張溥、張采、夏允彝、周鍾等人有燕臺十子之盟，而後擴至二十餘人。

崇禎元年（1628）杜麟徵和夏允彝下第，歸返松江後即著手籌組幾社，隔年成立。相較於小疊花會，幾社並非僅止於以文會友，切磋詩文，也兼具燕臺之盟的政治與經世性質。杜麟徵之子杜登春道：

> 戊辰會試，惟受先、勿齋兩先生得雋，先君子僅中副車。與諸下第南還，相訂分任社事，昌明涇陽之學，振起東林之緒，以上副崇禎帝崇文重道、去邪崇正之至意。……周、徐古今業固吾松首推，又

〔註18〕 參（清）杜登春：《社氏始末》（藝文印書館百部叢書集成據藝海珠塵本影印，台北：藝文印書館，1968年），頁4～5。又，李延昰《南吳舊話錄》卷二十三「六人社」目下云：「幾社首唱六人：周勒卣立勳、杜仁趾麟徵、李舒章雯、徐闇公孚遠、陳臥子子龍、夏瑗公允彝、彭燕又賓。」李延昰雖云首唱六人，然文中所載實為七人，較杜登春所言，多李雯一人。

〔註19〕 王澐〈昔友詠〉序文云：「崇禎初，吳中名士有應社七子之名，我郡周太學（立勳）與焉。太學又與同郡夏考公（允彝）、陳黃門（子龍）、杜職方（麟徵）、徐孝廉（孚遠）、彭司李（賓）復有文會，所謂雲間六子也。」見（清）王澐：《王義士輞川詩鈔》（據藝海珠塵排印，北京：中華書局，1985年北京新一版），頁4。

〔註20〕 兩社確切成立時間不詳。據許淑玲研究，疊花五子之會，可能成於明萬曆四十四年（1616）杜喬林中進士前後；而小疊花會則約成於萬曆末至天啟年間。參氏著：《幾社及其經世思想》（臺灣師範大學1986年歷史所碩士論文），頁52～53。

利小試，試輒高等，特不甚留心聲氣。先君子與彝仲謀曰：「我兩人老困公車，不得一二時髦新采共爲薰陶，恐舉業無動人處。」遂敦請文會，情誼感孚，親若兄弟。〔註21〕

幾社成立原因，一則爲振興顧憲成東林學派崇尚實學思想，以爲濟世；二則因杜麟徵、夏允彝場屋失利，而欲習擧科場時文，以求仕進；意即以研習制藝因應科擧，與經世致用爲幾社宗旨。對於有志用世者而言，前者爲近程目標，後者爲終極目標。他們唯一能施展個人抱負的途徑，即是在科擧考試金榜題名，而爲能達到經世的目的，八股制藝不可不精熟。

杜麟徵臨終感歎道：「吾與周勒卣（周立勳）輩創爲幾社，相期經世大業，不徒作酸子筆墨，豈知今日乃盡於此？」〔註22〕杜麟徵亡於崇禎六年（1633），此時幾社諸子正是處於專治擧子業，肆力古文詞階段，〔註 23〕是以有未能伸展經世抱負的憾恨。杜麟徵所言，證明原先首唱六子結社，以經世致用爲正鵠，而研習古文詞、揣摩風氣，學習時藝，僅是過程。

正因體認到唯有功名始能用世，幾社初期活動，「雲間六、七君子，心古人之心，學古人之學，糾集同好，約法三章，月有社，社有課，彷梁園、鄴下之集，按蘭亭、金谷之規」，〔註24〕以文會友。並且以熹宗朝東林黨爭爲前車之鑑，主張不議論朝政得失，避免捲入政治紛爭，專意致力於會藝制義、讀書習文，以「圖尺寸進取」。《社事始末》曰：

六子自三六九會藝、詩酒倡酬之外，一切境外交遊，澹若忘者。至於朝政得失、門戶是非，謂非草茅書生所當與聞，而以中原壇坫悉付之婁東、金沙兩君子，吾輩偷閒息影於東海一隅，讀書講義，圖

〔註21〕（清）杜登春：《社事始末》（藝文印書館百部叢書集成據藝海珠塵本影印，台北：藝文印書館，1968 年），頁 4～5。

〔註22〕見（清）李延昰：《南吳舊話錄》（台北：廣文書局，1971 年 8 月初版），頁 914。

〔註23〕許淑玲將幾社活動分成三期。第一期爲崇禎二年至九年，此時幾社六子專意讀書，研習古文，並授社中弟子古文及八股之學。第二期崇禎十年至順治五年，幾社成員投身於實質之政治活動。第三期爲尾聲，從順治六年至十七年，轉爲騷人墨客吟詠之會，屬純文學性質之社盟。參氏著：《幾社及其經世思想》（臺灣師範大學 1986 年歷史所碩士論文），頁 77～84。

〔註24〕（明）姚希孟：〈幾社壬申合稿序〉，見（明）杜騏徵等輯：《幾社壬申合稿》，四庫禁燬書叢刊集部第 34 冊（據中國科學院圖書館藏明末小樊堂刻本影印，北京：北京出版社，2000 年 1 月一版一刷），頁 485。

尺寸進取已爾。〔註25〕

崇禎二年（1629），張溥統合匡社、端社、應社、幾社等十七個文社為復社。復社素有小東林之稱，成員與東林人士淵源極深。一為本身既參列東林又入復社者，如黃道周、徐汧、史可法等人；二為東林人士之親舊、子弟，如黃宗羲與其父黃尊素；三為受東林思想影響之復社人士，如杜麟徵等。相較於幾社，復社極具濃厚的政治色彩。幾社合於復社，卻又獨立運作的原因，在於復社主事者張溥、周鍾，主張廣大復社規模，而杜麟徵等人則主張簡嚴。還有則是杜麟徵等人「惟恐漢、宋禍苗以我身親之，故不欲並稱復社，自立一名，盡取友會文之實。」〔註26〕顯然要與復社濃烈的政治屬性作區隔。

有鑑於漢、宋兩代黨禍，以及熹宗朝東林人士與魏忠賢閹黨傾軋，士林賢良受害者無數，幾社首唱諸子意識到黨爭發生，往往撼動社稷，士人身陷其中，更難以髮毫無傷全身而退。復社之性質，再加上魏忠賢黨人迫害東林人士，至崇禎初年思宗即位才宣告落幕，對杜麟徵等人而言，無疑是殷鑑不遠。所以六子力主維持幾社的獨立性，實踐幾社之「幾」的意涵。幾社以「幾」名社，意指「絕學有再興之幾，而得知幾其神之義也。」〔註27〕何謂知幾其神？《易經・繫辭下》曰：

> 子曰：「知幾其神乎？君子上交不諂，下交不瀆，其知幾乎？幾者，動之微，吉之先見也。君子見幾而作，不俟終日」……君子知微知彰，知柔知剛，萬夫之望。〔註28〕

其義要言之，指君子能洞燭先機，掌握事物變化，早謀因應之道，勿錯失良機。由此看來，幾社不稱復社，自立一名；並且主張簡嚴、專心致力讀書、研習舉子業，肆力古文詞，不批評朝政是為避免黨禍與捲入政治紛擾。須注意的是，固然幾社唱六子初期有不問朝政得失、門戶是非的主張，但並不代表他們始終不參與政治活動，僅知一味專攻舉子業，或讀書研習學問，或吟風弄月而已。崇禎十二年（1639），復社聲討阮大鋮作〈留都防亂公揭〉，幾

〔註25〕 （清）杜登春：《社事始末》（藝文印書館百部叢書集成據藝海珠塵本影印，台北：藝文印書館，1968年），頁5。

〔註26〕 （清）杜登春：《社事始末》（藝文印書館百部叢書集成據藝海珠塵本影印，台北：藝文印書館，1968年），頁4。

〔註27〕 （清）杜登春：《社事始末》（藝文印書館百部叢書集成據藝海珠塵本影印，台北：藝文印書館，1968年），頁4。

〔註28〕 見（魏）王弼、（晉）韓康伯注、（唐）孔穎達正義：《周易正義》卷八（重刊宋本周易正義附校勘記，台北：藝文印書館，1993年9月12刷），頁177。

社人士如徐孚遠、周立勳、陳子龍、李雯等皆參與其中。明清鼎革時，徐孚遠、陳子龍、夏允彝等人皆置個人生死於度外，明知不可為而為之，揭竿建義，與清廷相對抗。這都是幾社諸子直接參與的政治活動。可以說，初期幾社諸子不議朝政，不論門戶是非，專心讀書講義，當是在得以世用、救世之前的全身法則。

（二）課藝宗師

以文會友，揣摩時文，以應舉業，始終為幾社主要的文學活動，而當時領袖群倫，主持課藝者即為徐孚遠。《社事始末》曰：

> 闇公幼弟武靜先生、臥子內弟張子服先生寬、子退先生密、余叔同思公諱麒徵、徐西公諱駿徵暨長兄端成，偕郡中才學並茂之子弟，如錢內使先生穀（即子璧）、王大來先生溥（即改字勝時，名澐者），以及徐惠朗先生桓鑒、翁子上先生起鵑、李公俊先生大根、公寧先生同根、陳子威先生爾振、唐服西先生醇、宋人峨先生卓、張處中先生宮、蔡服萬先生謙、沈子凡先生迴、曹魯元先生嘉，并華范友、邢子萬、徐元宣，凡二十餘人，每月課藝，闇公先生為之批評焉。又有優等名家，如談公敘先生璘、唐玉汝先生爾鉉、歐冶先生溶、李原煥先生時楫、湯公瑾先生涵、錢荀一先生起龍、章宗季先生本練、王伊人先生廣心、陸文饒先生慶裕、王玠右先生光承、名世先生烈、陸集生先生慶臻、趙人孩先生佀如、陸孟聞先生慶紹、何我仰先生德著、余師陸亮中先生彰吉、陸椒頌先生慶衍，群相師友，每月傳題，亦以闇公為宗師。〔註29〕

可知幾社課藝揣摩時文，不僅是首倡六子之親故、門人受闇公指導，連已具聲名之文士，亦視闇公為宗師。正因如此，崇禎七年（1634）、崇禎八年（1635），即使文會各自為伍，猶是以闇公為宗，彙集所作於闇公案前，待其評騭優劣。

幾社不僅課藝品評以徐孚遠馬首是瞻，選政事務——輯選社員詩文，出版以供舉子習文參考的《幾社會義》，也由徐孚遠主導。《幾社會義》共刊行七集，自初集至五集，均由之輯選。《幾社會義》六集和七集，本應由徐孚遠繼續主持，崇禎十五年（1642），闇公上北雍應試，不得已，只好委託陳子龍內弟張寬輯選六集。而是年，因闇公選文深得眾望，幾社分支景風社所刻《景

〔註29〕見（清）杜登春：《社事始末》（藝文印書館百部叢書集成據藝海珠塵本影印，台北：藝文印書館，1968年），頁11～12。

風初集》，仍託名闇公評選。至於七集之選，其時清人已入關，福王立都南京。
闇黨把持朝政，為避免阮大鋮等假黨魁之目迫害，徐孚遠退居辭事，將七集
之刻委託徐允貞、夏維節。不難發現，固然《幾社會義》六集和七集徐孚遠
未能親自操選，而幾社社員文稿選輯，實與之息息相關。〔註30〕

崇禎十二年（1639），復社秦淮大會，徐孚遠與周鍾、周立勳同為盟主。
此時，徐孚遠不僅是幾社選政宗師，甚至堪稱當時首席社稿選文大家。但同
年因差吏之誤，時運不濟，無法如願應舉。徐孚遠向來以博學著稱，且張溥
擔憂其生計，因此便將復社選政權交給闇公，而有《秉文》選編。《社事始末》
云：

> （西銘）乃議以選政歸闇公，而《秉文》一選出焉。蓋吳下選手久
> 虛，惟艾千子有《艾選》，溧陽陳百史先生名夏有《五十大家》之刻。
> 他房行社稿試牘則統於《秉文》，闇公先生之教，至是大昌。〔註31〕

依杜登春所言，當時《秉文》為天下第一，其它科試範文選本無法與之相抗
衡。可見，其餘選文名家僅能望徐孚遠項背。「闇公之教，至是大昌」，無疑
意味著，《秉文》模試範文選本，甚為風行，絕大多數待試舉子，深受此選本
的影響。是則操持選政、選輯科場範文，徐孚遠實執牛耳之地位。

（三）幾社經濟之傑

全祖望稱：「方明之季，社事最盛於江左，而松江幾社以經濟見。夏公彝
仲、陳公臥子、何公慤人與公（徐孚遠），又社中言經濟者之傑也。」〔註32〕
幾社初期，徐孚遠、陳子龍等人固然視研習詩文、制藝、切磋古文詞為首要，
但經濟救世才是終極目標。「正是平日以經世致用為立社之本，才有了明亡之
際，幾社諸君子前仆後繼、慷慨就義的壯舉。」〔註33〕

〔註30〕《幾社會義》二集選刻於崇禎九年，三集選刻於崇禎十一年，四集選刻於崇
禎十二年，五集則選刻於崇禎十四年。參（清）杜登春：《社事始末》（藝文
印書館百部叢書集成據藝海珠塵本影印，台北：藝文印書館，1968 年），頁
12～16。

〔註31〕見（清）杜登春：《社事始末》（藝文印書館百部叢書集成據藝海珠塵本影印，
台北：藝文印書館，1968 年），頁 8～9。

〔註32〕（清）全祖望：〈徐都御史傳〉，見氏著：《鮚埼亭集外編》卷十二，續修四庫
全書第 1429 冊（據上海圖書館藏清嘉慶十六年刻本影印，上海：上海古籍出
版社，1995 年一版），頁 566。

〔註33〕張永剛：〈幾社的政治化與《經世文編》的編纂〉，《河南理工大學學報》社會
科學版，2008 年第 9 卷，頁 524。

　　徐孚遠本以古文詞著名，又爲制義選文宗師，但素來以經世爲志，「不欲以文士自業」。〔註34〕陳子龍、夏允彝也以世用爲職志，二人約定「一旦在人主左右，必當秉至公澳群小，以報君父、利生民爲本，始爲不負所學」。〔註35〕崇禎十年（1637），二人同舉進士後，陳子龍實踐了承諾，幾社活動也擴及實踐經世實用的宗旨，不再侷限於切劘古文詞、揣摩文風。當時徐孚遠、陳子龍等人，有鑑於朝政衰敗，大多士人卻僅知謀求舉業，或只是空談心性之學，試圖藉編纂攸關神益社稷民生典籍，以喚起士人對實學、救世的重視，《皇明經世文編》和《農政全書》由此而生。兩書的編訂，無疑實踐了幾社經世濟民的宗旨，也反映出編纂者的經世思想。

1、《皇明經世文編》

　　崇禎時期，明朝已瀕臨傾覆，內有民變，外有滿人伺機而動。照理說，士風本當以救世爲職志；然而，卻不然。受心學影響，當時學風流於空疏，學者「不習六藝之文，不攷百王之典，不綜當代之務，舉夫子論學、論政之大端一切不問，而曰一貫、曰無言，以明心見性之空言，代修己治人之實學。」〔註36〕此外，士人競逐舉業，「無不搜討緗素，琢磨文筆而於本（明）朝故實罕所措心，以故刻藻則有餘，而應務則不足」；〔註37〕且「凡夫前言往行、古今之故、帝王治人之道，士皆不得而聞之，故試之於政事而無效。」〔註38〕不滿士無實學，對於「時王所尚，世務所急，是非得失之際，未之用心」，僅知著力於章句訓詁，摘文繪藻；〔註39〕再者受復社黨魁張溥啓發，〔註40〕崇

〔註34〕徐孚遠：〈皇明經世文編序〉，見徐氏、陳子龍等選輯：《皇明經世文編》（北京：中華書局，1962年6月1刷），頁37。

〔註35〕陳子龍：〈報夏考功書〉，見氏著、上海文獻叢書委員會編：《陳子龍文集》（上海：華東師範大學出版社，1988年11月一版一刷），頁482。

〔註36〕見（清）顧炎武著、黃汝成集釋：《日知錄集釋・夫子之言性與天道》（四部備要，臺灣中華書局，1976年3月臺3版），卷七，頁6。

〔註37〕徐孚遠：〈皇明經世文編序〉，見徐氏、陳子龍等選輯：《皇明經世文編》（北京：中華書局，1962年6月1刷），頁35。

〔註38〕陳子龍：〈重修建陽縣學記〉，見氏著：《安雅堂稿》卷七（台北：偉文圖書出版社，1977年9月），頁444。

〔註39〕陳子龍：〈皇明經世文編序〉見徐孚遠、陳子龍等選輯：《皇明經世文編》（北京：中華書局，1962年6月1刷），頁40。

〔註40〕張溥序《皇明經世文編》曰：「余謂賢者識大，宜先經濟。三君子唯唯，遂大搜羣集，採擇典要，名經世文編，卷凡五百。」而徐孚遠序亦曰：「余是以從陳、宋二子之後，上承郡大夫先生之旨，收緝明興以來名賢文集與其奏疎凡數百家，其爲書凡千餘種。」由二序可知，徐、陳、宋三子決定著手輯選《皇

禎十一年（1638）幾社諸子於是著手編《皇明經世文編》。內容網羅明朝名卿鉅公之世務國政文章，以匡救時弊，和保存文獻以爲龜鑑。

是書編輯主要爲徐孚遠、陳子龍、宋徵璧三人；其中徐、陳二子負責十分之七，宋徵璧十分之二，〔註41〕李雯、夏允彝等人則是十分之一。至於列名選輯者有二十四人，參閱者一百四十二人，鑑定者一百八十六人。全書五百零四卷，補遺四卷，收錄自明洪武迄崇禎初年（1628），四百二十九人作品，凡三千三百零五篇，卷帙甚爲浩繁。所輯資料，除松江本地藏書家，還經由幾社、復社、吳、越、閩、浙、齊、魯、燕、趙等各地文人、士大夫徵訪蒐集，以及四方共襄盛舉之士所投贈，共得「明興以來名賢文集與其奏疏凡數百家，其爲書凡千餘種。」〔註42〕該書選錄原則，以契合幾社經世致用的遠旨，濟於時用、裨益國政者爲主軸，而以明治亂、詳軍事，存議政之異同以備參考。

2、《農政全書》

全書六十卷，徐光啓編纂於天啓五年（1625）至崇禎元年（1628）左右。徐光啓字子先，上海人，萬曆三十二年（1604）進士。其人雅負經濟才，有志用世，嘗從義大利傳教士利瑪竇學天文、曆算、火器等知識，卒於崇禎六年（1633）。〔註43〕徐光啓所學主於實用，以農業爲「生民率育之源，國家富強之本」，因此「嘗躬執耒耜之器，親嚐草木之味，隨時採集，兼之訪問」，〔註44〕總括農家諸篇，裒而成書。但徐光啓生前，《農政全書》並未刊刻流傳。崇禎十二年（1639），陳子龍與徐孚遠、李待問、宋徵璧、徐鳳彩等人共同商定纂修後，才將該書刊行。〔註45〕

明經世文編》，當受張溥直接影響。張氏序見《皇明經世文編》（北京：中華書局，1962年6月1刷），頁23～24；徐氏序見同書頁37。

〔註41〕 宋徵璧凡例曰：「良由徐子（孚遠）、陳子（子龍）博覽多通，縱橫文雅，並用五官，都由一目，選輯之功，十居其七。予質鈍才弱，追隨逸步，自嗤寒拙，以二子左縈右拂，奔命不遑，間有選輯，十居其二。」見《皇明經世文編》（北京：中華書局，1962年6月1刷），頁56。

〔註42〕 徐孚遠：〈皇明經世文編序〉，見徐氏、陳子龍等選輯：《皇明經世文編》（北京：中華書局，1962年6月1刷），頁37。

〔註43〕 參（清）張廷玉等撰：《明史》〈徐光啓傳〉卷二百五十一（北京：中華書局，1997年3月第6刷），頁6493～6494。

〔註44〕 見陳子龍：〈農政全書凡例〉，氏著、上海文獻叢書委員會編：《陳子龍文集》上（上海：華東師範大學出版社，1988年11月一版一刷），頁679。

〔註45〕 參陳子龍：〈農政全書凡例〉，見氏著、上海文獻叢書編委會編：《陳子龍文集》上（上海：華東師範大學，1988年11月1版），頁680～681。

闇公參與二書編纂詳細經過雖然闕如，但經手編選刪定，其經世濟民情懷可見。

第二節　流離抗清，完髮以終

明清易代，當時士人遭受的衝擊，不僅是政權轉移，也撼動了他們的文化價值。清人定鼎中原之後，不久南明政權接著傾覆，有明疆土大多淪爲清廷之手。面對如此變局，士人紛紛作出反應。經過社稷／一己、節義／榮華的抉擇，徐孚遠捨棄個人榮利，毅然力抗清廷，實踐濟時救世的理想。

松江建義，震澤遇難

（一）松江建義

明崇禎十七年（1644）三月十九，李自成攻陷北京，明思宗煤山自縊身亡。四月二十二日，吳三桂引清兵入山海關擊敗李自成。四月三十日，李自成撤離北京，五月初二，清軍鐵騎進入北京，清遂領有中國半壁江山。[註46]五月初三，明福王朱由崧於南京就任監國，五月十五日正式即位，形成明、清南北兩相對峙。豈料福王沉湎酒色，大權旁落在馬士英、阮大鋮身上，朝政腐敗不堪，竟然還採取借虜（清）平寇（闖賊）策略，無疑給清廷消滅南明政權開啓方便之門。[註47]弘光元年（1645）四月，清軍大舉南下，二十四日揚州陷落，史可法被俘殺。五月，清軍攻佔南京，福王政權滅亡，故明疆土多半爲清廷所有，清廷取代有明政權的大勢已定。

弘光元年五月，清軍南下松江，江南諸郡多望風迎降。徐孚遠家鄉松江知府姚序之棄官逃走，華亭知縣張大年則是舉城投降。同年六月，清廷剃髮令下，規定所有官民：

> 盡令薙髮，儻有不從，以軍法從事。其郡邑有未下者，或宜檄招撫，或宜統兵征勦。[註48]

〔註46〕參顧誠：《南明史》（北京：中國青年出版社，2003 年 12 月北京 1 版），頁 1～34。

〔註47〕參顧誠：《南明史》（北京：中國青年出版社，2003 年 12 月北京 1 版），頁 88～111。

〔註48〕（清）高宗敕撰：《大清世祖章（順治）皇帝實錄》卷十七，順治二年六月丙辰（台北：華文書局，1970 年 6 月再版），頁 196。

即留頭不留髮，留髮不留頭之令，不遵從者一律視為逆民殺無赦。此令一出引起莫大反彈，江南地區如蘇州、常熟、嘉定、江陰、上海、嘉興等地反清義軍紛紛揭竿而起。〔註49〕

剃髮令下，闇公聞得慨然指髮誓曰：

> 此即蘇武之節矣！我寧全髮而死，必不去髮而生。從容就義非難事也，但今天下之勢，猶父母病危，雖無生理，為子者豈有先死而不顧者乎？倘我高皇帝尚有一線可延，我惟竭力致死而已！〔註50〕

流露堅定不剃髮降清的民族意識，與強烈的抗清復明意志。浩氣填膺的他，進而將這意志付諸行動，說服幾社同志齊同舉義。《東村紀事》載：

> 有孝廉徐孚遠者，年五十，好奇計，敢為大言，素與子龍善。諸生張密者，故嘗佐何剛練水師，好言兵，子龍內弟也。兩人日夜以義聲說子龍曰：「我聞北兵且有變，大兵必歸江左，舉義者所在而有。公不先，居人後矣。且諸舉義者，固日夜望公。」子龍聞之心動，往謀於允彝。允彝曰：「是不可偏也，而義不可已也，姑聽之。」孚遠輩聞之，大喜，即部署諸喜事少年，得數百人，起兵有日矣。〔註51〕

作者宋徵輿於明末幾社時期，和陳子龍、李雯有「雲間三子」之稱，與徐孚遠也有所往來。他的詩集《林屋詩稿》卷三〈詠懷詩兼贈徐子闇公、何子愨人〉六首，以及卷十四〈夢徐闇公〉與闇公相關。〔註52〕鼎革後，宋徵輿選擇功名富貴，轉而出仕清廷，因此站在清朝的立場，文中自然對發起雲間舉義的闇公語帶貶損。雖是如此，依然可見闇公倡議舉義，陳子龍、夏允彝響應的事實。於是弘光元年閏六月，闇公與陳子龍結營泖湖間，稱振武軍，〔註53〕以吳淞總兵吳志葵、黃蜚為援舉兵松江，共推前兩廣總督沈猶龍守松江城。

〔註49〕 參陳生璽：〈剃髮令在江南地區的暴行與人民的反抗鬥爭〉，見氏著：《明清易代史獨見》（上海：上海古籍出版社，2006年8月1版），頁281～300。

〔註50〕 （清）王澐：〈東海先生傳〉，見徐孚遠：《交行摘稿》附錄（據藝海珠塵本排印，北京：中華書局，1985年北京新一版），頁15。

〔註51〕 見（清）宋徵輿：《東村紀事・雲間兵事》（南投：臺灣省文獻委員會，1993年12月），頁11。

〔註52〕 前者見（清）宋徵輿：《林屋詩稿》，上海圖書館藏清康熙鈔本，見四庫全書存目叢書集部第215冊（台南：莊嚴文化有限公司，1997年6月初1版），頁479～480，後者見同書頁581。

〔註53〕 參姜垚：〈明封光祿大夫柱國少師都御史徐公神道碑〉，載《徐闇公先生年譜・附錄》，頁13。

可惜所統帥的部眾不諳軍事，八月初三清刑部侍郎李延齡率兵攻破松江，沈猶龍等二萬餘人死難；初六，好友夏允彝投水殉國。〔註54〕

（二）震澤遇難

松江守城兵敗後，闇公不願放棄抗清，隨即又參戎錢棅義軍。

錢棅為大學士錢士升之子。當薙髮令下，嘉興推舉屠象美為主事起兵，錢棅則毀家措餉協助屠氏建義。由於主事者都是文士不懂兵略，加上缺乏軍備武器，因而在三塔灣被清軍擊敗，屠象美遭亂民殺害。屠象美死後，錢棅自行聚兵繼續對抗清廷。〔註55〕然而到八月初，三吳地區主要抗清義軍除吳易軍隊外，幾乎被清廷剿除，闇公轉入汾湖時，錢棅軍也遭清軍擊破。先是唐王朱聿鍵閏六月初六日由鄭芝龍迎入福州，初七日就任監國，同月二十七日即帝位，七月初一日改稱隆武，定都天興府即福州。錢棅自知未能有所作為，但大義不可終止，於是計劃和徐孚遠、錢澄之等人前往福建唐王行在。

錢澄之為徐孚遠復社社友，當時在錢棅麾下。錢澄之道：「會南都喪失，嘉善吏部臣錢棅建義起兵，召臣入幕，棅敗走震澤，將由間道奔赴行在。」〔註56〕又云：「未數日松江破，三吳兵散，予泛宅汾湖，將與仲馭（錢棅）由震澤入新安，武公（孫臨）與復菴（徐孚遠）適至，遂聯舟同行。」〔註57〕可知他們計劃水路舟行，由汾湖出發，取道震澤到新安，然後再進入八閩。取道震澤，乃因錢棅與熊開元相約一同到新安；〔註58〕只是怎知八月十七眾人居然在此遭逢變難。〔註59〕

〔註54〕事參（清）宋徵輿：《東村紀事》（南投：臺灣省文獻委員會，1993 年 12 月），頁 10～13。

〔註55〕參（清）徐鼒：《小腆紀年》卷十（臺灣銀行經濟研究室編：臺灣省文獻叢刊第 134 種，台北：臺灣大通書局，1987 年 10 月初版），頁 497。

〔註56〕（清）錢澄之：〈擬上行在書〉，見氏著、湯華泉校點：《藏山閣集》（合肥：黃山書社，2004 年 12 月 1 版），頁 344。

〔註57〕（清）錢澄之：〈孫武公傳〉，見氏著：《田間文集》卷二十一，四庫禁燬書叢刊集部第 145 冊（影印清華大學圖書館藏清康熙二十九年斠雉堂刻本，北京：北京出版社，2000 年 1 月一版一刷），頁 104。

〔註58〕（清）錢澄之：〈上熊魚山先生書〉云：「（乙酉）八月中，家仲馭自震澤回，言與先生成約，相率同入新安。停舟市畔，卒遇遊兵。」由此可知取道震澤入新安，為錢棅與熊開元之約。見氏著、湯華泉校點：《藏山閣集》（合肥：黃山書社，2004 年 12 月 1 版），頁 370。

〔註59〕見（清）錢澄之：〈擬上行在書〉，見氏著、湯華泉校點：《藏山閣集》（合肥：黃山書社，2004 年 12 月 1 版），頁 344。又見〈先妻方氏行略〉，見氏著：《田

八月十六日一行人抵達震澤，那夜「風月甚佳，橋畔聞吹簫之聲，市上無談兵之事」。隔天早上，徐孚遠與孫臨、錢澄之前往打聽新安消息；沒想到其他人員卻遭清軍突襲。當錢棟和吳德操解帶繫船時，清軍「羽箭突如，戈船蝟集」，〔註60〕突如其來發動猛烈攻擊，錢棟部下被殲滅，奮力搏戰後，錢棟最終也捐生殉國。錢澄之敘述當時情形說：

> 已兵潰，仲馭（錢棟）將入新安，取道震澤。同志諸子有家者多從之行。以八月十六抵震澤。其夜月甚明，橋上人吹簫度曲如故。次早，予偕諸子挐舟往問新安訊，未及里許，聞河中礮聲甚急。回遇吳鑑在（吳德操）赤腳流血，揮予速轉曰：「死矣。」問：「誰死？」曰：「仲馭死矣。子舟已焚，妻女已赴水矣。」予猶前行，望見燒船煙燄不可近，乃返，同諸子投宿八都沈聖符宅。〔註61〕

徐孚遠〈哭錢仲馭〉亦云：

> 與君握手茸城西，耳中喧喧聞鼓鼙，別後尋君到汾水，部曲蕭條營壘徙，江南大勢已漫漫，忽聞制詔來新安，安得兩腋生羽翰，從風飛去侍龍鸞？部署未定狂狼襲，風颷失利嗟何及，潔身辭世赴清波，魯連惆悵三閭泣，我存君沒兩茫茫，遵君遺志更河梁，黃髮歸來拜君墓，芙蓉作脯桂為漿。（卷五，頁9）

徐孚遠等三人雖因「恰以其刻，造沈聖符宅，探問去路，倖脫於難」，〔註62〕但從行家眷卻鮮少有人倖存。錢澄之妻兒四人僅存長子法祖，徐孚遠則痛失愛子徐世威，只有妻子姚氏得全。那夜，徐孚遠和錢澄之、錢法祖、孫臨、吳德操投宿沈聖符之聽軒。面對愛子和同袍死於清兵之手，闇公悲憤與哀戚之情難以抑遏，徹夜涕零無眠。翌日，收子世威屍於江濱，歸妻姚氏於故里。〔註63〕

間文集》卷三十，四庫禁燬書叢刊集部第 145 冊（影印清華大學圖書館藏清康熙二十九年斟雉堂刻本，北京：北京出版社，2000 年 1 月一版一刷），頁189、190。

〔註60〕 參（清）錢澄之：〈哭仲馭墓文〉，見氏著：《田間文集》卷二十五，四庫禁燬書叢刊集部第 145 冊（影印清華大學圖書館藏清康熙二十九年斟雉堂刻本，北京：北京出版社，2000 年 1 月一版一刷），頁144。

〔註61〕 見（清）錢澄之：〈先妻方氏行略〉，見氏著：《田間文集》卷三十，四庫禁燬書叢刊集部第 145 冊（影印清華大學圖書館藏清康熙二十九年斟雉堂刻本，北京：北京出版社，2000 年 1 月一版一刷），頁189。

〔註62〕 見（清）錢澄之：〈上熊魚山先生書〉，見氏著、湯華泉校點：《藏山閣集》（合肥：黃山書社，2004 年 12 月 1 版），頁370。

〔註63〕 參（清）錢澄之：〈哭徐復菴文〉，見氏著：《田間文集》卷二十五，四庫禁燬

震澤之難，對徐孚遠個人而言，最難以抹滅的傷痛，莫過於長子世威的
殤逝。世威字渡遼，闇公〈追哭渡遼〉云：

> 汝昔竟長逝，永痛無一言，屍僵神猶毅，湯湯波浪翻，余時脫身出，
> 骨肉各崩奔，買布斂汝軀，不及制衣襌，薄棺不盈寸，蒼黃殯荒村，
> 忽忽已三載，遺骸尚能存，所愧綰一命，未敢乞朝恩，世事又已變，
> 乞活依草根，何時歸故里？翦紙招汝魂，汝魂在我側，欲嗥聲已吞。
> （卷二，頁 13）

又〈憶亡兒渡遼〉曰：「忽憶亡兒湖水濱，行年五十嗣遷迍；生平書籍相隨盡，
未擬中郎更乞人。」（卷十八，頁 9）二詩聲聲悲慟、字字血淚。從〈追哭渡
遼〉可知，徐世威的死對徐孚遠來說，不僅止於白髮人送黑髮人的悲痛，更
有為躲避清軍不得不將兒子草草埋葬荒村的憾恨。〈憶亡兒渡遼〉則又寓含後
繼無人的悲嘆。〔註64〕「生平書籍相隨盡，未擬中郎更乞人」，用東漢蔡邕無
子，遂將藏書四千許卷交由女兒蔡琰繼承典故。〔註65〕蔡邕尚有女可嗣，然
而，他卻「行年五十嗣遷迍」，無嗣可承的心境，比蔡邕更為落寞與悽涼。

徐孚遠〈懷錢幼光〉云：

> 君初避仇時，徙倚武塘市，余亦去故鄉，逢君汾河裏，相顧攜室危，
> 巢傾卵將毀，蒼黃求寄孥，連牆共松杞，斯願竟未諧，中道遇封豕，
> 鳴鏑如雨飛，火光四面起，君室赴清波，余兒亦墮水，死生兩契闊，
> 不得同簪履。（卷二，頁 12）

所述即是和錢澄之相逢汾湖錢棟義軍，到兩家遇難震澤的經過。〈懷熊南士〉
又說：「震澤飄零泣路難，相逢攜手勸加餐；棺遺嬴博堪收骨，被贈咸陽足禦
寒」。闇公自注：「相公令弟也，收亡兒尸，又解衣衣我。」（卷十二，頁 12）
在震澤遇難後，熊開元弟幫忙處理徐世威後事。《松江府志》載吳江舉人吳易
舉兵太湖，徐世威在其麾下，「乙酉八月二十五日，大雨，為吳聖兆所敗，一
軍盡覆，世威死之」。〔註66〕綜合錢澄之、徐孚遠所述，足見徐世威亡於震澤

書叢刊集部第 145 冊（影印清華大學圖書館藏清康熙二十九年斟雉堂刻本，
北京：北京出版社，2000 年 1 月一版一刷），頁 145。
〔註64〕按：〈憶亡兒渡遼〉一詩作時，徐孚遠次子永貞尚未出世，故而遂有「生平書
籍相隨盡，未擬中郎更乞人」之語。
〔註65〕參（宋）范曄著、（唐）李賢等注：《後漢書》卷八十四（北京：中華書局，
1996 年 5 月北京第 8 刷），頁 2801。
〔註66〕見（清）宋如林修：《松江府志》二（影印嘉慶二十二年明倫堂刻本，南京：
江蘇古籍出版社，1991 年 6 月 1 版 1 刷），頁 306。

之難——乙酉年（1645）八月十七日；《松江府志》所言，顯然與徐孚遠自述「余時潰震澤，骨肉紛流離」〔註67〕有所出入。

二、輾轉閩浙，流離抗清

　　震澤之難後，徐孚遠猶是不撓反清意志，不畏艱險，水陸交替，奔赴閩京。途中，蹕經孝豐、新安、馬金嶺……等地，轉而入閩境。再由崇安舟行順閩江支流崇溪而下，歷武夷山、建陽、延平等，涉江踰嶺，崎嶇兩月，最終於十月抵達唐王行在。〔註68〕

　　入閩之前，徐孚遠先到信州拜謁黃道周，大受黃道周賞識。經由黃道周薦舉，徐孚遠一到福州，十月底即被唐王任命為天興司李。〔註69〕任內，徐孚遠斷獄平正，也到福寧、福清等地考察刑政。〔註70〕隆武二年春（1646），兵部尚書張肯堂上水師合戰之議，建言唐王：「出募舟師，由海道徑至江南，江南義師必為響應；大兵由閩出浙，首尾策應，則敵可乘也」；〔註71〕並奏請讓徐孚遠、朱永佑參戎隨行。唐王准奏，晉闇公官兵科給事中，監督樓船水師，闇公展開另段海師軍旅生涯。

　　是年八月，清軍攻破仙霞關，連下建寧、延平等地，唐王於汀州蒙難，隆武政權宣告瓦解。隆武政權傾覆後，徐孚遠擬於內地有所建立，曾隻身冒死到浙西，匿居嘉興吳祖錫家。闇公〈吳佩遠歌〉云：「匣有魚腸贈要離，家置複壁藏趙岐」，與「余昔潛行到君里，登樓去梯笑相視」（卷六，頁18），所

〔註67〕〈懷總戎姪含素〉，《釣璜堂存稿》卷二，頁11。

〔註68〕綜觀徐孚遠〈崇安舟行至水口〉、〈馬金嶺〉、〈傷往〉等詩（前二首同見《釣璜堂存稿》卷二，頁1，〈傷往〉見卷二，頁11），可窺知其入閩經過，實如王澐〈東海先生傳〉所云之「涉江踰嶺」，而非如林霍傳所言「航海入閩」。

〔註69〕洪思《黃子年譜》記：（隆武元年十月）「又疏舉趙士超、俞墨華、徐敬時、徐孚遠等九人，請受職立功。冬十月廿八日，奉旨：『所薦舉，俱聽軍前效用。惟廣信要地，撫臣徐世蔭著嚴防守，不便輕移。』」（見（明）洪思等撰、侯真平校點：《黃道周年譜附傳記》，福州：福建人民出版社，1999年9月，頁33）又錢澄之〈哭徐復菴文〉曰：「漳浦夫子（黃道周）奇兄之節，憫弟之癡，並登薦章。弟猶未達，兄乞外任司李天興。」載氏著：《田間文集》卷二十五，四庫禁燬書叢刊集部第145冊（影印清華大學圖書館藏清康熙二十九年斟雉堂刻本，北京：北京出版社，2000年，頁145。

〔註70〕參徐孚遠：〈懷福寧守徐藏九〉、〈懷福清趙明府〉，各見《釣璜堂存稿》卷二，頁18、卷二，頁25。

〔註71〕見（清）錢澄之：《所知錄》（臺灣銀行經濟研究室編：臺灣文獻叢刊第86種，台北：臺灣大通書局，1987年10月初版），頁13。

說即是此事。吳祖錫，字佩遠，徐孚遠形容他「少負英人姿，儒衣爲行黃石師」，「結客一言心莫逆，濫用黃金不自惜」。〔註72〕爲人足智多謀，又尙義豪邁。多虧吳氏幫助，徐孚遠此行才得以全髮而入、全髮而出，安然的不被清廷緝捕。〔註73〕

先前黃道周、鄭芝龍等人在福建擁立唐王，幾乎同時間，浙東反清勢力張國維、陳函輝等人則立魯王朱以海。朱以海抵達紹興後，七月十八日就任監國，形成南明唐王、魯王兩政權相對立的情勢。唐王蒙難後，爲復興社稷，一些仕宦隆武朝官員就近轉入浙東，繼續反清志業，如張肯堂、朱永佑等人，徐孚遠也是。

永曆元年（1647）四月，松江提督吳勝兆謀叛清廷，內結太湖義師戴之俊、周天等，外以定西侯張名振爲聲援。於是張名振奏請魯王敕印二百道，魯王命張煌言監其軍，賜徐孚遠一品服，充行人司，以應之。可惜，當張名振舟師暫泊崇明，卻遭逢颶風，樓船自相激撞覆沒，以致未能建功；而徐孚遠則因殿舟師得免於難。〔註74〕徐孚遠再度返回蛟關，在定海柴樓安營紮寨。是年冬，浙江華夏、董志寧、范兆芝等人聯絡舟山建義，徐孚遠遂以柴樓之師六百響應。〔註75〕永曆三年（1649）九月，魯王到舟山。當時寧、紹、台諸府皆有山寨接應舟山，其中就數柴樓最與舟山聲息相近，以勸輸充貢賦。十月，徐孚遠入舟山朝覲，因而晉左僉都御史。〔註76〕

永曆五年（1651）九月，清軍攻陷舟山，魯王政權宣告結束，徐孚遠屬

〔註72〕徐孚遠：〈吳佩遠歌〉，見《釣璜堂存稿》卷六，頁18。

〔註73〕據〈吳子墓誌銘〉所載，當徐孚遠匿居吳佩遠處所消息傳出，清提督馮原淮派遣部將董生查探，然吳佩遠與董生相善，知董生素有慷慨之志，遂爲其引見徐孚遠。最終在董生協助下，徐孚遠得以安然脫身。參（清）徐枋：〈吳子墓誌銘〉，見氏著：《居易堂集》（影印民國八年羅振玉排印明季三孝廉集本，台北：臺灣學生書局，1993年3月初版），頁393。

〔註74〕參黃宗羲：《海外慟哭記》（臺灣銀行經濟研究室編：臺灣文獻叢刊第135種，台北：臺灣大通書局，1987年10月初版），頁82、（明）汪光復《航海遺聞》（臺灣銀行經濟研究室編：臺灣文獻叢刊第106種，台北：臺灣大通書局，1987年10月初版），頁59。

〔註75〕事參（清）全祖望：〈華氏忠烈合傳〉，見氏著、周駿富輯：《鮚埼亭集碑傳》卷五（台北：明文書局，1991年），頁194。

〔註76〕（清）全祖望：〈徐都御史傳〉，見氏著：《鮚埼亭集外編》卷十二，續修四庫全書第1429冊（據上海圖書館藏清嘉慶十六年刻本影印，上海：上海古籍出版社1995年一版），頁567。

從魯王南下廈門依附鄭成功，尊奉桂王永曆。

三、浮海交南

丙戌（1646）八月，唐王於汀州遇害。廣東、廣西、西南地區，原任廣西巡撫瞿式耜、兩廣總督丁魁楚等人，擁立桂王朱由榔繼位，十月十四監國廣東肇慶，頒詔楚、滇、黔、蜀，十一月十八即帝位。〔註 77〕南明最後帝王桂王，隨著清軍節節進逼與內部紛擾，被迫展轉流離於廣東、廣西、貴州、雲南、甚至，遠至緬甸。永曆政權自成立迄傾覆，始終猶如風中殘燭。即使如此，仍是復明人士希望所在；尤其永曆七年（1653）三月，魯王廢除監國稱號、改奉桂王，〔註 78〕桂王更成為天下復明志士的共主。

早在永曆三年（1649）十一月，徐孚遠於舟山時，桂王即曾下敕命，嘉勉他與鄭鴻逵、鄭成功「協圖匡復，共奏膚公，密籌方略，刻期興師，大張撻伐，迅掃胡氛，奠安八閩，進清浙直，順撫逆剿」。〔註 79〕對於桂王，徐孚遠每每發出「聞道西方有美人，腋下何時生羽翼」，〔註 80〕與「自傷久客無歸處，欲往蒼梧路又迷」〔註 81〕的感歎，深表未能覲謁的惆悵。寓居廈門後，隨著永曆使臣來到，徐孚遠朝見桂王的意念益加強烈。〈安龍歌〉道：

> 鸞輿南幸春復春，百傳未見消息真，今年一艘高涼發，載得天邊傳詔人，相逢款語天上事，吁嗟歷歷多靈異，躍馬檀溪何足言？瘞身眢井不須記，憶昔虜騎過蒼梧，公侯倒戟野中趨，翠華迢遞青雀舫，上灘百丈挽者痛，追兵在後多星奔，咫尺相看及至尊，忽然龍躍天津起，雲行霧擁若飛翻，舟楫安然方汔濟，班荊乃定巡行計，謀夫相顧尚踟

〔註 77〕 朱由榔任監國之日，黃宗羲《行朝錄》記十月初九日，計六奇《明季南略》言「十月初十日監國，十四日（丙戌）即皇帝位」，而錢澄之《所知錄》、徐鼐《小腆紀傳》則載十月十四日監國，十一月十八日即帝位。錢澄之於隆武政權覆滅後，嘗奔赴桂王，仕永曆朝，所載應是可信。因此，本文採錢氏之說。

〔註 78〕 黃宗羲《行朝錄》卷四記：魯監國八年「三月，上自去監國號。」見（清）黃宗羲著、沈善洪主編：《黃宗羲全集》第 2 冊（杭州：浙江古籍出版社，2005年 9 月第 2 刷），頁 140。又見（清）徐鼐：《小腆紀傳》（臺灣銀行經濟研究室編：臺灣文獻叢刊第 138 種，台北：臺灣大通書局 1987 年 10 月初版），頁121。

〔註 79〕 見《徐闇公先生年譜》附永曆三年敕，頁 27。

〔註 80〕 見〈西望〉，《釣璜堂存稿》卷六，頁 11。

〔註 81〕 見〈長歌贈張玄箸〉，《釣璜堂存稿》卷六，頁 12。

蹋，揚鞭獨決有神契，一十七騎行如電，紫氣燭天關吏眩，蠻夷長老
掃境迎，翦除榛莽起行殿，殿中稷益廣歌開，閫外韓彭仗鉞來，常侍
不聞傳密詔，逸才時得上金臺，自古殷憂多啓哲，況乃胡運當速滅，
聞君抵掌稱聖明，使我南望眼流血，自傷捷步無由騁，豈有高情慕箕
穎？黃鵠飛飛不可攀，安得憑之到帝關？（卷五，頁30）

永曆六年（1652）二月，因清軍進逼及孫可望的緣故，桂王移蹕安龍。由詩
中內容不難發現，徐孚遠雖避地閩島，但時時關切桂王情況和心繫朝覲一事。
永曆十年（1656）三月，李定國將桂王從安龍奉迎到雲南，桂王使臣黃事忠
到廈門，當時一度訛傳闇公將和黃氏返朝朝覲，〈時有傳余亦隨使入朝覲者，
欽之因贈余詩，已而訛言也，依韻奉和兼送黃職方南歸〉云：

每感雙鳧難上天，舊年折翅又新年；韶光冉冉如流去，苦節硜硜似
石堅；此日心懸丹鳳詔，何時身傍碧雞邊？即看節使登舟去，能逐
輕雲共入滇。（卷十五，頁1）

再度流露對入覲桂王的殷盼和未能如願的感傷，而對將返回雲南的黃事忠心
生豔羨。

永曆十二年（1658），闇公終於得到一償宿願機會。是年正月，桂王使臣
漳平伯周金湯、兵部郎中黃事忠到廈門晉爵諸臣，以及與鄭成功約定進軍江
南時間。鄭成功於是令張自新護送闇公、黃事忠回雲南覆命，闇公因而得以
到雲南朝謁桂王。當時入滇之路，陸路阻於粵，水路隔於交南，為避清廷迫
害，徐孚遠等人計劃先浮海交南，再假道進入雲南，以抵達桂王行在。是以
闇公不畏海上艱險，登上征帆飄洋渡海到交南。

「一聞交海近行都，便隨商舶駕雙鳧」，[註82] 不難想像徐孚遠雀躍之
情；但是「從王喜甚赴蓬瀛，誰料南行荊棘生」？[註83] 三人到交南之後諸
事不順。張自新謁見西王鄭柞被拒，徐孚遠與黃事忠則因氣候炎熱而罹患暑
熱病。[註84]「上巳之後到交州」，只為假道，沒料到「可憐五日尙淹留」。[註
85]「十年一度擬朝天，及至中途又渺然」，多年朝覲桂王希望又再度落空，徐
孚遠難掩落寞失意之情。[註86] 淹留期間，一度傳出桂王出兵粵地消息，讓

〔註82〕〈同黃、張祀伏波將軍廟歌〉，《交行摘稿》，頁1。
〔註83〕〈四月朔〉，《交行摘稿》，頁3。
〔註84〕見徐孚遠：〈上安南西定王書〉，《徐闇公遺文》四，頁1。
〔註85〕〈五日同黃、張飲歌〉，《交行摘稿》，頁9。
〔註86〕〈擬歸鷺〉，《交行摘稿》，頁6。

闇公心中重新燃起希望，翹首企足王師能來到交南，幫助他們進入雲南，爭奈天依然不從人願。〔註87〕

緣於交南對南明的態度，徐孚遠一行人無法順利假道。安南在永曆初期，猶是奉遵桂王政權。永曆元年（1647），安南遣使臣朝覲桂王，桂王遣翰林潘琦至安南，冊封後黎政權太上皇爲安南國王。永曆二年（1648）三月，桂王移輦南寧，安南至南寧入貢。永曆五年（1651）十月，永曆又冊封後黎鄭氏清王爲安南國副王。〔註88〕然而，隨著清軍南進、永曆節節敗退，滿清統治中國局勢底定，安南對南明態度大不如前。在徐孚遠假道前一年，永曆十一年（1657），魯監國與秦王孫可望使者來到，安南一改過去與明朝使臣祇行賓主禮，令二藩使臣改用拜禮。於是，也要求徐孚遠必須以臣禮行拜禮謁晤。闇公斷然拒絕。一來闇公認爲明朝遣使交南二百餘年，載於典冊祇行賓主禮，〔註89〕身爲明臣他必須恪守，否則將使國格受辱，抱著「守禮應知一死輕」〔註90〕的決心。二來個人深厚的民族意識及國家認同形成的華夷之辨，讓他深感「臣節當堅中路阻，天威未振小夷驕」，〔註91〕「一拜夷王節又虧」，〔註92〕對安南王行跪拜禮有損個人志節。闇公因而上書交南西王爭禮，書卻未能上達，最終假道入滇不成，不得已只好悵然返回鷺島。

回程中，徐孚遠、黃事忠和張自新歷經險難。當舟行瓊海時誤入一線沙（又名角帶沙），險象環生，三人本以爲必死無疑；好不容易幸運脫身，豈料出一線沙過程中，竟然又遭遇清兵砲擊。徐孚遠道：

> 伙長已誤入一線沙，以出沙爲艱，欲沿山而行，將抵瓊州海口，乘
> 風直過。吾輩難之曰：「若遇虜舟，則奈何？」伙長曰：「昔年曾過
> 此，虜無舟也。」主舶者利得速出，亦以爲然。衡宇（張自新）疑

〔註87〕〈三日〉注云：「時聞有兵至粵，若將可待，而竟寂然。」其詩曰：「金馬空傳不可徂，相聞洱海下王鈇；輕票皆出禁中旅，留滯還同西城胡；每羨游鱗能赴壑，只憐芭羽尚囚笯；元戎布算今須定，爲取蘇卿入帝都。」見《交行摘稿》，頁4。

〔註88〕參牛軍凱：〈南明與安南關係初探〉，《南洋問題研究》2001年第2期，頁91～95。

〔註89〕徐孚遠：〈上安南西定王書〉曰：「自我朝遣使至貴國二百餘年，載在國典，祇行賓主禮，此貴國先王及賢大臣所共知者也。」見《徐闇公遺文》四，頁2。

〔註90〕〈四月朔〉，《交行摘稿》，頁3。

〔註91〕〈舟中雜感〉之二，《交行摘稿》，頁4。

〔註92〕〈舟中雜感〉之一，《交行摘稿》，頁4。

曰：「昔即無舟，安知今不有也？」臣以（黃事忠）大笑曰：「瓊，大郡也，以海爲固，聞王師將出粵東，必且造舟自備，豈無數艦爲我難乎？」然無以奪其説。自二十七訖朔日，至紗帽山，西南風即出矣。乃值東風，不可行。未刻見一八櫓船來，始惶駭。未及治備禦，已發一銃相加。又見二舟出，始返棹，乘東風疾行得脱。〔註93〕

先有擱淺危機和狂風惡浪，後來敵艦發銃追擊，禍不單行，生死可謂一線之間。最終眾人平安返航廈門，而此後闇公再無緣參見桂王。

闇公遠渡交南無有可議，但是前去交南的時間眾説紛紜，即使闇公弟子林霍所説也自相矛盾，實有必要理紛釋疑。

林霍〈徐闇公先生傳〉説永曆五年（1651），闇公偕同黃事忠、張自新泛海朝觀永曆，三月至交州。〔註94〕〈華亭徐闇公先生詩文集序〉又説：「戊戌歲（永曆十二年，1658），將赴行在，至交州，與安南西定王爭禮，不達而返。」〔註95〕〈徐闇公先生詩集後序〉則云：「《交行草》則戊戌歲赴行在至交州所著詩也。」〔註96〕僅就林霍一人便有二説，永曆五年（1651）和永曆十二年（1658）。其中，永曆五年三月之説誠是舛誤，因爲當時闇公還在舟山，尚未南下廈門依附鄭成功。永曆十二年之説，又見清人王澐〈東海先生傳〉、黃宗羲《行朝錄》、《賜姓始末》，〔註97〕陳洙《徐闇公先生年譜》也將此事繫於該年。〔註98〕而阮旻錫《海上見聞錄》、夏琳《閩海紀要》則書載於永曆十一年（1657）。〔註99〕

〔註93〕〈行瓊海入一線沙，亦名角帶沙，危險萬狀，吾輩三人自擬必死矣，口占〉，《交行摘稿》，頁10～11。

〔註94〕林霍：〈徐闇公先生傳〉，見《徐闇公先生年譜・附錄》，頁2。

〔註95〕見林霍：《釣璜堂存稿序・華亭徐闇公先生詩文集序》，頁1。

〔註96〕見林霍：《釣璜堂存稿序・徐闇公先生詩集後序》，頁1。

〔註97〕《行朝錄》卷五〈永曆紀年〉曰：「永曆十二年戊戌正月戊戌朔，上在滇都。遣使齎璽書從安南出海，至延平王朱成功營，授張煌言兵部左侍郎兼翰林院學士，其餘除授有差。徐孚遠隨使入觀，由交趾入安龍。交趾要其行禮，不聽，不得過，孚遠遂仍返廈門。」見（清）黃宗羲著、沈善洪主編：《黃宗羲全集》第2冊（杭州：浙江古籍出版社，2005年9月第2刷），頁164。同書卷十一〈賜姓始末〉道：「戊戌正月，行在以璽書通問。二月使松江徐孚遠觀行在，泛海由交趾入安龍。交趾要其行禮，不聽，不得過，遂返廈門」（頁197）。

〔註98〕陳乃乾、陳洙纂輯：《徐闇公先生年譜》，頁33～34。

〔註99〕（清）阮旻錫：《海上見聞錄》（臺灣銀行經濟研究室編：臺灣文獻叢刊第24種，台北：臺灣大通書局，1987年），頁25。（清）夏琳：《閩海紀要》（臺灣銀行經濟研究室編，臺灣文獻叢刊第11種，台北：臺灣大通書局，1987年），頁20。

　　闇公何時浮海交南？究竟何者爲是？闇公鷺島摯友王忠孝所上桂王疏書，可爲參考。其永曆十二年二月上桂王疏書說：「僅焚沐具疏，附右僉都臣徐孚遠奏聞」，〔註100〕可見此疏乃託付徐孚遠上呈。永曆十三年（1659）二月疏又道：

> 臣於去年二月內，曾具興朝赫濯有象一疏，附僉都臣徐孚遠上聞。
> 取道交南，阻梗不得前進，臣孚遠從交南另差齎疏入都，未知得徹天聽。〔註101〕

而永曆十四年（1660）二月十日疏亦云：

> 永曆拾貳年貳月內，再具興朝赫濯有象一疏，附僉都臣徐孚遠，阻於交南，另差齎報，未卜得達宸覽。

從這二份章奏得知徐孚遠將前去朝覲桂王，所以王忠孝將永曆十二年二月那份疏奏交託徐孚遠上呈。這三本奏本所見寄託闇公時間，都是永曆十二年二月，王忠孝爲當事者，內容也非事後追憶，可信度自不待言。如此意味闇公於永曆十二年二月或三月初揚帆。按《交行摘稿》，闇公說自己「上巳之後到交州」，〔註102〕上巳爲農曆三月三日，而廈門到安南水程七十二更，〔註103〕則闇公在該年二月由廈門啓程到安南，昭然若揭；因而黃宗羲〈陳齊莫傳〉道：「戊戌二月，……賜姓於是遣徐闇公赴覲，從海道由安南入滇」。〔註104〕至於全祖望〈徐都御史傳〉，記敘闇公永曆十二年冬隨周金湯入覲、失道安南，顯然失實不可信。〔註105〕

〔註100〕見王忠孝：《惠安王忠孝公全集》（南投：臺灣省文獻委員會，1993年12月），頁71。

〔註101〕見王忠孝：《惠安王忠孝公全集》（南投：臺灣省文獻委員會，1993年12月），頁72。下文索引十四年疏文見同書頁73。筆者因一時不察，將王忠孝此二疏誤解，於〈由釣璜堂存稿試探徐孚遠入臺之相關問題〉一文，錯以爲闇公於永曆十一年浮海交南。事實上，依王忠孝疏，闇公當於永曆十二年入交南才是。特此說明之。

〔註102〕〈五日同黃、張飲歌〉，《交行摘稿》，頁9。

〔註103〕見（清）陳倫炯：《海國聞見錄・南洋記》（據臺灣銀行臺灣文獻叢刊重新勘印，南投：臺灣省文獻委員會，1996年9月），頁15～16。

〔註104〕黃宗羲：〈陳齊莫傳〉，見（清）黃宗羲著、沈善洪主編：《黃宗羲全集》第11冊（杭州：浙江古籍出版社，2005年9月第2刷），頁57。

〔註105〕（清）全祖望：〈徐都御史傳〉，見氏著《鮚埼亭集外編》卷十二，續修四庫全書第1429冊（據上海圖書館藏清嘉慶十六年刻本影印，上海：上海古籍出版社1995年一版），頁567。

　　另外，《徐闇公先生年譜》將「思文皇帝（當爲永曆）敕諭聯絡閩浙勳義官兵督察院右副督御史徐孚遠」敕，編於永曆十二年（1658），認爲此敕爲闇公浮海安南前所受之桂王詔令，這值得商榷。敕中有云：

> 茲者，監紀推官潘默，原偕故鎮臣莊鵬程及差官韓天祿、金康等浮
> 海交趾；不意中途鵬程等溘然道故，潘等抵滇省，得覽爾孚遠奏疏，
> 知爾江湖廊廟，深可嘉尚。〔註106〕

敕中莊鵬程即《釣璜堂存稿》中之莊際飛，際飛爲鵬程字，徐孚遠居廈門時兩人有所往來。莊鵬程身故後，闇公賦作〈聞際飛病沒於廣南土司哭之〉三首（卷十五，頁4），〈哭莊際飛〉二首（二十，頁13）哀悼之。〈哭莊際飛〉其一云：「志擬淩雲覲玉顏，雖能填海未移山；昆明在眼嗟難入，魂魄猶應叩帝關。」（二十，頁13）內容與敕中莊鵬程中途謝世，未能至雲南謁見相應。闇公又題詠〈交州覓際飛、就閒不得〉一詩，詩曰：

> 去年君作交州行，春風將盡魄蛄鳴，今年覓君南海頭，驅車蠻徼空
> 悠悠，天長地闊無消息，雲煙杳藹令人愁，疑已奏書陪玉輅，或且
> 從軍揮白羽，停舟解驂不可追，迢迢萬里今何依？（卷七，頁10）

從詩題和內容可知，闇公在交南尋覓莊際飛不得而有此作。倘若闇公在浮海交南前已經得知莊氏謝世消息，豈有交州覓尋莊氏之理？也不可能尋不著後「疑已奏書陪玉輅，或且從軍揮白羽」。由此可見，闇公到交南之前，尚未接獲這分敕令，《徐闇公先生年譜》之說可議。

四、客逝饒平

　　永曆十五年（1661）鄭成功取得臺灣後，徐孚遠嘗攜妻孥浮海入臺，旋而復返思明。清康熙二年（1663）冬，耿繼茂等破思明、金門，徐孚遠隨鄭經退駐銅山。隔年鄭經退守臺灣，闇公本擬護送妻孥歸返松江後，再與王忠孝諸公齊同流離，但未能如願。於是和妻小遁跡在廣東饒平，康熙四年（1665）痛憤身亡。清總兵吳六奇護庇之故，闇公全髮持節以終，並無剃頭留辮。〔註107〕

〔註106〕陳乃乾、陳洙纂輯：《徐闇公先生年譜》，頁34。
〔註107〕林霍：〈徐闇公先生傳〉，見《徐闇公先生年譜·附錄》，頁 5、王澐：〈東海先生傳〉，見《徐闇公先生年譜·附錄》，頁 7～8、鄭郊：〈祭大中丞闇公老祖臺老社翁文〉，見《徐闇公先生年譜·附錄》，頁 19、黃宗羲：《行朝錄·賜姓始末》（見（清）黃宗羲著、沈善洪主編：《黃宗羲全集》第 2 冊，杭州：浙江古籍出版社，2005 年 9 月第 2 刷），頁 197。

　　闇公辭世，好友鄭郊前去弔喪，爲公手書明旌，並於闇公三七作〈祭大中丞闇公老祖臺老社翁文〉弔祭，〔註108〕闇公命喪饒平無有可議。全祖望〈徐都御史傳〉說闇公逝世於臺灣，實是訛誤。這又可從時人詩文得到印證。闇公歸葬故鄉後，好友沈浩然賦作〈哭徐復齋歸櫬〉哀悼，該詩自注：「徐闇公壬寅後以提督吳六奇庇之，得至潮完髮而卒。」〔註109〕除了〈東海先生傳〉，弟子王澐〈粵哀〉詩序也說：「哀孝廉孚遠也，客死潮陽。」〔註110〕另一弟子李延昰亦云：「以志節自持，不食死於潮州。」〔註111〕這三人不但與闇公相熟，而且還是同鄉，所說當較全氏可信。特別是王澐和闇公胞弟及姪子往來密切，康熙十八年（1679）闇公姪允貞、嗣孫懷瀚舉行闇公兄弟的族葬時還去會葬，〔註112〕較全氏知悉闇公行跡，是無庸置疑的。

　　爲國家民族的忠義思想，和明知不可爲而爲之的精神，徐孚遠投身反清復明大業，過著顛沛流離的生活，甚至最終客死異鄉。綜觀他二十年展轉抗清生涯，果眞實踐自己所言：「百折不回，死而後已。」〔註113〕其忠節更勝於消極退縮以身殉國者。〔註114〕

第三節　知見著述

　　身經易代之變，徐孚遠毅然抉擇毀家抗清，以復振明廷爲職志，百折不

〔註108〕　參鄭郊：〈祭大中丞闇公老祖臺老社翁文〉，見《徐闇公先生年譜・附錄》，頁20。

〔註109〕　（清）姜仲翀錄：《國朝松江詩鈔》卷六十二（臺灣大學圖書館藏清嘉慶十三年敬和堂刊本），頁6。

〔註110〕　（清）王澐：《王義士輞川詩鈔》卷二（據藝海珠塵本排印，北京：中華書局，1985年北京新一版），頁27。

〔註111〕　（清）李延昰口授、蔣烈編：《南吳舊話錄》卷十一（台北：廣文書局，1971年8月初版），頁582。

〔註112〕　參王澐：〈會葬闇公、武靜賦呈麗沖、安士〉，見氏著：《王義士輞川詩鈔》卷六（據藝海珠塵本排印，北京：中華書局，1985年北京新一版），頁74～75。

〔註113〕　（清）李延昰口授、蔣烈編：《南吳舊話錄》卷二（台北：廣文書局，1971年8月初版），頁144。

〔註114〕　何冠彪將明季殉國者分成消極退縮、積極進取兩類型。他主張：「消極退縮的殉國者在朝廷覆亡之後隨即自殺，又或稍作觀望或抵抗之後，感到形勢不妙而自殺。積極進取的殉國者則不顧環境如何惡劣，抗戰到最後一刻，祇在走投無路的絕境下才自殺，或被敵人捕捉後不屈而自殺或被殺。」見氏著：《生與死：明季士大夫的抉擇》（台北：聯經出版事業公司，1997年10月初版），頁208。

回而客死潮州。明、清政權對立，加上闇公流離反清，因此不僅關於他復明生涯事蹟，就連著述記載也紛歧不一。友人張煌言提及交行詩（刻）。〔註115〕廈門流寓時弟子林霍說公著有《交行摘稿》（又云《交行草》）、《十七史獵俎》和《南海摘草》；〔註116〕而華亭弟子王澐則記《十七史獵俎》一百四十五卷、詩五千餘首。〔註117〕全祖望則說他有《交行詩集》、《海外集》之作。〔註118〕至於嘉慶《松江府志》、光緒《重修華亭縣志》皆是著錄《十七史獵俎》一百六十卷、《釣璜堂集》二十卷。〔註119〕唯一一致的是兩本官修方志，其餘略有出入。

上述所記都是闇公流離抗清期間個人專著，未見流離前作品。其實，闇公流離前不乏撰述，只是未見專著付梓，大多見於與幾社諸子合集《幾社壬申合稿》、《幾社六子詩》與《幾社六子詩選》，及與陳子龍合撰之《史記測議》。梗概來說，闇公學識淵博，專攻《毛詩》的他，兼通經、史、子、集，詩文、史類、乃至兵書皆有所著述。於今詩文可見有《釣璜堂存稿》、《交行摘稿》、《幾社壬申合稿》、《幾社六子詩》和《幾社六子詩選》，以及散見者；史類方面，《史記測議》尚存，《十七史獵俎》幾近散佚；至於兵書則有《兵家言》，可惜今已亡佚。臚陳如下：

一、別集

現存可見徐孚遠別集，僅有《釣璜堂存稿》與《交行摘稿》，皆為其奔走抗清時所作。

〔註115〕見張煌言：〈得闇公信，以交行詩刻見寄〉（按：上海古籍出版社出版之《張蒼水集》作〈得闇公信，以交行詩見寄〉）二首，載臺灣銀行經濟研究室編：《張蒼水詩文集》（南投：臺灣省文獻委員會據臺灣文獻叢刊第142種，1994年5月），頁141。
〔註116〕參林霍：〈庚午冬書稿〉（見《徐闇公先生年譜‧附錄》，頁23）和〈徐闇公先生詩集後序〉（見《釣璜堂存稿序‧徐闇公先生詩集後序》，頁1）。
〔註117〕（清）王澐：〈東海先生傳〉，見徐孚遠：《交行摘稿》附錄（據藝海珠塵本排印，北京：中華書局，1985年北京新一版），頁16。
〔註118〕（清）全祖望：〈徐都御史傳〉，見氏著：《鮚埼亭集外編》卷十二，續修四庫全書第1429冊（據上海圖書館藏清嘉慶十六年刻本影印，上海：上海古籍出版社1995年一版），頁567。
〔註119〕參（清）宋如林修：《松江府志》（二）（上海：上海書店據嘉慶年間本影印，1991年6月），頁658、672。（清）楊開第修：《重修華亭縣志》（據清光緒四年刊本影印，台北：成文出版社，1970年台1版），頁1481、1507。

（一）《釣璜堂存稿》

《釣璜堂存稿》為徐孚遠自奔走抗清，迄於身亡二十餘年之作。「釣璜」一詞，《尚書大傳》云：「周文王至磻溪，見呂望。文王拜之，尚父曰：『望釣得玉璜，刻曰：『周受命，呂佐檢德合，於今昌來提。』」〔註120〕姜太公後來輔佐武王伐紂一統天下，以「釣璜」為名，寄寓闇公如同呂尚有待明主，開創盛世的理想。

本集在徐孚遠歸葬松江時，由其妻戴氏及次子永貞攜帶返鄉，而後為其子孫所藏傳。清初因徐孚遠為「逆賊」身分，再加上康熙、雍正、乾隆三朝大興文字獄，文網非常嚴酷，其抗清期間所詠，嘉慶以前士人甚少知見。是以康熙時朱彝尊謂闇公「矢詩不多」。〔註121〕康熙三十年（1691）進士姚宏緒，乾隆元年（1736）輯《松風餘韻》道：「先生（徐孚遠）與陳（子龍）、夏（允彝）諸君為幾社盟主，乃《壬申文選》、《幾社六子詩》外，罕有存者，豈身蹈東海，盡問諸水濱乎？」〔註122〕全祖望〈徐都御史傳〉亦云闇公海外集亡佚。至於官修方志，乾隆五十三年（1788）刊行之《婁縣志》，說闇公「所著詩文散佚殆盡，惟餘社刻行世」；〔註123〕乾隆五十六年（1791）之《華亭縣志》，則僅著錄闇公《十七史獵俎》，並無著錄後期流寓詩作《釣璜堂存稿》（或《釣璜堂集》）與《交行摘稿》。足見遲至乾隆晚期，《釣璜堂集》、《交行摘稿》並不廣為世人所知。

嘉慶十三年（1808）刊行之《國朝松江詩鈔》，繼姚宏緒《松風餘韻》而作，主要為存錄松江地區詩人的相關資料。二書皆選錄闇公詩作，差別在於姚宏緒並未見到闇公輾轉海外的作品，僅纂錄流離前吟詠；而《國朝松江詩鈔》所輯則都是流離時期詩篇。纂者姜兆翀（1740～1811？）提到闇公海外詩有《釣璜堂集》，並選錄〈寓島作〉、〈古詩〉（我聞昔奇士）、（生平寡干謁）、〈種瓜〉、〈贈張玄著〉、〈梁明卿贈楚辭〉、〈陳陸交〉、〈裂嶼〉、〈白足婦謠〉、

〔註120〕（漢）伏勝撰、（漢）鄭玄注：《尚書大傳》卷一（據古經解彙函本排印，北京：中華書局，1985年北京新一版），頁49。

〔註121〕見（清）朱彝尊著、黃君坦校點：《靜志居詩話》（北京：人民文學出版社，2006年1月1刷），頁585。

〔註122〕（清）姚宏緒：《松風餘韻》，見四庫全書存目叢書補編編纂委員會編：《四庫全書存目叢書補編》第37冊（首都圖書館藏清乾隆九年寶善堂刊本，濟南：齊魯書社，2001年9月1版），頁186。

〔註123〕見（清）謝庭薰修：《婁縣志》（據乾隆53年刊本影印，台北：成文出版社，1974年6月臺一版），頁1051。

〈石青以養退兌處潛見勗作以當書紳〉、〈同諸公遊石帆〉、〈古浪觀鹿耳訖放舟〉、〈郎官謠〉、〈賽天妃〉、〈詰鼠〉、〈同黃張祀伏波將軍廟歌〉、〈初至舟山〉、〈過大小礮〉、〈懷奐若婿〉、〈出亡後呈伯叔兼示弟姪〉、〈俠侯盛言大瞿可以遯世聽之欣然有感〉、〈閒行〉、〈思吳〉、〈六釣灣山莊〉、〈感逝者作〉和〈題南越王尉陀廟〉等詩。〔註124〕〈同黃張祀伏波將軍廟歌〉、〈題南越王尉陀廟〉見於《交行摘稿》，其餘皆見於姚光付梓之《釣璜堂存稿》。之後，官修方志如嘉慶二十二年（1817）刊本之《松江府志》、光緒年間《重修華亭縣志》等，皆可見著錄《釣璜堂集》。

　　現今所見《釣璜堂存稿》為一九二六年姚光刊行之懷舊廔本，《釣璜堂存稿》之稱，早見於藝海珠塵本《交行摘稿》闇公小傳，〔註125〕並非姚光所定。姚光跋語云：

> 明季華亭徐闇公先生《釣璜堂存稿》，係松江雷君君彥（瑊）得先生後裔，舉以視余。……若《釣璜堂存稿》，則以所考見，似從未付梓者。〔註126〕

可見他所見傳抄木，即是作《釣璜堂存稿》之名。稱《釣璜堂存稿》、稱《釣璜堂集》，當如《交行摘稿》或稱《交行集》，或稱《交行稿》一般，〔註127〕實質無二。

　　姚氏認為終有清一朝，《釣璜堂存稿》並未付之剞劂，僅以手抄稿本傳世，當是不謬。畢竟若是曾分卷刊刻，不應只有姚光所見抄本；至於嘉慶《松江府志》、光緒《重修華亭縣志》著錄該書二十卷，所據為何則不得而知。

　　關於《釣璜堂存稿》來源，姚光自述是編得於雷瑊，雷瑊則得於徐孚遠後世。當時雷瑊所得有二，一署徐孚遠孫懷瀚錄，二則署徐孚遠七世孫元吉

〔註124〕（清）姜兆翀纂：《國朝松江詩鈔》卷六十一（臺灣大學圖書館藏清嘉慶十三年敬和堂刊本）。

〔註125〕見徐孚遠：《交行摘稿》，（據藝海珠塵本排印，北京：中華書局，1985 年北京新一版），頁 1。

〔註126〕見《釣璜堂存稿目錄》，頁 2。

〔註127〕稱《交行集》者，如（清）黃定文〈書鮚埼亭集徐闇公墓誌後〉云：徐孚遠「過安南則有《交行集》。」（見氏著：《東井文鈔》，叢書集成續編第192冊，台北：新文豐出版公司，1989年台一版，頁253）稱《交行稿》者如姜兆翀，其〈同黃、張祀伏波將軍廟歌〉注云：「廟在安南，詩載《交行稿》中。」（見（清）姜兆翀纂：《國朝松江詩鈔》卷六十一，臺灣大學圖書館藏清嘉慶十三年敬和堂刊本）

藏本。二者皆爲手抄本，內容大致相同，稍有出入。原抄稿以詩體編次，沒有分卷，於是姚氏以徐懷瀚所錄爲原本，依其次序，整理爲二十卷，與王植善相校後付梓。〔註128〕全書依體爲次，凡樂府五十二首、〔註129〕五言古詩四百零五首（卷二 113 首、卷三 162 首、卷四 130 首）、七言古詩三百二十四首（卷五 132 首、卷六 91 首、卷七 101 首）、五言律詩七百七十三首（卷八 209首、卷九 223 首、卷十 164 首、卷十一 177 首）、七言律詩六百九十五首（卷十二 166 首、卷十三 205 首、卷十四 183 首、卷十五 141 首）、五言排律五十七首、五言絕句六十四首、七言絕句三百八十三首（卷十八 130 首、卷十九120 首、卷二十 133 首），共二千七百五十三首。

又姚光當時所得二部《釣璜堂存稿》，其後皆附有《交行摘稿》、林霍所書之序、鄭郊等人之祭文書稿和歷任敕命；因此編纂時將這些與陳乃乾和陳洙編纂的《徐闇公先生年譜》，以及自己蒐羅闇公遺文一卷全部編入附錄，刊印併行。

（二）《交行摘稿》

《交行摘稿》爲徐孚遠於永曆十二年（1658），偕張自新、黃事忠，浮海取道安南的相關詩作。計有七言律詩三十五首、七言絕句十三首、七言古詩七首、五言律詩一首、五言絕句二首，及五言古詩一首，共五十九首。全書以七言詩爲大宗，五言詩僅佔四首。

有別於《釣璜堂存稿》在清代僅以抄本傳世，《交行摘稿》清初已經刊刻。闇公弟子林霍於康熙二十九年（1690）所書〈庚午冬書稿〉中，自述家藏《交行摘稿》梓本一帙，〔註130〕可爲證明。又依《張蒼水詩文集》所錄，闇公好友張煌言有〈得闇公信以交行詩刻見寄〉二首，〔註131〕亦知徐孚遠自安南返

〔註128〕參姚光跋語，見《釣璜堂存稿目錄》，頁 2。
〔註129〕按〈烏鵲歌〉二章、〈石城曲〉四章、〈古意〉二章、〈時邁〉四章、〈海水〉二章、〈槐之芽〉三章、〈懷友〉四章、〈有鳥〉二章、〈桂之山〉三章、〈鶺鴒〉二章、〈有截〉三章，與〈勖志〉三章，有別於〈秋胡行〉四首各自成篇，必須合章而讀，詩意始可完全。淺見以爲，爲求詩意完整，不宜析章計數，故別於《釣璜堂存稿目錄》所計七十四之數。
〔註130〕林霍〈庚午冬書稿〉云：「先師（徐孚遠）……在島所著文十餘首、詩一帙，又《交行摘稿》梓本一帙，藏在霍家。」見《徐闇公先生年譜・附錄》，頁 23。
〔註131〕見張煌言著：《張蒼水詩文集》（南投：臺灣省文獻委員會據臺灣文獻叢刊第142 種，1994 年 5 月），頁 140；然《張蒼水集》此二詩詩題作〈得闇公信以交行詩見寄〉（上海：上海古籍出版社，1985 年 10 月一版一刷，頁 141）。徐

回廈門後，即著手整理並梓刻交行詩篇。

今日可見版本有二。一為清吳省蘭輯、姜兆翀校藝海珠塵本，附有林霍撰徐孚遠〈小傳〉與王澐〈東海先生傳〉。二為徐孚遠後裔所藏，姚光附刊於《釣璜堂存稿》懷舊廎本；臺灣文獻叢刊第 123 種《徐闇公先生年譜》即採用這一版本。二本內容、文字少有出入，最大差異在於〈五日同黃、張飲歌〉一詩次第。藝海珠塵本編次在〈四日〉之後，其後為〈舟中雜感〉；姚光懷舊廎刊本則置於〈贈寓交林明卿〉之後、〈臣以在交善病，病熱也，歌以發之〉之前。即自〈四日〉至〈臣以在交善病，病熱也，歌以發之〉之間，藝海珠塵本依次是〈五日同黃、張飲歌〉→〈舟中雜感〉→〈與臣以論行止〉→〈偶題示黃、張二君〉→〈擬歸鷺〉→〈遣懷〉→〈土風〉→〈懷王先生〉→〈再懷王先生〉→〈與黃臣以論次人物，懷唐梅臣先生〉→〈西望〉→〈隱語寄馬金吾〉→〈傳周漳平將至，亦作隱語，未達也〉→〈松月歌贈臣以〉→〈贈寓交者蔣漸逵〉→〈贈寓交林明卿〉；而姚氏刊本則是〈舟中雜感〉→〈與臣以論行止〉……→〈贈寓交者蔣漸逵〉→〈贈寓交林明卿〉→〈五日同黃、張飲歌〉。

二、幾社諸子總集

清入主中原以前，徐孚遠無有剞劂個人別集，皆是與幾社友人合刊，《幾社壬申合稿》、《幾社六子詩》和《幾社六子詩選》即是。

（一）《幾社壬申合稿》

《幾社壬申合稿》即《壬申文選》，刊刻於明崇禎五年（1632）。是書由杜騏徵、徐鳳彩、林希顥、楊肅等人選輯徐孚遠、李雯、彭賓、陳子龍、朱灝、顧開雍、夏允彝、宋徵璧、宋存標、周立勳、王元玄十一人之作，共二十卷。書中選錄闇公社課作品賦三篇、詩作六十一首（含古樂府二十首、五言古詩十九首、七言古詩二首、五言律詩十一首、七言律詩五首、七言絕句四首），以及文章二十一篇（含此書所細分之序、論、議、封事、冊文、制辭、

孚遠永曆十二年（1658）七月返回廈門，而張氏是詩之一道：「天南消息近成虛，一卷新詩當尺書」，之二又云：「瘴海誰堪汗漫行，知君五月在舟程」，則是詩當成於同年，即永曆十二年。如是，無論是否刊刻，至少可見徐孚遠自安南返回廈門後便旋即整理交行詩。

教、檄、啓、彈文、章、書、文、說、短長言、銘各類）。〔註132〕詳細篇目、計數如下表所示。

《幾社壬申合稿》所選錄徐孚遠詩文篇目

文類		篇名	計數
賦		卷一：〈謇修賦〉 卷二：〈文皇賓遠賦并序〉 卷三：〈石菖蒲賦〉	3
詩	古樂府	卷五：〈君子行〉、〈獨漉篇〉、〈前緩聲歌〉、〈悲哉行〉、〈燕歌行〉、〈東飛伯勞歌〉、〈枯魚過河泣〉 卷六：〈長相思〉、〈夜夜曲〉（清暉持照身）、（夜夜理秦箏）二首、〈紫玉歌〉、〈江南曲〉（候潮廣陵岸）、（少小持門戶）二首、〈折楊柳歌〉（并州柳葉長）、（飲馬玉壁下）、（少年好作健）、（娶婦得大姬）、（自解彈箜篌）、（罷戰曲河曲）六首、〈襄陽踏銅蹄〉	20
	五言古詩	卷七：〈詠懷〉（灼灼炎夏日）、（朝霞何光輝）、（巢中兩黃鵠）、（昔日翠蓋君）、（徘徊池塘上）、（揚舲發枉渚）、（丹桂生高崗）、（世難不可干）、（同川而易流）、（念我生平時）十首，（詠史）（我本漢都護）、（志計不足論）、（西遊咸陽道）三首、〈惜捐〉、〈田家詩〉 卷八：〈凌河〉、〈清明〉、〈適郊〉、〈客寓贈澄江主人〉	19
	七言古詩	卷八：〈壯士行〉 卷九：〈遲暮行〉	2
	五言律詩	卷九：〈病鸚鵡〉、〈送董子出塞〉（董生長寂寂）、（結客裝千萬）、（聞道長淮北）三首、〈即景〉、〈早發〉、〈舟行即事〉、〈夜眺〉 卷十：〈獨立〉、〈發金閶留別陳大〉、〈金閶道〉	11
	七言律詩	卷十：〈野祠〉、〈傷春〉（聞道妖星纏海東）、（作健東兵近上京）、（角鳴一夜變難詳）三首、〔註133〕〈初夏雜感〉	5
	七言絕句	卷十一：〈野驛〉、〈錫山即事〉、〈穆天子〉、〈斬蛇劍〉	4
	詩歌總計		61首

〔註132〕 參（明）杜騏徵等輯：《幾社壬申合稿》，四庫禁燬書叢刊集部第 34 冊、35冊（據中國科學院圖書館藏明末小樊堂刻本影印，北京：北京出版社，2000年 1 月一版一刷）。

〔註133〕 四庫禁毀書叢刊集部第34冊《幾社壬申合稿》頁 680～681 次序錯亂，從國家圖書館藏明末小樊堂刻本。

文	序	卷十二：〈皇明同姓諸侯王年表敘〉、〈高帝功臣年表序〉、〈皇明成祖功臣年表序〉、〈漢世宗名臣頌序〉 卷十三：〈上巳讌集詩序〉	5
	論	卷十三：〈慎刑論〉	1
	議	卷十五：〈擬御史大夫對珠崖不當棄議〉	1
	封事	卷十五：〈劉更生爲前將軍蕭望之白罷弘恭石顯封事〉	1
	冊文	卷十七：〈冊狐文〉	1
	制辭	卷十七：〈戲爲授貙氏制辭〉	1
	教	卷十七：〈擬修淮陰侯廟教〉	1
	檄	卷十七：〈擬軍府檄諭登海反者〉、〈擬滇撫討普酋檄文〉	2
	啓	卷十七：〈謝賚谷古鏡熏籠啓〉	1
	彈文	卷十七：〈鵑彈鶴文〉	1
	章	卷十七：〈擬沈休文上赤章文〉	1
	書	卷十八：〈擬山巨源答稽叔夜絕交書〉	1
	文	卷十八：〈訕蜂文〉并序	1
	說	卷十九：〈尸蟲說〉	1
	短長言	卷十九：〈客爲信陵君說魏王救趙〉	1
	銘	卷二十：〈班定遠西域銘〉并序	1
	文總計		21 篇

（二）《幾社六子詩》

　　《幾社六子詩》，或稱《六子詩》，刻於明崇禎七年（1634），〔註 134〕由夏允彝、陳子龍、李雯、朱灝、宋徵璧等人所選編。須注意的是，書名之「幾社六子」，並非幾社創社杜麟徵、夏允彝、徐孚遠、彭賓、周立勳、陳了龍等六人，而是指是集所選錄的六名幾社成員——徐孚遠、周立勳、彭賓、顧開雍、宋存標和宋徵輿。不過，筆者所見國家圖書館館藏明末刊本，未錄宋徵輿之作，僅見其餘五子詩篇。〔註 135〕

　　是集選錄闇公詩五十八首，全爲樂府詩，篇目如表所示。

〔註 134〕參謝明陽：〈雲間詩派的形成——以文學社群爲考察脈絡〉，臺大文史哲學報第 66 期，2007 年 5 月，頁 30～31。

〔註 135〕李雯序曰：「六子詩者，勒卣（周立勳）、子建（宋存標）、闇公（徐孚遠）、燕又（彭賓）、偉南（顧開雍）、轅文（宋徵輿）之所作也。」見國家圖書館館鐵明末刊本《幾社六子詩》。

《幾社六子詩》所錄徐孚遠詩篇

詩題	首句	頁碼
〈朱鷺〉	朱鷺翔以舞，欲食不下	1
〈思悲翁〉	思悲翁在山側	2
〈艾如張〉	艾而張羅羅四垂	3
〈上之回〉	上之回，通中道	4
〈翁離〉	擁離趾中，白雲霏霏	5
〈戰城南〉	戰城南，走大漠	6～7
〈巫山高〉	巫山高，高峨峨	8
〈上陵〉	上陵何鬱鬱，其旁列名都	10
〈將進酒〉	將進酒，爲我歌	11
〈君馬黃〉	君馬黃，臣馬駁	13
〈芳樹〉	芳樹乃生南山之涯	14
〈有所思〉	有所思，不可期	15～16
〈雉子斑〉	雉子斑，雉飛肅肅	17
〈聖人出〉	聖人出，合神經	18
〈上邪〉	上邪！我欲與君分明	19～20
〈臨高臺〉	臨高臺，臺正中	21
〈遠如期〉	遠如期，當上偓	22
〈石流〉	石流淙淙，來自驪山之顚	23
〈釣竿行〉	芳餌手所爲	24
〈白鼻騧〉	相逢酒爐曲	25～26
〈東光〉	榆關城，遼西不可城	28
〈雞鳴〉	五陵遊閒子，日夕多歡娛	30～31
〈烏生〉	烏生八九子，置巢乃在上林中	31～32
〈平陵東〉	河湯湯，兩堤僵	32
〈王子喬〉	緱山巓，身騎白鶴何翩褆	33～34
〈長歌行〉	北行登高山	37
〈鰕鱔篇〉	鰕鱔慕爲魚，不能具錦鱗	37
〈猛虎行〉	文豹不避霧隱	40
〈鞠歌行〉	純鈎淬，掩三辰	42～43
〈苦寒行〉	北上祁連山	44

〈豫章行〉	豫章生深山	48
〈董逃行〉	吾欲上謁從扶桑	49
〈相逢行〉	相逢兩年少，要帶雙鹿盧	49～50
〈秋胡行〉	太華可移，心去難再回	51～52
〈東門行〉	出東門，淚潺湲	56
〈西門行〉	出西門，行且歌	57～58
〈牆欲高行〉	威鳳欲食須朝羲	62
〈野田黃雀行〉	少年好遊獵，挾彈上高丘	64
〈門有萬里客行〉	門有萬里客，車蓋何輝皇	65～66
〈泰山吟〉	泰山高無極，言是神仙房	67
〈束武吟行〉	僕本良家了，射獵窮高秋	69～71
〈龜山操〉	去魯百里，龜山在目	75
〈越人歌〉	秋水澹澹兮泛青舟，翠蓋葳蕤王子來遊	75
〈怨篇〉	朱樹何燁燁，結根大海東	77
〈蜻蝶行〉	蜻蝶遨遊，紫宮深樹端	79
〈董嬌嬈〉	洛陽多綺陌，高閣相對垂	79～～80
〈古咄唶歌〉	棗樹在當心，日出在四邊	80
〈古八變歌〉	浮雲多瀾漫，日暮不知歸	80
〈劉勳妻〉	明月牀前鏡，冷冷匣中琴	80～81
〈種瓜篇〉	種瓜何離離，離離當道旁	81
〈種葛篇〉	種葛大河側，河水傷葛根	81
〈古雜歌〉	晨鳥棲樹枝，樹枝自低昂	82
〈欲遊南山行〉	紫芝上仙藥，零落南山陲	85～86
〈升天行〉	宿命契洞靈，四眞會我廬	87
〈五游詠〉	人間苦局促，歡戚何當殊	88～89
〈遠遊篇〉	輕舉淩四極，道裏不可詳	89～90
〈苦思行〉	遠遊淩碧海，浩浩萬里沙	90
〈飛龍篇〉	白雲盤盤，來自西極	90～91
總計	58 首	

（三）《幾社六子詩選》

　　藏於浙江衢州市博物館，不分卷，爲明抄本。書末藏家跋語云：「幾社諸賢僅陳、夏有集行世，餘子未見。此明抄六子詩選，雖不能窺見全豹，然諸

家篇什賴此以傳，亦足珍矣。癸卯冬日得於京師海王邨，謹當什襲寶愛，異日壽之梨棗也。」〔註136〕

是編選輯陳子龍、夏允彝等六子詩。徐孚遠之詠五十一首，皆甲申（1644）國變前所作。包括樂府：〈效阮公體〉十首、〈擬古雜體〉四首；五律：〈登海堡覽眺〉、〈深秋梁溪晚泊〉、〈秋行雜詠〉二首、〈北固山獨眺〉、〈京口〉、〈登城漫興〉、〈自石頭城至燕子磯〉、〈過觀音嘴〉、〈入天寧洲〉、〈曉入京口〉、〈雪後游浦〉、〈雨中獨酌〉、〈南園即事〉和〈爲宋子建悼亡〉二首；七律：〈新柳〉、〈賀顧偉男春曉詩〉、〈春夜南樓看月〉、〈春盡重見玉蘭花開數朵〉、〈午日城南游集〉、〈九日南郊宴集〉、〈晚眺〉、〈舟行渚大澤中聊記所見〉〔註137〕；絕句：〈秋思〉二首、〈尋顧野王讀書堂〉、〈霍家奴〉、〈出江行〉、〈江上行〉、〈澱湖中流〉、〈望弘濟寺〉、〈妝台〉，以及〈涼州詞〉四首。〔註138〕其中，〈曉入京口〉、〈尋顧野王讀書堂〉散見於崇禎末年復社朱隗輯評之《明詩平論二集》，〔註139〕而前者又更見於朱彝尊《靜志居詩話》卷十九。〔註140〕

三、散見詩文

除卻《釣璜堂存稿》、《交行摘稿》、《幾社壬申合稿》和《幾社六子詩》和《幾社六子詩選》，闇公詩文猶有散見他處遺珠。個人知見如下：

（一）詩

《松風餘韻》一書爲清乾隆初姚宏緒所編，內容廣輯魏晉至明代松江文人詩章。書中姚氏選錄闇公流離前歌詠：五言古詩〈擬李陵錄別詩〉、五言律詩〈梅南草廬〉、七言絕句〈簡朱子若甥〉和〈錫山即事〉，以及七言律詩〈舟

〔註136〕浙江衢州市博物館藏《幾社六子詩選》，引自司文朋：《徐孚遠研究》（浙江大學人文學院 2010 年碩士論文），頁 52。

〔註137〕本詩清姚宏緒所編《松風餘韻》卷六作〈舟行諸大澤書所見〉。見四庫全書存目叢書補編第 37 冊（四庫全書存目叢書補編編纂委員會編，首都圖書館藏清乾隆九年寶善堂刊本，濟南：齊魯書社，2001 年 9 月 1 版），頁 186。

〔註138〕篇數和篇章依司文朋：《徐孚遠研究》（浙江大學人文學院 2010 年碩士論文），頁 52～53，但若含其頁 65 所引七絕〈劍〉一詩，應爲五十二首。

〔註139〕見卷十一、後見卷二十，見朱隗輯評《明詩平論二集》二十卷，四庫禁燬書叢刊集部第 169 冊（中國社會科學院文學研究所圖書館藏清初刻本，北京：北京出版社，2000 年 1 月一版一刷），頁 627、頁 752。

〔註140〕（清）朱彝尊著、黃君坦校點：《靜志居詩話》（北京：人民文學出版社，2006年 1 月 1 刷），頁 585。

行諸大澤書所見〉。〔註141〕〈錫山即事〉、〈舟行諸大澤書所見〉各見於前述《幾社壬申合稿》、〔註142〕《幾社六子詩選》，其餘三首為佚詩。茲謄錄內容，以供參考。

〈擬李陵錄別詩〉：

皎皎藍田玉，鏤作玦與環，攬環與子佩，取玦結以鞶，子環信繾綣，我玦鮮垢瘢，誰知一物微，決絕義自天？歸雲入勾注，密雪淹陰山，握手臨路岐，涕泗共汍瀾。鴥彼南翥鳥，奮飛何由還？

〈簡朱子若甥〉：

烏衣門巷舊勾留，不過東齋兩度秋；準擬天星湖水發，藉袈橋下穩停舟。

〈梅南草廬〉（陸彥楨別業，在阮家巷）：

日暮南園色，孤亭萬木中；落花時度水，恠鳥急呼風；人靜蜂聲出，巖深草氣通；惟餘高閣恨，猶是掩殘紅。

（二）文

闇公無文集傳世，除《幾社壬申合稿》保存社課二十一篇外，篇章大多散失。經過一蕃蒐羅，姚光輯有《徐闇公先生遺文》一卷、共八篇，分別是〈陳李倡和集序〉、〈皇明經世文編序〉、〈史記測議序例〉、〈江南防寇議〉、〈錢希聲先生誄并序〉、〈湄龍堂詩文集序〉、〈上安南西定王書〉、〈奇零草序〉；其中〈錢希聲先生誄并序〉、〈湄龍堂詩文集序〉、〈上安南西定王書〉和〈奇零草序〉是流寓時所作。

除了姚氏所輯，筆者又得見闇公二篇序跋。一見於闇公幾社友人宋徵璧《左氏兵法測要》，二見於清初徵士洪思《石秋子敬身錄》；前者書於崇禎十年（1637），〔註143〕後者跋於流徙時期。特將此二篇全文抄錄，以便閱覽，也

〔註141〕參見（清）姚宏緒編：《松風餘韻》卷六，四庫全書存目叢書補編第37冊（四庫全書存目叢書補編編纂委員會編，首都圖書館藏清乾隆九年寶善堂刊本，濟南：齊魯書社，2001年9月1版），頁186。

〔註142〕見（明）杜騏徵等輯：《幾社壬申合稿》卷十一，四庫禁燬書叢刊集部第34冊（據中國科學院圖書館藏明末小樊堂刻本影印，北京：北京出版社，2000年1月一版一刷），頁697。

〔註143〕參（明）周立勳〈左氏兵法測要序〉，見（清）宋徵璧：《左氏兵法測要》，四庫全書存目叢書子部第34冊（影印明末劍閣齋刻本，台南：莊嚴文化有限公司，1995年9月初版一刷），頁358。

見闇公用兵觀點與對黃道周門徒石秋子的批評。

〈左氏兵法測要序〉：

> 余之為諸生老矣，上木亦數上公車數不用，既自相語曰：「今天下蓋多事矣，然其時尚可為，失今不為，後且有十百難於此者，徒恨不能以其私議通於薦紳先生間，雖我二三兄弟在仕籍者，則亦以我兩人為狂，嘗不能畢其說也，顧時之所急無甚於兵，即欲強默如藿食之憂何？」上木乃取左氏之言係兵事者，博以古驗、条以今指，予受而點次之，時亦以己意相出入也。既成，上木請序言焉。余惟子瞻之論孫子也，為其書十三篇雜然言之，而聽用者之自擇也。今上木之書其亦雜然言之者乎？其亦有大指所在，言之重複而使人得其切用以濟國事者乎？夫兵家之言其變無方，制勝於兩陳之間者，隨其勢而導之耳。若夫當今所急蓋有五者，余於左氏得五言焉，誠能盡用此五言內奠乞活、外撻建夷在指顧之間矣。其說在郤克之請車乘也，在子產之論治國也，在欒武子論楚師也，在魏絳之論和戎也，在晉人使巫臣通吳以制楚也。今之談者以兵力不足為憂，議欲暮月宿糧、聚十餘萬甲士一鼓而殄群寇。夫糧非可卒辦，甲士非可卒聚，此暮月以前能使吾民忍死以待天兵之來乎？且將之能者不必用眾，用眾者未必能辦事，徒以不足為解免地耳。郤子伐齊與之城濮之賦，而乃求益焉，郤子自以為不能，故請益車乘，然則用眾非良將法也。賊寇所在縱橫，我兵尾而衛之，恣取掠耳，縱賊不擊，其弊坐此，夫使紀律不嚴，官軍殺我，其毒已甚，何用討賊乎？且盜非有雄志也，兵非素擅廢立若唐季之事也，如使嚴為約束，曰行省自守其地，使寇得入境有誅，將帥各部其卒伍，掠一物者有誅，如此有縱賊之罰，無緩寇之利，子產之言曰：「火烈則人鮮死焉，水弱則人多死焉！」以此治盜，度可不日平也？京營之卒內以備禦，外以討伐，我朝固嘗用之矣！沿習至今，汰之不可，練之不能，一旦有事何以待之？且其為制或合而分，或分而合，所以新耳目便揀閱也，可不為之變計乎？欒武子之言曰「楚君之戎分為二廣，右廣初駕，左則受之，各當其序以備不虞，故能定霸。今訓練之法日弊而為城郭之計，此奸人所以生心也！曩時三衛為我藩籬，時以虜之出入告我，我得為備，至於 穆廟初年，大虜解辦內向邊人無事，今者奴寇既劇，而

順義部落烏散矣不撫之爲我用，而拒之爲我敵，使奴得聯屬內外諸部以逞志於我，豈完策乎？魏絳之言曰：「和戎有五利。」晉用其謀邊鄙輯睦。今夷部猶在宣雲之間，招攜其族類以爲我屏蔽，效可睹也，麗人之奉正朔無虔於此者，　神廟以數年之力存而復之，今者爲奴所乘，而我未有以爲援也，蓋以少出師不足以爲重，而多出師則非力所及也，然亦當事者之失計矣！漢武不憚封侯之賞以募使絕域者何也？伐交之策也！我縱未有以爲援，且當募博望、定遠之流與之一節，以　朝命慰勞其君臣，而因監其軍，使彼猶有所繫，而不至折而爲奴屬。昔者吳至弱國也，巫臣通晉於吳，而楚人始罷於奔命，故通麗者所以制奴也！此五言者，余以爲切今之奇也！行前之三言以治內，行後之二言以制外，天下其庶可爲乎！若夫奇正之方、變合之事，心知其然而不能道之，即強爲一言自非機鑒，不惑之士固未能審取舍定猶豫也，上木能言之，亦惟上木能用之哉！余無用於世矣，將買田而隱焉！諸葛司馬或出或處所見正同也。

同郡友弟徐孚遠題〔註144〕

〈書石秋子敬身錄後〉：

《敬身錄》者，石秋子講中聞敬身後之所作也。石秋子少以奇節遠器驚當世，既得敬身之後於文明黃子，退而作《孝經敬身圖》數卷、《孝史敬身圖》數卷以宣究其指趣，是爲《洪圖》。余先好之，以爲救世之書。今石秋子復以《敬身錄》數卷坿《洪圖》尾，亦先示余。其文皆堅潔清遙，壹出於六經，非惟陳言之務去，蓋其胸中嶄然而不滓者與！故其有韻之言，且祖諸騷。昔之善爲騷者惟一李賀，然僅得其奧麗；而石秋子乃得其高奇簡遠，所謂加之以理者非耶？夫屈子曠懷君國，湛身而不悔，其弟子若宋玉、景差之倫又爲放招以哀其師，何忠厚悱惻之至也！今敬身不講，士者方以鄞山爲諱，獨石秋子蓬頭匿釣澤中以謳！思鄞山不衰，必使黃氏敬身之學可不遂終晦於天下！

華亭徐孚遠闇公識〔註145〕

〔註144〕見（清）宋徵璧：《左氏兵法測要》，（四庫全書存目叢書子部第34冊，影印明末劍閣齋刻本，台南：莊嚴文化有限公司，1995年9月初版一刷），頁359～361。

四、史類

徐孚遠於史學特稱淵博，用功極深，抗清流寓鷺島期間，仍「手抄十七史，日無停晷」，〔註146〕且日與王忠孝、盧若騰、沈佺期、洪旭數人，揚確古今，校定書史。〔註147〕今所知其著述有《史記測議》和《十七史獵俎》。

（一）《史記測議》

明崇禎十一年（1638），徐孚遠和陳子龍共撰《史記測議》一百三十卷，崇禎十三年（1640）刊行。〔註148〕是書不僅由闇公訂定凡例，且書中闇公評語也多過陳子龍。如〈秦本紀第五〉闇公評語六條，陳子龍只有二條；〈項羽本紀〉闇公九條，陳子龍只有四條。可說主要由闇公編撰。〔註149〕

關於編纂動機，陳子龍序曰：

> 太史公之文，學者多能言之，每樂其駿爽橫軼，謂可以一覽而得。若其鴻衍之義、奧質之辭、錯節斷章，雖大雅之家未能盡詳也。檃括經緯，創立厥體，殘缺既多，規模不一。又春秋以前撫采百家，以左傳未顯，誠多牴牾；楚漢之後，有出于傳聞，有出于親見，其文益奇逸振厲，然多方言瑣語，及漢家掌故，有非可以臆解者。徐廣、韋昭、鄒誕生、劉伯莊之流，咸為之考釋，而莫備於裴駰之集解、司馬貞之索隱、張守節之正義，第其說不能無異同，使學者罔所適從。子龍與徐子孚遠，以暇日共為討論，而存其理長者，又時以己意互相發明，庶幾為好古者談助云。〔註150〕

顯然他們有感於《史記》部分內容難解，諸家眾說又令人無所適從，而使學

〔註145〕（清）洪思：《石秋子敬身錄》（四庫禁燬書叢刊集部第53冊，據中國科學院圖書館藏清鈔本影印，北京：北京出版社，2000年1月一版一刷），頁209。

〔註146〕見林霍：〈華亭徐闇公先生詩文集序〉，《釣璜堂存稿序》，頁2。

〔註147〕洪旭：〈王忠孝傳〉云：「（王忠孝）後移居浯島，住賢厝鄉，日與盧若騰、華亭徐孚遠、沈佺期，及余（洪旭）數人，楊確古今，校定書史。」洪旭：〈王忠孝傳〉，見《惠安王忠孝公全集》（南投：臺灣省文獻委員會，1993年），頁260。

〔註148〕徐孚遠〈史記測議序例〉曰：「余童而習太史公書，恆以意屬讀，不尋訓故之言，時有難通則置之。歲在戊寅（崇禎十一年）乃與陳子子龍頗采諸家之說，刪其繁重，時有愚管亦附綴焉。」見《徐闇公先生遺文》三，頁1。

〔註149〕譚佚：〈史記測議說〉，《蘇州大學學報》哲學社會科學版，2007年第3期，頁60。

〔註150〕（明）陳子龍：《陳忠裕全集》，載上海文獻叢書編委會編：《陳子龍文集》上（上海：華東師範大學，1988年11月1版），頁355～357。

者難以通曉。明淩稚隆所編《史記評林》，爲輯集歷代名家評論和闡發《史記》意旨集大成之作。於是闇公二人以《史記評林》爲基礎，「略刪其繁遝」，前人評語互見者予以裁省，「有立論雖高，不合實情者，兼爲汰之」。〔註151〕不僅只是整理，還篩選了前人考釋、評論，存其理長者，也增添他們自身的見解。

賀次君《史記書錄》道：

> 蓋陳、徐二氏雖主評論，實不廢三家舊注，兼取歷代及明人所爲史論、史考彙而成之，重在自己之發明，且欲以己意折衷於文章，訓故家之間，姑無論其所評、所注、所議是否得當，然其識見已較萬曆諸家爲高矣。……陳、徐此本，於史實及注解多有訂正發明之處，清乾隆四年四庫館臣修武英殿本，篇末所附考證，頗取其說，用資考證。〔註152〕

其評析足見《測議》價值，也證明闇公史學學識宏闊深厚並獨具個人見解。

（二）《十七史獵俎》

是書方志皆著錄一百六十卷，如乾隆五十三年刊本之《婁縣志》、〔註153〕乾隆五十六年刊本之《華亭縣志》、嘉慶《松江府志》、光緒《重修華亭縣志》等，僅藝海珠塵本所附〈東海先生傳〉作一百四十五卷。今全書幾近亡佚，僅知上海圖書館藏清抄本之《南史獵俎》六卷，及《唐書獵俎》二十四卷，其餘未見。

是編闇公摘錄《史記》、《漢書》、《後漢書》、《三國志》、《晉書》、《宋書》、《南齊書》、《梁書》、《陳書》、《魏書》、《北齊書》、《周書》、《隋書》、《南史》、《北史》、《五代史》、《唐書》等十七部正史精華，而有《史記獵俎》、《漢書獵俎》……《新唐書獵俎》等，《十七史獵俎》爲總稱。至於編纂動機，藝海珠塵本《交行摘稿‧東海先生傳》提到，闇公認爲「十七史後學苦其浩繁，不能遍讀，東萊呂氏雖有《詳節》一書，而又削去宋、齊、梁、陳、魏、齊、

〔註151〕徐孚遠：〈史記測議凡例〉，見《徐闇公先生遺文》三，頁 2。

〔註152〕見賀次君：《史記書錄》，收於楊家駱主編：《史記附編》（台北：鼎文書局，1978 年 11 月初版），頁 188。

〔註153〕（清）謝庭薰修：《婁縣志》卷十二云：「《宋史獵俎》四十卷其孫懷祖補撰。」（影印乾隆五十三年刊本，台北：成文出版社，1974 年 6 月台一版，頁 507。）但（清）宋如林修：《松江府志》卷七十二則記《宋史獵俎》四十卷徐懷瀚著。（影印嘉慶二十四年刊本，上海：上海書店，1991 年 6 月 1 版 1 刷，頁 659。）

周七史，未成全璧。」〔註154〕若是，闇公主要爲方便後學知悉史事。

又《婁縣志》說：「孚遠以呂氏《詳節》瑣而不要，唐氏《左編》博而不精，故著此書。」〔註155〕呂氏《詳節》爲呂祖謙《十七史詳節》，共二百七十三卷。是書爲呂氏讀史時刪節備檢之本，所錄大抵隨時節鈔，因此闇公以爲流於繁瑣。至於唐氏《左編》爲明唐順之《歷代史纂左編》，凡一百四十二卷。該書「取歷代諸史，纂其有關於治者，……尤有關於治者，蒐羅綴輯，聯以屬之，不以爲贅；其有一行一節之奇，足以爲勸，亦錄而存之，不以爲瑣。」〔註156〕選材不只盡取全史，也旁及諸家百代稗官野乘。優點固然是廣博，但闇公卻認爲有失精深。取捨唐、呂二人優劣，博奧精簡成爲闇公修撰《十七史獵俎》的目標；而這又證明闇公史學知識的廣博與深厚功力。

（三）《浮海記》非徐孚遠所作

《浮海記》記敘南明宗室安昌王、遂平王、義陽王，與黃斌卿、周崔芝、張肯堂、朱永佑、鄭鴻逵和鄭芝龍等人事蹟，以及該書著者偕同僧人湛微乞師日本一事。

該書撰者署名黑甜道人張麟白，文末不知何人注曰：

> 此書題黑甜老人張麟白撰，查魯諸臣未有張麟白，閱至日本乞師一
>
> 節，始知徐孚遠所作，隱姓名以行于世者也。〔註157〕

認爲張麟白乃徐孚遠化名，主張斯集成於闇公之手；但此說值得商榷。依該書記敘，本書作者順治六年（1649）冬，爲請求日本出兵協助，和僧侶湛微橫渡到長崎。〔註158〕檢諸《釣璜堂存稿》，不乏南明朝乞師日本詩作，如〈朱元序使日本贈別〉（卷八，頁13）、〈送朱館卿乞師〉（卷十二，頁17）、〈陪諸公奉餞安昌往日本〉（卷十二，頁18）、〈送張虎尼往日本〉（卷十六，頁8）、〈將乞師，聞須甲榜奉使乃發兵，不勝感激〉（卷十八，頁11）等即是，獨不見相關闇公自身赴日吟詠。私意以爲闇公浮海安南有《交行摘稿》之作，橫

〔註154〕王澐：〈東海先生傳〉，見徐孚遠：《交行摘稿》附錄（據藝海珠塵本排印，北京：中華書局，1985年北京新一版），頁16。

〔註155〕（清）謝庭薰修：《婁縣志》（影印乾隆五十三年刊本，台北：成文出版社，1974年6月臺一版），頁507。

〔註156〕（明）王畿：〈歷代史纂左編序〉，見氏著：《王龍溪全集》卷十三（台北：華文書局，1970年5月初版），頁879～880。

〔註157〕見張麟白：《浮海記》（台北：世界書局，1971年1月初版），頁19。

〔註158〕事參見張麟白：《浮海記》（台北：世界書局，1971年1月初版），頁14～19。

渡臺灣也有若干題詠，假若曾浮海日本乞師，豈有隻字不提之理？況且時人如其弟子林霍、王澐記述先生行跡皆未言及赴日一事，也不見相關史冊。可見闇公未曾遠赴日本乞師。如是可以斷言，《浮海記》並非出於闇公之手。

　　《晚明史籍考》著錄馮京第有《浮海記》一書，〔註159〕據此，似乎馮氏就是張麟白。按馮京第逝世於順治七年冬（1650），〔註160〕而筆者所見世界書局本《浮海記》，該書作者順治八年（1651）還奉魯王敕命，召周鶴芝北守羊、瞿等山；〔註161〕則馮京第也非張麟白。是否意味謝氏有誤，或馮氏所著亦名《浮海記》，因無由得見謝氏所謂《浮海記》一書，不得而知。

五、兵書

　　明季內有民變，外有異族入侵，眼見國家遭遇內憂外患、國勢衰頹，幾社諸子在研習制藝、切磋詩文的同時，更關注時局，以經濟救世為目標。意識到「顧時之所急無甚於兵」，〔註162〕為挽救動盪的國家，注重兵學成為他們經世的首務。徐孚遠平日「披展陰符密，貫穿孫子篇」，〔註163〕宋徵璧著《左氏兵法測要》，陳子龍則有《兵垣奏議》。

　　崇禎九年（1636）皇太極改國號清。這年，徐孚遠、陳子龍和夏允彝等人，取孫武、吳起兵書「各以己意論之，而並雜策當今用兵之事」，「庶以寄漆室之嘆」，〔註164〕合著《兵家言》一書。彭賓道：「崇禎丙子，天子下明詔頒郡國習孫吳之書、嫻騎射之事，蓋憤憤於天下之大而知兵者鮮也，予等數人遂作《兵家言》以應之」。〔註165〕錢澄之說：「是時，寇氛初熾，雲間夏瑗

〔註159〕謝國楨云：「《浮海記》，明應谿馮京第躋仲撰。躋仲於魯王監國時為兵部右侍郎，常至日本乞師，著有《浮海記》，舟山陷，死之。」見謝氏輯：《晚明史籍考》（台北：藝文印書館，1968年4月初版），頁736。

〔註160〕（清）黃宗羲：《海外慟哭記》（臺灣銀行經濟研究室編：臺灣文獻叢刊第135種，台北：臺灣大通書局，1987年10月初版），頁25。

〔註161〕見張麟白：《浮海記》（台北：世界書局，1971年1月初版），頁6。

〔註162〕徐孚遠：〈左氏兵法測要序〉，見（清）宋徵璧：《左氏兵法測要》，（四庫全書存目叢書子部第34冊，影印明末劍閣齋刻本，台南：莊嚴文化有限公司，1995年9月初版一刷），頁359。

〔註163〕〈生平〉，《釣璜堂存稿》卷二，頁14。

〔註164〕（明）陳子龍：〈兵家言序〉，見上海文獻叢書委員會編：《陳子龍文集》（上海：華東師範大學出版社，1988年11月一版一刷），頁437。

〔註165〕（清）彭賓〈左氏兵法測要序〉，見（清）宋徵璧：《左氏兵法測要》，（四庫全書存目叢書子部第34冊，影印明末劍閣齋刻本，台南：莊嚴文化有限公司，

公、陳大樽、徐復庵輩起爲古文詞，講求當世治亂禦侮之略，著爲《兵家言》。」〔註166〕對社稷的憂心，濃烈的社會責任和使命感可見，正是如此情懷，也讓他們面對國變時付諸實踐、奮不顧身對抗清廷。可惜，書已亡佚，詳確內容不得而知。不過，幾社諸子軍事思想主張設文武兼資科，使文士之兵，以補文武分途之弊，和重視軍事地理、重視邊防形勢考察，以及力主幕練水師等方面，〔註167〕是書所述理應不違這些觀點。

小結

　　徐孚遠學識淵博，有「兩腳書廚」美譽，並以詩文名世，爲當時士林所敬重。主持幾社期間，除了操持選政，編輯《幾社會義》初集至五集外，並著力編纂世用經典《皇明經世文編》和《農政全書》。素懷經世濟民之志，卻因場屋不順，未能在移鼎前伸展抱負。乙酉（1645）松江建義失敗後，以復明爲職志毅然離鄉，而後展轉流寓福建、浙東、臺灣，期間遠渡交南，最終客死潮州。二十年流離抗清生涯，迭遭挫折，偃蹇困頓，始終堅守志節擄忠報國，氣節和艱難相較於自裁殉國者，無所不及而有過之。

　　文中關於闇公事蹟，鼇清補正主要有三。一是長子徐世威之死。文中以闇公和好友錢澄之詩文，說明世威亡於乙酉（1645）八月十七日震澤之難，駁正《松江府志》吳易舉兵太湖，「乙酉八月二十五日，大雨，爲吳聖兆所敗，一軍盡覆，世威死之」之說。〔註168〕二爲浮海安南時間。闇公前往交南時間，文獻記載分歧不一，筆者以闇公僚友王忠孝永曆十二年（1658）二月、永曆十三年（1659）二月，和永曆十四年（1660）二月十日等三篇上桂王奏疏，辨證闇公自廈門啓程安南時間當爲永曆十二年（1658）二月。三、客死之處。徐孚遠命喪廣東饒平，但全祖望〈徐都御史傳〉卻說他身故於臺灣，以致後人各執一詞。文中採取在闇公三七弔喪，並爲公手書明旌的好友鄭郊之說，

　　　　　1995 年 9 月初版一刷），頁 364。

〔註166〕（清）錢澄之〈孫武公傳〉，見氏著：《田間文集》卷二十一，四庫禁燬書叢刊集部第 145 冊（影印清華大學圖書館藏清康熙二十九年斠雉堂刻本，北京：北京出版社，2000 年 1 月一版一刷），頁 103。

〔註167〕參馮玉榮：〈晚明幾社文人論兵析論〉，《軍事歷史研究》2004 年第 2 期，頁158～159。

〔註168〕見（清）宋如林修：《松江府志》二（影印嘉慶二十二年明倫堂刻本，南京：江蘇古籍出版社，1991 年 6 月 1 版 1 刷），頁 306。

再以闇公同鄉知交沈浩然、幾社弟子王澐和李延昰三人詩文加強佐證,闇公喪生饒平無可置疑。

著作方面,闇公史學特稱淵博,著述有《史記測議》和《十七史獵俎》;前者乃與陳子龍合撰,後者則撰述於流寓廈門期間。至於詩文著作,流離前未見別集付梓,僅見與幾社諸子合撰的《幾社壬申合稿》、《幾社六子詩》、《幾社六子詩選》,以及筆者所見〈梅南草廬〉、〈簡朱子若甥〉和〈擬李陵錄別詩〉等詩;流離期間則有個人詩集《釣璜堂存稿》和《交行摘稿》。此外知見遺文,除姚光所輯〈陳李倡和集序〉等八篇外,筆者又尋得〈左氏兵法測要序〉和〈書石秋子敬身錄後〉二篇。兵學方面,闇公又與陳子龍等人合著《兵家言》,可惜今日佚失,未能得見。

第二章　前期交遊考略

　　誠如第一章所述，徐孚遠曾主持幾社，又嘗主盟復社，加上離鄉抗清，輾轉仕唐王、魯王、桂王，入廈門依附鄭成功，自是交遊廣闊。披覽《釣璜堂存稿》、《交行摘稿》二書述及時人甚多，單是《釣璜堂存稿》詩題中，便高達七百餘首可見。為能了解這些詩作內容，進而探知徐孚遠流離抗清時的生命歷程，對於他所交遊的對象，實在需要進行考索。因此，本文從《釣璜堂存稿》與《交行摘稿》入手，依所見擇要述之，餘者參見附錄。

　　文中分類首先以時間為界，視乙酉（1645）八月徐孚遠松江守城失敗，流離抗清，萍寄異鄉之前為前期，之後為後期；如與闇公前後期皆有往來者，則以結識時間為依據。再者，以關係分。大體而言，徐孚遠所述及者絕多數屬於朋儕，因此再輔以身分細分之。其中，為求簡單明瞭，幾社、復社、海外幾社等社盟友各立一節；且如有兼具其他關係者，則歸於社盟友。如錢澄之為闇公復社友人，又是唐王朝同僚，便置於復社介紹。

　　所謂物以類聚，人以群分，期望藉由交遊考索深入了解徐孚遠的事蹟、創作和心志，兼而探索南明時期一些文人士大夫的風範。

第一節　師徒

　　本節以闇公師尊和弟子為探討對象。須說明的是，此處的老師不限於闇公親受學識的業師，也包含私淑對象。再者，闇公主持幾社，指導社中後進習作時藝，弟子應該不少，但《釣璜堂存稿》中，並未提及此時期的弟子。雖然如此，為能較清楚了解詩人事蹟，仍試就個人知見探索。

一、師

（一）楊喬然

在所知見流離期間詩文，徐孚遠直接以老師敬稱者，唯有楊桐若。然而，楊桐若事略正史未載。明蒙正發《三湘從事錄》記何騰蛟拒清守荊楚，丙戌（1646）七月唐王晉騰蛟定興侯，江北諸生來依後云：

> 適接按院楊公移文，題准於衡陽開科，補乙酉鄉試。即以代巡楊公諱喬然，號桐若，四川長壽縣人，癸未（1643）科進士為大主考，方伯嚴公為監臨，即就府學改為貢院，凡科場公費，皆嚴公倡同監司設法捐措者也。〔註1〕

又王夫之《永曆實錄》記何騰蛟開督府於長沙，嚴起恆「復出錢二千緡為文場費，奏請用御史楊喬然開闈試士，湖南北始復有弦誦聲，皆其力也。」〔註2〕二者所述，皆是丙戌年（1646）唐王於湖南開科取士一事。由於蒙正發當時從何騰蛟於楚，官拜兵部司務，也參加此次鄉試，並中式三十七名，〔註3〕故而《三湘從事錄》較為詳細。依其所述，丙戌年（1646）衡陽鄉試主考楊喬然，喬然為名，桐若為號，楊喬然又稱楊桐若。而此名楊桐若是否為徐孚遠之師？徐孚遠嘗述：「駕駐閩久，楊桐若師進言宜達虔以濟師，即擢御史按楚。」〔註4〕唐王立閩，改福建為福京，福州府為天興府，文中之「駕」無疑為唐王。是則闇公所說楊桐若被唐王擢升為御史，兼巡按楚地，正與王夫之所言楊喬然當時官御史、蒙正發所謂巡撫湖南相切合。再者，闇公〈奉懷楊桐若老師〉中，稱頌楊桐若功績時道：「吾師宗廟器，數載鎮瀟湘，虞帝巡方

〔註1〕 見（明）蒙正發：《三湘從事錄》（台北：廣文書局，1967年10月再版），頁236。

〔註2〕 （清）王夫之：《永曆實錄》卷二〈嚴起恆傳〉，周駿富輯明代傳記叢刊第108種（台北：明文書局，1991年），頁477。

〔註3〕 見（明）蒙正發：《三湘從事錄》（台北：廣文書局，1967年10月再版），頁236。

〔註4〕 徐孚遠對唐王因鄭芝龍掣肘不能出閩，喪失復明良機而感嘆萬千云：「駕駐閩久，楊桐若師進言宜達虔以濟師，即擢御史按楚。既奉命，道虔圖、上形勢。詔曰：『首發出虔之議者，楊御史也，命擇日行幸。』卒以牽制羈留，竟失事會，追感先識，良用慨然。」並為詩二首以抒懷。一曰：「軒皇芝蓋日蕭蕭，使者圖書入聖朝；贊策已無張壯武，迎鑾猶有霍嫖姚；中原翼虎終應殄，三楚飛熊不用招；更喜相如能喻蜀，渝歌巴舞雜雲韶。」二云：「東南勢重在荊州，陶侃於今鎮上流；獨對青蒲新繡斧，一揮白羽舊貔貅；長江鵝動王風大，鍾阜雲開漢月秋；無那成謀仍契闊，龍鸞流播不勝愁。」見《釣璜堂存稿》卷十二，頁14、15。

遠，征南握節強，熊羆招武士，羅網到文場」；﹝註5﹞是又與楊喬然代巡湖南，及湖南開科場取士相同。是以當無疑義，徐孚遠詩文之楊桐若師即是唐王擢命御史之楊喬然。

楊喬然事蹟零星散見方策，《長壽縣志》也僅記其進士登「（崇禎）十三年（1640）庚辰科魏藻德榜，官行人司」﹝註6﹞寥寥數語。承上所述，乙酉（1645）閏六月，唐王立閩京，楊喬然赴唐王行在自不待言。因而徐孚遠入閩京後，得知楊喬然亦事唐王，不禁喜出望外賦作〈赴闕後數日，喜聞楊桐若老師亦達行在〉：

> 侯芭辛苦帝都來，傳道楊雄奉使回；劍閣雲埋危棧斷，荊門樹杳片
> 帆開；三年玉節陪羈旅，萬里長江盡溯洄；聖主已聞宣室召，即看
> 獨步漢廷才。（卷十二，頁14）

首聯中徐孚遠以漢代侯芭、揚雄道出自己與楊喬然的關係。《漢書·揚雄傳》曰：

> 雄以病免，復召為大夫。家素貧，耆酒，人希至其門。時有好事者
> 載酒肴從游學，而鉅鹿侯芭常從雄居，受其《太玄》、《法言》焉。
> 劉歆亦嘗觀之，謂雄曰：「空自苦！今學者有祿利，然尚不能明易，
> 又如玄何？吾恐後人用覆醬瓿也。」雄笑而不應。年七十一，天鳳
> 五年卒，侯芭為起墳，喪之三年。﹝註7﹞

侯芭向揚雄學習《太玄》、《法言》，是為揚雄弟子；而徐孚遠以侯芭自擬，可知其曾受業於楊喬然。乙酉松江守城不果，徐孚遠八月離鄉南下，直至十月始得入閩，途中歷經險難，長子渡遼死於震澤，故而云「侯芭辛苦帝都來」。且闇公以揚雄喻指楊喬然，除了道出楊氏為自己業師，有尊崇之意外，又因揚雄與楊喬然俱為四川人而能更相呼應。

﹝註5﹞　〈奉懷楊桐若老師〉曰：「吾師宗廟器，數載鎮瀟湘，虞帝巡方遠，征南握節
　　　　強，熊羆招武士，羅網到文場，奉主身俱赤，致身髮未黃，前驅微騶裏，大
　　　　義感氐羌，慨自荊關失，遙瞻蜀道長，江花空黯淡，謝豹最淒涼，玉壘山千
　　　　疊，南溟水一方，萬游醉幾許，侯字問難詳，尚想三巴復，旋來五嶺旁，少
　　　　時趨杖履，同日儼衣裳，自愧無功業，新詩差滿囊。」見《釣璜堂存稿》卷
　　　　十六，頁16。
﹝註6﹞　見湯化培修：《四川省長壽縣志》（影印民國十七年石印本，台北：成文出版
　　　　社，1976年台一版），頁404。
﹝註7﹞　（漢）班固撰，（唐）顏師古注：《漢書》〈揚雄傳〉卷八十七下（北京：中華
　　　　書局，1997年6月第10刷），頁3585。

　　丙戌（1646）八月隆武汀州殉國後，徐孚遠入浙從魯監國而後依鄭成功奉桂王，楊喬然則是直接赴桂王行在。

　　楊喬然為人公正不阿。丁亥永曆元年（1647），逆臣劉承胤劫桂王至武崗。劉氏專擅朝政，懷有異心。喬然時任刑部，無懼承胤橫暴，言事相違逆，遂遭劉氏揮拳毆打而頭臉受傷。〔註8〕七月，又因與劉氏不合故，喬然解刑部職務，請敕入四川、貴州督師。〔註9〕十二月，桂王命喬然為四川總制。

　　永曆二年（1648）六月，朱容藩欲據蜀稱王，先自立為楚王世子，加天下兵馬副元帥；楊喬然與四川巡撫錢邦芑等人移檄諸將進討誅滅以復川東。永曆五年（1651）冬，孫可望脅迫桂王入安龍所，隔年桂王駐蹕安龍，多數將吏因而聽命孫氏，楊喬然則與川中將領李占春、余大海峻拒屈服。孫可望於是發兵攻蜀，楊喬然與李占春同心力抗，可惜不敵孫氏。兵敗，李占春入華山為道士；孫可望使人招降楊喬然，喬然無意附逆，因而毅然掛冠歸里。〔註10〕至於徐孚遠，入鷺島依鄭成功後，一心期盼能朝覲永曆，卻無能償願。在聞得楊喬然從桂王居蜀後，念及師尊，賦〈懷楊老師〉云：

> 吾師何在蜀江深？惆悵西來泛好音；棧道雲深途杳杳，安龍地僻信
> 沈沈；杜陵屢有哀時賦，諸葛終懷扶漢心；莫謂中原難驟定，只愁
> 共主尚依斟。（卷十四，頁14）

徐孚遠內心可說既喜又愁。喜的是得知楊喬然下落，愁的是自己與老師皆致力於扶傾，而社稷卻不知何時興復。

　　永曆十二年（1658）四月，清帥吳三桂率軍攻陷重慶，派人招降楊喬然，喬然抗節不屈服毒而死。〔註11〕此時，徐孚遠正困於安南，不得假道入滇陛見桂王。

〔註8〕　參《三湘從事錄》。文曰：「上（桂王）命楊太監密敕召赴武崗陛見，因劉承
　　　　允（胤）橫肆日甚，且陰蓄異謀，有廢上立伊墉岷王之意。刑部尚書楊喬然
　　　　為人公正不阿，言事與承允忤，揮拳毆擊，頭面受傷，廷臣莫不股栗。」（（明）
　　　　蒙正發：《三湘從事錄》，台北：廣文書局，1967年10月再版，頁249）
〔註9〕　（清）王夫之：《永曆實錄》卷一〈大行皇帝紀〉，周駿富輯明代傳記叢刊第
　　　　108種（台北：明文書局，1991年），頁455。
〔註10〕　參（明）顧山貞：《客滇述》（臺灣銀行經濟研究室編：臺灣文獻叢刊第271
　　　　種，台北：臺灣大通書局，1987年10月初版），頁24～28。
〔註11〕　參（明）顧山貞：《客滇述》（臺灣銀行經濟研究室編：臺灣文獻叢刊第271
　　　　種，台北：臺灣大通書局，1987年10月初版），頁29。

（二）黃道周

黃道周，字幼玄，福建漳浦人，學者稱石齋先生。少貧，然好學，窮微極博。天啟二年（1622）登進士，授編修，爲經筵展書官，彈劾魏忠賢不果，告歸。崇禎二年（1629）起故官。翌年主浙江鄉試，遷右中允，以疏救前相錢龍錫降調，龍錫免死。崇禎五年（1632），以《易》諫思宗，刺溫體仁、周延儒；思宗怒，罷其爲民。削籍期間，講學大滌書院、漳洲榕壇。九年（1636），起原官。累陞左春坊左諭德、詹事府少詹事、侍讀學士，修玉牒，充經筵日講官。十一年（1638），以疏論楊嗣昌、陳新甲，謫爲江西按察司都事。十三年（1640），江西巡撫解學龍以人才薦道周，思宗大怒，責以黨亂政，削二人籍，各杖八十下獄。明年，出戍辰州。十五年（1642）八月，思宗下旨免戍復官，道周堅辭，返歸漳浦講學。十七年（1644）三月北京陷，福王起爲吏部右侍郎，兼翰林院學士；然馬士英當權，無能有所爲。唐王立，授大學士兼吏部尚書。當是時，政歸鄭氏，鄭芝龍無意出兵，道周遂憤而自請視師，經略江西，號召得義旅九千餘人。順治二年（1645）冬，徽州陷，率兵赴救，於婺源遭遇清軍，敗戰被執。翌年三月，抗節不降，亡於南京，年六十一。唐王贈文明伯，諡忠烈。〔註12〕黃道周著述等身，《明史·藝文志》所錄有：《三易洞璣》、《易象正》、《洪範明義》、《月令明義》、《坊記集傳》、《表記集傳》、《緇衣集傳》、《孝經集傳》、《榕壇問業》、《續離騷》、《石齋集》等。〔註13〕

黃道周於明季「以文章風節高天下，嚴冷方剛，不諧流俗」，〔註14〕「說經議事，與匡衡、劉向相類，而直節則李膺、范滂之流」；〔註15〕不論文章，還是學問，抑或人品皆受廣大文士的欽仰，徐孚遠即是其一。不像楊喬然爲

〔註12〕 參（清）張廷玉等撰：《明史》卷二百五十五（北京：中華書局，1997 年 3月北京第 6 刷），頁 6592～6601、（清）邵廷采《東南紀事》卷三（臺灣銀行經濟研究室編：臺灣文獻叢刊第 96 種，台北：臺灣大通書局，1987 年 10 月初版），頁 39～55、（清）徐鼒：《小腆紀傳》卷二十三（臺灣銀行經濟研究室編：臺灣文獻叢刊第 138 種，台北：臺灣大通書局，1987 年 10 月初版），頁 295～302、（清）凌雪：《南天痕》卷五（臺灣銀行經濟研究室編：臺灣文獻叢刊第 76 種，台北：臺灣大通書局，1987 年 10 月初版），頁 89～91。

〔註13〕 見（清）張廷玉等撰：《明史》卷九十六、九十八、九十九（北京：中華書局，1997 年 3 月北第 6 刷），頁 2351、2354、2360、2367、2429、2491。

〔註14〕 （清）張廷玉等撰：《明史》卷二百五十五〈黃道周傳〉（北京：中華書局，1997 年 3 月第 6 刷），頁 6595。

〔註15〕 見（清）邵廷采《東南紀事》卷三（臺灣銀行經濟研究室編：臺灣文獻叢刊第 96 種，台北：臺灣大通書局，1987 年 10 月版），頁 55。

徐孚遠業師，黃道周並未授業徐孚遠，而是徐孚遠宗仰黃氏，進而私淑黃氏。遭逢國變前，徐孚遠已然景慕黃道周，卻因闇公「少也杜門寡游，雖私淑黃先生，久未得至於其門」，〔註16〕直至乙酉（1645）入閩前過信州，始得晉謁先生。相晤時，道周對徐孚遠一見如故，尤其稱賞徐氏志節，乃向朝廷薦舉，徐孚遠遂為唐王所用，一到福州，即被任命為天興司李。〔註17〕在此之前，徐孚遠即使博學多聞、懷抱濟世之志，但遲至崇禎十五年（1642）中舉，無由躋身仕宦之林。由此看來，黃道周無疑為徐孚遠宦場恩師，令徐孚遠得以仕進於唐王朝，實踐抗清復明之志。

順治二年（1645）十二月，黃道周率師自廣信進攻婺源，兵潰為清所執，次年三月完節殉國。徐孚遠賦〈挽文明先生〉、〈再哭黃石齋先生〉（卷十二，頁20）拜輓先生，前者詩曰：

> 黃初久已滿，夫子何為至？河上屢降生，道氣無乃類，鳳質五采成，出則為世瑞。夙慧洞鴻濛，羲皇洩真秘，一覽森萬象，六藝等游戲，殆庶矜微言，安論繇與賜？應物被簪纓，葆素耽荷芰，揮塵對羣公，豈免時俗忌？先皇神聖姿，充御罕駟驥，試繇計實疏，長駕恐顛躓，嘿嘿非高賢，直詞必揚觶，鵷鸞雖騫騰，矰弋焉能避？若盧卒被羈，宣室猶見識，屢斥忝朝恩，豈曰禦魑魅？脫屣無磷緇，身隱文彌賁，逍遙大滌山，講堂長薜荔，三載臥煙霞，兩都竟淪棄，事近鼎湖升，悲甚蒼梧淚，手拂若木枝，朝曦更整轡。帝俞俾作霖，爰立在揆地，草昧闕典章，武人日驕恣，孟明憚出師，安石乃避位，出鎮赫赫名，軍資本單匱，折戟當控弦，芒鞵逐鐵騎。賤子躅屬來，晉謁蒙憶記，昔枉曼容篇，揮涕觀高志，又承便面投，出入在篋笥，升斗非所求，庶幾幕府寄，一望旌旆色，撻伐誠不易。夫子久知命，秉節固無貳，廈傾非木支，星隕乃天意。毅魄視古今，喪元道無墜。寂寞信州城，

〔註16〕見徐孚遠：〈湄龍堂詩文集序〉，《徐闇公先生遺文》六，頁2。

〔註17〕事參洪思《黃子年譜》、錢澄之〈哭徐復菴文〉。洪思《黃子年譜》載：「（隆武元年十月）又疏舉趙士超、俞墨華、徐敬時、徐孚遠等九人，請受職立功。冬十月廿八日，奉旨：『所薦舉，俱聽軍前效用。』」（見（明）洪思等撰、侯真平校點：《黃道周年譜附傳記》，福州：福建人民出版社，1999年9月，頁33）又錢澄之〈哭徐復菴文〉曰：「漳浦夫子（黃道周）奇兄之節，憫弟之癡，並登薦章。弟猶未達，兄乞外任司李天興。」載氏著：《田間文集》（影印清華大學圖書館藏清康熙二十九年斟雉堂刻本，北京：北京出版社，2000年1月一版一刷），頁145。

遺恨空漢幟，一感西州慟，九原倘可企。（卷二，頁 5）

內容要述黃道周一生事蹟與成就，兼而憶及兩人信州晤面景況。徐孚遠對黃道周博學品高之崇敬、感念提攜之情，與社稷喪失棟樑之憾恨，於文字之間真摯流露，可見其對黃子的情誼。

二、弟子

（一）王澐

王澐字勝時，本名溥、字大來，晚號僧士，華亭人。明貢生，為陳子龍入門弟子。順治四年（1647）陳子龍投水殉節，王澐為師收葬，並接續子龍完成陳子龍年譜。曾縱遊齊梁楚粵，著有《雲間第宅志》、《遠游記》、《輞川稿》和《文無草》等。〔註18〕

徐孚遠主持幾社課藝期間，始創六子初登文壇之昆弟、親戚和門生，每月習作八股文時都是由他評述、指導，王澐即在其中。〔註19〕除了與闇公師生名分外，王澐也和闇公胞弟鳳彩、致遠、姪輩允貞交誼深厚；甚至「少受先生教，長而娶於姚」，〔註20〕與闇公同娶姚氏一門，進而和先生成為姻親。對王澐來說，闇公既是老師，也是尊兄和姻家。

乙酉（1645）七夕，王澐和先生相別泖湖，〔註21〕此後天各一方，有生之年無能再晤。不過順治十年（1653）王澐客遊漳南，闇公不知從何處得到消息，曾冒險託人帶信問訊。〔註22〕王澐因此題詠二章抒發牽掛情懷。其一云：「不見徐孺子，飄零已十秋；依劉寧失策，復楚更何求？鴻雁春前到，魚

〔註18〕參（清）謝庭薰修：《婁縣志》卷二十五（影印乾隆五十三年刊本，台北：成文出版社，1974 年 6 月台一版），頁 1060～1061、（清）王澐著：《王義士輞川詩鈔》卷一（據藝海珠塵本排印，北京：中華書局，1985 年北京新一版），頁 1。

〔註19〕見（清）杜登春：《社事始末》（藝文印書館百部叢書集成據藝海珠塵本影印，台北：藝文印書館，1968 年），頁 11。

〔註20〕王澐：〈東海先生傳〉，《徐闇公先生年譜·附錄》，頁 9。

〔註21〕王澐〈會葬闇公、武靜賦呈麗沖、安士〉之三自注曰：「乙酉七夕，別公于泖上。」見氏著：《王義士輞川詩鈔》卷六（據藝海珠塵本排印，北京：中華書局，1985 年北京新一版），頁 75。

〔註22〕王澐〈會葬闇公、武靜賦呈麗沖、安士〉之五自注道：「癸巳在漳南，公寄信至。」見氏著：《王義士輞川詩鈔》卷六（據藝海珠塵本排印，北京：中華書局，1985 年北京新一版），頁 75。

梟夢裏愁；盈盈成異域，岐路淚空流。」〔註 23〕筆墨之間盡是思念及關切闇公之情。

闇公歸葬華亭後，王澐賦〈粵哀〉傷悼云：

> 徐公恢大度，鬱然起名世，網羅百家言，紛綸五經笥，高談王霸略，
> 感歎興亡異，世本相韓家，心懷帝秦恥，五湖失扁舟，空山斷客趾，
> 徒跣奔行在，舉朝爭驚喜，朝聞臨軒命，夕拜金門裏，翹首望朝陽，
> 轉盼返濛汜，無諸風既衰，有窮凶益肆，屬車蒙清塵，文武頓墜地，
> 茫茫大九州，大瀛環所止，御風列子行，乘桴尼父至，野鷗狎忘機，
> 長鯨亦弭耳，跡歷沃焦外，道通日月際，絕域被聲教，遐荒慕高義，
> 禮失且求野，天喪無後起，雖同幼安默，猶存精衛志，嶺表逢故人，
> 重說先朝事，仰天呼高皇，號咷忽長逝，精神貫白日，妻子輕脫屣，
> 尚有平生言，同心吳季子，金散原陵交，信重嬰杵誼，繒弋將安施，
> 羽毛悲摧敝，夜從下邳游，老向膠西死，嗚呼徐君墓，掛劍今已矣。

（自註：公與禾城吳君祖錫同志，歿後數年，吳客死膠西。）〔註 24〕

又爲先生撰寫行狀〈東海先生傳〉，眞切敘述闇公的高才博學、堅貞氣節，以及爲復國顛沛流離的行跡，著實可補《明史》不足。

康熙十八年（1679）仲冬，闇公姪兒允貞、安士和嗣孫懷瀚舉行族葬，將闇公及其妻姚氏、戴氏合葬，對闇公情深義重的王澐在「今日舊遊零落盡，滿空風雨送輀車」〔註25〕下前去送葬。思及過往和闇公遭遇，感慨萬千之餘，發抒吟詠〈會葬闇公、武靜賦呈麗沖、安士〉組詩十四首，其中多達十章追悼闇公，〔註26〕對闇公的眷念和情感，自不待言。

（二）李延昰

李延昰，字辰山，一字寒村，原名彥貞，字我生，又字期叔，上海人，明大理寺右評事李中立子。年二十嘗間道入桂林，仕永曆朝，對抗清廷。延昰少從叔父中梓習醫，故而事敗後隱於醫，居平湖佑聖觀中爲道士，以醫藥

〔註23〕 王澐：〈東海先生傳〉，《徐闇公先生年譜・附錄》，頁7。

〔註24〕 序曰：「哀孝廉孚遠也，客死潮陽。」（清）王澐：《王義士輞川詩鈔》卷二（據藝海珠塵本排印，北京：中華書局，1985年北京新一版），頁26～27。

〔註25〕 見王澐：〈會葬闇公、武靜賦呈麗沖、安士〉之一，氏著：《王義士輞川詩鈔》卷六（據藝海珠塵本排印，北京：中華書局，1985年北京新一版），頁74。

〔註26〕 後四章則是追思闇公少弟致遠。見（清）王澐：《王義士輞川詩鈔》卷六（據藝海珠塵本排印，北京：中華書局，1985年北京新一版），頁74～75。

自給。康熙三十六年（1697）卒，享壽七十，朱彝尊爲撰塔銘。臨終前，將平日玩好一瓢、一笠、一琴、一硯，分贈友朋；並將二千五百卷藏書，及著書《南吳舊話錄》、《放鷳亭集》贈與朱彝尊。所著又有《崇禎甲申錄》、《脈訣彙辨》、《藥品化義》、《醫學口訣》……等。〔註27〕

　　李延昰於崇禎時受業於徐孚遠，爲闇公高弟，所賦詩文「伯仲幾社諸君」〔註28〕。《松江府志》載其乙酉（1645）清軍南下，嘗從徐孚遠入浙、閩，〔註29〕然詳情闕如，無能得知。乙巳（1665）徐孚遠溘逝後，李延昰嘗至義烏界悼念先生，〈過宣和嶺至義烏界追憶先師孝廉徐闇公先生相期卜築處〉云：

　　　　聞說烏傷界，前期似夢中；四闈青嶂合，一道白雲通；棲隱終難遂，

　　　飄零轉易窮（先生後終潮州）；門生頭白盡，無路哭遺蹤。〔註30〕

烏傷爲義烏原名，位於浙江。依詩文所言，徐孚遠與李延昰相約棲隱於此。據陳子龍詩──〈經烏傷因憶闇公欲卜居東義之間卻寄〉，〔註31〕可知此處當於義烏、東義之間。由於徐孚遠爲復明流徙，終而客死潮州，對李延昰而言，與先生所約猶如幻夢，難以實現，僅能踐履相期卜居處，追憶前事、感念先生。「門生頭白盡，無路哭遺蹤」，無盡的悲愴與遺憾溢於文辭，不難想見他對徐孚遠深摯的情感。

（三）姚世靖

　　姚世靖，字子清，號藥師，松江華亭人。明諸生，自幼喪父，事母極孝；師事陳子龍、徐孚遠。世靖富才華，早有文譽。崇禎十七年（1644）國變後，

〔註27〕傳參（清）朱彝尊：《靜志居詩話》卷二十三（北京：人民文學出版社，2006年1月一刷），頁758、（清）應寶時修：《上海縣志》卷二十二（據清同治十一年刊本影印，台北：成文出版社，1975年台1版），頁1716。

〔註28〕朱彝尊曰：「（李延昰）詩亦伯仲幾社諸君，入之黃冠中，翹翹束楚。」見氏著：《靜志居詩話》卷二十三（北京：人民文學出版社，2006年1月一刷），頁758。

〔註29〕《松江府志》卷五十六云：「師事同郡舉人徐孚遠，爲高第弟子，嘗從孚遠入浙閩。」見（清）宋如林修：《松江府志》（影印清嘉慶二十二年刊本南京：江蘇古籍版社，1991年6月出版），頁324。

〔註30〕（清）姜仲翀錄：《國朝松江詩鈔》卷六十一（臺灣大學圖書館藏清嘉慶十三年敬和堂刊本），頁25。

〔註31〕陳子龍〈經烏傷因憶闇公欲卜居東義之間卻寄〉：「度嶺攀崖立馬看，陵阿宿莽路漫漫。飛泉絕澗穿雲下，反照雙峯戴雪寒。晏歲冰霜千里暮，空山鼓角數聲殘。冬春射獵堪乘興，此地相攜欲掛冠。」見陳子龍著、施蟄存標校：《陳子龍詩集》（上海：上海古籍出版社，1983年7月一版一刷），頁512。

息意仕進，棲隱南溪書屋，年四十貧困以終。其詩「詩格老鍊，艷體直逼溫岐，晚年之作倍極悽惋」，著有《翠樾軒詩彙》。〔註32〕

姚世靖與徐孚遠季弟致遠交遊，〔註33〕又受業於孚遠，其有〈呈闇公師〉二首。之一云：

> 丹穴由來鳳鳥居，中原風采望冠裾；菰蘆道重還求友，湖海時危獨著書。孺子留侯陪顧盼，大兒文舉借吹噓；聖朝梁棟徵材急，明詔先應到草廬。

之二道：

> 委瑣躬耕不足爲，幾年龍臥絳紗帷；五人經行南中重，七子文章北海推。未許徵車干出處，早於函丈見安危；即今淝水觀兵日，談笑蒼生更阿誰？〔註34〕

不難發現，縱使闇公科場失利，僅能龍臥授徒，然而世靖深知先生才學，尊崇絲毫不減。

順治二年（1645），清軍南下，徐孚遠與陳子龍等人松江舉義不果，徐孚遠毅然棄家，流離抗清。世靖未聞先生音訊，心繫先生安危，有〈傷闇公師〉（自注：時航海未卜存亡）之作。曰：

> 秋風啼斷奈何禽，落日孤臣淚滿襟；兵散具區濤自白，魂歸笠澤草應深。書生洛下猶傳詠，梁父隆中已絕吟；我亦銜哀同宋玉，無才不敢賦招尋。〔註35〕

具區、笠澤均爲太湖別名，頷聯書寫順治二年（1645）徐孚遠及諸多抗清志士於太湖建義失敗事。頸聯感嘆當時吟風詠月的文士大有人在，然而如諸葛

〔註32〕 傳參（清）姚宏緒編：《松風餘韻》卷十九，見四庫全書存目叢書補編第 37 冊（景印首都圖書館藏清乾隆九年寶善堂刻本，濟南：齊魯書社，2001 年月 9 一刷），頁 321。

〔註33〕 姚世靖有詩〈夏日同唐大千、湯公瑾、吳萬頃集徐武靜齋，已復過余小飲，諸越臣後至〉，可見其與徐致遠相交遊。見（清）姚宏緒編：《松風餘韻》卷十九，四庫全書存目叢書補編第 37 冊（景印首都圖書館藏清乾隆九年寶善堂刻本，濟南：齊魯書社，2001 年 9 月一刷），頁 323。

〔註34〕 （清）姚宏緒編：《松風餘韻》卷十九，見四庫全書存目叢書補編第 37 冊（景印首都圖書館藏清乾隆九年寶善堂刻本，濟南：齊魯書社，2001 年月 9 一刷），頁 322。

〔註35〕 姚宏緒編：《松風餘韻》卷十九，見四庫全書存目叢書補編第 37 冊（景印首都圖書館藏清乾隆九年寶善堂刻本，濟南：齊魯書社，2001 年月 9 一刷），頁 323。

亮、徐孚遠般懷抱遠大、奮身報國者已然不見。尾聯除以宋玉表示自己哀情外，更稱揚徐孚遠如屈原般志節。綜觀全詩，不僅有對徐孚遠的推崇與感傷，更抒發其亡國的悲慟。

（四）林霍

有別於前三人是闇公流離前弟子，林霍則為流寓廈門時弟子。林霍，字子濩，號滄湄，福建同安人。其人學識廣博，好聲韻之學，又善詩文，著述甚多，著有《續閩書》、《雙聲譜》、《鷗亭詩草》、《滄湄文集》、《滄湄詩話》、《荷樓詩選》等。〔註36〕

順治三年（1646）秋，清滅南明唐王朝，林霍時年雖僅有十六，卻絕意仕進、不為異族臣。盧若騰〈林子濩詩序〉道：

> 丙戌（1646）之秋，虜氛污閩，子濩是時年才十有六耳；憤鱗介之縱橫，悼冠裳之不振，遂隱淪自放，絕意進取；感時撫事，往往自鳴其不平，時復與同心知己，吟詠見意。……子濩童穉之年，草茅貧賤，所處之地，與二公（鄭思肖、謝翱）不侔，而嚴《春秋》夷夏之辨，守屯爻不字之貞，富貴功名不以動其心；因窮十稔不以易其節，豈非性植於天，而識克於學者乎？〔註37〕

盧若騰對於林霍年少即以氣節自許，置個人榮利於度外，能堅守民族大義極力讚賞。事實證明，林霍心志並不因南明結束而有所動搖。由《廈門志》等可知，林霍貫徹始終稱遺民終身，無愧徐孚遠稱其「幽谷含風蘭氣韻，空庭刷羽鶴儀型」。〔註38〕

順治三年（1646）秋，林霍開始往來廈門，先與紀許國、盧若騰、莊潛諸人交遊。紀許國為其莫逆交，嘗稱林霍詩「如空山發翠，馨香不絕，別留神韻於筆墨之外」。〔註39〕盧若騰則為林霍父敷卿友執，〔註40〕林霍曾向盧氏

〔註36〕參（清）周凱：《廈門志》卷十三（臺灣銀行經濟研究室編：臺灣文獻叢刊第95種，南投：臺灣省文獻委員會，1993年9月），頁564、（清）徐鼐：《小腆紀傳》卷五十八（臺灣銀行經濟研究室編：臺灣文獻叢刊第138種，台北：臺灣大通書局，1987年10月初版），頁827。

〔註37〕見（明）盧若騰：《留庵詩文集·林子濩詩序》（金門：金門縣文獻委員會，1970年6月再版），頁85～86。

〔註38〕見〈懷同安莊、林二子〉，《釣璜堂存稿》卷十四，頁31。

〔註39〕見（清）周凱修：《廈門志》卷十三（臺灣銀行經濟研究室編：臺灣文獻叢刊第95種，南投：臺灣省文獻委員會，1993年9月），頁564。

〔註40〕見（明）盧若騰：《留庵詩文集·林子濩詩序》（金門：金門縣文獻委員會，

問詩，兩人亦時有詩相贈答。今《留菴詩文集》可見有：五古〈林子濩寄詩見懷，次韻答之〉、七律〈次韻林子濩二首〉、〈再贈林子濩，用前韻〉，〔註41〕共四首詩。

　　順治八年（1651）九月，徐孚遠至鷺島依附鄭成功後，與林霍結識，〔註42〕林霍才得以入闇公門牆。期間，林霍從徐孚遠學詩，得聞先生論詩文，兼及陳子龍、夏允彝等有志之士事蹟。〔註43〕順治十五年（1658），徐孚遠浮海交南，擬假道朝覲桂王不果，回返廈門修書予林霍道：

> 交行之不得達，有不偶者數事，非筆墨所能詳紀，石老（紀許國）
> 能傳之也。聞粵東猶可以達，特險耳。今天使黃兄（黃事忠）尚在，
> 明春須問途，不肖固不惜命也！〔註44〕

筆墨之間，絲毫不掩自己無奈與不撓意志。清康熙二年（1663）十月，清破金、廈二島，徐孚遠與明宗室、眾遺老從鄭經退居銅山，又自銅山轉入廣東饒平。從此，林霍便不得親晤先生。〔註45〕康熙四年（1665）五月，徐孚遠身故。林霍不僅爲先生作〈徐闇公先生傳〉，更致力保存先生流離期間詩文遺作，實有保存文獻之功。

第二節　幾社友

　　徐孚遠爲幾社首唱，也是幾社課藝宗師，自然結識諸多幾社人士。本節主要以首唱諸子爲探討對象。要說明的是，杜麟徵雖是創社發起人，但他卻早在崇禎六年（1633）辭世，與闇公往來文獻闕如，就連《釣璜堂存稿》也

1970 年 6 月再版），頁 85。
〔註41〕　見（明）盧若騰：《留庵詩文集》（金門：金門縣文獻委員會，1970 年 6 月再版），頁 5、45、45～46。
〔註42〕　林霍〈華亭徐闇公先生詩文集序〉云：「舟山破，公因抵鷺門，是爲庚寅（1650）歲三月。」（《釣璜堂存稿序》，頁 1）然而清廷破舟山，爲辛卯（順治八年，1651）九月；因此徐孚遠至廈門依附鄭成功不當爲庚寅歲（1650）三月。林霍所記有誤。
〔註43〕　參林霍：〈華亭徐闇公先生詩文集序〉，《釣璜堂存稿序》，頁 1、〈徐闇公先生詩集後序〉，《釣璜堂存稿序》，頁 1。
〔註44〕　見林霍：〈徐闇公先生傳〉，見《徐闇公先生年譜・附錄》，頁 4。
〔註45〕　林霍與徐懷瀚〈庚午冬書稿〉曰：「憶先師當癸卯（1663）島破，漂泊銅山，將南帆，……從此入粵，霍遂不得續見。」（《徐闇公先生年譜・附錄》，頁 23）可知，自徐孚遠入廣東迄辭世，未能再與林霍晤面。

僅見〈憶與臥子集社仁趾齋，酒後狂言一坐盡驚，去此二十餘年矣，追思往跡，亦復何異古人哉〉〔註46〕題中述及他的書齋，不見追思他的詩文，是以文中不論。至於宋徵璧和張密，非但是詩文友，也與闇公流離生涯相關，因此雖非首倡也一併考察。

一、陳子龍

　　《釣璜堂存稿》中，陳子龍入題多達二十餘詩，〔註47〕居徐孚遠所懷親故之冠；可想而知，在闇公漂泊異鄉、輾轉抗清歲月裏，最爲思念的摯友莫過於陳子龍。陳子龍，字臥子，一字懋中，又字人中，號軼符，晚年又號大樽，松江華亭人。自幼資質穎異、才思敏捷，詩、詞、古文和駢體無不精工；又能砥節礪行、以經世自任，於明季極負盛名，《明史》有傳。

　　崇禎二年（1629），幾社在杜麟徵與夏允彝主導下成立，是年徐孚遠結識了陳子龍。〔註48〕往來期間，懷抱經世之志的兩人一同讀書、習作時文，相互切磋古文辭、賦詩吟詠，彼此砥礪氣節，也在鼎革之際成爲奮起抗清的同志。

　　崇禎三年（1630）六月，陳子龍與徐孚遠、周立勳相偕赴試金陵，寓居

〔註46〕見卷十三，頁12。
〔註47〕見於詩題者有：卷二〈異鄉別兼懷陳臥子〉；卷三〈夢臥子〉、〈哭陳臥子〉〔聞
　　　訃已歷時筆不得下至是始成篇〕；卷四〈同志近多蒙難追感陳、夏作〉；卷九
　　　〈夢與臥子同謁許霞城先生，先生似有微疾〉；卷十〈陳、夏〉；卷十二〈除
　　　夕有懷兼懷陳臥子〉、〈消息入夏杳然兼懷臥子〉；卷十三〈憶與臥子集社仁趾
　　　齋，酒後狂言一坐盡驚，去此二十餘年矣，追思往跡，亦復何異古人哉！〉、
　　　〈興公見枉，追敘亡友臥子、受先四五公，惟云未識天如，感而有作〉、〈夢
　　　中有句，似懷亡友周勒卣、陳臥子也，覺而成之〉、〈哭陳臥子〉、〈夜夢臥子，
　　　劇談如昔，已覺其殆也，問以冥途事不答，惝怳遂寤，詩以痛之〉；卷十四〈夢
　　　與臥子奕〉、〈馮子出臥子五七言律詩一卷示予，舒章、勒卣亦各附數章〉、〈旅
　　　邸追懷臥子〉；卷十五〈將耕東方感念維斗、臥子，愴然有作〉；卷十六〈陳
　　　臥子〉〔吾郡周勒卣、夏彝仲、李存我、陳臥子、何愨人皆席研友，勒卣獨前
　　　沒，四子俱蒙難，流落餘生每念昔者，便同隔世，各作十韻以誌不忘，如得
　　　歸郡，兼示五家子姓〕；卷十八〈憶臥子讀書南園作〉、〈詮詩憶陳臥子〉、〈懷
　　　陳臥子〉、〈仲春憶臥子〉；卷十九〈追憶陳、夏〉、〈坐月懷臥子〉；卷二十〈武
　　　靜弟別墅有樓，臥子名之曰南樓，時遊憩焉〉等。此外，亦有見於詩句中者，
　　　如卷三〈南園讀書樓〉、卷十〈杜子美登岳陽樓云親朋無一字，余懷此歎久矣
　　　遂賦之兼念亡友〉之二等。
〔註48〕參陳子龍自撰年譜，「崇禎二年己巳」，見於陳子龍著、施蟄存標校：《陳子龍
　　　詩集》附錄二（上海：上海古籍出版社，1983年7月一版一刷），頁643。

謝公墩佛舍，除了致力舉業，閒暇之餘也結伴同遊金陵城中和近郊名勝。無奈揭榜僅有陳子龍傳出捷報，闇公與周立勳則不幸落第。〔註49〕崇禎六年（1633）夏，闇公為了再度應考，偕同母弟鳳彩到金陵。臨行前，陳子龍以「越石固豪士，祖生乃時雄」，晉朝劉琨、祖逖勗勉闇公再接再厲。〔註50〕可惜，榜發，闇公再次鎩羽而歸。消息傳開，江南文士紛紛為闇公久困場屋深感悵惋。〔註51〕陳子龍更以齊桓公重用的甯戚，和平原君禮遇的公孫龍來安慰闇公，認為他們在得志前也都是失意人，更何況「餘子才無敵，諸公禮自恭」，〔註52〕闇公具備滿腹才學，必能受重用。

　　崇禎八年（1635）春，陳子龍與徐孚遠相偕讀書南園。〔註53〕南園，《松江府志》載道：「在南門外阮家巷，都憲陸樹德世居修竹鄉金沙灘，後葺別業於此，侍郎彥禎繼居之。有梅南草廬、讀書樓、濯僆窩諸勝，崇禎間幾社諸子每就此園讌集。」〔註54〕又據闇公〈南園讀書樓〉云：

> 陸氏構此園，冉冉數十歲，背郭面良疇，緩步可休憩，長廊何縈延，
> 複閣亦迢遞，高樓多藏書，歲久樓空閒，丹漆風雨摧，山根長薜荔。
> 我友陳軼符，聲名走四裔，避喧居其中，干旄罕能庋，招余共晨昏，
> 偃蹇搜百藝，徵古大言舒，披圖奇字綴，沿隄秋桂叢，小橋春杏麗，
> 月影浮觴斝，荷香落衣袂，心賞靡不經，周旋淡溶潏。豈意數年來，
> 哲人忽已逝？余復淩滄波，纕懷不可繼，既深蒿里悲，還想華亭唉，
> 他時登此樓，眷言申末契。（卷三，頁6）

〔註49〕 參陳子龍自撰年譜，「崇禎三年庚午」（見於陳子龍著、施蟄存標校：《陳子龍詩集》附錄二（上海：上海古籍出版社，1983年7月一版一刷，頁644）、陳洙等編《徐闇公先生年譜》崇禎三年庚午（《徐闇公先生年譜》，8頁）。

〔註50〕 陳子龍：〈送闇公、聖期應試金陵〉，見陳子龍著、施蟄存標校：《陳子龍詩集》卷四（上海：上海古籍出版社，1983年7月一版一刷），頁105。

〔註51〕 參顧開雍〈陳李唱和集序〉。文云：「洎乎秋物顏淡，淹拙多故，闇公以試左，先日到邑。江表之士聞者，為阻傷久之。」見於陳子龍著、施蟄存標校：《陳子龍詩集》附錄三（上海：上海古籍出版社，1983年7月一版一刷），頁762。

〔註52〕 見陳子龍：〈十四晚見闇公從金陵歸感賦〉之一，陳子龍著、施蟄存標校：《陳子龍詩集》卷十一（上海：上海古籍出版社，1983年7月一版一刷），頁324。

〔註53〕 參陳子龍自撰年譜，「崇禎八年乙亥」，見於陳子龍著、施蟄存標校：《陳子龍詩集》附錄二（上海：上海古籍出版社，1983年7月一版一刷），頁650。

〔註54〕 （清）宋如林修：《松江府志》卷七十七（影印清嘉慶二十二年刊本，南京：江蘇古籍出版社，1991年6月出版），頁783。

可知原爲陸樹德別墅，〔註55〕不但幽邃清雅，重要的是具有豐富藏書。徐、陳二子就在南園的讀書樓，爲了科舉功名一起唸書和習作八股文，偶爾也吟詠情性，相互抒懷。不僅如此，崇禎十一年（1638）兩人更在這裡共同編纂了《皇明經世文編》，和撰寫《史記測議》；隔年，又共同商榷編訂徐光啓的《農政全書》，爲經世濟民貢獻心力。〔註56〕對闇公來說，與陳子龍南園共晨昏的時光別具意義，故而在日後流離的歲月，如〈憶臥子讀書南園作〉云：「與君披卷傲滄洲，背郭亭臺處處幽，昔日藏書今在否，依然花落仲宣樓？」（卷十八，頁3）更化爲對陳子龍的思念。

　　崇禎九年（1636），徐孚遠再次赴試，陳子龍〈送徐闇公省試金陵〉道：

> 草草羣公卿，飽食濫高位。皇輿正憂虞，此輩日遊戲。所以徒步者，
> 凜然思大義。徐生挺英姿，天矯清雲器。讀書尚疎通，下筆自弘肆。
> 每負蒼生憂，慨然渭濱事。瞠目笑腐儒，支離守文字。曖昧甲乙科，
> 荒唐有司試。常使至尊歎，蕭條想騏驥。近年稍不羈，非無異人至。
> 上書或拜官，徵召遣爲吏。天下方抒懷，盈庭猶詬詈。夫君憤更深，
> 酒間時涕泗。未聞王佐才，尚與經生類。格鬭慘中原，江淮見烽燧。
> 塗炭悲蒸黎，崎嶇二元帥。空傳犄角謀，獨憐澄清志。不識老布衣，
> 可共雲臺議。資格久拘牽，變通良不易。豈作聲價時，阽危難坐視。
> 勸君一黽勉，應舉何足愧？新建與威寧，風雲從此始。當其未貴時，
> 庸人笑狂稚。我思聞雞人，中夜長假寐。〔註57〕

〔註55〕陸樹德，字與成，嘉靖末進士。爲官坦直清嚴，歷嚴州推官、刑部主事、尚寶卿、太常少卿、南京太僕卿，以右僉都御史巡撫山東，《明史》有傳。參《明史》〈陸樹德傳〉卷二百二十七（北京：中華書局，1997年3月第6刷），頁5958～5959。

〔註56〕《皇明經世文編》之事參陳子龍自撰《年譜》，「崇禎十一年戊寅」，見於陳子龍著、施蟄存標校：《陳子龍詩集》附錄二（上海：上海古籍出版社，1983年7月一版一刷），頁659。《史記測議》撰述時間見徐孚遠〈史記測議序例〉（《徐闇公先生遺文》三，頁1）。又陳子龍自撰《年譜》崇禎十二年載「讀書南園，編農政全書。」而陳子龍〈農政全書凡例〉曰：「相與商榷者李孝廉待問、徐太學孚遠、宋孝廉徵璧、徐太學鳳彩也。」（見氏著、上海文獻叢書委員會編：《陳子龍文集》（上海：華東師範大學出版社，1988年11月一版一刷，頁680～681。）是知陳子龍崇禎十二年於南園編輯《農政全書》時，徐孚遠也齊同參予討論、審定內容。

〔註57〕見陳子龍著、施蟄存標校：《陳子龍詩集》卷六（上海：上海古籍出版社，1983年7月一版一刷），頁154～155。

認為闇公不僅學識廣博，又能以黎民社稷為念，堪稱為經綸濟世之才，遠遠
勝過那些罔顧國家危難，只圖一己享樂的達官貴人，是以不禁為闇公久困諸
生抱不平。此外，更鼓舞闇公：「勸君一甿勉，應舉何足愧！」毋庸對先前失
利與年近不惑耿耿於懷，寬心應試即是。結果闇公依舊未能稱心。相對於闇
公秋闈失意，翌年春試陳子龍順利得雋，也結束兩人為科舉琢磨舉業的時光。

　　綜觀陳子龍與闇公交誼，兩人可說志同道合、契若金蘭，除了一度為許
都事件產生芥蒂外。

　　許都為東陽諸生，經由闇公結識陳子龍，吳偉業《綏寇紀略》道：

> 松江孝廉徐闇公孚遠者，識其人，奇之，曰：「國家思破格得士，苟
> 假都以一職，數萬眾可集也。」闇公與同邑陳臥子子龍為生死交，
> 子龍官紹興推官，因與游，嘗薦諸上官，不能用。〔註58〕

徐孚遠認為許都是奇才，朝廷若能破格起用，必會為朝廷建功立業，於是介
紹給陳子龍，希望他能舉薦。陳氏曾向朝廷推薦，而朝廷未能採納。只是沒
想到崇禎十六年（1643）冬，許都在官逼民反下起兵，反成為朝廷眼中必須
剿除的逆賊。《明史》載：

> 東陽諸生許都者，副使達道孫也；家富，任俠好施。陰以兵法部勒
> 賓客子弟，思得一當。子龍嘗薦諸上官，不用；東陽令以私憾之。
> 適義烏奸人假中貴名招兵事發；都葬母山中，會者萬人，或告監司
> 王雄曰：「都反矣！」雄遽遣使收捕；都遂反。旬日間，聚眾數萬，
> 連陷東陽、義烏、浦江，遂逼郡城。既而引去，巡撫董象恆坐事逮。
> 代者未至，巡按御史左光先以撫標兵——命子龍為監軍討之，稍有
> 俘獲；而遊擊蔣若來破其犯郡之兵，都乃率餘卒三千保南砦。雄欲
> 撫賊，語子龍曰：「賊聚糧據險，官軍不能仰攻，非曠日不克。我兵
> 萬人止五日糧，奈何！」子龍曰：「都，舊識也；請往察之。」乃單
> 騎入都營，責數其罪；諭令歸降，待以不死。遂挾都見雄；復挾都
> 走山中，散遣其眾，而以二百人降。光先與東陽令善，竟斬都等六
> 十餘人於江滸；子龍爭，不能得。以定亂功，擢兵科給事中。〔註59〕

〔註58〕（清）吳偉業：《綏寇紀略‧補遺下》（據學津討原本排印，北京：中華書局，
　　　　1985年北京新一版），頁392。

〔註59〕（清）張廷玉等撰：《明史》，卷二百七十七（北京：中華書局，1997年3月
　　　　第6刷），頁7097。

許都本是母喪萬人送葬，卻被誣陷成起兵謀逆，迫使他以誅殺貪吏為名舉兵。許都本無叛亂之意，只因被逼上梁山，崇禎十七年（1644）正月於是主動向陳子龍投誠。〔註60〕陳氏允諾可免死罪，但後來許都和他的部眾六十多人皆被處死。雖然許都等人並非陳子龍敕令斫殺，但他未能信守承諾，甚至因而晉升兵科給事中，終究是事實。對此闇公非常不諒解陳子龍，二人的友誼因而出現裂痕。

甲申（1644）五月，清廷入主北京，福王即位南京，陳子龍官兵科給事中。兩人重修舊好，戮力同心，試圖匡扶搖搖欲墜的邦國。基於國家迫切需要賢能之士，深知闇公胸懷經邦濟世之才，陳子龍於是奏請福王使闇公輔佐何剛幕練水師，以保衛江淮地區。另又上奏〈特舉異才疏〉，稱揚闇公「學窮邃古，氣蓋萬夫，安世默識，賀循儒宗真無愧也，又能旁習韜鈴，結納豪俊，慷慨論事多見經緯……博通弘邁，當與謀議」〔註61〕；希望福王起用闇公以扶危翼傾，中興明室。無奈福王無心政事，馬士英、阮大鋮等人亂政，朝綱敗壞，無有作為。

乙酉（1645）弘光朝傾覆，清廷領有大半江山，面對著異姓統治，有別於但求榮華的士人，徐孚遠又與陳子龍奮身成為抗清同志。當時闇公和臥子內弟張密日夜說服臥子：「我聞北兵且有變，大兵必歸江左，舉義者所在而有。公不先，居人後矣。且諸舉義者，固日夜望公。」〔註62〕於是在「是不可為也，而義不可已也」的情形下與闇公揭竿起義。閏六月，徐孚遠自募反清人士，與陳子龍結營泖湖間，稱振武軍；〔註63〕以吳淞總兵吳志葵、黃蜚為援舉兵松江，共推前兩廣總督沈猶龍守松江城。可惜，由於參與起事者多不諳軍事，八月初二松江城便遭清軍攻破。〔註64〕事敗後，陳子龍為了終養年邁祖母，因而攜家棲遁；徐孚遠則繼續反清志業，離鄉背井南下赴唐王行在。

〔註60〕　參陳子龍自撰年譜，「崇禎十七年」，見於陳子龍著、施蟄存標校：《陳子龍詩集》附錄二（上海：上海古籍出版社，1983 年 7 月一版一刷），頁 682。

〔註61〕　（明）陳子龍：《陳忠裕公兵垣奏議・特舉異才疏》，見上海文獻叢書編委會編：《陳子龍文集》下（上海：華東師範大學，1988 年 11 月 1 版），頁 161。

〔註62〕　見（清）宋徵輿：《東村紀事》（南投：臺灣省文獻委員會，1993 年 12 月），頁 11。

〔註63〕　參姜垓：〈明封光祿大夫柱國少師都御史徐公神道碑〉，《徐闇公先生年譜・附錄》，頁 13。

〔註64〕　事參（清）宋徵輿：《東村紀事》（南投：臺灣省文獻委員會，1993 年 12 月），頁 10～13。

丁亥（1647）夏，清松江提督吳勝兆通書魯王大將張名振，計劃裡應外合舉兵反清，闇公受命充行人司予以支援。豈知張名振水師慘遭狂風駭浪肆虐，無能依約接援；加上事機走漏，清廷早有防備而失敗。吳勝兆遭誅殺，陳子龍也受牽連，在不願屈節受辱下，投水自盡，享年僅四十。闇公〈哭陳臥子〉云：

> 當君年少日，才氣蓋江南，談笑驚坐客，文筆吳鉤銛，胸懷孔文舉，
> 蘊藉蘇子瞻，兩賢不世出，意君必能兼，冉冉年過立，鬢髯已皤皤，
> 高林風欲摧，翠羽弋人貪，憶昔風雨夜，知君良不堪，不無遺世情，
> 所係非冠簪，永嘉始南渡，青蠅營營添，拂衣賦歸來，匿迹憩江潭，
> 未能追謝傅，常擬問巫咸，黨禁方披根，俄而火運燔；屢哭雞鳴侶，
> 仍歌麥秀漸，報漢計不就，良人竟以殲，方君遯荒日，曾作鯉魚函；
> 所戀老慈幃，遲遲挂風帆，欲畢終天願，然後駕駪驔，斯志便契闊，
> 不得比鶺鴒，拭淚寫心曲，冥漠亮無嫌。（卷三，頁 13）

闇公自注：「聞訃已歷時，筆不得下，至是始成篇。」由此可見陳子龍殉節闇公創鉅痛深，乃至有段時間方寸大亂無法屬文追悼。陳子龍固然年幼闇公九歲，但闇公對陳子龍可說推崇備至。闇公不只自感「昔年聯席愧龍蛇」，[註65] 弗如陳子龍；更認為「江南羣彥倚清流，最是元龍居上頭」[註66]——陳子龍為江南文士之首。在他眼中，「陳子天才絕，千秋一羽翰，披風蘭與蕙，徵瑞鳳兼鸞，健筆追司馬，清詞邁建安，氣夷歸散朗，骨俊出巉岏，未見皇途泰，深懷我道難」[註67]——陳子龍不僅才氣縱橫、健筆凌雲，氣骨非凡有高節，而且志向遠大，集孔融和蘇軾於一身，堪稱為不世之才。而今臥子「已懷沙追正則」，[註68] 效法屈原精神投水殉節，怎知乙酉一別竟成永訣，闇公思及昔日種種，自是哀痛萬分。

在真實世界中，縱使闇公再怎麼不願與不捨，始終改變不了與陳子龍天人路隔的事實，所有的只是往日的回憶與無限思念；唯有夢境不論陰陽間隔。〈夢臥子〉曰：

> 哲人不可作，生理將安寄？日月失光輝，斯文久墮地。比年常哭君，

〔註65〕見〈旅邸追懷臥子〉，《釣璜堂存稿》卷十四，頁 19。
〔註66〕見〈哭陳臥子〉，《釣璜堂存稿》卷十三，頁 20。
〔註67〕見〈陳臥子〉，《釣璜堂存稿》卷十六，頁 21。
〔註68〕見〈憶與臥子集社仁趾齋，酒後狂言一坐盡驚去此二十餘年矣，追思往跡亦復何異古人哉〉，《釣璜堂存稿》卷十三，頁 12。

　　未見來夢寐，自卜西陂濱，精爽颯然至，一月兩入夢，談笑等無異，

　　從容披文史，宛若生平志，久之悟君沒，苦問幽冥事，君言我殊樂，

　　掀髯正高視。君生多憂戚，君死乃嬉戲，去來天人間，達者本無累，

　　而我方栖栖，將老猶一覿，何如任推遷，存亡隨所置。（卷三，頁 10）

闇公開始夢見陳子龍，是在「自卜西陂濱」，也就是在辛卯（1651）舟山覆敗，
扈從魯王入廈門依鄭成功之後的事。在此之前，不管闇公多麼悲傷與思憶，
始終事與願違，未見臥子入夢。在此之後，「思君頻有夢相隨」，〔註69〕「自
爾十年來，魂夢不相違」，〔註70〕臥子時常出現於闇公夢中。夢中的臥子「音
容儼昔日，彷彿舉手揮」，不同於懷憂的闇公，悠閒的往來天人之間，和闇公
談天說笑、從容弈棋，交往一如平生歡。無疑對闇公來說，陳子龍不但在氣
節上激勵著他，生魂更陪伴他度過避地金、廈有志難伸的歲月──固然是在
夢寐中，自己日思夜想所導致。無奈夢幻終究是空，無法成真，往往夢醒回
到現實反而更添惆悵，〈夜夢臥子劇談如昔，已覺其殆也，問以冥途事不答，
惝恍遂寤，詩以痛之〉可見。詩云：

　　夢裏相逢覺後驚，卻看玄度似生平；十年黃土牽衣色，萬里楓林落
　　月聲；未許神明參冥趣，祇裁詩句見交情；人天變化應難定，願取
　　來生作弟兄。（卷十三，頁 40）

夢境中謝世十年的臥子高才博學、志向遠大，暢所欲言，也和闇公一起吟詠
性情，相互酬唱，完全與生前無異，令闇公幾乎忘卻他已經歸西。然而待闇
公恍然驚覺，如詩題所述，夢醒後卻是無限的悽涼與苦楚，僅能藉詩抒發。

　　若問闇公對陳子龍情感有多深厚？「願取來生作弟兄」寥寥數言說明了
一切。殷切期盼兩人來世成為真正同血緣的親兄弟，如塤如箎和睦相親，更
濃於此世的契若金蘭。顯而易見，陳子龍在闇公心中的地位，是闇公其他所
交無可比擬的；是以不難理解，何以《釣璜堂存稿》中，陳子龍出現次數為
闇公所懷友人之首。

二、夏允彝

　　幾社首倡六子，杜麟徵、周立勳先後亡於崇禎六年（1633）、崇禎十二年

〔註69〕見〈夢與臥子奕〉，《釣璜堂存稿》卷十四，頁 10。
〔註70〕見〈同志近多蒙難追感陳、夏作〉，《釣璜堂存稿》卷四，頁 36。後文「音容
　　　　儼昔日，彷彿舉手揮」同見於此。

（1639），彭賓則出仕清廷河南汝寧司理；因而，除了陳子龍，始終是闇公持節反清的同心友即為夏允彝。

夏允彝，字彝仲，號瑗公，松江華亭人。博學好古，通經術，善屬文，與陳子龍、徐孚遠、周立勳等人結幾社，為時人所重，和陳子龍並稱「陳、夏」。崇禎十年（1637年）登進士，授福建長樂知縣。蒞任期間，允彝憫恤百姓、廉潔無私，善於決斷疑獄，不使有冤，並實施保甲防範奸慝，是以五年而縣大治。吏部尚書鄭三俊薦舉天下廉能知縣七人，以允彝為第一，而大學士方岳貢也對允彝稱許有加；因此，明思宗有意特別擢用。可惜適值母喪，允彝返家守制，於是未能升引。崇禎十七年（1644），李自成攻陷北京，思宗自縊，允彝哀慟不已，毀家起義，至揚州謁兵部尚書史可法，共商興復大業。至，知福王即位南京，遂又歸返雲間。是年五月，福王授官吏部考功主事，允彝疏請終制，未赴任。奸臣馬士英、阮大鋮專權，多次籠絡，允彝皆峻拒不應，除喪後依然不仕。次年，弘光政權覆敗，清軍下江南，與門生吳淞水軍總兵吳志葵，以及沈猶龍、徐孚遠、陳子龍等人松江起義抗清，可惜，不成。松江城破，有人勸允彝入閩輔佐唐王，拒卻不聽。清帥招降，允彝矢志不貳，懷石投水自殺而亡。唐王封贈左春坊左庶子兼翰林院侍讀學士，諡「文忠」。著有《幸存錄》、《禹貢古今合注》等。〔註71〕

崇禎二年（1629），夏允彝與徐孚遠共結幾社，一起讀書講義、鑽研八股文和切磋詩文。無論是學識還是品德，闇公都極為敬佩夏子，〈夏彝仲〉道：

> 夏子道眞廣，何懇間世英？沈潛蒐典籍，恢豁動公卿，日有銜魚至，
> 門多倒屣迎，扶搖無落翮，採襭有芳衡，支廈須全木，垂綸得巨璜，
> 誰將清廟器，而擅撫琴名？秩滿共流譽，時危方佐衡，黨人排孟博，
> 土室坐衰閡，不惜棟梁棄，因令宗社傾，彭咸仍古則，懷石赴蓬瀛。
>
> （卷十六，頁 20）

故而闇公稱「夏子吾師友」，〔註72〕視允彝亦師亦友，是位可以求教請益、切

〔註71〕 參（清）張廷玉等撰：《明史》〈夏允彝傳〉卷二百七十七（北京：中華書局，1997 年 3 月第 6 刷），頁 7098～7099、（明）高宇泰：《雪交亭正氣錄》卷二，見張壽鏞輯刊四明叢書第二集（三）（台北：新文豐出版公司，1988 年 4 月台一版），頁 56、（清）朱溶：《忠義錄》，見於高洪鈞編：《明清遺書五種》（北京：北京圖書館出版社，2006 年 11 月一版一刷），頁 610～612、（清）徐鼒著：《小腆紀傳》卷十七（臺灣銀行經濟研究室編，臺灣文獻叢刊第 138 種，台北：臺灣大通書局，1987 年 10 月初版），頁 239～241。

〔註72〕 見徐孚遠：〈挽夏文忠宮允〉，《釣璜堂存稿》卷二，頁 4。

磋道義的摯友。

在山河變色時，夏允彝又更是闇公志同道合的刎頸至交。乙酉（1645）五月清軍南下終結福王政權，徐孚遠建議舉義旗，夏允彝在明知不可為，而義不可以已的情形下，毅然與闇公、陳子龍、沈猶龍等人力守松江。〔註73〕可惜，終究還是難抵清軍。八月三日松江城遭攻陷後，徐孚遠秉著「從容就義，非難事也，但天下大勢，猶父母之病危雖無生理，為子者豈有先死而不顧者乎？倘我高皇帝有一線可延，我惟竭力至死而已」〔註74〕的信念，南下入閩，繼續復明反清志業。夏允彝則認為「舉事一不當而遁以求生，何以示後世哉？不如死也！」〔註75〕在無意流離閩京下，選擇不薙髮、不變節，屏居橫雲山，消極抵抗清廷，而後沉淵自盡。臨死前詠絕命詞云：

> 少受父訓，長荷國恩，盡心報國，矢以忠貞。南都既覆，猶望中興，
> 中興望杳，何忍長存？卓哉吾友！虞求（徐石麒）、廣成（侯峒曾）、
> 勿齋（徐汧）、繩如（吳嘉胤）、子才、蘊生（黃淳耀），願言從之，
> 握手九京。人孰無死，不泯此心，修身俟命，敬勵後人！〔註76〕

用以表示明朝興復無望，基於忠貞不願苟活的心志。夏子犧牲消息傳來，闇公不僅悲痛難過，甚至也頹喪的認為自己「餘生亦自歎無多，巫咸尚肯相容否？準擬滄江弄碧波」，心生「相期泉路莫躊躇，我欲乘風攬子袪」，〔註77〕追隨允彝赴水之念。無庸置疑，夏氏殉節對闇公衝擊甚大。

闇公二十載流離抗清的歲月，若說陳子龍是闇公最魂牽夢縈的摯友，那夏允彝就是主要影響闇公抗清生涯的知交。夏子的影響，不僅止於他的抗節殉身，更因為他昔日的一番話。林霍道：

> 公閒居，每談及陳、夏二公事必揮涕。嘗曰：「昔在故鄉，胡塵相迫，
> 時友人夏瑗公語余曰：『吾觀諸子中憤虜不共日者必子也！』余感其

〔註73〕事參（清）宋徵輿：《東村紀事·雲間兵事》（南投：臺灣省文獻委員會，1993年12月），頁11。

〔註74〕（清）王澐：〈東海先生傳〉，見徐孚遠：《交行摘稿》附錄（據藝海珠塵本排印，北京：中華書局，1985年北京新一版），頁15。

〔註75〕（清）徐鼒：《小腆紀傳》卷十七（臺灣銀行經濟研究室編，臺灣文獻叢刊第138種，台北：臺灣大通書局，1987年10月初版），頁240。

〔註76〕見（明）高宇泰：《雪交亭正氣錄》卷二，見張壽鏞輯刊四明叢書第二集（三）（台北：新文豐出版公司，1988年4月台一版），頁56。其中「子才」（清）朱溶：《忠義錄》作「愨人」，即何剛。

〔註77〕各見〈哭夏瑗公〉之一、之二，《釣璜堂存稿》卷十八，頁6。

意，十年來沉浮滄海而不敢忘此言也。」〔註78〕

基於對闇公的認識，夏允彝深知闇公絕對能持節守志、不屈從異族統治；而闇公為了不辜負允彝能夠知己，雖然抗清之路屯蹇難行，猶是九死不悔、百折不撓。由此看來，在徐孚遠心中，夏允彝又成為支持他抗清的力量。

夏允彝兒子完淳，為當世神童，「五歲知五經，九歲善詞賦、古文」〔註79〕；「年六歲，能熟經史，操筆論古人得失，頗有端委」。〔註80〕依《南吳舊話錄》載：

> 夏存古童年好閱邸抄便能悉其首尾，一時歎為奇童。徐闇公來晤，援公頭羣先使之出拜。闇公與談千餘言，存古酬對多作，嘗語而自然抑揚可聽。闇公既出，其某師曰：「奈何不出入經史、略標才藻？」對曰：「昔管公對單子春猶能少引聖籍，多發天然，小子何敢作餖飣技倆唐突先輩？」闇公聞之曰：「後生中有此人，吾幾社旂幟所嚮，天下雖多材，亦未易竭其輸攻也。」〔註81〕

可知在夏完淳幼年時，徐孚遠已肯定他的才能，認為往後無人可與匹敵。可惜天妒英才，夏完淳得年十七就夭殂了。

丁亥（1647）夏，松江提督吳勝兆連絡魯監國大將張名振，計劃裡應外合舉兵反清，徐孚遠於是受魯王之命充行人司予以支援。豈知張名振水師遇上颶風肆虐，幾乎慘遭覆沒，加上事機洩露，清廷早有防備；結果舉事不成，不但吳勝兆犧牲了，夏完淳也被牽連論死。闇公殿海師軍後，得以倖存免遭狂浪吞噬，聞訊，〈哭夏存古〉云：

> 羨君毛骨自來殊，五歲成文愧大儒；共道李公應啟後，誰憐趙氏不存孤？山中芳桂空搖落，腹裏明珠定有無；咄咄餘年多恨事，那堪兩世哭黃壚？（卷十三，頁21）

夏完淳氣骨一如父親夏允彝，臨刑時，神色絲毫不變。丙戌（1646）闇公追悼允彝時，曾告慰亡友：「余銜伯道悲，子有千里驥。」〔註82〕述說固然自己

〔註78〕 見林霍：〈華亭徐闇公先生詩文集序〉，《釣璜堂存稿序》，頁1。
〔註79〕 （清）方授：〈南冠草序〉，見夏完淳：《夏內史集》附錄（據藝海珠塵本排印，北京：中華書局，1985年北京新一版），頁79。
〔註80〕 陳子龍：〈題錢仲子神童賦後〉，見氏著：《安雅堂稿》卷十六（台北：偉文圖書出版社，1977年9月），頁1122。
〔註81〕 （清）李延昰口授、蔣烈編：《南吳舊話錄》卷十七（台北：廣文書局，1971年8月初版），頁796。
〔註82〕 見〈挽夏文忠宮允〉，《釣璜堂存稿》卷二，頁5。

苟活於世，卻在入閩途中遭遇喪明之痛，兒子世威死難；而允彝雖然喪亡，仍有才華絕倫的完淳可克紹箕裘，不像自己後繼無人。只是沒想到，昊天不弔，而今卻傳來夏完淳噩耗，好友遺孤、超倫奇才就此殞歿，闇公自是痛惜萬分。況且又是在短短三年間，允彝父子相繼犧牲，闇公不得已「兩世哭黃壚」，心中哀慟自然難以承受！

三、周立勳

　　周立勳，字勒卣，松江華亭人；在幾社首倡六子中，於場屋最爲偃蹇困頓，僅爲秀才。周立勳雖無緣仕進，風範氣質卻深得當時文士喜愛，《南吳舊話錄》曰：

> 周勒卣於社中諸人雖意態落落，而人自有欲親之意。或問夏考功：「勒卣何遂能爾？」考功曰：「勒卣清迢澹遠，譬之登武夷、涉湘水，那得不繫人數日思？」〔註83〕

此外，復社張溥道其「孝友溫愨，發爲詩文無不深厚爾雅」。〔註84〕陳子龍稱他「恢朗」、「外和內明」，「坐論超越形景之外」，懷「匡時之心」，留意世事，以及爲人謙恭和善，「文日益高，名日益遠，終未見其訐詈恫喝以加諸人」，將他譽爲「名士」。〔註85〕正是如此雋氣逸度，不作酒肉貴人，因而明相方岳貢任松江知府期間，在所交幾社諸子中最賞識周立勳。〔註86〕

　　周立勳與徐孚遠遭遇相似——年屆四十仍然困於諸生，杜登春說：「周、徐古今業，固吾松首推，又利小試，試輒高等，特不甚留心聲氣。」兩人都是高才、博學，並非不才，只因疏於留心時文趨勢而下第。因此，崇禎二年

〔註83〕　（清）李延昰口授、蔣烈編：《南吳舊話錄》卷二十三（台北：廣文書局，1971年8月初版），頁997。

〔註84〕　見（明）張溥：《七錄齋詩文合集、存稿》卷三〈房稿遵業序〉（台北：偉文圖書出版社，1977年9月），頁836。

〔註85〕　陳子龍：〈二周文稿序〉，見氏著：《安雅堂稿》卷七（台北：偉文圖書出版社，1977年9月），頁432。

〔註86〕　事見（清）李延昰口授、蔣烈編：《南吳舊話錄》卷二十三（台北：廣文書局，1971年8月初版），頁996～997。又方岳貢，字四長，穀城人。明天啓二年進士，授戶部主事，進郎中。崇禎元年（1628），出爲松江知府。崇禎十六年（1643）十一月，以左副都御史兼東閣大學士；十七（1644）年二月，又命以戶、兵二部尚書間文淵閣大學士，總督漕運、屯田、練兵諸務。李自成陷北京爲所殺。《明史》有傳。見《明史‧方岳貢傳》卷二百五十一（北京：中華書局，1997年3月第6刷），頁6504～6505。

（1629）在杜麟徵與夏允彝發起下，勒卣與闇公倡爲幾社，同事筆硯，研習時藝與詩文。崇禎三年（1630）六月，周立勳偕同徐孚遠、陳子龍至南京，寓居謝公墩佛舍專攻舉業；謝公墩，相傳因東晉謝安曾經登臨而得名。於閒暇時，好友三人遍遊金陵城中名勝，及近郊山林、陵園、亭臺樓榭等地；可惜秋圍揭榜，立勳與闇公兩人榜上無名，只有陳子龍獲雋中舉。〔註87〕崇禎五年（1632）秋，周立勳與徐孚遠、陳子龍及顧開雍結伴至杭州吳山，一同探訪復社名士聞啓祥。〔註88〕是年冬，《幾社文選》二十卷刊刻，立勳與闇公所作皆在其中。崇禎八年（1635）春，徐孚遠偕陳子龍讀書南園，立勳與李雯或時造訪，相互切磋八股文。〔註89〕

崇禎十二年（1639）夏，復社利用金陵秋試，於秦淮畔召開大會，徐孚遠與周立勳連袂出席了此次盛會。會中，二人和周鍾一同被推舉爲復社盟主。會後，徐孚遠以援北雍例，欲咨回南，卻因使者從水道不達，而未能應試；至於周立勳，雖然參加考試，但仍無緣題名金榜。〔註90〕或許再次不第遭受打擊，加上體質清羸，周立勳此行竟不幸客死異鄉，〔註91〕享年僅有四十三。

〔註87〕 參陳子龍自撰年譜，「崇禎三年庚午」（載於陳子龍著、施蟄存標校：《陳子龍詩集》附錄二（上海：上海古籍出版社，1983年7月一版一刷，頁644）、陳洙等編《徐闇公先生年譜》崇禎三年庚午（《徐闇公先生年譜》，頁8）。

〔註88〕 見陳子龍：〈聞子將結廬吳山之上，壬申秋予與周勒卣、顧偉南、徐闇公共登茲宇，見修竹交密，下帶城堞萬雉，遠江虛無嬋媛其間，風帆落照沖瀜天際，眞幽曠之兼趣也。予賞其疎異，許爲賦詩，忽忽未究。今年冬晤子將於湖上，心念幽棲辛未及登眺以續舊游，竟責前諾，追賦一章，亦有今昔之感矣〉載於陳子龍著、施蟄存標校：《陳子龍詩集》卷五（上海：上海古籍出版社，1983年7月一版一刷），頁137。

〔註89〕 參陳子龍自撰年譜「崇禎八年乙亥」（載於陳子龍著、施蟄存標校：《陳子龍詩集》附錄二（上海：上海古籍出版社，1983年7月一版一刷），頁650、李雯：〈會業敘〉，《蓼齋集》卷三十四，清順治十四年石維昆刻本，四庫禁燬書叢刊集部111冊（北京：北京出版社，2000年1月一版），頁500。

〔註90〕 《社事始末》：「己卯（崇禎十二年）之夏，維揚許力臣尊人舉大會於秦淮，盡閩、越、楚、豫之上舍，及東吳名宿敘弟昆投縞紵，而推介生（周鍾）、勒卣（周立勳）二周先生，與徐闇公先生執牛耳。西銘（張溥）聞之，竊慶吾道之不孤。及榜發，金沙得雋西銘爲之狂喜，而以勒卣不得入彀、闇公之不得入圍唯一科欠事。……闇公援北雍例，欲咨回南，使者從水道不達，致阻鄉薦。」（清）杜登春：《社事始末》（藝文印書館百部叢書集成據藝海珠塵本影印，台北：藝文印書館，1968年），頁8。

〔註91〕 朱彝尊曰：「歲己卯，就試金陵，質素清羸，寓伎館，伎聞貢院攂鼓，促之起，勒卣尚堅臥也。未幾遂客死。」見朱彝尊著、黃君坦校點：《靜志居詩話》卷二十一（北京：人民文學出版社，2006年1月一刷），頁655。

〔註92〕徐孚遠〈周勒卣〉道：

> 周子三吳彥，才高一代無；抒文眞繡鞴，徵樂別笙竽；自得璞中玉，
> 每探頷下珠；雲衢垂俊翮，丸坂失前驅；鼊錯古猶忝，劉黃今不孤；
> 東南誰竹箭？詩酒實冰壺；擬價虛千邑，藏奇愧五都；清襟同素練，
> 皓月映高梧；常作嵇康眼，豈云杜乂膚？斯人難久住，應是玉樓需。
>
> （卷十六，頁20）

除了「周子三吳彥，才高一代無」外，闇公又說「高才如我友，倫輩敢相望」，
〔註93〕認爲周立勳才情絕世超倫，同輩實難以匹敵。李雯也嘗論周立勳詩：「舉
體秀亮，中無蕪蔚，指事造形動得淵暢，斯近體之壇玷、騷人之冠珮也。」〔註
94〕可見周氏才情甚高。此外，闇公也認爲周氏品格猶如冰壺秋月般高潔清亮。
只是如此才高行厚之人卻英年早逝。闇公在悲傷惋惜之餘，以爲唯一的解釋
即是——天帝賞識周立勳如唐朝李賀般超軼絕塵，因此召他爲新落成的宮殿
作記。〔註95〕

周立勳身故後，有子生活困頓，嘗得闇公慷慨濟惠。《南吳舊話錄》云：

> 周勒卣亡後，有子不能自存，道逢徐闇公。闇公下輿道故，乃曰：「若
> 云我當爲卿作論少涉輕薄，人言『巨源在，汝不孤矣』，我更難爲懷。」
> 相與抵家，信宿。臨行送米四十斛、縑十匹，垂涕而別。〔註96〕

可見闇公尚情尚義，並非人在人情在的現實之輩。更何況對闇公而言，「年逝

〔註92〕（清）宋如林修：《松江府志》（二）卷五十五（影印嘉慶二十二年明倫堂刻
　　　本，上海：上海書店，1991年6月1版1刷），頁298。
〔註93〕〈追憶周勒卣〉曰：「高才如我友，倫輩敢相望；句先觀氣韻，感每及興亡；
　　　年逝交常在，蘭吹谷自芳；後人參性製，中盛未能量。」見《釣璜堂存稿》
　　　卷十，頁16。
〔註94〕見（明）夏允彝等選：《幾社六子詩》（國家圖書館藏明末刊本）。
〔註95〕「斯人難久住，應是玉樓需」採用唐詩人李賀辭世的傳說。李商隱所書〈李
　　　賀小傳〉云：「長吉將死時，或晝見一緋衣人，駕赤虯，持一版書若太古篆，
　　　或霹靂石文者，云當召長吉。長吉了不能讀，欻下榻叩頭，言阿㜷（長吉學
　　　語時呼太夫人言）老且病，賀不願去。緋衣人笑曰：『帝成白玉樓，立召君爲
　　　記。天上差樂，不苦也。』長吉獨泣，邊人盡見之，少之，長吉氣絕。常所
　　　居窗中，勃勃有煙氣，聞行車嘒管之聲，太夫人急止人哭，待之如炊五斗黍
　　　許時，長吉竟死。」見（宋）計有功撰、楊家駱主編：《唐詩紀事》卷四十三
　　　（台北：鼎文書局，1977年9月），頁679。
〔註96〕（清）李延昰口授、蔣烈編：《南吳舊話錄》卷二（台北：廣文書局，1971
　　　年8月初版），頁145。

交常在」，與周立勳交誼長存心中，兩人「廿載交期似鶺鴒」，〔註97〕相契如兄弟般情誼並不隨周氏辭世而終止。

四、彭賓

　　彭賓，字燕又，乙酉（1645）後變名大寂子，松江華亭人，崇禎三年（1630）舉人。賓饒富才學，為時人所重，杜麟徵父親喬林嘗延聘賓教授麟徵諸弟。崇禎二年（1629）與倡幾社，為《幾社會義》六子之一，而其居處春藻堂亦為幾社文士切磋詩文之所在。崇禎五年（1632）所刻《幾社壬申文選》，彭賓詩文亦列其中。另外，又與徐孚遠、周立勳、顧開雍、宋存標和宋徵輿合刊《幾社六子詩》。崇禎十五年（1642）冬，賓又率領門人顧大申（本名鏞）別立贈言社。〔註98〕入清後，選授河南汝寧司理。賓秉性慈祥，任職期間仁慈治民，深得里民愛戴，有「彭老佛」美稱。後以鼎革前所用名帖晉謁上官周端臣，而被免官歸里，歸里一年多即身亡。〔註99〕

　　崇禎二年（1629）彭賓成為闇公幾社文友，為求取功名而共同專研八股文。崇禎三年（1630）六月鄉試，彭賓偕同徐孚遠、陳子龍及周立勳四人應試南京，發榜後，彭賓與陳子龍得雋中舉，徐孚遠與周立勳則不遇下第。〔註100〕回返州閭時，四人結伴偕同復社祭酒張溥歸鄉，並且一齊論研著作直至夜

〔註97〕 徐孚遠〈夢中有句，似懷亡友周勒卣、陳臥子也，覺而成之〉曰：「廿載交期似鶺鴒，故人先後入幽冥；逸書借到同誰看？野鶴鳴時獨自聽；有美周生悲韞玉，懷沙陳子賦揚舲；從茲投老婆娑日，未許新知眼更青。」見《釣璜堂存稿》卷十三，頁 17。

〔註98〕 杜登春《社事始末》曰：「壬午（1642）冬……彭燕又先生率其徒顧子震雉鏞，即改名大申、號見山者，舉贈言社，亦有初集之刻，似乎求社之分支，而實幾社之別派。」見氏著：《社事始末》（藝文印書館百部叢書集成據藝海珠塵本影印，台北：藝文印書館，1968 年），頁 13。

〔註99〕 參（清）侯方域：《壯悔堂文集・大寂子詩序》（影印中國科學院圖書館藏清順治刻增修本，續修四庫全書集部第 1405 冊，上海：上海古籍出版社，2002年），頁 623、（清）彭士超：〈家序〉（見彭賓：《彭燕又先生文集三卷詩集一卷》，影印上海圖書館藏康熙六十一年彭士超刻本，四庫存目集部第 197 冊，台南：莊嚴出版社，1997 年 6 月初版一刷），頁 321、（清）宋如林修：《松江府志》（二）卷五十六（影印嘉慶二十二年明倫堂刻本，上海：上海書店，1991年 6 月 1 版 1 刷），頁 321～322。

〔註100〕 見陳乃乾：《徐闇公先生年譜》崇禎三年（1630）庚午（《徐闇公先生年譜》，頁 8）。

半。〔註101〕

　　如同明季多數士人之結社，一來爲科舉而研習制藝，二來爲詩朋酒友相聚會，彭賓亦爲闇公之詩儔酒侶。除於春藻堂外，又可見彭賓與闇公共同與會於幾社其他諸子居所，宋徵璧〈闇公、彝仲、宗遠、勒卣、臥子、燕又、偉男集王默公書屋〉道：

> 野水蒼茫近酒家，孤洲芳嶼護蒹葭；晴雲柢（低）暮疑兼雨，獨樹
> 高原自落花；紫網纖鱗閒挂綠，白鷗振羽出平沙；莫遲盡醉今宵話，
> 銀漢秋空萬里槎。〔註102〕

於滿天星斗的秋空下，彭賓偕同闇公以及夏允彝（彝仲）、朱灝（宗遠）、周立勳（勒卣）、陳子龍（臥子）、顧開雍（偉男）和宋徵璧會飲吟詠於王元玄（默公）書齋。又如崇禎十一年（1638）春，會聚於君子堂宴飲賦詩。陳子龍〈戊寅春仲同志集君子堂即席爲建安聯句〉云：

> 春雲照玄夜，言登君子堂（臥子）。嘉樹栖珍禽，朗月流金塘（聖期）。
> 層宵下清露，寒景侵衣裳（燕又）。披襟挹惠風，素手傳羽觴（轅文）。
> 長筵淡華燭，妙伎揚芬芳（臥子）。樂志固有時，憂來殊無方（子建）。
> 流星邁時運，奮袖何激昂（闇公）。坐客盛文雅，主人歌未央（尚木）。
> 高談廣志意，遙盼來悲傷（存我）。攜手悵後會，微詞安可忘（轅文）！
>
> 〔註103〕

依此可知此次聚會，彭賓、徐孚遠、徐鳳彩（聖期）、東道主宋存標（子建）、宋徵璧（尚木）、徵輿（轅文），與李待問（存我）和陳子龍（臥子）八人，齊聚一堂吟詠情性、琢磨詩藝。

　　乙酉（1645）松江守城失敗後，徐孚遠爲抗清復明而離鄉背井。流離期間，念及彭賓而有〈懷彭燕又〉之作。詩云：

> 昔年羣彥會，君亦著清才；爲有山陽慟，久疏河朔杯；山川成異域，

〔註101〕張溥〈幾社壬申合稿序〉曰：「曩者午之役，予偕勒卣、闇公、臥子、燕又東歸，論著作抵夜分。」見（明）杜麒徵等輯：《幾社壬申合稿》，四庫禁毀書叢刊集部第 34 冊（影印中國科學院圖書館藏明末小樊堂刻本，北京：北京出版社，2000 年 1 月一版），頁 482～483。

〔註102〕見（明）杜麒徵等輯：《幾社壬申合稿》卷十一，四庫禁毀書叢刊集部第 34 冊（影印中國科學院圖書館藏明末小樊堂刻本，北京：北京出版社，2000 年 1 月一版），頁 688。

〔註103〕見陳子龍著、施蟄存標校《陳子龍詩集》（上海：上海古籍出版社，1983 年 7 月一版一刷），頁 205。

紙筆尚新栽；莫厭郊居寂，隨人入洛來。（卷十一，頁17）

陳子龍曾稱讚彭賓：「以文章妙天下，才氣英發為時所急。」〔註104〕正因其饒富才學，不僅是幾社首唱六人之一，又與陳子龍、夏允彝被尊稱為幾社「三君」。〔註105〕徐孚遠深知彭賓才高名盛，清廷必定會設法延攬，因而期望他能隱居守節、勿仕清廷。但事與願違，彭賓還是出仕了新朝。據其孫士超所述，彭賓「迫於吏議，不得不出就公車」，受官河南汝寧司理，非其本懷，「獨居咄咄，每以何以見亡友於地下為恨」。〔註106〕雖是不得已，但節操終究難與為反清犧牲之陳子龍、徐孚遠等人相比。

五、李雯

李雯，字舒章，松江華亭人。年二十餘為諸生，雖然口吃，文章卻享有盛名，與陳子龍、宋徵輿有「雲間三子」之稱。李雯性情至孝。其父李逢申為萬曆四十七年（1619）進士，官水部郎中，因上疏彈劾權貴遭論戍，而李雯為父北上京師伸冤。甲申（1644）三月李自成攻陷北京，李逢申殉難。為使父親入斂，李雯哀號行乞取得棺柩，並守逢申棺朝夕哭不絕聲。五月清軍入北京，清廷諸大學士感於李雯孝心，又驚異其文才卓越，薦舉為弘文院撰文中書舍人，是以當時諸多典冊出自李雯之手。順治二年（1645）充順天鄉試同考官，翌年秋請假歸里安葬其父，而與陳子龍、宋徵輿重逢敘舊。順治四年（1647）四月，松江提督吳勝兆叛清，李雯因而返回北京。是年冬病逝，年四十一，著有《蓼齋集》五十二卷。〔註107〕

〔註104〕陳子龍：〈壽彭先生序〉，氏著：《安雅堂稿》卷六（台北：偉文圖書出版社，1977年9月），頁397。

〔註105〕（清）彭賓：《彭燕又先生文集三卷詩集一卷・家序》，四庫全書存目叢書集部第197冊（影印上海圖書館藏康熙六十一年彭士超刻本，台南：莊嚴出版社，1997年6月初版一刷），頁321。

〔註106〕（清）彭賓：《彭燕又先生文集三卷詩集一卷・家序》，四庫全書存目叢書集部第197冊（影印上海圖書館藏康熙六十一年彭士超刻本，台南：莊嚴出版社，1997年6月初版一刷），頁321。

〔註107〕（清）宋徵輿：〈雲間李舒章行狀〉，《林屋文稿》卷十，四庫全書存目叢書集部第215冊（上海圖書館藏清康熙鈔本，台南：莊嚴文化有限公司，1997年6月初1版），頁358～360、（清）謝庭薰修：《婁縣志》卷二十五（影印乾隆五十三年刊本，台北：成文出版社，1974年6月臺一版），頁1057、（清）宋如林修：《松江府志》（二）卷五十六（影印嘉慶二十二年明倫堂刻本，上海：上海書店，1991年6月1版1刷），頁317、（清）應寶時修：《上海縣志》卷

　　李雯《蓼齋集》詩作〈送徐闇公赴試南都〉、〈十六夜偕徐闇公、宋尚木及諸同社集飲〉、〈懷闇公〉二首，和〈偕徐闇公、薛義琰集盛隣汝宅〉，以及文〈會業敘〉、〈答方密之書〉、〈與闇公禁採山書〉、兩封〈與徐闇公書〉等道及徐孚遠。此外，如陳子龍所詠：〈中秋偕闇公、舒章、讓木集飲〉和〈戊寅九日同闇公、舒章諸子登高之酌〉二首，也可見徐孚遠與李雯相與宴遊。至於《釣璜堂存稿》有〈馮子出臥子五七言詩一卷示予，舒章、勒卣亦各附數章〉提及李雯。這些可略見兩人在明朝甲申國變前交往情形。

　　崇禎二年（1629），李雯結交陳子龍入幾社，〔註108〕與徐孚遠結為應試科舉切磋時藝同志，並為詩酒朋儕。崇禎五年（1632）冬，《幾社文選》二十卷刊刻，李雯與闇公所作皆在其中。翌年夏，徐孚遠至南京準備秋試，李雯和陳子龍居華亭，兩人時有唱和。集出，徐孚遠稱李雯詩「清切瀏亮，奇思天拔，自然可貴」。〔註109〕至於李雯，則曾於與陳子龍等人選輯《幾社六子詩》——徐孚遠、周立勳、彭賓、顧開雍、宋存標和宋徵輿合集，題序評徐孚遠：

　　　該綜典乘，取材既多，意匠精密。觀其詠史之作，居然大沖之流，
　　　若乃慷慨存乎其胸，英憤奮乎其筆，單思獨□（缺）每有奇到，惜
　　　其以英雄之懷，未免章縫之□（缺）。〔註110〕

崇禎八年（1635）春，徐孚遠和陳子龍讀書南園，李雯與周立勳等人常結伴造訪兩人，以共同研習八股文。〔註111〕崇禎十一年（1638）春，徐孚遠、陳子龍、宋徵璧等幾社諸子著手編選《皇明經世文編》。初始，李雯參與商酌，後來北上京師，因而不能繼續共襄盛舉。〔註112〕是年重陽節，李雯返回松江，

　　　二十（影印清同治十一年刊本，台北：成文出版社，1975年臺一版），頁1536。
〔註108〕參陳子龍自撰年譜「崇禎二年己巳」，見陳子龍著、施蟄存標校：《陳子龍詩集》附錄二（上海：上海古籍出版社，1983年7月一版一刷），頁643。
〔註109〕徐孚遠：〈陳李唱和集序〉，《徐闇公先生遺文》，頁1。
〔註110〕見（明）夏允彝等選：《幾社六子詩》，國家圖書館鐵明末刊本。
〔註111〕參陳子龍自撰年譜「崇禎八年乙亥」（見陳子龍著、施蟄存標校：《陳子龍詩集》附錄二（上海：上海古籍出版社，1983年7月一版一刷），頁650、李雯：〈會業敘〉，《蓼齋集》卷三十四，四庫禁燬書叢刊集部第111冊（清順治十四年石維昆刻本，北京：北京出版社，2000年1月一版），頁500。
〔註112〕宋徵璧《皇明經世文編·凡例》曰：「此集始于戊寅仲春，成於戊寅仲冬。……若溯厥始事，則周勒卣立勳、李舒章雯、彭燕又賓、何愨人剛、徐聖期鳳彩、盛隣汝翼進，及家伯氏子建存標、家季轅文徵輿咸共商酌，適李子久滯京邸……未假專日之工。」見陳子龍等輯：《明經世文編》（北京：中華書局，1962年6月一刷），頁56。

又偕闇公、陳子龍等人登高宴遊。〔註113〕

徐孚遠以博學多聞著稱，卻失意於科場。對此，李雯不禁感嘆：「天下如君者，悠悠復幾賢？鯨鐘無小扣，黃目冠初筵；作賦張平子，論經邊孝先；是人久不遇，我欲問蒼天。」〔註114〕將闇公文才、博學與東漢張衡、邊韶相比，為好友不遇深感惋惜與不平。崇禎十五年（1642），李雯赴試北京，而南闈連續失利的徐孚遠也選擇北闈。此次，闇公終於如願得雋，李雯則不幸第三度下第，兩人一同應試，卻無能同登金榜。

崇禎十六年（1643），李逢申冤情昭雪，恢復水部故官，李雯告別徐孚遠，從隨父親至北京赴任。翌年（1644）春，闇公因東陽許都事件不諒解陳子龍，從何剛那裡聞知始末後，李雯致書闇公：

> 許都之叛不叛，弟不識其人，不詳其事，然愨人（何剛）薦之，而臥子（陳子龍）殺之，必非臥子之意也。然當今之世變故日多，自此以往，反側子遂無投戈事矣。見愨老字言之甚痛，弟不憐許都而憐愨人，不獨憐愨人，而憐朝廷欲用一人而不可得也！〔註115〕

試著化解闇公誤會陳子龍背信求榮之事，並要闇公體諒陳子龍難處，充當二子調人。

甲申（1644）五月，滿人入主北京，李雯變節仕清。李雯曾述及自己「念我親遺骸，不能返丘園，偷食在人世，庶以奉歸魂」，為能歸葬父親，迫不得已，在「難忘故國恩」下領食新朝俸祿；然而，仕宦異族畢竟是事實。「名節一朝盡，何顏對君子」，也深知自己有損名節，愧對昔日好友，因此「失身以來不敢復通故人書札」，仕清後不敢與幾社舊交聯繫，當然包括「金石交」徐孚遠。〔註116〕順治三年（1646）秋，李雯為使父親得以首丘歸返松江，居鄉

〔註113〕參陳子龍：〈戊寅九日同闇公、舒章諸子登高之酌〉（二首），載氏著、施蟄存標校：《陳子龍詩集》卷十四（上海：上海古籍出版社，1983 年 7 月一版一刷），頁 482。

〔註114〕李雯：〈懷闇公〉二首之一，《蓼齋集》卷二十一，四庫禁燬書叢刊集部第 111 冊（影印中國科學院圖書館藏清順治十四年石維崑刻本，北京：北京出版社，2000 年 1 月一版一刷），頁 390。

〔註115〕李雯：〈與徐闇公書〉，《蓼齋集》卷三十六，四庫禁燬書叢刊集部第 111 冊（影印中國科學院圖書館藏清順治十四年石維崑刻本，北京：北京出版社，2000 年 1 月一版一刷），頁 522。

〔註116〕李雯〈送徐闇公赴試南都〉云：「念我金石交，臨風揚芳蘭。」見氏著：《蓼齋集》卷十二，四庫禁燬書叢刊集部第 111 冊（影印中國科學院圖書館藏清順治十四年石維崑刻本，北京：北京出版社，2000 年 1 月一版），頁 315。

期間，再度與幾社故交如陳子龍、宋徵輿等往來。而此時，徐孚遠南下入閩抗清，爲復明奮鬥，自是無緣與李雯再度聚首道故。徐孚遠因崇尙氣節與堅守民族大義拒當順民，對於昔日故交也期許他們能守節不移；然而，李雯卻違背了這樣的信念。或許如此，《釣璜堂存稿》中不見闇公有思憶李雯的吟詠。

六、宋徵璧

宋徵璧，初名存楠，字尙木，松江華亭人。明熹宗天啓七年（1627）舉人，崇禎十六年（1643）進士，授中書舍人。隔年，奉差督催蘇松四府柴薪銀兩，還未復命，因李自成攻陷北京，思宗於煤山自縊，於是回返雲間。福王立，以禮部翰林院顯爲經筵展書官，後又以政事昏亂告歸。入清，薦授祕書院撰文中書舍人，舟山之役從征有功，轉任禮部祠祭司員，陞本部精膳司郎中。康熙元年（1662）出知潮州知府。潮州向來鱷魚爲患，人民深受其害，傳言，徵璧蒞任十二年，鱷魚不至。後卒於任內，著有《抱眞堂集》，吳偉業爲之序。〔註117〕

宋徵璧少負文才，享有聲名，與兄長存標、從弟徵輿人稱「三宋」，又和徵輿有「大小宋」之譽。徵璧雖非倡社六子之一，然與徐孚遠相同，亦爲幾社主盟，〔註118〕二人時常連袂出席幾社詩文會。崇禎六年（1633），徐孚遠下第歸返雲間。是年八月十五中秋節、既望接連兩夜，兩人與陳子龍等幾社同好聚首會飲，陳子龍〈中秋偕闇公、舒章、讓木集飲〉、〈十六夜又偕闇公、讓木諸同社集飲〉可證。〔註119〕又如崇禎十一年（1638），歡聚於徵璧長兄存

〔註117〕參宋徵輿：〈封承德郎中書舍人叔父邑庵府君墓誌銘〉，《林屋文稿》卷九上海圖書館藏清康熙鈔本，見四庫全書存目叢書集部第 215 冊（台南：莊嚴文化有限公司，1997 年 6 月初 1 版），頁 352～354、（清）宋如林修：《松江府志》（二）卷五十六（上海書店影印清嘉慶松江府志，上海：上海書店，1991 年 6 月 1 版 1 刷），頁 318、（清）陳其元等修：《江蘇省青浦縣志》（三）卷十九（據清光緒五年刊本影印，台北：成文出版社，1907 年 5 月台一版），頁 1223、《潮州府志》（據清光緒十九年重刊本影印，台北：成文出版社，1967 年 12 月），頁 701。

〔註118〕朱之瑜云：「周勒卣、徐闇公、彭燕又、宋上木、杜仁趾、陳臥子，幾社主盟也。」見朱之瑜：《舜水先生文集》卷二十二，續修四庫全書集部第 1385 冊（據上海圖書館藏日本正德二年（1712）刻本影印，上海：上海古籍出版社，2000 年），頁 93。

〔註119〕見陳子龍著、施蟄存標校：《陳子龍詩集》卷四（上海：上海古籍出版社，1983 年 7 月一版一刷），頁 108～109。

標君子堂，齊同飲酒賦詩。〔註120〕而徵璧〈闇公、彝仲、宗遠、勒卣、臥子、燕又、偉男集王默公書屋〉一詩，〔註121〕也可見二人一同參與會集，切磋詩文。

此外，在編著典籍上，兩人也有互動。如徐孚遠與宋存標、宋徵輿以及周立勳、彭賓、顧開雍合刊《幾社六子詩》，即由宋徵璧與夏允彝、陳子龍、李雯等人商定選輯。又崇禎十年（1637）宋徵璧會試下第後所撰《左氏兵法測要》，即是闇公擔任內容評閱，並爲徵璧撰寫弁言。〔註122〕

不僅只是切劘時藝與吟風詠月，交遊期間，宋徵璧也與闇公相偕爲經世濟民努力。崇禎十一年（1638）仲春，爲匡救時弊，宋徵璧偕同徐孚遠、陳子龍等幾社諸子，著手編選《皇明經世文編》，仲冬書成，共五百又四卷。徵璧在凡例中書道：

> 良由徐子（孚遠）、陳子（子龍）博覽多通，縱橫文雅，並用五官，
> 都由一目，選輯之功，十居其七。予質鈍才弱，追隨逸步，自嗤蹇
> 拙，以二子左縈右拂，奔命不遑，間有選輯，十居其二。〔註123〕

毫無異議，徐孚遠與陳子龍選輯十分之七居首功，而宋徵璧完成十分之二和凡例，也功不可沒。次年，陳子龍編訂徐光啓《農政全書》，宋徵璧又與闇公、闇公弟鳳彩以及李待問商討審定。〔註124〕甲申（1644）五月，福王立於南京，徵璧爲經筵展書官，偕同徐孚遠和補兵科給事中的陳子龍、夏允彝等人召募水師，同心戮力挽救危如累卵的有明一朝。可惜福王無心朝政，政事敗壞，徵璧父宋懋韶寄書徵璧：「南中政事昏濁，讒夫高張，賢人君子相聚去國，爾兄弟何爲獨留於是？」〔註125〕認爲馬士英、阮大鋮亂政，福王政權已無可爲，

〔註120〕見陳子龍〈戊寅春仲同志集君子堂即席爲建安聯句〉，氏著、施蟄存標校：《陳子龍詩集》卷七（上海：上海古籍出版社，1983 年 7 月一版一刷），頁 205。

〔註121〕見（明）杜麒徵等輯：《幾社壬申合稿》卷十一，四庫禁毀書叢刊集部第 34 冊（影印中國科學院圖書館藏明末小樊堂刻本，北京：北京出版社，2000 年 1 月一版），頁 688。

〔註122〕參周立勳〈左氏兵法測要序〉、徐孚遠〈左氏兵法測要序〉，見宋徵璧：《左氏兵法測要》，四庫全書存目叢書子部第 34 冊（影印明末劍閣齋刻本，台南：莊嚴文化有限公司，1995 年 9 月初版一刷），頁 357～361。

〔註123〕見陳子龍等輯：《皇明經世文編》（北京：中華書局，1962 年 6 月一刷），頁 56。

〔註124〕見陳子龍：《農政全書‧凡例》，《陳子龍文集》（上海：華東師範大學出版社，1988 年 11 月一版一刷），頁 680～681。

〔註125〕見宋徵輿：〈封承德郎中書舍人叔父邑庵府君墓誌銘〉，《林屋文稿》卷九上海

於是令徵璧去官歸里，徵璧因此返回雲間。十月，陳子龍告歸，徐孚遠也杜門不出。〔註126〕

　　乙酉（1645）南明福王政權顛覆，松江失守後，徐孚遠選擇漂泊閩、浙，繼續復明志業；宋徵璧則選擇當順民，逸居在鄉里間。順治八年（1651）九月徵璧父懋韶辭世，終制後，宋徵璧才受辟召爲中書舍人。故而宋徵輿〈送尙木仲兄入都〉有「十載棲遲嘉樹林，徵書此日重南金，先公剩有萊衣夢，季弟深知捧檄心」〔註127〕之句。聞訊，闇公〈懷宋讓木〉慨歎道：

　　　　聞君偕室赴蒼煙，何意重回雪夜船？鼓枻江皋悲屈子，乘槎雲漢失
　　　　張騫；秋風不盡蒹葭怨，春日仍看翠黛妍；最是可憐豺虎地，莫將
　　　　雄筆賦居延。（卷十二，頁2）

原以爲宋徵璧潛藏不仕新朝，沒想到數年後卻成爲貳臣，想起反清投水明志的夏允彝和陳子龍，徐孚遠更是感慨萬千，不禁呼籲宋徵璧：「最是可憐豺虎地，莫將雄筆賦居延！」希冀他能回心轉意，勿爲清廷所用。結果，徐孚遠還是希望落空了。

　　康熙二年（1663）十月，清軍攻佔金、廈二島，徐孚遠未隨鄭經退居臺灣，轉而棲遁廣東饒平，當時宋徵璧已任潮州知府。傳言，徐孚遠辭世前曾透過宋徵璧歸降清廷，清初葉夢珠道：

　　　　孝廉闇公孚遠，遁跡海外，世業遂廢。至康熙中，始從越東因潮州
　　　　守宋尙木歸誠，爲之詳請具題，未及抵家而卒。〔註128〕

然而，闇公〈誓言寄宋子尙木〉云：

　　　　比來槎上久垂綸，身世茫茫二十春；不是餘年甘客死，難將羞面對
　　　　姻親。（卷二十，頁20）

鼎革之前，兩人於幾社共筆硯，在闇公漂泊抗清二十年後，二人重逢則有如霄壤之別──徵璧是貳臣、新朝大吏，而闇公爲勝朝貞臣、新朝逆賊。「難將羞面對姻親」，徐孚遠所羞何事？並非因爲宋徵璧貴爲知府，而他卻淪爲清廷

　　　　圖書館藏清康熙鈔本，見四庫全書存目叢書集部第215冊（台南：莊嚴文化
　　　　有限公司，1997年6月初1版），頁353。
〔註126〕見《徐闇公先生年譜》崇禎十七年甲申（《徐闇公先生年譜》，頁16）。
〔註127〕見宋徵輿：《林屋詩稿》卷十，上海圖書館藏清康熙鈔本，見四庫全書存目叢
　　　　書集部第215冊（台南：莊嚴文化有限公司，1997年6月初1版），頁561。
〔註128〕見（清）葉夢珠：《閱世編》卷五，（台北：木鐸出版社，1982年4月初版），
　　　　頁115。

眼中的反賊；所羞、所愧當是因復明志業無成，卻偷生苟活於世。正因如此，徐孚遠寧願全髮持節甘願客死他鄉，也不願爲能落葉歸根而變節剃髮。是知闇公無意歸降心跡甚明，葉夢珠所言與事實相出入。

康熙四年（1665）五月，徐孚遠客死饒平，不因政治立場敵對，宋徵璧囑託陳子龍妻舅張密協助處理喪事與歸葬事宜，使闇公得以首丘，〔註129〕可說不枉費兩人昔日有卜鄰之志的情誼。〔註130〕

七、張密

張密，字子退，號適齋，松江華亭人。明乙酉（1645）恩貢生，官南京兵部司務，擢僉都御史鎮守定武軍，入清終身高隱不仕。張密爲人勇敢好義。甲申（1644）國變，一闇黨劣紳僱用青手人士橫行胡作，張密遂與徐孚遠幼弟致遠，率領義烏勇士戴宿高等人手執白棒予以擊退，使之不敢妄爲。〔註131〕

張密兄弟爲陳子龍妻舅，徐孚遠主持幾社課藝期間，於每月習作制藝，張密接受闇公批評指導。〔註132〕崇禎十一年（1638）仲春，徐孚遠、陳子龍、宋徵璧等人選輯《皇明經世文編》，張密亦同諸公參與討論編選。〔註133〕

乙酉（1645）五月清軍南下，福王政權結束，六月薙髮令下，徐孚遠意欲舉義抗清；當時幾社友人毫不遲疑應和闇公，並與闇公說服陳子龍的就是張密。始末宋徵輿記道：

　　有孝廉徐孚遠者，年五十，好奇計，敢爲大言，素與子龍善。諸生

〔註129〕（清）王澐：〈東海先生傳〉，載《徐闇公先生年譜‧附錄》，頁8。

〔註130〕參陳子龍：〈得闇公書，知與讓木有卜鄰之志卻寄讓木〉，見陳子龍著、施蟄存標校：《陳子龍詩集》卷十一（上海：上海古籍出版社，1983年7月一版一刷），頁355。

〔註131〕（清）姜仲紳錄：《國朝松江詩鈔》卷六十四（臺灣大學圖書館藏清嘉慶十三年敬和堂刊本），頁3、（清）宋如林修：《松江府志》卷五十六‧二十八（上海書店影印嘉慶松江府志，上海：上海書店，1991年6月1版1刷），頁323、（清）俞樾纂：《鎮海縣志》卷二十九（據清光緒五年刊本影印，台北：成文出版社，1974年12月台1版），頁2336、（清）龔寶琦修：《金山縣志》卷二十四（據清光緒四年刊本影印，台北：成文出版社，1974年6月台1版），頁973。

〔註132〕杜登春：《社事始末》（藝文印書館百部叢書集成據藝海珠塵本影印，台北：藝文印書館，1968年），頁11。

〔註133〕見宋徵璧所書《皇明經世文編》凡例，陳子龍、徐孚遠等編：《皇明經世文編》（北京：中華書局，1962年6月1刷），頁56。

> 張密者，故嘗佐何剛練水師，好言兵，子龍內弟也。兩人日夜以義
> 聲說子龍曰：「我聞北兵且有變，大兵必歸江左，舉義者所在而有。
> 公不先，居人後矣。且諸舉義者，固日夜望公。」子龍聞之心動，
> 往謀於允彝。〔註134〕

因而張密協同徐孚遠、陳子龍、夏允彝等幾社人士，結合總兵吳志葵、黃蜚、前兩廣總督沈猶龍等人力抗清軍、守城松江。無奈，不敵清軍，八月初三，松江被破。

順治四年（1647）四月，松江提督吳勝兆連絡黃斌卿反清不果，因爲遭受牽連，五月張密痛失兩位至親──兄長張寬與姊丈陳子龍。張寬爲人尙慕節義，闇公得知寬就義後，不禁心傷落淚賦〈哭張子服〉二詩哀悼，云：

> 張子人倫表，通方與最能；用才隨几屐，清鑑別淄澠；自得龍爲友，
> 相看虎必騰；如何年過立，冉冉失先登？

> 胡來鄉國變，慷慨得生平；風雨吹芝秀，衣冠朝玉京；山陽眞死友，
> 北海有賢兄；姓氏傳檮杌，應留萬古名。（卷九，頁6）

一來哀慟張寬的犧牲，二來稱頌張寬可爲人倫表率，足以留名青史。至於陳子龍，不甘遭清廷拘執，沉淵自盡。陳子龍死時，唯一子嗣陳嶷年僅五歲，清廷卻欲將之論罪誅殺，〔註135〕多虧張密等人冒死相救，陳嶷才得脫命。消息傳來，闇公〈懷張子退〉稱：

> 余亦無徒者，君懷更不馴；猶聞存趙後，且作避秦人；賈服聊餬口，
> 魚腸正繞身；倘思行遯客，南望幾回顰。（卷八，頁4）

闇公自注：「聞君匿臥子孤」，故而「猶聞存趙後」一語，以春秋晉景公，屠岸賈欲誅滅趙氏家族，公孫杵臼、程嬰犧牲保全趙朔子趙武故事，〔註136〕喻指張密奮不顧身爲陳子龍存留遺孤陳嶷。是年，闇公入蛟關結寨於定海柴樓，張密也隨之避地定海，與闇公一同反清。辛卯（1651）舟山城破，孚遠扈從魯監國南下依鄭成功，而張密依然留居浹口，兩人因此再度南北契闊。

康熙四年（1665）夏，徐孚遠身故饒平，張密此時正離鄉南遊，故而受

〔註134〕見（清）宋徵輿：《東村紀事・雲間兵事》（南投：臺灣省文獻委員會，1993年12月），頁11。

〔註135〕（清）楊陸榮：《三藩紀事本末》卷四，（臺灣銀行經濟研究室編：臺灣文獻叢刊第149種，台北：臺灣大通書局，1987年10月初版），頁94。

〔註136〕事見（漢）司馬遷：《史記》〈趙世家〉卷四十三（北京：中華書局，1989年9月第11刷），頁1782～1786。（元）紀君祥又將之改編爲雜劇《趙氏孤兒》。

故交潮州知府宋徵璧囑託，協助處理闇公喪事；並護送闇公妻孥戴氏、永貞扶靈歸返松江華亭，﹝註137﹞使闇公在飄萍半生後得以歸葬故土。

張密生平詩稿被盜，佚失不存，僅見〈同徐孝先謁青原老人〉一詩。詩云：

> 少小文章伯，中遭喪亂時；飄萍依淨土，炮藥汲天池；還是簾藏易，
>
> 偶然瓢納詩；死生無不可，針縫任支離。﹝註138﹞

孝先為徐永貞字，青原老人即方以智，當時方以智已經披緇為僧，法號無可、藥地、炮藥等。如詩題所示，張密偕同永貞至青原山造謁方以智；可見，護送永貞扶櫬歸里後，迄康熙十三年（1674）四月永貞身故前，張密與永貞持續有所往來。

第三節　復社友

心繫社稷蒼生和民族興亡，主張興復古學、崇尚實用，張溥、張采統合匡社、聞社、南社、端社、應社、幾社等大江南北十多個文人社團為復社。復社社員遍及全國，先後加入者約三千人，明末清初重要文士，如王夫之、黃道周、黃宗羲、顧炎武、方以智、錢謙益、吳偉業、侯方域……等都是社內中堅。闇公曾任崇禎十二年（1639）復社秦淮大會盟主，結識社友人數多寡可想而知。見於《釣璜堂存稿》者，除了第一節述及的黃道周外，也可見張溥、張采、楊廷樞、陳貞慧、周岐……等人。篇幅所限，無法一一敘述，僅揀選方以智、錢澄之、吳德操、吳祖錫四人予以考求。他們都是在乙酉（1645）國變後，與闇公意志相同投入南明朝廷對抗清廷，非獨僅是切磋詩文、學問的友朋。再者，就個別來說，方以智國變前與闇公往來頻繁，常為闇公所懷想。錢澄之、吳德操和闇公一起經歷震澤險難，具有患難情誼。至於吳祖錫，則是奮不顧身幫助闇公脫身清廷擒捉，對闇公有恩。

一、方以智

方以智，字密之，號曼公，披緇後稱弘志、無可、浮山愚者、五老、墨歷、藥地……等，安徽桐城人；登崇禎十三年（1640）進士，選庶吉士，改

﹝註137﹞（清）王澐：〈東海先生傳〉，載《徐闇公先生年譜・附錄》，頁 8。
﹝註138﹞（清）姜仲翀錄：《國朝松江詩鈔》卷六十四（臺灣大學圖書館藏清嘉慶十三
年敬和堂刊本），頁 3。

編修。以智才高行厚，名噪海內，於明季與陳貞慧、冒襄、侯方域並稱四公子。又事親至孝，其父孔炤巡撫湖廣時遭楊嗣昌誣陷論罪下獄，為救父親，懷血疏伏闕申訴父冤，跪長安門兩年，而使孔炤得以獲釋。崇禎十七年（1644）春，召對德政殿陳天下大計，屢獲思宗稱善，可惜不用。闖賊攻陷京師，於東華門哭臨被擒，禁錮期間備受拷掠，毅然持節不屈。後乘間脫逃，南奔金陵。福王立，馬士英、阮大鋮用事，阮大鋮因防亂公揭之事意欲殺害以智等復社人士，以智不得已被迫化名流離嶺表。弘光朝滅，唐王立，召復故官，但是並未赴任。丙戌（1646）唐王政權亡，桂王即位肇慶，因推戴有功起官右中允，擢少詹事。翌年二月，晉禮部尚書兼內閣大學士以輔佐政事，以智辭卻不受，挂冠而去。永曆四年（1650）清軍攻陷平樂，以智遭執以死自守，清帥馬蛟麟於是感佩，聽任其出家。北歸後受法於高僧覺浪道盛，說法講學以終，卒於康熙十年（1671），年六十一，學者私謚文忠先生。以智博學洽聞，不論天人、禮樂、律數、聲韻、文字，還是書畫、醫藥、技勇，都能深究旨趣；著有《通雅》、《易餘》、《切韻聲源》、《物理小識》、《藥地炮莊》、《諸子燔痏》、《浮山前後集》、《一貫問答》、《幾表》、《易衻》、《古今性說合觀》……等。〔註 139〕

方以智聰慧不凡，「六齡知文史，八歲游京師，十二工書法，隸草騰龍螭，十五通劍術，十八觀玄儀，旁及易象數，物理不可欺」〔註 140〕，和錢澄之、吳德操等人主桐城騷壇，執耳復社。又與徐孚遠、陳子龍、李雯、夏允彝……等幾社諸子聲氣相求，往來密切，促使龍眠與雲間詩人酬和相得，而有「雲龍」之稱。〔註 141〕

〔註 139〕參（清）王夫之：《永曆實錄》卷五〈方以智傳〉（周駿富輯明代傳記叢刊第108 種，台北：明文書局，1991 年），頁 499～501、趙爾巽等撰：《清史稿》卷五百（北京：中華書局，1996 年 5 月湖北第 5 刷），頁 13832～13833、（清）徐鼒：《小腆紀傳》卷二十四（臺灣銀行經濟研究室編：臺灣文獻叢刊第 138種，台北：臺灣大通書局，1987 年 10 月初版），頁 311、（清）凌雪：《南天痕》卷十九（臺灣銀行經濟研究室編：臺灣文獻叢刊第 76 種，台北：臺灣大通書局，1987 年 10 月初版），頁 332～333。

〔註 140〕見陳子龍：〈聞桐城亂久矣，龍友從金陵來知密之固無恙也，甚喜，又以久不見寄書寒夜有懷率爾成詠〉，載施蟄存標校：《陳子龍詩集》卷五（上海：上海古籍出版社，1983 年 7 月一版一刷），頁 135。

〔註 141〕方以智〈寓膝信筆〉曰：「雲間、龍眠唱和相得，故舒章有『雲龍』之目。」（東京：東洋文庫藏：《桐城方氏七代遺書》）是可知，「雲龍」一稱為幾社李雯首創，用以稱呼當時雲間、龍眠兩地唱和騷人群。之後，方苞撰寫錢澄之

徐孚遠曾回憶與方以智相交時「披襟猶未弁，遠跡屢郵筒」；〔註142〕可見兩人結識之初方氏行年不到二十，因此尚未行冠禮。如是，則二子結交當不晚於崇禎三年（1630）。崇禎五年（1632）秋，方以智遊西湖結交陳子龍後，於同年秋前往雲間過訪陳氏、重晤闇公，〔註143〕以智〈雲間夏彝仲、朱宗遠、徐闇公、陳臥子醉後狂歌分賦〉云：

> 微霜昨夜被高林，湖海秋同知己深；壁上劍悲天下事，池中月照故
> 人心；倚樓石動凌雲氣，擊鼓風吹遍徵音；遊俠青冥雖在掌，結交
> 何處散黃金？〔註144〕

眾人於酒酣之餘恣情放歌，從詩題不難想見當時握手極歡情景。崇禎十一年（1638），徐孚遠偕陳子龍、宋徵璧等人著手編輯《明經世文編》。編書期間，闇公贈遺《左氏兵法》予方以智，以智因而題詠〈闇公以左氏兵法見寄，時臥子又欲與闇公集名臣書，偶爾筆此以報之〉酬答道：

> 懷鉛嘗束手，奇策盡貽余；左氏存兵法，名臣集史書；但求安布帛，
> 誰識戒衣衹？讀罷東西顧，當今計者疏。〔註145〕

不僅稱許闇公文才，更欽佩闇公懷經世濟民之心，進而慨歎在位者卻僅求生活安逸，不知戒慎國事。

甲申（1644）國變，方以智歷死難南奔金陵，沒想到福王即位後，竟然重用阮大鋮。阮大鋮以降賊之罪誣陷，為了免於迫害，以智於是離鄉背井，隱姓埋名，由閩入粵，賣藥市集中。乙酉（1645）清軍攻克南京，弘光朝滅，唐王立於福州，以智終於得以雪冤復職，然而卻不應詔命。相對於方以智，徐孚遠則於是年冬入閩赴唐王行在，官天興司理。翌年八月，清軍攻陷福州，隆武殉國，再次經歷宗廟傾覆，闇公不禁思念起遁跡嶺南的方以智。〈懷方密

〈田間先生墓表〉曰：「先生與陳臥子、夏彝仲交最善，遂為雲龍社以連吳淞，冀接武於東林。」（見（清）方苞著、劉季高校點：《方苞集》十二卷，上海：上海古籍出版社，1983 年 5 月一版，頁 337）則直接將「雲龍」視為文學社團。

〔註142〕見徐孚遠：〈懷方密之相公〉，《釣璜堂存稿》卷十六，頁 14。

〔註143〕參任道斌編著：《方以智年譜》（合肥：安徽教育出版社，1983 年 6 月一版一刷），頁 53～57。

〔註144〕載方以智：《博依集》卷八，引自任道斌編著：《方以智年譜》（合肥：安徽教育出版社，1983 年 6 月一版一刷），頁 57。

〔註145〕見方以智：《方子流寓草》卷四（北京大學藏明末刻本，四庫禁燬書叢刊集部第 50 冊，北京：北京出版社，2000 年一月一版），頁 696。

之〉曰：

> 海內風塵冠劍少，天涯流落故人多；三年雁去無還羽，兩度龍興未
> 曳裾；庾嶺雲深腸欲斷，羊城梅發賦何如？君卿司馬今戎服，黨禁
> 方弛社已墟。（卷十二，頁17）

甲申秋，以智前往雲間辭別胞妹子躍與妹婿孫臨，〔註146〕而後流亡廣東，便
與闇公信斷音疏。想起以智因阮大鋮之故被迫流離，而今雖然已經解除黨禁，
社稷卻也覆滅了，闇公不僅為好友感到不平，更慨嘆著黨禍誤國。可說將對
方以智掛念之情，緊密結合著沉痛的黍離麥秀之悲。

永曆元年（1647）二月，桂王晉以智內閣大學士，以智決意屏隱不受詔，
又於永曆四年（1650）清軍攻陷桂林之後，不願降清而遁禪。永曆六年（1652）
除夕，以智北歸故鄉桐城。隔年春，清廷兩度逼迫以智出仕，以智因而至南
京天界寺師事覺浪道盛；〔註147〕此時，徐孚遠已避地鷺島。知悉以智情形後，
闇公〈聞密之不赴內召已返金陵禪寺〉道：

> 少帝天南倚作霖，問君不起復何心？常遊別墅棋聲落，時入層潭詩
> 興深；分閫汴岐爭左衵，中朝牛李失同襟；蒼生望重應難副，便著
> 方袍返故林。（卷十四，頁11）

思及百姓與國家宗廟，難掩失望情緒，闇公不禁詰問以智為何退隱不出？然
而，再想到永曆朝廷內有文臣黨爭，外有武將孫可望等人擁兵自重，不知精
誠團結以振興社稷，闇公深深體會到好友的選擇迫於無奈，以及「逐日天南
一片心，蕭蕭鶴羽返秋林，可憐空抱宗周恨，見說萇弘淚不禁」〔註148〕的沉
痛。

康熙三年（1664）冬，方以智駐錫江西青原山淨居寺為主持，〔註149〕徐
孚遠隱跡廣東饒平，至翌年仲夏闇公辭世，兩人始終無由話舊。闇公身故後，

〔註146〕方以智〈孫克咸死難閩中，至今始悉，余妹艱難萬狀，抱子以歸桐，哭而書
　　　　此〉一詩自注曰：「甲申秋，別克咸與妹於雲間。」方以智：《流離草》（安徽
　　　　圖書館藏《桐城方氏詩抄》）。又《桐城耆舊傳》卷十二〈孫恭人傳〉載：「恭
　　　　人方氏諱子躍，……年十七，歸孫武公臨。」（見（清）馬其昶：《桐城耆舊
　　　　傳》，台北：文海出版社，1969年初版），頁737。
〔註147〕見任道斌編著：《方以智年譜》（合肥：安徽教育出版社，1983年6月一版一
　　　　刷），頁181～182。
〔註148〕徐孚遠：〈感事懷方密之〉，《釣璜堂存稿》卷十九，頁17。
〔註149〕見任道斌編著：《方以智年譜》（合肥：安徽教育出版社，1983年6月一版一
　　　　刷），頁231。

兒子永貞到過青原拜候父執，謁見以智，〔註150〕代父重晤老友，或許可稍稍撫慰闇公天人路隔之憾。

二、錢澄之

錢澄之，字飲光，原名秉鐙，字幼光，安徽桐城人。澄之爲復社人士，曾學《易》於黃道周，素以經濟自負，爲人果敢正直。弱冠時，某位趨附閹黨御史巡行安徽，將造謁孔廟，澄之利用郡中諸生立門外迎接機會，衝到該御史車前，拉開帷幕，在眾目睽睽下高聲數落斯人污穢惡行，絲毫無有畏懼。從此，澄之因而名聞四方。

福王立南京，阮大鋮得勢後，假錢澄之擁戴潞王、謀危社稷之名，四處羅捕錢澄之，澄之不得已躲避吳中。先是復社發表留都防亂公揭聲討阮大鋮，阮大鋮對復社人士已心生怨恨，而後錢澄之又屬文公開批評阮氏，更使阮大鋮欲除之而後快。乙酉（1645）弘光朝滅，澄之從宰相錢士升子錢棅抗清。不果，轉而入閩事唐王；黃道周薦授吉安府推官，改延平府。翌年閩都傾覆，困閩山三年，永曆二年（1648）秋間道入粵，〔註151〕桂王擢禮部主事。永曆三年（1649）特試，授翰林院庶吉士兼誥敕撰文。是年除夕，清軍攻陷南雄，桂王倉卒移蹕，一切重要詔令起草皆出於澄之之手。澄之議論朝政往往切中時弊，卻爲人所忌，因此後來以病乞假到桂林。永曆四年（1650）冬，清兵攻破桂林，永曆出奔南寧。兵荒馬亂中，澄之與桂王失散，因而不得已祝髮爲僧，名「西頑」，間道歸返鄉里。歸返鄉里後，錢氏不爲貳臣，結廬先人墓旁，自號「田間」，讀書著述、躬耕自給，享壽八十二。著有《田間易學》、《田間詩學》、《藏山閣詩文集》、《田間詩集》、《田間文集》、《所知錄》、《莊屈合詁》……等。〔註152〕

錢澄之與徐孚遠結識時間，陳乃乾纂輯《徐闇公先生年譜‧附錄》所錄

〔註150〕 參張密：〈同徐孝先謁青原老人〉，見（清）姜仲艸錄：《國朝松江詩鈔》卷六十四（臺灣大學圖書館藏清嘉慶十三年敬和堂刊本），頁3。

〔註151〕 見錢澄之：〈亡兒澐祖生卒紀略〉，氏著：《田間文集》卷三十，四庫禁燬書叢刊集部第145冊（影印清華大學圖書館藏清康熙二十九年斟雉堂刻本，北京：北京出版社，2000年1月一版），頁191。

〔註152〕 參趙爾巽等撰：《清史稿》卷五百（北京：中華書局，1996年5月湖北第5刷），頁13834、（清）徐鼒《小腆紀傳》卷五十五（臺灣銀行經濟研究室編：臺灣文獻叢刊第138種，台北：臺灣大通書局，1987年10月初版），頁746～747。

之錢氏祭文云：「弟與兄訂交己卯之春」；己卯，即崇禎十二年（1639）。然而同樣篇章，康熙二十九年斠雠堂刻本之錢氏《田間文集》作〈哭徐復菴文〉，卻未見該句。考錢澄之子錢撝祿編《先公田間府君年譜》，雖無誌記徐、錢二氏結交時間，倒是載記了錢澄之崇禎十六年（1643）入松江「晤夏瑗公（夏允彝）先生，臥子（陳子龍）、闇公因便道嘉善，兩君入武林，府君遂留仲馭（錢棅）家。」〔註153〕如是，可知兩人於崇禎十六年已有往來，而非「從明亡後共興義兵始」。〔註154〕徐孚遠嘗為復社主盟，而錢澄之為復社桐城地區主持者，當是因復社而相交。

乙酉（1645）五月清兵攻破南京後，江南地區義旗四起，錢澄之入宰相錢士升子錢棅麾下，陪同錢棅入松江，與徐孚遠、陳子龍訂盟，齊心力抗清兵；〔註155〕可惜，不敵清廷。義軍潰敗後，徐孚遠同錢澄之、錢棅、吳德操和孫臨計劃取道震澤至新安再入八閩。〔註156〕豈知，舟泊震澤時慘遭清兵襲擊。

八月十七，澄之除了痛失錢棅這位抗清同志外，妻子方氏攜抱次子與女兒投水而亡，僅存長子法祖。至於徐孚遠則長子世威殉難，僅妻子姚氏得全。〔註157〕兩人哀慟不言而喻。錢澄之憶及遇難之夜道：「弟扶病起立，徘徊達

〔註153〕見（清）錢撝祿編：《先公田間府君年譜》「癸未（1643）三十二歲」，載於北京圖書館出版社影印室輯：《清初名儒年譜》四（北京：北京圖書館出版社，2006年8月一刷），頁653。

〔註154〕黃語主張徐、錢二人結交於明亡後。見黃氏：〈錢澄之前期交遊考〉，《廈門教育學院學報》第八卷第四期（2006年12月），頁6。

〔註155〕（清）錢撝祿編《先公田間府君年譜》「乙酉（1645）三十四歲」載：「由是三吳鼎沸，爭建義兵，仲馭亦踴躍從事，……仲馭因同府君入雲間，與陳臥子、徐闇公訂盟而還。」見北京圖書館出版社影印室輯：《清初名儒年譜》四（北京：北京圖書館出版社，2006年8月一刷），頁658。

〔註156〕錢澄之〈擬上行在書〉云：「會南都喪失，嘉善吏部臣錢棅建義起兵，召臣入幕，棅敗走震澤，將由間道奔赴行在。」見氏著、湯華泉校點：《藏山閣集》（合肥：黃山書社，2004年12月1版），頁344。又〈孫武公傳〉云：「未數日松江破，三吳兵散，予泛宅汾湖，將與仲馭（錢棅）由震澤入新安，武公（孫臨）與復菴（徐孚遠）適至，遂聯舟同行。」見氏著：《田間文集》卷二十一，四庫禁燬書叢刊集部第145冊（影印清華大學圖書館藏清康熙二十九年斠雠堂刻本，北京：北京出版社，2000年1月一版一刷），頁104。

〔註157〕見錢澄之：〈先妻方氏行略〉，載氏著：《田間文集》卷三十，四庫禁燬書叢刊集部第145冊（影印清華大學圖書館藏清康熙二十九年斠雠堂刻本，北京：北京出版社，2000年1月一版一刷），頁189。

曉；兄枕吾兒以寢，兒抱兄足而泣，兄雖吞聲無語，徹夜涕零。」〔註158〕
無論抱病徘徊通宵的錢澄之，還是徹夜涕零的闇公，或是摟抱闇公腳泣淚的
錢法祖，悽苦景況可說令人十分心酸。後錢氏停留處理殯殮事宜，徐孚遠則
先行入閩。

　　乙酉（1645）十月底，受黃道周舉薦，唐王授予闇公天興亦即福州司理，
掌理獄訟事務。蒞官期間，錢澄之嘗偕吳德操至官署探訪闇公，澄之〈同鑑
在、蘊脩飲徐闇公司李署〉云：

> 同人不得意，旅食共荒臺。忽有尋梅興，來銜司李杯。官清衙吏嬾，
> 客散署門開。獨去然燈坐，羨予攜手回。〔註159〕

患難之交聚首，會飲道故；而澄之當時尚未任官，所以有「同人不得意」之
語。丙戌（1646）元旦，經黃道周引薦，錢澄之動身前往贛州吉安赴任。沒
想到，澄之到吉安後，才發現已經有人蒞位，只好重新改選他處。〔註160〕澄
之遲留贛州期間，未獲得澄之音信的闇公，有〈懷錢幼光〉之詠曰：

> 君初避仇時，徙倚武塘市，余亦去故鄉，逢君汾河裏。相顧攜室危，
> 巢傾卵將毀，蒼黃求寄孥，連牆共松杞。斯願竟未諧，中道遇封豕，
> 鳴鏑如雨飛，火光四面起，君室赴清波，余兒亦墮水，死生兩契闊，
> 不得同簪履。君留我亟行，執手勞未已；赴闕万息肩，遙望閩關紫，
> 邀君待詔邸，一粲豁暮齒，公卿喜君來，築臺收驥駬，考功試柔翰，
> 擢第冠多士，幕府更惜才，奏請隨軍壘，江花迎車蓋，貢水濯素趾，
> 形勝天下奇，攬轡為君喜。自到虔州後，遙遙乏尺鯉，胡漢方紛拏，
> 安危未能揣，嶺頭雲樹深，滄海波濤瀰；形影隔河梁，思君從此始。
> （卷二，頁12）

詩中有兩人共歷震澤之難的哀思，也有對錢澄之能受命任官的喜悅，更有牽
掛好友安危的憂慮，字裡行間在在流露出對錢澄之的深摯情誼。

〔註158〕參錢澄之：〈哭徐復菴文〉，載氏著：《田間文集》卷二十五，四庫禁燬書叢刊
　　　　集部第145冊（影印清華大學圖書館藏清康熙二十九年斛雄堂刻本，北京：
　　　　北京出版社，2000年1月一版一刷），頁145。

〔註159〕見（清）錢澄之撰、湯華泉校點：《藏山閣集》（合肥：黃山書社，2004年12
　　　　月一版一刷），頁97。

〔註160〕錢澄之〈與開少御史書〉（丙戌二月）曰：「奉別後，度歲芋園，即以元日首
　　　　路，燈節始出閩關，入贛州，知吉安司李已經萬督臺題補有人。即日回行在
　　　　改選，⋯⋯」見（清）錢澄之撰、湯華泉校點：《藏山閣集》（合肥：黃山書
　　　　社，2004年12月一版一刷），頁372。

是年春，徐孚遠晉升兵科給事中，將與張肯堂、朱永祐由海道募舟師。闇公傳信告知錢澄之。澄之得訊復書闇公，認為「由海道出募舟師，以圖吳會，此固今日制勝之第一策」；並勗勉徐孚遠「行矣，闇公！努力乘風」，為興復社稷繼續奮鬥。〔註161〕同年三月，錢澄之出任延平司理。與徐孚遠執手道別時，以毋負夙志、毋忘黃道周師恩勉勵彼此。只是誰也沒想到，此次話別後，各自飄零，兩人於有生之年，竟無再度晤面。無怪乎錢澄之多年後悲嘆：「嗚呼！患難弟兄，天涯骨肉，離別之際，語出涕隨，詎意此別遂成千古耶？」〔註162〕

康熙四年（1665）五月，徐孚遠於廣東饒平奄然長逝，後由妻戴氏與子永貞扶櫬回松江華亭。知悉闇公歸葬訊息，康熙十年（1671），錢澄之有意至松江墓祭，但無能成行，〈遙哭松江徐復菴〉抒懷道：

> 三吳遺老見全稀，擬過松江願又違。絕島暗聞徐福返，渡遼虛盼管寧歸。艱難令弟窮途死，惆悵孤兒舊業非。我有拊棺無限淚，含來宿草墓前揮。〔註163〕

原本懷抱與闇公重逢希望，豈料闇公已逝，天人永隔，一切變成虛盼。「我有拊棺無限淚」，痛失患難至交的悽愴與遺憾、對闇公情意的深重，不言可知。翌年中元，錢澄之終於償願至徐孚遠墳前祭拜，並屬文弔祭。一來追念昔日兩人入閩事蹟，二來欽羨闇公能得全膚髮，持節守志如一，三來欣慰好友有孝子永貞繼嗣。〔註164〕康熙十三年（1674），年僅二十三的徐永貞居然遭同室毆殺。〔註165〕錢澄之聞訊不勝悲憤云：「憶昨相持哭，初逢扶櫬歸，那知不盡淚，今又為君揮？」「老親猶暴露，孝子竟捐軀？薄俗遂如此，蒼天何處呼？」

〔註161〕見錢澄之〈在贛州與徐闇公書〉（丙戌二月），見（清）錢澄之撰、湯華泉校點：《藏山閣集》（合肥：黃山書社，2004年12月一版一刷），頁375～6。

〔註162〕見錢澄之：〈哭徐復菴文〉，載氏著：《田間文集》卷二十五，四庫禁燬書叢刊集部第145冊（影印清華大學圖書館藏清康熙二十九年斟雉堂刻本，北京：北京出版社，2000年1月一版一刷），頁145。其中「語出涕隨，詎意此別」，陳乃乾《徐闇公年譜・附錄》作「淚涕交橫，孰意此別」。

〔註163〕見（清）錢澄之撰、諸偉奇校點：《田間詩集》（合肥：黃山書社，1998年8月一版一刷），頁365。

〔註164〕參錢澄之：〈哭徐復菴文〉，《田間文集》卷二十五，四庫禁燬書叢刊集部第145冊（影印清華大學圖書館藏清康熙二十九年斟雉堂刻本，北京：北京出版社，2000年1月一版一刷），頁146。

〔註165〕陳乃乾《徐闇公年譜》載徐永貞生於順治八年（1651）四月，卒於康熙十三年（1674）四月（《徐闇公年譜》，頁28。）

〔註 166〕深深流露對永貞無端橫死、摯友絕嗣的不平和悲慟。

三、吳德操

　　吳德操，字鑑在，號鳧客，安徽桐城人，明諸生；具聲名，曾受教於黃道周，爲黃氏器重，文章蒼莽有秦漢氣，詩沈鬱頓挫有老杜風。乙酉（1645）夏，南京失守，三吳鼎沸，與錢澄之一齊入錢棅義軍抗清。事敗，入閩事唐王。經黃道周疏薦授知縣，補長汀縣令。翌年丙戌唐王敗，奔赴粵東擁立桂王，官中書。丁亥（1647）授御史，言事忤逆帥劉承胤，與劉湘客等人遭論罪下廷杖，並免除職務。明年，詔命巡按廣西，兼攝學政，陞大理寺丞。庚寅（1650）冬，清軍攻陷桂林，德操被執不降，端賴出盡所有家私才得脫身。而後寄家猺中，身依親戚梧州兵備道彭燫，並爲全活彭氏家口，入城坐門樓稽查出入。癸巳（1653），李定國攻下桂林、收復粵西，德操避居蒼梧村中，李定國檄召以原官行事，卻爲孫可望矯旨撤回。後間道返回猺中寄家，悲憤勞瘁，患病不治，享年四十二。〔註 167〕

　　徐孚遠思憶吳德操，曾有「夙昔遲芳訊，相逢汾水濱，俱懷存楚志，同作避秦人」之語；〔註 168〕依此，兩人結交當於乙酉（1645）福王朝傾覆之後。

　　除了是抗清同志外，吳德操更是闇公的刎頸至交。江南各地揭竿而起對抗清廷時，吳德操投入錢棅麾下，與松江守城的徐孚遠互爲應援。八月兵潰，吳德操偕同錢棅與闇公、錢澄之、孫臨打算赴唐王行在，沒想到卻在震澤蒙難。錢澄之〈哭仲馭墓文〉云：

> 比至震澤，風月甚佳，橋畔聞吹簫之聲，市上無談兵之事。弟與闇
> 公、克咸懷刺登岸（自注：往看熊魚山先生），兄同吳子鑑在解帶維
> 舟，羽箭突如，戈船蝟集⋯⋯。〔註 169〕

〔註 166〕見〈哭徐孝先〉，（清）錢澄之：《田間詩集》（合肥：黃山書社，1998 年 8 月一版一刷），頁 461～462。

〔註 167〕傳參錢澄之：〈哭仲馭墓文〉，見氏著：《田間文集》卷二十五，四庫禁燬書叢刊集部第 145 冊（影印清華大學圖書館藏清康熙二十九年斠雒堂刻本，北京：北京出版社，2000 年 1 月一版一刷），頁 144；錢澄之著、湯華泉校點：《藏山閣集・吳廷尉鑑在傳》（合肥：黃山書社，2004 年 12 月 1 版），頁 417～421。（清）徐鼒：《小腆紀傳》卷三十二（臺灣銀行經濟研究室編：臺灣文獻叢刊第 138 種，台北：臺灣大通書局，1987 年 10 月初版），頁 402。

〔註 168〕〈懷吳鑑在〉之一，《釣璜堂存稿》八・十六。

〔註 169〕見錢澄之：《田間文集》卷三十，四庫禁燬書叢刊集部第 145 冊（影印清華大

徐孚遠、錢澄之和孫臨三人登岸不久，吳德操與錢棅還在解帶繫舟之時，便遭受清廷水師襲擊。在寡不敵眾下，錢棅陣營不僅舟楫全毀，更是死傷慘重——錢棅自身殉節，吳德操被流箭傷及腳趾，闇公痛失長子世威，錢澄之妻兒三人喪命，而孫臨也一子罹難。〔註170〕是夜，吳德操同闇公等倖存諸子投靠沈聖符，〔註171〕既而與闇公跋山涉水，歷盡艱險，一路相互扶持下進入閩京。是故徐孚遠回想起兩人這段「絮被寒長共，危途雨又頻」〔註172〕患難與共的日子有言：「憶昔避難初，相逢在檇李，浪跡五湖濱，微命其如螳？烽火燼余舟，流矢及君趾，故鄉各渺茫，共赴新安壘，暮雨蕭寺麂，秋風客邸被，褰衣層岡峻，漱齒山東沚」。又道：「新安纔入境，黃海已揚塵；朋舊各分手，琴書難及辰；逡巡馬嶺磴，跋涉玉山津；攜手同羈歡，何年遂角巾？」〔註173〕同生共死，交誼深厚自不待言。

至閩京，吳德操與徐孚遠、錢澄之皆受黃道周薦舉。是年十月終，徐孚遠補官天興司理。蒞任期間，吳德操和錢澄之曾「忽有尋梅興，來銜司李杯」，〔註174〕至司理署探訪闇公，患難之交聚首把盞，促膝長談。丙戌（1646）春，吳德操「聊試武城絃，俄翩淩雲起」，補長汀知縣；徐孚遠晉兵科給事中，投入張肯堂海師，「從茲各有役，不得同杖履」。〔註175〕而此次別離為永別，有生之年兩人再也無能重逢把晤。

丙戌（1646）八月，清軍攻陷長汀，唐王殉國後，吳氏直奔粵東以奉桂王，闇公則流離浙、閩——先效命魯監國，辛卯（1651）清軍攻陷舟山，再入金、廈二島。各自東西期間，闇公與鑑在斷了聯繫，僅能從他處得知摯友音訊，如〈懷吳鑑在〉所云：

學圖書館藏清康熙二十九年斵雄堂刻本，北京：北京出版社，2000 年 1 月一版一刷），頁 144。
〔註170〕錢澄之：〈孫武公傳〉曰：「至震澤之明日，猝遇游兵，仲馭死焉，予合室遇難，君亦失其一子。」見氏著：《田間文集》卷二十一，四庫禁燬書叢刊集部第 145 冊（影印清華大學圖書館藏清康熙二十九年斵雄堂刻本，北京：北京出版社，2000 年 1 月一版一刷），頁 104。
〔註171〕沈應瑞，字聖符，震澤人。事略參附表。
〔註172〕徐孚遠：〈懷吳鑑在〉（一），《釣璜堂存稿》卷八，頁 16。
〔註173〕前者見徐孚遠：〈懷吳鑑在〉，《釣璜堂存稿》卷三，頁 4，後者見〈懷吳鑑在〉（二），《釣璜堂存稿》卷八，頁 16。
〔註174〕（清）錢澄之：〈同鑑在、薀修飲徐闇公司李署〉，見錢澄之撰、湯華泉校點：《藏山閣集》（合肥：黃山書社，2004 年 12 月一版一刷），頁 97。
〔註175〕徐孚遠：〈懷吳鑑在〉，《釣璜堂存稿》卷三，頁 4。

徘徊想音容，何時寄雙鯉？此間到蒼梧，繡斧百城裏，王命再三錫，

長途駕騄駬，顧盼列九卿，追風不踰旬；而我方栖遲，觸途有荊枳，

去年附書人，逝矣如流水，懷情不可宣，望遠一徙倚。(卷三，頁 4)

「徘徊想音容，何時寄雙鯉」、「去年附書人，逝矣如流水」，是知當時鑑在並未與闇公書札往還。又「繡斧」為天子特遣之執法大吏，依吳氏事略，則鑑在巡按廣西之事為闇公聽聞所得。

值得注意的是，由於闇公為不能赴桂王行在感到遺憾，鑑在卻能「再隨赤日起東嶠」，〔註176〕為桂王擢用，因此闇公那時抒發思念吳德操之情，不僅止於對好友的思念，更有不得志的感慨。如〈懷錢、吳諸公，聞皆作顯人〉曰：「憶昔相攜推短轅，今來六翮盡飛翻；可憐只有行吟客，不得親承金馬門。」（卷十九，頁 3）又如〈懷吳鑑在中丞〉：「憶昔扁舟淚欲潸，滄茫問渡水雲閒；同眠姜被嗟行路，卻棄終繻便入關；單父聞琴聊一試，神州持斧竟崇班；可憐羈客頻惆悵，彼美西方不可攀。」（卷十三，頁 27）筆墨之間，不僅追思昔日患難與共的情形，也交織著個人落寞失意的軫慨。

四、吳祖錫（鉏）

吳祖錫，字佩遠。原籍吳江，父為文選郎中吳昌時，然嗣伯父貴州按察使昌期後，遷嘉興，登崇禎十五年（1642）副貢。鼎革後，更名鉏，自號稊田，從徐孚遠、陳子龍謀劃復明。嘗偵事杭州，為仇家縛至土國寶軍門，羈繫獄中。魯王、桂王皆授職方郎中。順治十八年（1661），祖錫擬謁桂王，先至鄖陽，勸鄖陽十三軍出師撓楚以救滇，可惜十三營已疲敝不能用。由於當時桂王已入緬甸，祖錫不得追從，只好復返中原，流寓他鄉不願歸老，鬱鬱以度餘生。康熙十八年（1679），客居膠州大竹山，嘔血而亡，年六十有二。遺命不必歸葬，遂葬大竹山。〔註177〕行誼正如徐孚遠所稱——「高似魯連思

〔註176〕見徐孚遠：〈有客言飲光、鑑在已歸故里，慨然寄懷〉，《釣璜堂存稿》卷七，頁 10。

〔註177〕傳參徐枋：《居易堂集》卷十四〈吳子墓誌銘〉，（景印中央研究院史語所藏 1919 年羅振玉排印《明季三孝廉集》本，台北：臺灣學生書局，1973 年 3 月初版），頁 392～396、全祖望：〈吳職方傳〉，（見於周駿富輯：《鮚埼亭集碑傳》，台北：明文書局，1991 年），頁 216～218、（清）徐鼒：《小腆紀傳》卷五十七（臺灣銀行經濟研究室編：臺灣文獻叢刊第 138 種，台北：臺灣大通書局，1987 年 10 月初版），頁 775～776、趙爾巽等撰：《清史稿》卷五百七（北京：中華書局，1996 年 5 月湖北第 5 刷），頁 13840～13841。

救趙，仇如伍子不歸吳」。〔註178〕

　　祖錫爲復社名士。其人不僅顧瞻謦欬，令人自廢，且「結客一言心莫逆，濫用黃金不自惜」，〔註179〕尙義輕財，樂於救人急難，又好結納豪俊，每當險阨，能出奇應變。順治三年（1646）閩京遭清廷攻破，徐孚遠冒死潛入嘉興，〔註180〕徐枋〈吳子墓誌銘〉記云：

> 酉、戌之際，江南初下，勢岌岌。涿州之子馮源淮提督浙西，駐鎮
> 嘉興，吳子與之遊相善。馮某之戚董生者，即爲提督部將，嘗詗察
> 民閒，亦與吳子交。吳子以意厚之，嘗與抵掌言時事。董生感激，
> 若以人不我知者。余同年生徐闇公負天下重望，初毀家舉義，兵敗，
> 遂浮海去，望益重，天下爭慕之。至是復浮海而來，欲於內地有所
> 建立。闇公故全髮，魏然漢官威儀也。既至，無所容。吳子密迎之，
> 館於家中。吳子家顧在城市，久之，聲籍籍。馮某乃遣董生來物色。
> 董生至，吳子與相見，未及有言；吳子握其手曰：「吾有一言，惟子
> 可語，欲成子慷慨之志。」董色動。吳子曰：「徐闇公先生至此，若
> 欲一見否？」董驚怛絕倒，且驚且喜曰：「徐先生果在此，而吳子肯
> 令我見之乎？」吳子即笑引之以見闇公。董生一見，叩首泣下曰：「聞
> 公名二十年，今日始得見。然非吳子，則我豈得見公？願效死！」
> 三人即共爲盟誓，相得甚懽。乃以詭言復馮某，而於提督麾下撥戈
> 船出汛，即衛闇公全髮以出，復浮海而去。〔註181〕

據此可知，端賴吳祖錫干犯不諱、不顧身家仗義襄助，闇公始能免爲清廷緝捕，得以全身而出繼續抗清。是而，「余昔潛行到君里，登樓去梯笑相視」，闇公回憶這件往事時，對「少負英人姿，儒衣爲行黃石師」〔註182〕的吳祖錫，有著無比的推崇。嘉興一別後，南北睽違，兩人各自爲抗清奔走，聯絡不易，思及吳祖錫，闇公甚至道出「無由寄素書，相思令人瘦」〔註183〕之語，對吳祖錫的情感可見一斑。

〔註178〕徐孚遠：〈懷吳佩遠〉，《釣璜堂存稿》卷十二，頁25。
〔註179〕徐孚遠：〈吳佩遠歌〉，《釣璜堂存稿》卷六，頁18。
〔註180〕參《徐闇公先生年譜》，頁22。
〔註181〕見徐枋：《居易堂集》卷十四（景印中央研究院史語所藏1919年羅振玉排印
　　　　《明季三孝廉集》本，台北：臺灣學生書局，1973年3月初版），頁394～395。
〔註182〕徐孚遠：〈吳佩遠歌〉，《釣璜堂存稿》卷六，頁18。
〔註183〕徐孚遠：〈懷吳佩遠〉，《釣璜堂存稿》卷三，頁30。

多年睽違，隨著吳祖錫過訪鷺島，二人終於有機會把手言歡，豈料好事多磨，〈聞吳佩遠到未及披面言情之作〉二首可見。其一云：

> 南湖分手十年餘，仗劍吹箎總是虛；滄海湯湯存筆墨，形容黯黯混
> 樵漁；何庭可灑申胥淚？客舍聊供馮氏魚；惟有朝恩終不忘，姓名
> 常自挂除書。（卷十五，頁 25）

雖然在第一時間未能見到吳祖錫話舊，但闇公已迫不及待對好友表明自己不忘故國、復明心志如一，並抒發了遭受閒置的不滿與無奈。淹留鷺島期間，吳祖錫亦與闇公同年好友邢欽之結交，闇公〈佩遠入海半年予不得晤，與欽之結友而去，作此寄懷兼美二子之交也〉云：

> 吳子年弱冠，已多折輩交。是時國步艱，所結皆人豪，升堂進鼎食，
> 贈行解佩刀，黃金十載盡，落羽無一毫。張儉實黨魁，避迹涉海濤。
> 海濤浩無極，蛟舞龍展翼，捫蝨看英人，眼白無相識。山右有邢子，
> 少亦好朱劇，壯心不可平，屢作條侯客。今來槎上游，偶俗徒悠悠，
> 儔中一為覯，豁然開雙眸，抒寫生平氣，披襟滄海頭，談星測斗分，
> 飲酒撫吳鉤，胡然成遠別，歎息腸內熱，相期萬里心，矯翮豈能紲？
> 王貢誓始終，音徽無時絕。（卷四，頁 24）

吳祖錫為人豪爽尚義，邢欽之亦是壯志好俠者，兩人志氣相投而為契交，於是闇公將他們比為漢代王吉、貢禹。王、貢皆是明經節行之人，二人也結為至交好友，闇公高興吳、邢二人結交可見。只是為抗清志業，吳祖錫無法和好友長相聚，短暫停留後，又再度奔走他方。

順治十八年（1661），吳祖錫奉張煌言命勸鄖陽十三軍出師不得，又因赴桂王行在不成，於是北返中原萍寄異鄉，餘生與闇公天各一方，未再相晤。

小結

前期徐孚遠所交，主要因詩文社結緣，而這些人在鼎革時的抉擇，影響到闇公對他們的情感。對於變節仕清者如李雯，即使在甲申國變前為幾社主要成員，並和闇公往來頻繁、交情深厚，闇公抗清期間所詠卻難見其傾訴思憶懷念之情。對於為國奮鬥，或為國殉節者，或持節守志者，闇公有較多的思憶之作，甚至在困頓流離期間，殉節的陳子龍和夏允彝，成了支持他抗清的精神力量。

第三章　後期交遊考略

心繫有明宗社，一心扶顛持危，加上峻拒成爲清廷臣民，乙酉（1645）秋徐孚遠毅然南下入閩。戮力復明志業，他展轉流徙福建、浙東，也曾浮海交南、橫渡臺灣和遁跡廣東，最終在廣東棄世，結束漂泊異鄉的生涯。在這段流離歲月，隨著南明局勢變化與個人境遇，闇公認識了不少忠義英豪，或爲南明朝僚友，或爲徵士，或爲鄭成功部屬，或爲有明宗室。是以本文揀擇交誼較深者、可略窺往來情形者予以考究。

第一節　朋僚

徐孚遠就官始於乙酉（1645）唐王授天興司李，本文所指朋僚，係指唐王、魯王時實際與闇公同朝共事又有交誼者。至於桂王，徐孚遠並未赴其行在，只有遙受官職，未曾眞正扈從，因此桂王時期同僚未必眞正同朝共事。

一、張肯堂、朱永祐

辛卯（1651）徐孚遠入鷺島依鄭成功前，既在唐王朝與之出生入死，又同其至舟山事魯王之大僚前輩，即是闇公同鄉賢哲——張肯堂與朱永祐。由於闇公與二人交遊時間與事蹟重複，因而予以合併敘述。

張肯堂，字載寧，號鯢淵，松江華亭人。天啓五年（1625）進士，授江西餘干知縣。丁憂起，官濬縣知縣，於任內禦寇安民享有聲名。崇禎七年（1634）擢御史。次年春，出按福建，還朝，掌河南道。崇禎十五年（1641）遷大理寺寺丞，擢右僉都御史，巡撫福建。南都福王立，肯堂選兵三千入衛，並剿

撫汀、漳間流賊。乙酉（1645）五月南京傾覆，肯堂與鄭鴻逵、鄭芝龍擁唐
王繼位。唐王稱制，晉吏部尚書，加太子少保。後因諫官上疏唐王以曾櫻掌
吏部，於是唐王令肯堂轉掌都察院。肯堂一心謀求恢復，翌年正月，累疏請
兵，唐王因而詔加少保兼戶、工二部尚書，總制北征，並賜尚方劍，專理兵
馬糧餉，撫鎮以下許便宜從事。肯堂又上水師合戰之議──希望唐王由仙霞
親征浙東，自己則由海道抵江南倡義旅，以相聲援；於是請求出募舟師。結
果鄭芝龍阻礙，導致肯堂恢復之計無法實行。後來鄭芝龍又取走肯堂所有軍
需，肯堂是以自募義兵，得六千人屯駐鷺門。同年閩都敗，肯堂蓬轉海外，
己丑（1649）魯王至舟山，晉肯堂少師擢東閣大學士。辛卯（1651）八月，
清軍攻舟山，張名振奉監國搗吳淞，令肯堂留守。肯堂與六千將士、萬餘居
民搏命捍禦。九月城破，肯堂令四妾周氏、方氏、姜氏、畢氏，及子婦沈氏，
孫女茂漪先死，再自縊於平日讀書處雪交亭。當時僕婢及門下士二十多人隨
死。〔註1〕

朱永祐，字爰啓，一字聞玄，松江華亭人。〔註2〕以上海籍中崇禎七年

〔註1〕　參（明）高宇泰：《雪交亭正氣錄》卷八（張壽鏞輯刊：四明叢書叢書第二集，
台北：新文豐出版公司，1988年4月臺一版），頁154～155、（清）張廷玉等
撰：《明史》卷二百七十六（北京：中華書局，1997年3月北京第6刷），頁
7065～7067、（清）徐鼒：《小腆紀傳》卷四十（臺灣銀行經濟研究室編：臺
灣文獻叢刊第138種，台北：臺灣大通書局，1987年10月初版），頁490～
495、翁洲老民：《海東逸史》卷十（臺灣銀行經濟研究室編：臺灣文獻叢刊
第99種，台北：臺灣大通書局，1987年10月初版），頁57～59、凌雪：《南
天痕》卷十五（臺灣銀行經濟研究室編：臺灣文獻叢刊第76種，台北：臺灣
大通書局，1987年10月初版），頁247～248、（清）朱溶：《忠義錄》，（高洪
鈞編：《明清遺書五種》，北京：北京圖書館出版社，2006年11月一版一刷），
頁688～689。
〔註2〕　朱永祐或云為松江華亭人，如《忠義錄》；或云為上海人，如《雪交亭正氣錄》、
《小腆紀傳》。關於朱永祐梓里，就連所教授的弟子朱舜水也有二說。於〈與
諸男書〉中，朱舜水直接指出朱永祐為松江華亭人（朱之瑜：《舜水先生文集》
卷一，見續修四庫全書集部第1384冊，據上海圖書館藏日本正德二年（1712）
刻本影印，上海：上海古籍出版社，2002年，頁443）；而於〈對源光圀問十
二條〉中又稱「上海爰啓朱先生」（朱之瑜：《舜水先生文集》卷二十，見續
修四庫全書集部第1385冊，據上海圖書館藏日本正德二年（1712）刻本影印，
上海：上海古籍出版社，2002年，頁63）。之所以如此，當如《重修華亭縣
志》道：「用上海籍舉崇禎七年進士」（（清）楊開第修：《重修華亭縣志》卷
十五，影印清光緒四年刊本，台北：成文出版社，1970年臺一版，頁1166），
與朱永祐以上海籍應試科舉有關。

（1634）進士，授刑部主事，調吏部文選司，後罷歸鄉里。乙酉（1645）清軍南下，同陳子龍、徐孚遠等人舉義松江，事敗入閩。唐王進郎中，改戶、兵二科都給事中，遷太常寺卿。張肯堂疏薦爲北征監軍，詔監周鶴芝軍，屯於鷺門。鄭芝龍變節降清前夕，永祐力勸勿降，芝龍不聽，永祐特地派遣趙牧刺殺芝龍，結果趙牧無從得見芝龍而不能成事。唐王傾覆後永祐同周鶴芝屯駐海壇，丁亥（1647）正月收復海口和鎮東，並以趙牧與林籥舞駐守海口。四月，清軍攻佔海口，永祐與張肯堂及徐孚遠北至舟山依黃斌卿。己丑（1649）斌卿被誅，魯王入舟山，以爲吏部侍郎，晉工部尚書兼吏部事。辛卯（1651）九月，清廷攻破舟山，抗節拒降被殺。〔註3〕

　　乙酉（1645）秋八月，徐孚遠毅然離開故鄉，南下入閩赴唐王行在。於仕宦福京期間，徐孚遠蒙受二人表薦之恩，一是所折服私淑之黃道周，另一就是家鄉先輩張肯堂。乙酉（1645）十月，經由黃道周薦舉，闇公受任天興司李以掌管福京刑政。〔註4〕隔年正月，任職兵部尚書的張肯堂，上水師合戰之議，認爲「由海道徑至江南，江南義師必爲響應；大兵由閩出浙，首尾策應，則敵可乘」，〔註5〕主張出募舟師，因而奏請唐王命徐孚遠、朱永祐爲海師監軍。徐孚遠受詔晉兵科給事中，由原本協理國務內政轉爲投身軍旅，得以與張肯堂、朱永祐二位華亭鄉賢爲反清復明一同出生入死。

　　徐孚遠甚爲敬服與尊崇張肯堂及朱永祐，闇公〈賦呈張宮傅〉云：

〔註3〕　參（清）張廷玉等撰：《明史》卷二百七十六（北京：中華書局，1997 年 3 月北京第 6 刷），頁 7068、（清）徐鼒：《小腆紀傳》卷四十三（臺灣銀行經濟研究室編：臺灣文獻叢刊第 138 種，台北：臺灣大通書局，1987 年 10 月初版），頁 528~529、《忠義錄》、（清）楊開第修：《重修華亭縣志》卷十五（影印清光緒四年刊本，台北：成文出版社，1970 年台一版），頁 1166、（清）翁洲老民：《海東逸史》卷十（臺灣銀行經濟研究室編：臺灣文獻叢刊第 99 種，台北：臺灣大通書局，1987 年 10 月初版），頁 62~63。

〔註4〕　洪思《黃子年譜》記：（隆武元年十月）「又疏舉趙士超、俞墨華、徐敬時、徐孚遠等九人，請受職立功。冬十月廿八日，奉旨：『所薦舉，俱聽軍前效用。惟廣信要地，撫臣徐世蔭著嚴防守，不便輕移。』」（見（明）洪思等撰、侯眞平校點：《黃道周年譜附傳記》，福州：福建人民出版社，1999 年 9 月，頁 33）又錢澄之〈哭徐復菴文〉曰：「漳浦夫子（黃道周）奇兄之節，憫弟之癡，並登薦章。弟猶未達，兄乞外任司李天興。」載氏著：《田間文集》（影印清華大學圖書館藏清康熙二十九年斟雉堂刻本，北京：北京出版社，2000 年 1 月），頁 145。

〔註5〕　見（清）錢澄之：《所知錄》卷上（臺灣銀行經濟研究室編：臺灣文獻叢刊第 86 種，台北：臺灣大通書局，1987 年 10 月初版），頁 13。

王室今中葉，明公作濟川，精英推嶽降，姓字本天連，冰雪神姿異，
瑚璉廟器傳，夔龍懽接迹，丙魏愓前賢，執法秋風爽，爲霖夏潦平，
袞衣臨海國，竹馬導前軿，時雨嬌花蕊，皇仁扇蜿蜒，星周方化洽，
帝醉屢妖纏，於越燒丹穴，蠶叢哭杜鵑，六騑迎代邸，二伯奉周宣，
已睹新鐘虡，還期卜澗瀍，應時紆繡斧，崇讓卻貂蟬，晉陜冢司重，
兼銜亞相專，封章逾諤諤，賁士實爰爰，閶闔辰初正，旄頭光尚懸，
赤心扶有道，黃髮誨無愆，不謂君恩替，其如內政牽，晏嬰尊主術，
甯氏擅朝權，鷹爪森然搏，葵心終自憐，每揮周顗淚，欲著祖生鞭，
推轂緣人望，秉麾答上玄，嫌疑成市虎，謠詠毀芳荃，斗杓占仍耀，
王鈇寄更堅，蒼茫坤軸折，狼狽玉輿遷，竊國謀真巧，燃臍算又偏，
乘桴當此日，肥遯幾何年，必擬追風后，無勞問偓佺，愚生通籍忝，
夫子薦書駢，謝墅陪游切，庾樓清賞延，倘能安縱壑，直欲看凌煙。

（卷十六，頁 4）

除抒發感遇之情外，闇公推崇了張肯堂於御史及巡撫任內功績，也慨歎了有
明北京、南京政權相繼淪喪，更肯定肯堂如祖逖般堅定的復國意志，並期待
他能如黃帝輔宰風后般再創治世。至於朱永祐，〈賦呈朱館卿四十韻〉中徐孚
遠稱：

奉常王國珍，壯歲躍天衢，涉筆珠璣落，觀書肴饌腴，人倫推華嶽，
襟度視冰壺，鳳舉雲司逸，鵬騫文部須，王裴清簡共，顏謝笑嚬殊，
門峻無栽棘，衣單得散襦，諸公深豫附，我道豈沾濡？沈約郊居穩，
羅含卜宅紆，樹梧凝月露，穿沼長雕胡，一臥冠纓晚，屢耽松桂徂，
自天傾北極，害氣復南驅，建業龍蟠杳，華亭鶴唳孤，衣冠皆惴惴，
君子獨區區，有志剗豺虎，無心問臘臊，乘桴將赴闕，間道重攜孥，
牢落永嘉樹，周流山海圖，空囊給夕吹，躡屩詣行都，入國愁仍切，
憂時涕更俱，衝尊方獨酌，甲觀貯訏謨，批答勞宸翰，權衡藉斗樞，
前朝既板蕩，仕籍尚榛蕪，年格徵文得，除書據案劬，美裘非一腋，
巨構必千株，蔡廓矜難奪，山公歎不吁，青蠅徒失氣，白賁自成孚，
讜議常尊主，開懷閔卒瘏，羯胡終繫組，雄帥授王鈇，明命申司馬，
軍諮仰大巫，飲冰兼枕戟，握節且彎弧，冒頓摧強勢，中行不久逋，
忽傳翠輦出，再見虜塵汙，元憝輸宗祏，回師仔舳艫，竟無曹沬劍，
幾瞑伍胥矑，幸脫如羆貙，常浮狎水鳧，伊余忝後進，服術愧洪儒，

梓敬陪簪冕，髫年侍舞雩，咨嗟傷繭足，祓濯起泥塗，聯省參華秩，
同盟逮小邾，止期安薛荔，佇看錫彤筎，黃閣真堪老，蒼生幸再蘇。
（卷十六，頁 4）

「涉筆珠璣落，觀書看饌腴，人倫推華嶽，襟度視冰壺」，朱氏不但好學博洽、
落筆行文字字珠璣，更重要的是人品高潔超群。在朱明山河變色之時，「衣冠
皆惴惴」，諸多搢紳之士只憂心一己身家性命，而永祐則是「君子獨區區，有
志剗豺虎，無心問臘腰」，將個人生死置之度外趨救國難。即使受命晉官也非
安享榮華，而是「飲冰兼枕戟，握節且彎弧」，無時以社稷為念，惕慄奉職，
枕戈待旦以抗清軍。綜合前述，肯堂、永祐之所以受闇公推尊，並非僅是為
梓里前輩之故，更非因為官位尊顯，而是因為二人具有高尚志氣節操，並能
以身許國。

丙戌（1646）八月清軍破仙霞關，唐王於汀州殉國，肯堂聞訊痛不欲生，
意欲以身殉國。後因平海將軍周鶴芝勸其以復明為念，「振旅以為後圖」，〔註
6〕肯堂才打消念頭，並偕同闇公及朱永祐依附鶴芝海師繼續抗清。是年冬初，
張肯堂攜徐孚遠遊廈門虎谿，多年後，徐孚遠避地廈門重遊，於〈同諸子游
虎谿，因念丙戌冬宮傳張舫淵曾攜余游此感而有作〉憶道：

憶昔張宮傳，避跡亦南奔，殷憂不能解，攜朋游此山。是時冬始交，
芳草猶未殘，一徑群峰秀，疊壁石盤盤，其下有複洞，掃洞列盤餐，
觴酌再三舉，四坐起長歎，俯瞰此島外，戎馬浩漫漫，故鄉在遠道，
何由生羽翰？今我復來游，同游皆朱顏，展義曠以達，青雲若可攀。
歡往感亦隨，念舊獨潸潸，張公仗大節，去矣如龍鸞，徒存杖屨迹，
遺風良不諼。（卷三，頁 2）

甲申（1644）北京淪陷，乙酉（1645）南京失守，至丙戌（1646）福京又再
度傾覆，對復明志士來說，中興復明夢想接連破滅，憂傷與焦慮可想而知。
當時張肯堂攜闇公遊虎谿，無非想藉由山水撫慰麥秀之痛；然而思及風景不
殊，山河卻異，故鄉華亭淪於清廷，張氏與闇公自是愁上加愁。

丁亥（1647）四月，海口失守，周鶴芝自知難與清軍抗衡轉而入浙，肯
堂與闇公、朱永祐亦北上舟山依黃斌卿。〔註7〕是年重陽，三人與安昌王、

〔註 6〕 參（清）徐鼒：《小腆紀傳》卷四十（臺灣銀行經濟研究室編：臺灣文獻叢刊
第 138 種，台北：臺灣大通書局，1987 年 10 月初版），頁 492。
〔註 7〕 黃宗羲《海外慟哭記》丁亥（1647）夏四月記：「總制尚書張肯堂、兵科給事

黃斌卿、張煌言、張名振以及沈皓然、嚴生兄弟登瀚洲鎖山。〔註8〕後闇公揮別二公入蛟關，結寨於定海柴樓。己丑（1649）九月魯王駕駐舟山，闇公入覲，是以又與肯堂及永祐同朝；〔註9〕時肯堂拜東閣大學士，永祐晉工、吏二部尚書。

辛卯（1651）九月，舟山遭清軍攻陷，張肯堂不爲貳臣，殉節前賦道：「虛名廿載著人寰，晚歲空餘學圃閒；難賦歸來如靖節，聊歌正氣續文山；君恩未報徒賫志，臣道無虧在克艱；寄語千秋青史筆，衣冠二字莫輕刪」〔註10〕；以表己志，然後慷慨就義。至於朱永祐，清將陳錦親身登門勸降，永祐不願變節，遂遭殺害。徐孚遠扈從魯王出奔，聞得噩耗後悲不可抑，分別賦作軫悼二公。哀輓肯堂如〈挽張宮傅〉之三云：

> 昔日投竿避地來，緣公數啓到金臺；郊居成賦先相示，賭墅行游屢許陪；每把新型知雅量，常徵古事見清裁；一從門館飄零後，欲放招辭愧不材。（卷十三，頁18）

推崇肯堂爲人大度豁達與決斷剛正，也感激肯堂拔擢之恩。徐孚遠嘗稱之「老年更向學，生平近體詩，崢嶸冠臺閣，篇篇堪諷詠，不墮開元格」〔註11〕，以及「張公健筆凌青雲，七言渾雅故無倫」〔註12〕。由這些評語知道，張氏詩文造詣甚高；而闇公更感念肯堂看重不棄，紆尊與其交遊和切磋詩文。至於追悼朱永祐，如〈挽朱奉常聞玄〉之一曰：

> 東海填來有幾年？忽聞玉折淚潸然；空期攜手歸粉社，更與何人哭杜鵑？君已垂名雕琬琰，我猶避地弄雲煙；不堪回首田橫島，寫就長歌只叩舷。（卷十三，頁18）

中徐孚遠、平海監軍朱永祐，避地至舟山。三人皆依周鶴芝於海口，海口既陷，故北至舟山依黃斌卿。」見《海外慟哭記》（臺灣銀行經濟研究室編：臺灣文獻叢刊第135種，台北：臺灣大通書局，1987年10月初版），頁10。

〔註8〕 見張煌言：〈九日陪安昌王、黃蕭虜虎癡、張定西侯服、張太傅鮠淵、朱太常聞玄、徐給諫闇公及沈公子昆季登鎖山和韻〉，載氏著《張蒼水集》（上海：上海古籍出版社，1985年10月一版一刷），頁59。

〔註9〕 參《徐闇公先生年譜》永曆元年（1647）（《徐闇公先生年譜》，頁23）、永曆三年（1649）（《徐闇公先生年譜》，頁26）。

〔註10〕 見（清）朱溶：《忠義錄‧張肯堂傳》（載高洪鈞編：《明清遺書五種》，北京：北京圖書館出版社，2006年11月一版一刷），頁689。

〔註11〕 見〈讀霞舟先生詩，因憶張宮傅遺編不存矣，感而有作〉，《釣璜堂存稿》卷四，頁15。

〔註12〕 見〈重悼朱、張二公作〉，《釣璜堂存稿》卷五，頁21。

闇公原本期望復明之後，能與朱永祐一起歸返華亭。然而，朱氏死節，希望幻滅，只能追憶「往歲承恩華省聯，同持使節護樓船」，以及「屐上山椒時接武，杯傾桑落便忘年」〔註13〕的往事。是知何以一聞知永祐死訊，闇公便悲從中來，不禁潸然淚下。

二、王忠孝

　　王忠孝，字長孺，號愧兩，福建惠安人。崇禎元年（1628）進士，官戶部主事。督薊州倉餉時，內監鄧希詔欲自置兵餉，忠孝不許，遂遭緝捕治罪，幸賴御史王志道疏救得釋。甲申（1644）明朝山河變色，忠孝聞知哀慟不已，發抒悲憤而有〈甲申聞變〉三首，不諱道出「不思圖君父，門戶爭蜻蜩」、「誤國在百僚」，嚴詞譴責當時明臣。〔註14〕福王立，史可法上疏力薦。由於當時馬士英、阮大鋮把持朝政，因此忠孝以疾辭歸。唐王立，起嶺東參議，改太常寺少卿。忠孝向唐王陳言自江西、浙江出兵北攻清廷，但國政為鄭芝龍操持無能有所為，於是告假歸鄉。丙戌（1646）唐王敗，為避清廷嘗遁入空門。丁亥（1647）夏，鳩集千餘人建義旗，與鄭鴻逵、鄭成功、諸葛倬、沈佺期及林垡等人同時舉事。戊子（1648）秋移家廈門，居十三年復徙金門。庚寅（1650）桂王晉兵部右侍郎，兼官如故。永曆十七年（1663）十月，清軍攻佔金、廈二島，王忠孝南下避居銅山；翌年三月，復從鄭經退守臺灣。途經澎湖，本有意卜居，但泊居一個月許擇地不果，遂而繼續揚帆駛向臺灣，於四月初十登岸入臺。〔註15〕丙午年（1666）四月二十八日卒於臺灣，享壽七十四。〔註16〕所著有《四書語錄》、《易經測略》、《詩經語略》、《孝經解》、《四

〔註13〕見〈挽朱奉常聞玄〉之二，《釣璜堂存稿》卷十三，頁18。

〔註14〕見王忠孝：〈甲申聞變〉之三，載於氏著：《惠安王忠孝公全集》（南投：臺灣省文獻委員會，1993年12月），頁212。

〔註15〕見王忠孝永曆丙午（1666）正月九日〈自狀〉。文中王忠孝自記云：「時世藩（鄭經）將往東寧，泊舟料羅，招余及在公（辜朝薦）同行，而余年家子陳復甫（陳永華）、姻友洪忠振（洪旭），俱贊余決，遂與俱東。甲辰（1664）三月初十晚開洋，次晨到澎湖，……。泊一月，意卜居焉，借棲無地。四月初八日，再移於東，聞有甘吉洋，風濤似澎，是日幸風恬浪靜，四更自澎開椊，午刻抵東寧，初十日登岸，宿陳復甫舊寓。」載氏著：《惠安王忠孝公全集》（南投：臺灣省文獻委員會，1993年12月），頁39。

〔註16〕王忠孝卒年，方志如（清）高拱乾《臺灣府志》（臺灣銀行經濟研究室編：臺灣文獻叢刊第65種，台北：臺灣大通書局，1984年10月初版，頁212）、（清）周元文《重修臺灣府志》（臺灣銀行經濟研究室編：臺灣文獻叢刊第66種，

居錄》，及奏議、詩文等。〔註17〕

　　依二氏相關載記與詩文，徐孚遠與王忠孝當厚交於金、廈，雖然兩人都曾入福京受唐王授官，但並無顯示當時已經交好。

　　永曆五年（1651）舟山不守，徐孚遠從魯王依鄭成功。寄身金、廈期間，闇公雖然官授左僉都御史、晉左副都御史，卻徒有官銜無有職實；縱使一心想效命明廷有所為，也僅能無奈賦閒。至於王忠孝，固然曾奮不顧身舉兵抗清，且官兵部右侍郎，但深知「勢去不易支」，入廈門後「奮戈柱天闕」鬥志不再，無心官場，「從此賦滄浪，蕭然島嶼涼」，〔註18〕任情詩酒，託跡自然。交遊期間，兩人不僅為詩朋酒侶，亦嘗躬耕共為圃事。徐孚遠如老圃丁般博識草木，為王忠孝所請益學習，情形如闇公〈王愧兩先生敘藝圃事泠然當鄙心賦之〉所述：

　　台北：臺灣大通書局，1984年10月初版，頁268）、（清）陳文達《臺灣縣志》（臺灣銀行經濟研究室編：臺灣文獻叢刊第103種，頁202）、（清）周凱《廈門志》（臺灣銀行經濟研究室編：臺灣文獻叢刊第95種，南投：臺灣省文獻委員會，1993年9月，頁556）等皆記載亡於丁未，即康熙六年（1667）；至於（清）夏琳《海紀輯要》（臺灣銀行經濟研究室編：臺灣文獻叢刊第22種，台北：臺灣大通書局，1987年10月初版，頁38）載於庚戌，即康熙九年（1670）。然而，洪旭所撰王忠孝傳則道：「丙午（1666）四月二十八日，卒於臺灣，享年七十四。」洪旭為王忠孝姻友，兩人交誼深厚，且洪旭亦同忠孝結伴隨鄭經入臺，故從洪旭所言。此外，《惠安王忠孝公全集・附卷・王氏譜系》亦云：「（王忠孝）公生於萬曆癸巳年（1593）六月二十三日卯時，卒於永曆丙午年四月二十八日辰時。」如是，王忠孝當卒於永曆丙午年，即康熙五年。

〔註17〕傳參王忠孝永曆丙午（1666）正月九日〈自狀〉（見王忠孝：《惠安王忠孝公全集》，南投：台灣省文獻委員會，1993年12月，頁23～39）、洪旭〈王忠孝傳〉（同前，頁254～261）、〈王氏譜系〉（同前，頁261～263）、（清）周凱《廈門志》卷十三（臺灣銀行經濟研究室編：臺灣文獻叢刊第95種，南投：臺灣省文獻委員會，1993年9月），頁555～556、陳衍輯：《福建通志列傳選》卷一（臺灣銀行經濟研究室編：臺灣文獻叢刊第195種，台北：臺灣大通書局，1987年10月初版，頁38～39）。

〔註18〕見徐孚遠〈壽王先生〉。詩云：「先生冰玉姿，服官懷古哲，道直無慍容，身退乃明節，長嘯傾神州，奮戈柱天闕，勢去不易支，謝眾腸內熱，從此賦滄浪，蕭然島嶼涼，晚食蕨可采，觀書藜作牀，滔滔流不息，耿耿夜何長，豈無乘舟夢？難穿月脅旁。余亦逃世者，放歌和益寡，小築洲渚間，縱談桑樹下，每歎太丘廣，夷已浩無倫，行看嶺上月，坐釣溪邊綸，忽忽忘寒暑，四逢嶽降辰，野祝乏令詞，醴筵忝嘉賓，嘉賓揮羽觥，飲者醉還醒，今日相為樂，恢豁企時清，未須求三島，會見收兩京，待取登封畢，同來煮茯苓。」見《釣璜堂存稿》卷三・四十三。

先生仕宦無因緣，纔官郎署便十年，棄官歸來築小磐，一生高寄在
田園，乞得嘉蔬手自植，呼童桔槔灌清泉，仲長何須樂志論？淵明
原有勸農篇。即今移室居此灣，扶杖盤桓數畝間，顧我自言常茹草，
號曰老圃非適然。北土要術不足記，南方草木狀猶偏，我今了了能
自識，君欲學之相爲傳，暇即攜鋤倦即眠，方將共蒔白雲邊。（卷
六，頁 14）

且在王忠孝移居金門後，兩人又日與盧若騰、沈佺期、洪旭等人商略古今，
校定書史。〔註19〕

　　對徐孚遠而言，王忠孝不僅爲氣誼相投之知交，更是熱腸高義之摯友，
每每慷慨襄助解困。闇公〈謝漁〉云：

南溟非吾土，生計眞邈然，吾友王夫子，釣魚常給鮮，勸我買兩舠，
以漁當以佃，足可供菜鮭，養志且忘年。冉冉至夏初，載網候深淵，
南薰久不作，漁子日憂煎，寸魚不入網，暮暮趁潮還，弄潮那得飽？
清光載滿船。當夏行秋令，所嗟時命忤。羈旅宜寄食，微命任所天，
何爲營其生，汲汲損安眠？賣船謝漁子，拄杖看島煙。（卷四，頁 21）

寓居金、廈期間，徐孚遠生計陷入窘境。對於友人拮据，王忠孝非但不棄，
還不時以魚鮮周濟，並建議徐孚遠以漁治生。徐孚遠接納了建言，但無奈當
年「夏行秋令」氣候異常，僅撈取「清光載滿船」，漁獲不得。最終徐孚遠辜
負王忠孝美意，罷舟作罷。

　　永曆九年（1955）九月，清烏金世子率軍南下福州，調集福建當地兵馬
伺機進攻思明。鄭成功因而飭令思明居民搬移過海，官兵眷口搬遷金門、鎮
海等地，摒空思明以俟敵入彀予以痛擊，〔註20〕如王忠孝〈鷺中移民作戰場〉

〔註19〕洪旭〈王忠孝傳〉道：「（王忠孝）後移居浯島，住賢厝鄉，日與盧若騰、華
　　　亭徐孚遠、沈佺期，及余（洪旭）數人，揚榷古今，校定書史。」載《惠安
　　　王忠孝公全集》（南投：臺灣省文獻委員會，1993 年 12 月），頁 260。

〔註20〕從詩文所示，徐孚遠、王忠孝此次避地原因爲鄭成功陣營計劃空營以誘清軍，
　　　再臨機制勝；並非永曆十七年（1663）十月清軍攻掠金、廈二島，鄭經等人
　　　被迫退守銅山一事。考楊英《從征實錄》載永曆九年（1655）九月，「省報烏
　　　金世子統率新到滿漢三萬到省，札擾民居養馬，並（吊）調本省兵馬一齊窺
　　　犯思明州。時我師分遣南北征勦，只有後提督奇兵、左衝等數鎮守鎮城邑地
　　　方而已。本藩（鄭成功）傳令併空思明州，聽居民搬移渡海，其將領官兵家
　　　眷搬住金門、浯州、鎮海等處，聽從其便。……隨密諭宮傅等曰：『清朝豈無
　　　宿將？遣此乳臭嬌子！豈意在戰耶？不過藉兵再逼我和耳。我若（吊）調回
　　　大師，被他識淺，所以併空思明以疑之。昔孔明城上操琴而退魏兵，此意豈

道：「空營誘敵布先聲，水國遷民恍遠征。」﹝註21﹞徐孚遠自然亦須從令舉家遷離，〈再擬避地，王先生仍許附舟〉曰：

> 空營致敵是奇謀，漫理芳綸再下鉤；客自難安庾信宅，君今頻假季鷹舟；擁衾看割秦兒鼻，狎浪高吟碧海頭；莫道旅人無所恃，攜孥猶得渡丹丘。（卷十四，頁2）

當時闇公自家無船可渡海，端賴王忠孝不吝搭載，一家才得以順利避地。

永曆十二年（1658）年仲冬二十五日徐孚遠生辰，王忠孝為賦〈賀徐闇老六十壽詩〉云：

> 年週花甲復何為，海曲冥鴻翅屢垂；勳業鏡中驚歲月，行藏雲外倮鬚髭；軒車借道稽前驛，黼黻登朝未後時；坡老詩名晚更重，為余衰朽竟成癡。﹝註22﹞

詩中不僅肯定徐孚遠忠貞明廷之心，稱許其高風亮節，還以文豪蘇東坡稱譽其詩歌。這年二月，徐孚遠欣然動身前往安南，以假道入滇朝觀桂王，王忠孝託之〈興朝赫濯有象疏〉上呈，最終卻假道不果。對徐孚遠而言，這不僅是無法一償多年朝覲桂王夙願，更意味此生已難投身明廷、力行興明志業，立功立事已經無望。雖是耳順之年，然入謁桂王之夢已碎，心境可想而知。王忠孝此詩或可寬慰闇公。

癸卯（1663）十月清廷攻佔金、廈二島，兩人居島交遊被迫終止。甲辰（1664）王忠孝隨鄭經退守臺灣，徐孚遠攜眷遁跡廣東饒平。不意別後，兩人於有生之年無能重晤道故——乙巳（1665）五月，徐孚遠溘然長逝；隔年四月，王忠孝也撒手塵寰。

三、沈浩然、巖生兄弟

沈浩然，本名明初，字東生，華亭人。身懷多藝，能射、工詩、善書，

異耶？諒他必有書來講議一番，我隨乘機迎之，彼自入吾彀中』。諸人俱曰：『藩主妙算無遺，非小人所能知也』。」（見氏著：《從征實錄》，影印臺灣文獻叢刊第三十二種，台北：眾文圖書公司，1979年，頁92）與〈再擬避地，王先生仍許附舟〉中所言避地、「空營致敵是奇謀」、「擁衾看割秦兒鼻」相應。

﹝註21﹞ 見王忠孝：《惠安王忠孝公全集》（南投：臺灣省文獻委員會，1993年12月），頁228。

﹝註22﹞ 見王忠孝：《惠安王忠孝公全集》（南投：臺灣省文獻委員會，1993年12月），頁218。

書學董其昌，《皇清書史》稱「詩品書格一如其人」〔註23〕。浩然爲明季諸生，爲沈猶龍長子，而以父蔭得官錦衣衛千戶。清順治二年（1645），沈猶龍與徐孚遠等人松江建義失敗，殉節而亡，浩然遂與弟嚴生遁居海上，至舟山依故人黃斌卿。後黃斌卿爲阮進所殺，魯王至舟山，浩然爲魯王侍從。順治八年（1651），清軍破舟山，於是削髮爲僧回返吳地，改名浩然，號雪峰（一云字雪峯）。晚年駐錫於善應禪院，年五十二卒。著有《雪峰詩稿》，可惜已經亡佚。弟嚴生，亦善詩文，後去吳，不知所終。〔註24〕

　　《釣璜堂存稿》中，與沈浩然、嚴生相關詩作十餘首。其中言及浩然次數，更居闇公入浙時往來契友之冠，〔註25〕二人交誼匪淺。徐孚遠由衷佩服浩然、嚴生，不僅因他們身懷文才，更因其能執守志節、事母冬溫夏清無微不至，〈贈沈東生、嚴生〉可見。詩曰：

> 君家兄弟亦奇哉，世難飄零志未衰；將母扁舟溫清切，迎親孤島信
> 音回；諸劉新擅江東體，二陸原推洛下才；自媿門牆方忝竊，莫將
> 羣紀漫相猜。（卷十二，頁4）

至於三人結識時間，據闇公〈送沈嚴生別〉所言：「昔與君結友，束帶體猶弱；猗猗披谷蘭，離離芳洲若；今來滄海濱，意氣何蕭索！」（卷二，頁22）早在易代前，於故鄉華亭雙方已有往來。清順治二年（1645），松江守城失敗，闇公同志沈父猶龍殉國，沈氏兄弟浮海舟山，闇公則南入閩京。翌年（1646）

〔註23〕見李放纂輯：《皇清書史》卷三十二（台北：明文書局，1985年初版），頁528～529。

〔註24〕傳參（清）馮鼎高等修：《華亭縣志》卷十四（成文出版社據清乾隆五十六年刊本影印，台北：成文出版社，1983年3月台1版），頁659～660、（清）宋如林修：《松江府志》卷五十六（上海書店影印清嘉慶松江府志，上海：上海書店，1991年6月1版1刷），頁331、（清）楊開第修：《重修華亭縣志》卷十五（成文出版社據清光緒四年刊本影印，台北：成文出版社，1970年台1版），頁1148～1149、（清）姜兆翀《國朝松江詩鈔》卷六十一（臺灣大學圖書館藏清嘉慶十三年敬和堂刊本）。

〔註25〕《釣璜堂存稿》中言及沈氏昆仲者如下：卷二〈東生數言趙子人孩度門不交人事感而有懷〉、〈送沈子東生別〉、〈送沈嚴生別〉、〈重贈東生兄弟〉；卷八〈海口舟次憶東生〉、〈柬沈東生〉、〈病懷東生〉、〈東生行後余成詩三百矣，危途不測良用憮然〉；卷十二〈贈沈東生、嚴生〉、〈趙俠侯、沈東生、董繩之皆長吟詠，老夫欲將心事相託，詩以問之〉、〈再贈沈東生〉、〈旅愁兼柬東生、嚴生〉、〈阻風柬嚴生〉；卷十八〈寄東生〉、〈晚眺寄俠侯、東生〉、〈問東生乞船取水〉等。

唐王敗，徐孚遠改從魯王繼續抗清，得以與浩然、嚴生兄弟重逢交遊，[註26]
直至順治八年（1651）清廷攻拔舟山為止。

在舟山期間，徐孚遠、黃斌卿除外，浩然昆仲也和明遺臣如安昌王、張
名振、張肯堂、朱永祐、張煌言等人交遊。順治四年（1647）重陽，兄弟曾
偕同徐孚遠與眾人登遊鎮山。[註27] 浩然兄弟素好詩文，流寓時猶是不輟，
徐孚遠與二人仍有詩文活動。嚴生與闇公論文不倦，而二人所賦，更使闇公
不禁「羨君兄弟多清賞，詩酒逢迎更不疏」。[註28] 事實上，闇公與浩然此時
交誼，並非僅限於吟風弄月。〈問東生乞船取水〉云：「問余何事突無煙，此
日孤舟乏水源；與借君家青雀舫，相為載取玉龍泉。」（卷十八，頁10）闇公
為取水擬向浩然商借船隻，以載取自家與浩然家用水；可見，兩人亦為生活
上相照應之摯友。

順治八年（1651），清軍攻佔舟山，結束三人「解憂傾濁醪，同案飯藜藿，
弄潮憩紫巚，篇詠時間作」[註29] 的時光。徐孚遠從魯王南奔廈門依鄭成功，
沈浩然兄弟則選擇北歸華亭。浩然、嚴生臨行之際，闇公各有詩贈別。其中
〈送沈子東生別〉更以連環體寫作。詩云：

> 驪駒一以唱，四座慘無歡，羈客中宵起，星河正汍瀾，絕絃不成調，
> 幽谷恆苦寒，握手心戚戚，分袂路漫漫，相見非可期，願言保芳蘭。

> 芳蘭當令時，披攬何葳蕤！臨風豈不媚，經途或見疑？春華豔林薄，
> 清萍覆水涯，依性良有悅，緣生固其宜，如何同心友，中道兩分難？

> 分離亦不辭，感子更嬋娟，乘桴浮海嶠，鼓枻泛紫煙，共傾琥珀酒，
> 俱詠蟋蟀篇，旭日屐登頓，零雨笠連縣，棲遲各有託，翹首凌風鸇。

[註26] 徐孚遠與沈東生兄弟異鄉重晤，並非遲至徐氏避地舟山後，《釣璜堂存稿》〈趙
　　　俠侯、沈東生、董繩之皆長吟詠，老夫欲將心事相託，詩以問之〉（卷十二，
　　　頁5）、〈晚眺寄俠侯、東生〉（卷十八，頁9）二詩可證。詩題所言趙俠侯即
　　　是趙牧。據《海外慟哭記》，趙牧亡於順治四年（1647）四月清軍攻破海口之
　　　時，可見此二詩成於趙牧殉身前。如是，徐孚遠三人重逢，自然早於此役之
　　　前。

[註27] 見張煌言：〈九日陪安昌王、黃蕭虜虎癡、張定西侯服、張太傅鯢淵、朱太常
　　　聞玄、徐給諫闇公及沈公子昆季登鎮山和韻〉，載氏著《張蒼水集》（上海：
　　　上海古籍出版社，1985年10月一版一刷），頁59。

[註28] 〈旅愁兼東東生、嚴生〉，《釣璜堂存稿》卷十二，頁16；又同卷〈阻風東嚴
　　　生〉有「論文疊疊聞君笑」之語，可知嚴生與徐孚遠嘗論文。

[註29] 見〈送沈嚴生別〉，《釣璜堂存稿》卷二，頁22。

風鷁已刷翮，一聲摶九霄，哀鴻羽毛摧，託身依葦苕，鳴苦不能息，
雲路方迢迢；諒無填海術，飄颻如孤藻，何當回顧盼，中懷徒沉寥。

沉廖亦何爲，所嗟道路長！山川更盤紆，干戈未可詳。傷予淪異域，
感子歸故鄉，骸骨分捐棄，形影永相望，明德庶可勗，恩愛兩不忘。
（卷二，頁21）

徐孚遠憂國、傷別、悲己之情交錯，不在話下。值得注意的是，徐孚遠自知
重逢不可期，而對好友有更深期許——願言保芳蘭——希冀浩然返鄉後，縱
使無法再入南明朝力抗清廷，亦須繼續保有不貳臣之志節。後來事實證明，
浩然果然不負闇公所望，不願薙髮易服，選擇遁入空門以保蘭芳。

舟山一別雖是「相見非可期」，豈知卻成天人永隔？康熙四年（1665）五
月，徐孚遠身故，遺孀戴氏與子永貞扶櫬歸葬松江。契友重逢，竟是此種景
況！沈浩然內心怎不悲慟？〈哭徐復齋歸櫬〉悼曰：「白雁隨丹旐，歸來谷水
間；登堂一長慟，羨汝不生還。」〔註30〕「羨汝不生還」，浩然固因悲痛契友
亡故，但一思及自己遁入空門，苟活於清政權下，益加艷羨闇公能全髮以終，
不爲清廷統治。短短五字，蘊涵悲友、哀國、傷己情懷，可謂軫慨極深！

四、趙牧

趙牧，徐孚遠以「俠侯」稱之，江蘇常熟人。爲人尙義有勇，曾謁太常
寺卿朱永祐幕下。丙戌（1646）鄭芝龍將投降清廷，時朱永祐監平海將軍周
鶴芝軍，力諫芝龍勿降，芝龍不聽，朱氏因而召趙牧謀殺芝龍。爲社稷民族，
趙牧將個人生死置之度外毅然受命，可惜因無機可乘不能成事。翌年正月，
周鶴芝收復海口，趙牧受任命爲總兵，與參謀林籥舞負責禦守。四月，清軍
進攻海口，趙牧奮不顧身殺敵四百餘人；但因清軍續增援兵攻勢猛烈，實在
眾寡難敵，最終城陷失守，捐軀殉國。〔註31〕

〔註30〕本詩沈浩然自注：「徐闇公壬寅後以提督吳六奇庇之，得至潮完髮而卒。」見
　　　　（清）姜仲翀錄：《國朝松江詩鈔》卷六十二（臺灣大學圖書館藏清嘉慶十三
　　　　年敬和堂刊本），頁6。

〔註31〕傳參（明）高宇泰：《雪交亭正氣錄》卷四（張壽鏞輯刊：四明叢書叢書第二
　　　　集，台北：新文豐出版公司，1988年4月臺一版），頁121、黃宗羲《海外
　　　　慟哭記》（臺灣銀行經濟研究室編：臺灣文獻叢刊第135種，台北：臺灣大通
　　　　書局，1987年10月初版），頁5和頁7、（清）徐鼒：《小腆紀傳》卷四十三
　　　　（臺灣銀行經濟研究室編：臺灣文獻叢刊第138種，台北：臺灣大通書局，

　　史冊言及趙牧，僅述其豪俠、驍勇善戰；其實，據徐孚遠〈趙俠侯、沈東生、董繩之皆長吟詠，老夫欲將心事相託，詩以問之〉（卷十二，頁 5）一詩詩題，可知趙牧其實亦擅長詩文。在〈贈俠侯趙子〉中，闇公更歌詠出趙牧允文允武的形象。詩曰：

> 風塵汗漫吹江水，振旅如雲四面起，趙子當年何磊落，一朝結客傾囊橐！澄江之守爲最奇，獨發援兵搴大旗，鼓聲已振功垂立，惜哉列壁多參差，蒼茫臨渡鞭黿鼉，束身歸事馬伏波，妻挐滿前牽衣泣，容顏充悅更高歌，與余酬唱申日夕，夜展兵符畫墳籍，問子行藏當若何？指天不言眼終碧，況復彎弧得九石，往往射聲兼射迹，安得一矢落天狼，重扶旭耀升滄桑？（卷五，頁 2）

詩中趙牧不僅輕財尚義，更不畏犧牲生命以身抗清。其據守澄江（江陰）搴旗制敵的英勇事蹟，讓闇公不僅對他極爲讚佩，甚至更寄予厚望，期盼他能將滿人逐出中原，復興明朝。這樣勇武的趙牧又是博學多才的，是以在二人來往期間，頻頻和闇公以詩歌相互酬答唱和。

　　丁亥（1647）正月，周鶴芝收復海口，趙牧受命駐守以抗清軍，徐孚遠嘗汎舟過訪。〔註 32〕對趙牧守海口，徐孚遠有稱許亦有期許，如〈俠侯久守海口壯之〉云：「多君能墨守，愧我一儒冠；玉璧鋒常挫，邯鄲勢自完；紆籌青帳裏，揮劍白雲端；鐵騎今宵走，飛觴月下殘。」（卷八，頁 16）然而同年四月清軍力攻海口，趙牧奮身捍禦，但眾寡懸殊，城池終究爲清軍攻陷，趙牧赴海壯烈成仁，遺骸亦搜尋不得。〔註 33〕徐孚遠聞訊哀慟悲切，並詠有〈海口城陷哭趙俠侯〉二首以哀悼之，其一云：

> 一朝濃霧雜塵埃，戰鼓無聲晡晚摧；帳下健兒還格鬪，匣中雄劍自悲哀；邾城江口龜難渡，遼海灘頭鼉不來；從此秋濤應更怒，素車白馬送君回。

之二曰：

> 意氣凌雲枕玉戈，銀章綠鬢壯顏酡；胡塵一夜吹春草，毅魄千秋擁碧波；賈復有挐還是累，檀憑無相欲如何？孤臣遙望營星落，惆悵時危涕淚多。（卷十二，頁 18）

1987 年 10 月初版），頁 528～529。
〔註 32〕見徐孚遠：〈過趙俠侯海口城適有警〉，《釣璜堂存稿》卷二，頁 19。
〔註 33〕見徐孚遠：〈俠侯赴海，求遺骸不得，作此慰之〉，《釣璜堂存稿》卷十二，頁 19。

悲痛趙牧在孤立無援下壯烈犧牲，更爲明廷折損戡亂將才、擔憂時局而涕淚俱下；甚至因爲趙牧等多位朋儕的喪亡，闇公也心生自己將不久人世的念頭。〔註34〕

五、姚翼明、錢肅樂

姚翼明，字興公，浙江海寧人，諸生。明亡，倡義海昌，後從魯監國，官職方主事。辛卯（1651）舟山破，從監國至思明，僦居北門外東嶽廟，三餐雖屢屢不繼，仍愜心自得。翌年披剃空門，師事福清黃檗山隱元禪師，法名性日，字獨耀。所著有《南行草》，紀許國爲之序；此外，受隱元禪師命掌書記職，輯有禪師六十歲前語錄。〔註35〕

姚翼明一如徐孚遠曾爲魯王臣僚，又一同從王避地思明。在徐孚遠眼中，這名契友是「絕世姿」、「東林自高偃」，如東晉慧遠般的高僧，也是擅長裁詩的能手。〔註36〕披覽《釣璜堂存稿》，「興公」見於詩題計二十處，〔註37〕兩人交情自是匪淺。永曆六年（1652）姚翼明祝髮事浮屠，徐孚遠賦有〈送姚興公入道〉曰：

> 數載浮沈滄海東，吹簫無路道將窮；故拋雄劍隨流水，攜卻芒鞵看晚鴻；時復銜杯陶處士，不妨揮塵晉支公；他年欲訪經行地，記取峨嵋明月中。（卷十二，頁27）

〔註34〕 參徐孚遠：〈海口失事故交多死，知命不長兼以自悼〉，《釣璜堂存稿》卷十二，頁19。

〔註35〕 參（清）周凱：《廈門志》卷十三（臺灣銀行經濟研究室編：臺灣文獻叢刊第95種，南投：臺灣省文獻委員會，1993年9月），頁547、錢海岳：《南明史》卷七十九（北京：中華書局2006年5月一版），頁3798。

〔註36〕 參徐孚遠：〈聞興公雅遊入省會作〉。詩云：「姚子絕世姿，東林自高偃；龕前竹柏香，峰頭詩句滿；俄然杖策行，秋風淒已晚；白日良可依，滾醨那能斷？從來支許游，跡邇心自遠；不妨高尚情，聊以寄任誕。」見氏著：《釣璜堂存稿》卷四，頁5。

〔註37〕 姚興公見於《釣璜堂存稿》者：卷四〈聞興公雅遊入省會作〉、卷五〈霖雨懷興公，時在仲洞〉、卷八〈懷姚興公〉、〈聞興公北發〉、〈招興公阻雨以詩見投次韻報章〉、〈雨止邀興公〉、〈聞子起與文生雨過興公醉歸作〉、卷九〈喜興公至〉、〈柬興公〉、卷十〈懷姚興公〉、卷十二〈積雨期興公不至〉、〈送姚興公入道〉、卷十三〈興公有詩見投聊識相憶〉、〈秋吟寄興公〉、〈贈姚興公〉二首、〈興公見枉，追敘亡友臥子、受先四五公，惟云未識天如，感而有作〉、〈再懷姚興公〉、〈贈興公〉、〈送興公歸黃檗〉，以及卷十六〈閏月訪姚興公於嶽廟，比日闊焉有懷卻寄〉，計詩題二十，共二十一詩。

道出姚翼明自舉兵抗清至多年流離，瞭解大勢已去、復明無望下，因不願事異族而遁入佛門之心聲。只是姚翼明雖然選擇棲禪，但並非意味不問紅塵、斷絕塵緣，仍與明遺臣交遊而往返黃檗、思明，闇公〈送興公歸黃檗〉可見。詩云：

> 島上周旋秋已深，翩然一錫反禪林；經塗橘柚迷香徑，滿目煙霞入苦吟；三楚共傳王者氣，孤龕不動道人心；且將清磬敲閒月，鶴羽翛翛影自沈。（卷十三，頁 41）

此外，甚至與徐孚遠、張煌言還有詩文寄贈往來，如闇公〈興公有詩見投聊識相憶〉云：

> 投得新詩子細吟，緣知息影在孤岑；不妨謝客開攜屐，亦許陶公共入林；龕外草青春欲老，石邊雲度磬初沈；他年扶杖歸何處？擬到香鑪峰裏尋。（卷十三，頁 5）

張煌言詩如〈得姚興公書，以舫音集見寄〉曰：

> 何處纖鱗至，瓊雲落滿函？虎溪聞卓錫，鷺島憶歸帆；詩律隨人老，禪鋒已不凡；慚予塵夢在，兀兀趁征衫。

兩詩詩題雖稱「興公」，未稱法名「性日」或「獨耀」，但闇公「不妨謝客開攜屐」用東晉高僧支道林與謝安交遊故實；而後者「虎溪聞卓錫」，「錫」本是僧侶所持錫杖，此處借代為僧侶，「卓錫」用以稱美姚興公為高僧。由此可知，無論是投詩予徐孚遠，或寄詩、修書予張煌言，姚氏當時已經剃度。

對南明抗清志士、尤其是魯王臣工來說，姚翼明逃禪後事蹟，最讓他們稱道為──犯清廷之不韙，遷葬前東閣大學士錢肅樂於黃檗東坂。

錢肅樂，字希聲，號虞孫，學者稱為止亭先生，浙江鄞縣人。崇禎十年（1637）登進士，授太倉知州。太倉州向來號為難治，肅樂任職期間嚴懲奸惡、革除諸多陋弊有治績，崑山、崇明縣民深深感念而為立碑頌德。崇禎十五年（1642）秋秩滿遷刑部員外郎，隔年丁內外艱，甲申（1644）聞變痛哭不欲生。翌年，清軍南下攻陷杭州，率士民數萬人揭竿抗清，得知魯王在台州，遣張煌言奉表請王監國。王行監國事，晉右僉都御史，奉命駐守錢塘，十戰十捷進右副都御史。丙戌（1646）五月，糧盡兵解至舟山；浙東兵潰，唐王召，肅樂挈家入閩，然入境時閩京已破，不得已再攜家匿居海壇。翌年，魯王次長垣，肅樂入覲，官兵部尚書。戊子（1648）晉東閣大學士兼吏、兵二部尚書，招降唐王富寧守將徐登華，因日夜憂憤國事而寢疾琅琦海島中，

六月五日卒，享年四十二，遺言以刑部員外郎品服入殮。魯王聞知輟朝三天，賜祭九壇，親自撰文祭弔，贈太保吏部尚書，諡忠介。事蹟明史有傳。著有《正氣堂集》、《越中集》、《南征集》等，因兵燹散佚不全，全祖望將所見編爲《錢忠介公集》二十卷。〔註38〕

　　戊子年（1648）錢肅樂即世後，無能歸葬，埋殯琅江。明前宰輔葉向高曾孫進晟敬慕錢氏德義，〔註39〕不忍公骸骨暴露江湄，有意捐貲協助遷葬，直至癸巳（1653）冬，才將計畫告訴已披緇於黃檗山之姚翼明。姚翼明得知後極爲支持，並且一同商定將錢氏遷葬黃檗山中。〔註40〕在乞地獲得隱元禪師首肯後，隔年甲午（1654）春二月，姚翼明親身徒步北上琅江移櫬。首行扶護錢肅樂及其側室董氏、嫂陳氏和姪克恭靈柩，而後遷運公幼子翹恭柩木使能同葬。〔註41〕同年六月，隱元禪師將東渡日本，姚翼明陪送禪師至思明，

〔註38〕傳參（明）劉沂春〈東閣大學士兵部尚書贈太保吏部尚書忠介錢公神道碑〉（見張壽鏞輯刊四明叢書第二集（一）《孫拾遺文纂外六種・錢忠介公集》，台北：新文豐出版公司，1988 年 4 月台 1 版），頁 721～723、（明）林時對〈東閣大學士太保兵部尚書忠介錢公傳〉（見張壽鏞輯刊四明叢書第二集（一）《孫拾遺文纂外六種・錢忠介公集》，台北：新文豐出版公司，1988 年 4 月台 1 版），頁 744～747、（明）錢肅圖〈忠介公前傳〉、〈忠介公後傳〉、同見前，頁 750～755、（清）張廷玉等撰：《明史》卷二百七十六（北京：中華書局，1997 年 3 月北京第 6 刷），頁 7080～1、全祖望：〈明故兵部尚書兼東閣大學士贈太保吏部尚書諡忠介錢公神道第二碑〉（見氏著、周駿富輯：《鮚埼亭集碑傳》，台北：明文書局，1991 年），頁 227～240。

〔註39〕葉向高，字進卿，福建福清人，萬曆十一年進士，《明史》卷二百四十有傳。葉進晟字子器，一字霞臣，富有才學，弱冠疾馳聲黌序，入清不仕。傳見（清）饒安鼎修：《福清縣志》卷十四（乾隆丁卯重修，中國方志集成據清光緒二十四年劉玉璋刻本影印，南京：江蘇古籍出版社，1991 年 6 月一版），頁 370。

〔註40〕參葉進晟：〈告錢相國遷柩文〉，見張壽鏞輯刊四明叢書第二集（一）《孫拾遺文纂外六種・錢忠介公集》（台北：新文豐出版公司，1988 年 4 月台 1 版），頁 725。

〔註41〕事參錢肅樂弟肅圖〈忠介公後傳〉與姚翼明運柩時祭文。〈忠介公後傳〉曰：「嫂董氏是年（永曆二年）四月卒，幼子翹恭先兄數月卒，并長嫂陳氏、長姪克恭皆死島中，五棺同殯琅琦。」（見張壽鏞輯刊四明叢書第二集（一）《孫拾遺文纂外六種・錢忠介公集》，台北：新文豐出版公司，1988 年 4 月台 1 版，頁 754；姚氏文見同書頁 726）姚氏〈再告錢相國文〉曰：「柩有四，……公在前，夫人次之，公之嫂又次之，姪最後。」又〈三告錢相國文〉云：「公柩十三日至古縣，翼明以公之次公郎柩尚留琅琦淺土，未獲同歸，心是用愴。斯晨屬同行何君爲照理，某先馳融邑，與葉君（進晟）商所以火而負骨歸瘞之事，葉君曰：『不忍爲此也，可零作護棺運歸與公同葬，庶父子相依有以安死者之心。』」

將遷葬錢氏事告知紀許國、張名振、徐孚遠等遺臣，並得到諸老襄助。〔註42〕

　　錢肅樂與徐孚遠本為故交，兩人有「話言之舊」。丙戌（1646）越中兵敗，錢肅樂攜家自舟山南下入閩，與徐孚遠相遇於永嘉。〔註43〕分手之際，錢肅樂賦〈與徐闇公孚遠舟中宴坐，闇公有五湖之行贈別〉云：

> 總為安危繫此身，一梭海上織愁頻；龍蛇未定功名賤，山水誰聽珠玉貧？已棄鄉關萬里夢，又看霖雨五湖春；相期今日樽前酒，談笑平胡第一人。〔註44〕

一來用以贈別，二來勗勉彼此完成反清志業。而自丁亥（1647）六月，錢氏復仕魯王朝迄戊子身亡期間，徐孚遠見鄭彩專擅，知事已不可為，曾勸錢肅樂一道離朝，闇公〈錢希聲先生誄〉曰：

> 余之北歸，再過閩海，促公同舟，保茲蘭苣。公方徘徊，曰將有待，山澤之豪，奮戈斯在。余曰不然，道貴知幾，矯翼則飛，弭耳則羈，謀夫孔多，孰從孰違，人犧之悔，其悔曷追？〔註45〕

無奈徐孚遠所言不為錢肅樂採納，錢氏最終也因憂憤國事而亡。得聞錢氏身故後，闇公哀悼云：「海鷗歌，萌菴子作以速錢希聲也。先是，余亦勸之去，不果；和歌以弔錢，并識萌菴子之早見。」遂以〈海鷗歌〉弔之曰：

> 海上鷗何不飛？乃在梟羣曳羽衣，羽衣楚楚將安歸？海上鷗亦欲飛，一時戀主心依依，嘵音翛尾使人悲。海上鷗逢鷫雛，和鳴喈喈兩相於。勸爾連翩徙東隅，胡為乃入虞羅中？青冥之羣不可呼。（卷六，頁8）

徐孚遠可說既敬重錢肅樂忠君報國，又痛心錢氏因鄭彩專橫誤國而積鬱以終。事隔六年，甲午（1654）臘月，在葉進晟、姚翼明鼎力幫助下，錢肅樂終於得以重新安葬於黃檗東坂。為此，徐孚遠復作誄辭並序──〈錢希聲先

〔註42〕參姚翼明：〈祭錢相國文〉，見《孫拾遺文纂外六種・錢忠介公集》（台北：新文豐出版公司，1988 年 4 月台 1 版），頁 729。

〔註43〕徐孚遠〈錢希聲先生誄〉曰：「余方持節，公亦攜家，樓船之會，實惟永嘉，自越徂閩，其行孔遲」（見同前《孫拾遺文纂外六種・錢忠介公集》，台北：新文豐出版公司，1988 年 4 月台 1 版，頁 724）。

〔註44〕見錢肅樂：《錢忠介公集》卷十九，載於四明叢書第二集第一冊《孫拾遺文纂外六種・錢忠介公集》（台北：新文豐出版公司，1988 年 4 月台 1 版），頁 705～706。

〔註45〕見《孫拾遺文纂外六種・錢忠介公集》（台北：新文豐出版公司，1988 年 4 月台 1 版），頁 724。

生誄〉，以彰顯故友志節與事蹟。

六、黃事忠、張自新

　　黃事忠，字臣以，失其籍貫。唐王時崎嶇閩、粵舉義，兵敗，母妻被殺。桂王時官兵部職方司，奉命往來思明。〔註46〕徐孚遠稱其「黃郎好奇性亦別，蒼古如松冷如月」。〔註47〕張自新，字衡宇，里居亦不詳，於鄭成功麾下任都督一職，數次受遣偕永曆使臣返朝覆命。永曆七年（1653），桂王遣兵部主事萬年英齎敕晉封鄭成功延平王，鄭成功令其同萬年英由水路赴行在回奏，並請敕各鎮勳爵。永曆十二年（1658），偕徐孚遠、黃事忠入滇不得後，隔年又從黃事忠入滇。〔註48〕嚴格來說，張自新為鄭成功部屬，並非徐孚遠同寅，理應不當在此敘說；但因與黃事忠偕同徐孚遠一起冒死往返交南，《交行摘稿》中言及張氏必有黃氏，是以下文將併敘二人與闇公交遊。不過，若論二人與闇公私交深淺，以《釣璜堂存稿》、《交行摘稿》來看，自是黃事忠與闇公情誼較為深厚。〔註49〕

〔註46〕參（清）周凱：《廈門志》卷十三（景印臺灣銀行經濟研究室編：臺灣文獻叢刊第95種，南投：臺灣省文獻委員會，1993年9月，頁565）、（清）徐鼒：《小腆紀傳》卷五十七（臺灣銀行經濟研究室編：臺灣文獻叢刊第138種，台北：臺灣大通書局，1987年10月初版，頁792）。

〔註47〕見〈松月歌贈臣以〉，《交行摘稿》，頁8。

〔註48〕張氏事略參楊英：《從征實錄》（臺灣銀行經濟研究室編：臺灣文獻叢刊第32種，台北：眾文圖書公司，1979年，頁39）、阮旻錫：《海上見聞錄》卷一（臺灣銀行經濟研究室編：臺灣文獻叢刊第24種，台北：臺灣大通書局，頁15）、（清）周凱：《廈門志》卷十三（景印臺灣銀行經濟研究室編：臺灣文獻叢刊第95種，南投：臺灣省文獻委員會，1993年9月，頁565）。

〔註49〕徐孚遠言及黃事忠詩作，見於《釣璜堂存稿》有卷四〈同黃臣以、趙書癡、薛仲達過陳年卿齋談宴終日〉，卷十一〈黃臣以就別感贈〉、〈奉和梅臣先生黃職方解纜有懷之作〉，卷十四〈賀黃臣以亡子歸〉，卷十五〈時有傳余亦隨使入朝覲者，欽之因贈余詩。已而訛言也，依韻奉和，兼送黃職方南歸〉、〈黃臣以、張衡宇為土司陷五羊獄，黃先有絕命詩寄余〉，卷二十〈黃臣以至口號〉、〈臨別臣以〉；《交行摘稿》則有〈同黃臣以、張衡宇行交海〉、〈同黃、張祀伏波將軍廟歌〉、〈晦日同臣以、衡宇〉、〈與臣以論行止〉、〈偶題示黃、張二君〉、〈與黃臣以論次人物，懷唐梅臣先生〉、〈松月歌贈臣以〉、〈五日同黃、張飲歌〉、〈臣以在交善病，病熱也，歌以發之〉、〈將回，贈臣以職方〉、〈伙長已誤入一線沙，……衡宇疑曰：昔即無舟，安知今不有也？臣以大笑曰：瓊，大郡也，以海為固；聞王師將出粵東，必且造舟自備，豈無數艦為我難乎？……〉。至於張自新，在《交行摘稿》中，如前所述，皆與黃事忠並提；而《釣璜堂存稿》僅見卷十三〈張總戎使粵歸〉。從詩作內容、數量，不難得

永曆十二年（1658）正月，黃事忠與漳平伯周金湯受桂王命至廈門晉爵諸臣，並與鄭成功約期進兵江南，鄭成功遂令張自新送徐孚遠、黃事忠入滇覆命。由於當時入滇之路，陸路阻於粵，水路隔於交南，爲避清軍，三人擬先行水路，再行陸路。徐孚遠遂偕黃事忠、張自新浮海交南，有詩〈同黃臣以、張衡宇行交海〉云：「交州南去是長安，霧重風輕道路漫；回首滄浪爲客久，龍神款款別離難。」〔註50〕

在一路乘風破浪下，三人上巳之後安然抵達交南。浮海交南本爲假道入滇，豈知「可憐五日尚淹留」，〔註51〕一至交南，張自新請求謁見不准。爲求轉圜，三人因而羈留，試與交南西王鄭祚交涉。由於交南氣候較中國炎熱，乍到時，徐孚遠和黃事忠皆水土不服，已患暑熱病。〔註52〕偏偏滯留期間，「客裏三人如貫索，舟居兩月似圜扉」，〔註53〕使黃事忠更難耐暑熱，每每患病。故而徐孚遠〈臣以在交善病，病熱也，歌以發之〉曰：

> 知君夙昔苦炎蒸，三伏沈沈病欲增；安得遠求千歲雪，颯如近對滿
> 壺冰；窗前企腳追彭澤，巖下科頭彈廣陵；且學枚生歌一發，即看
> 榮氣灑然升。〔註54〕

試圖以詩爲黃事忠消暑病。

淹留期間，徐孚遠嘗至南越王尉陀廟，〔註55〕亦與黃事忠、張自新入伏波將軍廟祭祀東漢馬援，〈同黃、張祀伏波將軍廟歌〉曰：

> 自古中興稱建武，將軍抉策求眞主。東廡一見展英謨，腰懸組綬分
> 茅土。晚年杖鉞向炎州，樓船下瀨漾中流。朱鳶已定日南服，重開
> 七郡獻共球。靈跡千秋銅柱存，蠻夷長老咸駿奔。至今廟祀江之滸，
> 舟師日日薦芳蒸。我從國變山中哭，鳥折其翮車無軸。衰老難跨上
> 將鞍，麤疏方似當時璞。一聞交海近行都，便隨商舶駕雙鳧。商檣
> 狎浪看轉側，陽侯驤首凌天吳。忽然濃霧迷南北，天地暗慘長年惑。
> 長年無計焚片香，歸命將軍頌明德。須臾雲淨四山開，如見拓戟光

知徐孚遠分別與黃事忠、張自新交誼之深淺。
〔註50〕見《交行摘稿》，頁1。
〔註51〕〈五日同黃、張飲歌〉有云：「上巳之後到交州，可憐五日尚淹留」，《交行摘稿》，頁1。
〔註52〕參徐孚遠：〈上安南西定王書〉，見《徐孚遠遺文》七，頁1。
〔註53〕見〈晦日同臣以、衡宇〉，《交行摘稿》，頁3。
〔註54〕見《交行摘稿》，頁9。
〔註55〕見〈題南越王尉陀廟〉，《交行摘稿》，頁2。

徘徊。從此揚帆兼命檝，擊鼓吹簫取道來。沙淺江平識去津，翩翩
蝴蝶引行人。我行祇謁神祠下，青青竹色水粼粼。古碑斑剝字畫漫，
執圭衣繡著蟬冠。酒馨牲腯來夷女，拜手陳詞看漢宮。將軍上殿喜
論兵，聚米還成山谷形。此日聖王方借箸，好將圖畫入承明。〔註56〕
馬援爲漢光武帝名將，建武十八年（42），被拜爲伏波將軍，南下交趾戡平徵
側、徵貳反漢之亂。〔註57〕國破鼎移，「天威未振小夷驕」，〔註58〕交南不再
聽令於明廷，三人假道不成，此祀自是感慨萬千。徐孚遠更是盼望朝廷有馬
援般之賢才勇將，以助明復興，重開明朝盛世。

　　此次浮海，三人本以爲可藉由假道安南突破清軍封鎖，順利赴桂王行在，
安南卻貶損明廷地位，意欲徐孚遠行拜禮。徐孚遠不願國格受辱，斷然拒絕。
在致書與西王爭禮，未有結果後，三人深知安南無意假道，遂結束兩個多月
安南生活，黯然返回鷺島。交州有鬼門關，回航需過此，始得進入中國境內。
〔註59〕當安然航出鬼門關，進入瓊海時，卻誤入一線沙，又名角帶沙。此處
「淺沙仄逼三篙水，惡浪交加四面風」〔註60〕，危險萬分，以出沙爲艱，當
時徐孚遠、黃事忠和張自新三人都以爲必死無疑。爲能安然脫險，艄公欲循
山而行，抵瓊州海口，乘風直過。閣公三人認爲如此將冒遭遇清軍風險，但
艄公以昔年無有應之。張自新遂反詰：「昔即無舟，安知今不有也？」黃事忠
聞之則大笑道：「瓊，大郡也，以海爲固，聞王師將出粵東，必且造舟自備，
豈無數艦爲我難乎？」然航至紗帽山，先前憂慮不幸成眞，逢遇清廷兵艦三，
並遭其一發銃攻擊。千鈞一髮之際，幸而返棹乘東風疾行以脫。航途可謂九
死一生。七夕之後，涉艱履危三人終得安然歸返鷺島。〔註61〕

　　翌年春，黃事忠、張自新自廈門擬問道入雲南以覆命永曆。〔註62〕途經

〔註56〕見《交行摘稿》，頁1～2。
〔註57〕馬援事蹟，參（宋）范曄著、（唐）李賢等注：《後漢書》〈馬援列傳〉卷二十
　　　　四（北京：中華書局，1996年5月北京第8刷），頁827～852。
〔註58〕〈舟中雜感〉（之二），《交行摘稿》，頁4。
〔註59〕參〈交州有鬼門關，舟行過關，乃入華界，將歸作〉，《交行摘稿》，頁10。
〔註60〕見〈行瓊海入一線沙，亦名角帶沙，危險萬狀，吾輩三人自擬必死矣，口占〉，
　　　　《交行摘稿》，頁10。
〔註61〕《交行摘稿》有〈七夕，西風，過大洲頭〉一詩（頁12），據此可知，七夕那
　　　　天徐孚遠一行人才通過大洲頭；則抵達廈門時間自然在農曆七月七日之後。
〔註62〕永曆十二年（1658）夏，徐孚遠於安南歸廈門前夕，有〈將回，贈臣以職方〉
　　　　詩，自注道：「時臣以議欲間道行復命也」。（見《交行摘稿》，頁10）又王忠
　　　　孝永曆十三年二月上桂王心懸跡阻疏道：「茲兵部郎中臣黃事忠、督臣張自新

廣西，遭土司所害，遂爲清廣東總兵栗養志所擒，所攜之奏本六十二道、揭帖六十六件、令諭牌票十一張，疏稿雜書三十五本，書信一百封，皆遭清廷攔劫。〔註 63〕不幸傳來，徐孚遠有〈黃臣以、張衡宇爲土司陷五羊獄，黃先有絕命詩寄余〉云：

> 和鸞初啓又猿嗁，繭足焉能躡碧梯？樊道軒輜難自保，武陵雲樹一
> 時迷；拚生地窖詞無辱，握節穹盧色不低；卻把寄詩吟幾過，寒窗
> 風雨夜淒淒。（卷十五，頁 20）

憂傷摯友身陷清廷囹圄，又稱美其不卑不屈之志節。至於張、黃二人後來殉國還是降清？所終如何？文獻闕如；不過從本詩來看，黃氏應當會選擇殉節不降才是。

七、萬年英

萬年英，字靜齋，湖廣黃州人。明季官台州通判。唐王即位閩京，下詔至台州，魯王諸臣大多不從，惟有萬年英主張當與魯王命同視，不當異視。唐王得知，擢爲兵部職方司主事。順治三年（1646）唐王敗，依附鄭成功。隔年，誤信唐王遁逃入粵傳言，與大學士路振飛泛海尋求。行至虎門，得知唐王已經亡故，又返廈門。後赴桂王行在，桂王依舊授官兵部職方司主事。〔註64〕

入朝，臣謹附一疏，並謄前疏，以塵聖覽。」且永曆十四年二月初十上桂王之綸綍遠頒謝恩疏亦云：「拾參年貳月內又具心懸跡阻一疏，附兵部主事黃事忠，聞爲土司解送粵。」（各見氏著：《惠安王忠孝公全集》，南投：臺灣省文獻委員會，1993 年，頁 72、73）而盧若騰於永曆十五年〈上永曆皇帝疏〉則云：「臣舉義後，所上章疏達御覽者僅三之一。十三年春，具疏附兵部郎中臣黃事忠，十四年春，具疏附勳臣周金湯，皆中道見執於虜。」（見氏著：《留庵詩文集》，金門：金門縣文獻委員會，1970 年 6 月再版，頁 67～68）足見假道安南不成後，黃事忠、張自新偕徐孚遠返回廈門，再於永曆十三年春離開廈門，間道回朝覆命。

〔註63〕 順治十六年（1659）十月廣西巡撫于時躍揭帖云：（於思忠府）「擒獲偽國姓總兵張自新、偽職方司黃事忠、偽上思知州李之彥，查出偽題奏本六十二道、偽揭帖六十六件、令諭牌票十一張、疏稿雜書三十五本，書信一百封。」見中央研究院歷史語言研究所編：《明清史料》甲編第五本，載於中央研究院歷史語言研究所編：《明清史料・甲編》中，（北京：北京出版社，2008 年 2 月一版一刷），頁 485。

〔註64〕 傳參（清）周凱修纂：《廈門志》卷十三（臺灣銀行經濟研究室編：臺灣文獻叢刊第 95 種，南投：臺灣省文獻委員會，1993 年 9 月），頁 548、（清）徐鼐：《小腆紀傳》卷五十七（臺灣銀行經濟研究室編：臺灣文獻叢刊第 138 種，

　　《釣璜堂存稿》中，徐孚遠言及萬年英或尊稱官銜「職方」，如〈林都憲召集，時萬職方與座〉（卷八，頁 28）、〈萬職方行署讌，都將參軍皆在坐，時將發棉邑〉（卷十二，頁 25）、〈贈胡叔中主政，時萬職方齎新命至，兼敘胡萬之交〉（卷十六，頁 9）、〈贈萬職方〉（卷十六，頁 10）、〈萬職方納姬戲為豔體〉（卷十八，頁 14）等；或稱字「靜齋」，如〈與萬靜齋、梁明卿、葉眉長遊谷口洞〉（卷三，頁 9）、〈靜齋留滯作〉（卷三，頁 23）、〈贈萬靜齋〉（卷八，頁 28）、〈馬杏公至，呼靜齋小飲〉（卷九，頁 15）、〈送靜齋返粵〉（卷九，頁 9）〈萬靜齋晞髮戲贈〉（卷十八，頁 1）等。

　　乙酉（1645）十月末，徐孚遠抵達閩京，唐王授官，與萬年英同朝。不過，兩人私交確切起於何時不得而知。唐王敗亡後，徐孚遠入浙從魯監國，萬年英則是先依鄭成功後轉赴桂王行在。當時，萬氏不僅官任兵部職方司主事，亦身兼連絡閩浙義旅使臣。永曆三年（1649）十一月，桂王頒詔徐孚遠，勗勉闇公繼續與鄭鴻逵、鄭成功叔姪齊心戮力，匡復明室河山，當時至舟山敕使即是萬年英。〔註65〕辛卯（1651）清軍破舟山，徐孚遠從魯王依附鄭成功，而萬年英更為往來桂王與鄭成功間使節。如永曆七年（1653）年五月，鄭成功披掛率軍力抗入侵海澄清師，清師大敗，狼奔而走。桂王得知，欲冊封鄭成功延平王，萬年英因此受命齎敕至廈門，但鄭成功拜表辭讓，並以海澄戰功請封各鎮勳爵，萬年英是又返桂王廷回奏。〔註66〕也因此徐孚遠在淹留鷺島期間，得以與萬年英往來。

　　徐孚遠罕作豔詩，而於萬年英納妾時，賦作〈萬職方納姬戲為豔體〉六首，與〈靜齋納姬，相國曾公有誨言，詩以解之，戲為二絕〉二首。前者如：「聞郎常上雨花臺，六代風流去不迴；何事相逢南海畔？想應都為荔枝來。」（卷十八，頁 15）後者如：「洞裏遙聞日月長，看花采藥兩相當；劉郎一到還仙去，況復雙雙引鳳皇。」（卷十八，頁 15）為友儕之喜，徐孚遠可說於山河變色中，難得流露戲謔的一面。

　　台北：臺灣大通書局，1987 年 10 月初版），頁 793～794。
〔註65〕見《徐闇公先生年譜》「永曆三年己丑，五十一歲」所附永字四千一百五十九號敕令。
〔註66〕參（明）楊英：《從征實錄》（臺灣銀行經濟研究室編：臺灣文獻叢刊第 32 種，台北：眾文圖書公司，1979 年），頁 35～39、（清）阮旻錫：《海上見聞錄》卷一（臺灣銀行經濟研究室編：臺灣文獻叢刊第 24 種，台北：臺灣大通書局，1987 年 10 月初版），頁 14～15。

　　萬年英奉旨入廈門滯留期間，時與徐孚遠相訪、宴集，或萬年英邀約徐
孚遠聚會賦詩，如〈馬杏公館靜齋寓陪游作〉云：

> 僻巷經過少，端然有問津；報君來北郭，邀我到西鄰；炙背看綦煖，
> 披襟摘句新；便須留轄在，延想欲彌旬。（卷八，頁 30）

或萬年英受邀過訪，如〈馬杏公至，呼靜齋小飲〉道：

> 觸熱喜君至，罷吟呼友來；祠神餘酒果，移席坐莓苔；暑氣諧談解，
> 清風樹杪回；還聞三楚捷，感激勸深杯。（卷九，頁 15）

兩人又或相偕尋幽訪勝，如〈與萬靜齋、梁明卿、葉眉長遊谷口洞〉云：

> 西村朝始曒，結友步山麓，風靜沙無塵，疇平麥正熟，登頓入層巖，
> 猿引遞相屬，轉側面勢佳，幽人盤其曲，壁有紀子題，擬作子眞谷，
> 削磴不數級，其上得石屋，方廣丈尺閒，箕坐延冬旭，人工雖不多，
> 頗樹桃與竹，此地少爲貴，聊以娛心目，前臨滄溟寬，後倚羣峰矗，
> 偃息展玄言，境僻神不辱，況當避秦時，緬想憩邂曬。（卷三，頁 9）

於旭日東昇之際，同好友結伴漫遊於山水之中，觀賞勝境。當萬年英行使臣
之責離開金、廈時，徐孚遠每每有所繫念。如〈聞靜齋病〉所道——「使車
不復反，貧病兩相侵；未授餐霞術，誰貽買藥金？」（卷十，頁 23）爲好友健
康憂心。此外，對徐孚遠而言，萬年英爲友朋，更爲桂王使節，是以如〈得
靜齋信卻寄〉所書：

> 故人有札報平安，幽谷生春洗眼看；使者獨持周玉節，諸方還喜舊
> 衣冠；炎州瘴重加餐切，桂嶺雲深取道難；見說王師方轉戰，幾回
> 南望淚闌干。（卷十三，頁 26）

進而掛心桂王廷復明情形，不限於只訴私情。

　　萬年英兄長美功也曾寓居鷺島，與徐孚遠結識，並同張煌言、陳士京、
姚翼明等人相交。〔註 67〕後萬美功自鷺島歸返越地。臨別，徐孚遠賦作〈送
萬美功還越〉：

> 潦倒風塵一䶉緱，相逢荒嶼不勝愁；止因令弟朝天後，故遣賢兄到
> 海頭。日月未開先祀夏，衣冠無恙尚依劉；雖然垂橐空歸去，此度
> 還應是勝游。（卷十二，頁 28）

〔註67〕　張煌言〈同姚興公、萬美功過訪陳齊莫小酌〉：「回首鄉關北海濱，南來猶見
　　　　故鄉人。君因久客翻爲主，我亦同仇況比鄰。八載滄桑愁欲老，一尊清酒話
　　　　相親。共悲吳楚烽煙急，太史占星正聚閩。」見張煌言：《張蒼水集》（上海：
　　　　上海古籍出版社，1985 年 10 月新 1 版），頁 74。

雖是送別詩，闇公寬慰萬美功之心，遠勝於惜別之情。萬年英得志爲桂王所用，而萬美功雖爲兄長卻是失意返鄉，其心之落寞惆悵可想而知，故而徐孚遠藉稱許萬美功志節試以解憾。張煌言亦賦〈送萬美功還越，時其弟靜齋將赴行在〉贈別：

> 令弟將南邁，元方又北征；炎荒萬里節，越絕一歸旌；欲聚非麋鹿，
> 難分是鶺鴒；祇應山鬼語，但見送人行。〔註68〕

不僅傾訴臨別自己難捨之情，更道出萬氏兄弟間之依依離情。而此次一別，萬美功、萬年英兄弟，有生之年是否曾再聚首，不得而知。

第二節　海外幾社友

「海外幾社」之名，就筆者所知見，最早出於清人全祖望。他說：「公（陳士京）喜爲詩，下筆清挺，不寄王孟廡下，及在島上，徐公孚遠有海外幾社之集，公豫焉，雖心情蕉萃，而時作鵬騫海怒之句，以抒其方寸之芒角。」〔註69〕又云：「徐都御史闇公幾社長老也，從亡海外復爲幾社之集。曰尚書盧公若騰、曰都御史沈公荃期，皆閩□安人；曰尚書張公煌言、曰光錄卿陳公士京，俱浙寧人；曰都御史曹公從龍，則雲門人。別稱曰：『海外幾社六子』。」〔註70〕考覈陳士京、徐孚遠生平，和綜合全氏所說，海外幾社成於徐孚遠流寓廈門時期，〔註71〕主要成員除闇公外，還有張煌言等五人，至於其他社員不詳。是故本節以這五子爲考究對象。

〔註68〕見張煌言：《張蒼水集》（上海：上海古籍出版社，1985 年 10 月新 1 版），頁77。

〔註69〕（清）全祖望：〈陳光祿傳〉，《鮚埼亭集》卷二十七（續修四庫全書第 1429冊，影印上海圖書館藏清嘉慶十六年刻本，上海：上海古籍出版社，1995 年一版一刷），頁 206。

〔註70〕（清）全祖望《續耆舊》卷十二（續修四庫全書第 1682 冊，影印北京圖書館藏清槎湖草堂抄本，上海：上海古籍出版社，1995 年一版一刷），頁 542。

〔註71〕連橫《臺灣詩乘》卷一云：「闇公寓居海上，曾與張尚書煌言、盧尚書若騰、沈都御史佺期、曹都御史從龍、陳光祿士京爲詩社，互相唱和，時稱海外幾社六子，而闇公爲之領袖。」是以今日論者多以爲「海外幾社六子」專稱出於連氏，認爲「此一專稱成爲日後研究臺灣漢人文學史之開端」（郭秋顯：《海外幾社三子研究》，頁 2）。管見以爲，連氏本全氏之說，曉知全氏所述，自不會有海外幾社成於臺灣的誤解。

一、張煌言

　　張煌言，字玄箸，號蒼水，浙江鄞縣人，崇禎十五年（1642）舉人。父圭章，天啓四年（1624）舉人，官至刑部員外郎，曾教授黃宗羲家，宗羲叔伯皆爲其門人。煌言既善詩文，又善騎射，允文允武，有從戎報國大志。乙酉（1645）錢肅樂舉義，煌言率先響應，肅樂遂遣煌言奉表請魯王朱以海監國。魯王紹興監國，特賜煌言進士出身，授翰林院編修，又晉侍講兼兵科左給事中。丙戌（1646）浙東兵潰，扈魯王入閩，翌年魯王誓師長垣，加右僉都御史監張名振軍。己丑（1649），煌言募集義旅結寨於平岡，隔年，入舟山，王加兵部侍郎。辛卯（1651）清軍攻陷舟山後，煌言扈從魯王次鷺島，偕參軍羅子木與諸遺老交遊於金、廈二島。癸巳（1653），煌言歸返浙江，並於天台招募抗清義軍。隔年，與張名振會師進軍長江，時直抵金山，因無義師接應，只好退守崇明。乙未（1655），再偕名振軍入江，攻掠瓜洲、儀眞，抵燕子磯，又因無有支援而返。〔註72〕是年冬，名振卒，遺言由煌言統領所有部眾，煌言軍勢漸盛。戊戌（1658），桂王遣使命煌言官東閣大學士兼兵部尚書；七月監鄭成功軍北伐，然至羊山不幸遭逢颶風，損折慘重，是又鎩羽而歸。翌年，鄭成功軍大舉北上，煌言率師會合，收復徽州、寧國、太平、池州四府，和廣德、無爲、和陽三州，以及當塗、蕪湖、繁昌等二十四縣。可惜，鄭成功不聽煌言建言，錯失良機，不但慘遭敗北也折損了大將甘輝。辛丑（1661）鄭成功攻臺，煌言認爲當以收復中原爲念而勸阻。壬寅（1662）四月桂王敗亡，鄭成功卒於五月，煌言等人意欲再奉魯王監國；然而魯王卻於是年冬薨逝。癸卯（1663）六月，煌言解散兵士棲居南田懸嶴，七月十七遭舊屬引清軍襲擊而被執。至杭州，煌言抗節不降，於九月七日慷慨赴義，得年四十五。所著有《冰槎集》、《奇零草》、《采薇吟》等。〔註73〕

〔註72〕 事參全祖望所編張煌言年譜。年譜於順治十二年乙未（1655）載：「公（張煌言）在吳淞，再合定西（張名振）軍入江，掠瓜州、儀眞、抵燕子磯，卒以師徒單弱，中原豪傑無響應者，還軍於浙。」見於《張蒼水集》附錄（上海：上海古籍出版社，1985 年 10 月新一版一刷），頁 217。

〔註73〕 傳參黃宗羲：〈兵部左侍郎蒼水張公墓誌銘〉，見沈善洪主編：《黃宗羲全集》第 10 冊（杭州：浙江古籍出版社，2005 年 9 月一版二刷），頁 288～295、（清）周凱：《廈門志》卷十三（臺灣銀行經濟研究室編：臺灣文獻叢刊第 95 種，南投：臺灣省文獻委員會，1993 年 9 月），頁 549～550、趙爾巽等撰：《清史稿》卷二百二十四（北京：中華書局，1996 年 5 月北京第 5 刷），頁 9153～9157、全祖望所編張煌言年譜，見於《張蒼水集》附錄（上海：上海古籍出

　　張煌言與徐孚遠同登崇禎十五年（1642）舉人，闇公自述：「余於丁亥
（1647）秋，始與同年少司馬張玄箸相見於南國，賦詩贈答，銜枚（杯）抵
掌，無間晨夕。」〔註74〕依此，則徐孚遠與張煌言結識往來，始於永曆元年
（1647），也就是清順治四年。是年四月趙牧駐守之海口為清軍攻陷，徐孚遠
於是北上舟山依黃斌卿。那年重陽，與張煌言、黃斌卿、張名振、安昌王……
等人漫遊舟山島上鎖山。張煌言所賦〈九日，陪安昌王、黃肅虜虎癡、張定
西侯服、張太傅鯢淵、朱太常聞玄、徐給諫闇公及沈公子昆季登鎖山和韻〉，
可見當時情形。詩云：

> 鼇背霜寒菊自開，欣看萸佩宴吹臺；尚書履近東山駐，大將旗聯西
> 府迴；香冷金華雙使至，秋明玉樹二難來；追陪誰復題糕字？媿向
> 鑾坡問筆才。〔註75〕

一行人依重九登高習俗登上鎖山，欣賞遍野寒菊，齊同插上茱萸避邪，共享
酒宴，並且吟詠情性，發攄內懷。

　　永曆五年（1651）舟山城失守，隔年，張煌言避地鷺島。寄身鷺島期間，
張煌言暫時脫離軍旅，與徐孚遠同陳士京、沈佺期、紀許國、姚翼明、萬午
英等人往來，或會飲抒懷，或相互切磋詩文。永曆七年（1653）春，煌言離
開廈門北返浙江，〔註76〕闇公則淹留鷺島，自此兩人南北睽違，唯藉魚雁往
返聯繫。永曆八年（1654）張煌言會合張名振出師北征，大軍進逼鎮江，直
抵金山，並遙祭明太祖孝陵。闇公得知，有〈得張玄箸書，知兵至金山寺賦
之〉二首。一云：

> 南方舟楫有聲名，輕舸經過鐵甕城；昔日蘄王酣戰處，金山江上又
> 揚兵。（卷十九，頁6）

二曰：

版社，1985年10月新一版一刷），頁203～227。

〔註74〕「銜『枚』抵掌」依文意當作「銜『杯』抵掌」，所以四明叢書本作「銜杯」。
　　　　見徐孚遠：〈奇零草序〉，載張煌言：《張蒼水集・附錄》（上海：上海古籍出
　　　　版社，1985年10月一版一刷），頁328。

〔註75〕見張煌言：《張蒼水集》（上海：上海古籍出版社，1985年10月一版一刷），
　　　　頁59。

〔註76〕關於永曆五年（1651）舟山遭清軍攻陷，張煌言寄身廈門時間，〈曹雲霖中丞
　　　　從龍詩集序〉中張氏自述道：「歲在壬辰（1652），予避地鷺左，……迄癸巳
　　　　（1653）春，予附樓舡北歸。」見氏著：《張蒼水集》（上海：上海古籍出版
　　　　社，1985年10月一版一刷），頁4。

誰道長風不可乘，艅艎激浪已先登；鍾山雲樹江頭見，玉帶橋邊拜孝陵。（卷十九，頁7）

文辭之中，除稱頌張煌言軍隊之英勇與戰果，更期望張煌言能如南宋韓世忠擊潰金人般大敗清軍，以保有明河山。永曆十二年（1658）二月，徐孚遠自廈門揚帆前往交南，欲假道入雲南陛見桂王，煌言聞訊，作〈徐闇公入覲行在，取道安南，聞而壯之〉二首。之一曰：

益部星文紫氣纏，遙知雙鳥去朝天；孤臣白髮還投闕，真主黃衣尚備邊；五嶺新衝春瘴癘，九溪舊鬭漢山川；旌旗只在昆明裏，好說中原望凱旋！

其二道：

萬里行朝古夜郎，從龍敢復憚梯航！使車合浦愁風黑，賈舶交州怯日黃；白馬侯王今異姓，青牛令尹久炎荒；多君不負溫劉約，玉珮先歸銅柱旁。〔註77〕

一來讚許闇公不畏艱險朝覲桂王的精神，二來表示期待王師復興中原之心。徐孚遠因不願使明朝國格受辱，與安南西定王爭禮，以致不能如願借道朝見桂王，僅能慊慊返回鷺島。返回鷺島後，徐孚遠將至安南期間所抒結集剞劂，並贈與張煌言，煌言「讀罷瑤篇還涕淚」，深受闇公持節守志所感動，而有「行吟何獨有三閭」之慨嘆。〔註78〕

永曆十三年（1659），張煌言率領士卒偕同鄭成功軍隊大舉反攻，一路勢如破竹，克復鎮江，直逼南京。捷報傳來，闇公〈懷張玄箸〉云：

寂寂春風憶旆旌，傳君直到石頭城；幾回梟雁乖南北，十載襟袍愧弟兄；江上題詩千古事，山中藉草旅人情；好將鍾阜餘氛掃，早遣逋臣謁舊京。（卷十三，頁30）

當時情勢彷彿復明在望，闇公自然欣喜萬分，並更進一步期許張煌言乘勝追擊，收復南京，驅離滿人。不難發現，闇公不僅欽服張煌言之勇略，也對他寄予厚望。此役雖克復四府、三州、二十四縣，最終卻因鄭成功輕敵而前功

〔註77〕見張煌言：《張蒼水集》（上海：上海古籍出版社，1985年10月一版一刷），頁133。

〔註78〕張煌言〈得徐闇公信，以交行詩見寄〉之一曰：「天南消息近成虛，一卷新詩當尺書；誰看墜鳶偏擊楫，似聞鳴犢竟迴車；蠻夷總在天威外，越嶲應非王會初！讀罷瑤篇還涕淚，行吟何獨有三閭！」見張煌言著：《張蒼水集》（上海：上海古籍出版社，1985年10月一版一刷），頁141。

盡棄，錯失最佳光復明土時機。永曆十五年（1661），張煌言緝綴所著詩爲《奇零草》，問序於闇公，闇公爲書弁言。永曆十七年癸卯（1663）鄭經棄守金、廈二島，率明宗室及縉紳退守銅山，翌年春三月轉進臺灣。對此，張煌言〈懷王媿兩少司馬、徐闇公、沈復齋中丞〉道：

> 我昔曾上嘉禾島，島上衣冠多四皓，方瞳綠髻映蒼髯，紫芝一曲何縹緲！年來滄海欲生塵，烽煙亂蠱商山道，杖履流落似晨星，天長地闊令人老，南望銅陵又一山，風颭千尺鯨波間，不然擬乘黃鶴去，去去麟洲不復還。〔註79〕

感嘆昔日鷺島爲抗節遺老避地處，自己也曾於島上與徐孚遠、王忠孝、沈佺期等人交遊，而今遭清軍攻陷，人事全非，諸友被迫流離。然而，沒想到甲辰（1664）七月，張煌言自身卻遭清廷緝捕，九月七日先好友殉節而亡。

　　徐孚遠與張煌言詩文往來頻繁，對於張煌言詩文，徐孚遠稱譽有加。如稱煌言「高才不可作，恢豁嘯滄溟」，所賦詩篇「字字珠璣傾，緘之氣浮動，朗詠神以清」、「燦燦飛瓊英」；〔註80〕又於〈奇零草序〉稱煌言詩「其氣昌明而宏偉，其辭善博而英多」。〔註81〕他們相和次韻之作，也可見於兩人詩集。如闇公讀完張煌言新作後，有感而吟詠〈讀張玄箸新詩，聊紀其盛兼題緩之〉：

> 扁舟去越霸圖消，日作新詩慰寂寥；包括還同司馬賦，波瀾直似浙江潮；愁君此後囊須滿，令我今來硯欲燒；南海方言難盡狀，且應攜酒聽鳴蜩。（卷十三，頁 19）

稱讚張煌言新作猶如司馬相如般，文思橫逸恣肆，包羅宇宙天地，總括萬物人事，氣勢壯闊；進而打趣說憂心自己以後不如張煌言，爲避免日後獻醜，現在應該要自焚筆硯，不再提筆著述。張煌言得詩後，則依「消」、「寥」、「潮」、「燒」、「蜩」次第和韻，〈步韻答徐闇公〉曰：

> 窮途長日更難消，賸有圖書伴寂寥；霸業徒看秦望氣，客愁似瀉廣陵潮；共歌叢桂山中發，誰識焦桐爨下燒？潦倒未應猶倔強，丈人

〔註79〕見張煌言：《張蒼水集》（上海：上海古籍出版社，1985 年 10 月一版一刷），頁 169。
〔註80〕徐孚遠：〈贈張玄箸〉，《釣璜堂存稿》卷三，頁 6。
〔註81〕見張煌言：《張蒼水集・附錄》（上海：上海古籍出版社，1985 年 10 月一版一刷），頁 329。

久已學承蜩。〔註82〕

表示對反清復明的渴望，與志業未成的惆悵，又不禁感嘆誰如蔡邕般獨具慧眼，識得良材？詩末稱許闇公以克復神州爲唯一職志，如承蜩丈人般心志專一，不受它物所遷，縱使遭逢困頓依然堅毅不屈；而這也是他的心跡。

總觀來說，在仕途上，闇公與張煌言是壬午（1642）同年舉人，齊心事奉過魯王，魯王去監國號後，又同爲桂王遙授臣僚；私交上，他們也是詩朋酒侶，一同燕遊、互相切磋詩文；而最重要的，莫過於他們是志同道合、爲國家前途置個人生死於度外的至交契友。

二、陳士京

陳士京，字齊莫，號佛莊，浙江鄞縣人。士京生有俠骨，少任俠，天啓、崇禎年間，見天下多事縱情浪遊，曾北入燕雲、南抵黔粵，可惜無所遇而歸。甲申（1644）有明山河變色，且嗣繼之福王政權敗亂，陳士京縱使憂心國事卻無意出仕。乙酉（1645）南京傾覆，魯王監國台州，受熊汝霖舉薦而官職方司郎中，監三衢總兵陳謙軍。丙戌（1646）夏，偕同陳謙奉使入閩朝覲唐王，然陳謙因唐、魯爭頒詔事被唐王所殺，士京倖免於難。是年八月福州破，士京遁走海上並受知於鄭成功，而爲襄贊謀劃。翌年四月，據黃宗羲記，魯王加授光祿寺少卿，五月從鄭成功入廈門。戊子（1648）正月，士京卜居於鼓浪嶼。同年，魯王欲上表桂王，且鄭成功亦將啓事桂王，士京因而奉命入粵朝覲。當時惠州、潮州陸路受阻於清廷，得需迂路沿海。然士京中途盤纏殆盡，遂以賣卜維生，於十二月朔終得陛見，桂王重授職方司主事。隔年正月，士京見朝中重臣流於惡鬥、不知圖謀復明大業，痛心歸返鼓浪嶼。自返鼓浪嶼，見海師無功，且桂王廷每下愈況，因而砌築鹿石山房，蒔花賦詩自遣，別署海年漁長；並於室旁預建生壙，題曰「逋菴之墓」。永曆十三年（1659），鄭成功率軍北入長江，士京參預思明留守事務而疾發身亡，享壽六十五。魯王於南澳聞得訃音，親自爲文哀祭，墓誌銘則由遺老齊价人撰寫。〔註83〕

〔註82〕 見張煌言：《張蒼水集》（上海：上海古籍出版社，1985 年 10 月一版一刷），頁 90。

〔註83〕 傳參黃宗羲：〈陳齊莫傳〉，見沈善洪主編：《黃宗羲全集》第 11 冊（杭州：浙江古籍出版社，2005 年 9 月一版二刷），頁 53～57、趙爾巽等撰：《清史稿》卷五百（北京：中華書局，1996 年 5 月北京第 5 刷），頁 13838～13840、（清）全祖望：〈陳光祿傳〉，見《鮚埼亭集》卷二十七，續修四庫全書第 1429 冊（據

　　陳士京所著，據全祖望錄有《束書後詩》一卷、《喟寓》七卷、《卮言》一卷、《海年集》一卷、《海年詩內集》一卷和《海年譜》一卷。〔註84〕全氏與陳士京同是鄞縣人，曾長年多方訪求士京遺著，但耗費二十餘年僅見一冊。全氏道：

> 予求公之集二十餘年，諸陳耆老凋謝，莫能言公事者，最後得其《唱寓》一集于老友董顥，愚不勝狂喜，尚屬公之手筆也；然苕人溫睿臨言嘗見公《海年譜》，則天地間或尚有足本，予日望之。〔註85〕

又說：

> （陳士京）詩在海上與蒼水張公（張煌言）並稱雄伯。蒼水之詩淵源華亭一派，高渾壯麗，固不類亡國之音；公詩清雋流逸，寄寓遙深，憂而不困，別具風調，惜其所存無幾，遂不得與蒼水爭富，然忠臣義士得其叢殘之筆，皆屬可寶，止不以多寡論也。〔註86〕

可知陳士京遺著，在全氏生時，也就是清乾隆時幾近散佚，難求全貌，遑論今世。筆者有幸，於全祖望所輯之《續耆舊》窺得陳氏殘存詩作，由於鮮爲人知，而且今人大多無緣鑑賞陳氏題詠，予謄錄之以供諷讀。

〈醉刀〉

我有寶刀日流血，拍露流星橫捲雪，石亦可剖土可切，天房虛星主其穴。昨夜時命鯢鯢，〔註87〕用之割愁亦不裂，豪歌斫地殷嗚咽，

上海圖書館藏清嘉慶十六年刻本影印，上海：上海古籍出版社，2002 年一版），頁 205～206、（清）周凱纂：《廈門志》卷十三（景印臺灣銀行經濟研究室編：臺灣文獻叢刊第 95 種，南投：臺灣省文獻委員會，1993 年 9 月），頁 547、（清）翁洲老民：《海東逸史》卷八（臺灣銀行經濟研究室編：臺灣文獻叢刊第 99 種，台北：臺灣大通書局，1987 年 10 月初版），頁 49、（清）徐鼒：《小腆紀傳》卷四十一（臺灣銀行經濟研究室編：臺灣文獻叢刊第 138 種，台北：臺灣大通書局，1987 年 10 月初版），頁 507。

〔註84〕（清）全祖望：〈陳光祿傳〉，見《鮚埼亭集》卷二十七，續修四庫全書第 1429 冊（據上海圖書館藏清嘉慶十六年刻本影印，上海：上海古籍出版社，1995 年一版），頁 206。

〔註85〕見（清）全祖望：《續耆舊》卷十四，續修四庫全書第 1682 冊（據北京圖書館藏清樵湖草堂抄本影印，上海：上海古籍出版社，1995 年一版），頁 548。

〔註86〕見（清）全祖望：《續耆舊》卷十四，續修四庫全書第 1682 冊（據北京圖書館藏清樵湖草堂抄本影印，上海：上海古籍出版社，1995 年一版），頁 549。

〔註87〕筆者所據版本，本句原文脫落一字。見（清）全祖望：《續耆舊》卷十四，續修四庫全書第 1682 冊（據北京圖書館藏清樵湖草堂抄本影印，上海：上海古籍出版社，1995 年一版），頁 548。

西風夕照鳴鵜鴂。吁嗟此刀苦不遭，竟夜寒芒猶足豪，追隨十年不憚勞，栖風積雨飛寒濤，吐花五色終難韜，我且酹之十斛醪，白虹吸浪刀酕醄。

〈雨珠〉

灶烟不青廚草綠，籬犬不鳴樹猿哭；可食者蕨山已童，可採者萵野如沐；舊年白骨無黃坵，今年幽魂溢鬼錄；昊天之淚已成珠，雨滿當今飢饉迫。

〈近事〉

驚見山前虎鬭雄，轟雷夜出嘯天風；一區尚有希安土，九廟何時返大弓？海客煙霞隨去住，漁軒蓑笠任西東；諸公誰足除三患，可有畸人周處同？

〈年來〉

年來種植海之濱，培土東山不嫌貧；榦喜松因無意古，花嫌梅似有心春；違時祇向鬚眉別，避跡安知姓氏珍？江上丈人千載後，咸知是識子胥人。

〈即事〉（二首）

取次相宜作箬亭，竹欄員曲竹方欞；未須芟得湘江綠，也道分將嶰谷春；朱戶誰家憐泣鬼？烽烟冷處嘆飛螢；茍閑止給山中假，挈水前谿月入瓶。

送客江干秋意遠，□塗楓葉萬山連；馬嘶樹動風西至，日落波明朝北還；我悵歸難若戀戀，書傳去後但年年；子卿氊敝吞氊日，翻泣中華易地然。

〈逋人〉

逋人歲月悶中長，世外居停祇自商；熱不因人三伏日，寒其奈我五更霜；養雛山鳥衣添羽，種子池魚夜宿糧；但保此山無魏晉，八千椿弗羨蒙莊。

〈秋懷〉

中秋候月月未來，酒隨爐冷有限杯，花露欲亮星珠白，海水將明天暮開，仰看一釣在岩磊，挂我百憂還砌碓。君不見此月數奇亦不偶！十年前吾湖上友，此時入我水窗欞，笑索匏尊一夕酒，于今海上風

波靜，共我居諸照白首，哀此白毛半百多，生死與之勞相守，不信魚龍亦我仇，攪我懷珠巨如斗，此珠不賣價不言，懷以照人之妍醜。

〈雜作〉（三首）

山林別有饒天地，樵牧何須變姓名？但使白雲無我妒，飢寒堅處保吾生。

老去據鞍猶壯士，年來東閣斃書生；大鵬長嘯思千里，無奈春風不送行。

浮沉漫度乾坤厄，成敗何殊潮汐過；俯首千年前後事，一回搔首一長歌。〔註88〕

凡八題十一詩，雖非全豹，卻多虧全氏謄錄，陳士京歌詠才不致於全然湮沒，後人才有幸捧讀。綜覽這些詩，字裡行間陳氏流露出豪情壯志、貞風亮節，與哀國傷世之悲憤。徐孚遠稱士京憂時憫世之詩：「眞反商變徵之音也！」〔註89〕《廈門志》說他：「著有『來詩復書』，悲宕激壯；其憂時憫世之意，盡託於行墨間。其詩崛崪奇偉，尤擅長歌」〔註90〕。由此可略見一斑。

　　關於闇公和陳士京的往來，二人都曾事奉過魯王，卻未眞正同朝共事。乙酉（1645）、丙戌（1646）年間，陳士京於魯王朝任職方司郎中，徐孚遠則是唐王朝的天興司李、兵科給事中；唐王殉國後，永曆元年（1647）徐孚遠北上舟山，陳士京則已投靠了鄭成功。由二人行跡看來，他們發展交誼，應在永曆五年（1651）闇公進入鷺島以後。

　　永曆三年（1649）陳士京自桂王行在返居鼓浪後，雖參鄭氏帷幄，卻未嘗受一事，〔註91〕因而在徐孚遠避地思明時，陳士京幾乎高蹈風塵之外。正

〔註88〕　見（清）全祖望：《續耆舊》卷十四，續修四庫全書第 1682 冊（據北京圖書館藏清槎湖草堂抄本影印，上海：上海古籍出版社，1995 年一版），頁 548～549。

〔註89〕　（清）全祖望：〈陳光祿傳〉，見《鮚埼亭集》卷二十七，續修四庫全書第 1429 冊（據上海圖書館藏清嘉慶十六年刻本影印，上海：上海古籍出版社，1995 年一版），頁 206。

〔註90〕　（清）周凱纂：《廈門志》卷十三（景印臺灣銀行經濟研究室編：臺灣文獻叢刊第 95 種，南投：臺灣省文獻委員會，1993 年 9 月），頁 547。

〔註91〕　黃宗羲〈陳齊莫傳〉曰：「公自端州返於鼓浪，疊石種花，作鹿石山房，與闇公、愧兩吟風弄月，」好爲鵬騫海怒之句，以發洩胸中之芒角。雖參帷幄，蓋未嘗受一事也。」見氏著、沈善洪主編：《黃宗羲全集》第 11 冊《南雷雜著稿》（杭州：浙江古籍出版社，2005 年 9 月一版二刷），頁 57。

因如此，闇公筆下的陳士京，是名澹泊的高士。闇公〈同王愧兩過陳齊莫山居〉道：

> 君真此中高尚者，築室名曰海之野，王公攜我盥槳來，微風演漾入初夏，一登其堂神灑灑，朴雅不須求木石，經營即可當亭臺，閒寫青山挂四壁，婆娑其間興不迴，莫道子雲常寂寞，烹魚翦韭傾深杯，藥欄芽茁鴨欄靜，榴花已蘗葵花開，門外車馬無以爲，看君高臥水雲隈。（卷六，頁9）

詩中開門見山直言陳氏爲高尚者，接著敘述士京居處令人感到超脫和自然雅樸，以及無塵俗喧擾可恬靜自得。字面上雖然是記敘「海之野」環境，但實際上反映出陳氏高邁情志──「年來常閉戶，海上亦畸人，佳句無阡陌，高情失等倫」。〔註92〕正因其人品絕倫，永曆十一年（1657）二月，鄭成功請託士京和徐孚遠以及王忠孝訓教子女，〔註93〕其備受鄭氏敬重也可略見梗概。

兩人於交遊期間，徐孚遠或乘桴至鼓浪嶼造訪，情形如〈過古浪飯陳齊莫齋〉云：

> 精舍何時改？清詞此日添；幽花方被徑，新旭更垂簾；設客醯雞脆，自供鹽豉兼；脫略徵高意，諧談定不嫌。（卷十，頁4）

或陳士京乘一葉扁舟至思明探視闇公，〈齊莫過山齋即事〉道：

> 陳君雅意好閒散，扁舟訪我西姑畔，入門爽氣凌清風，不投名刺投便面，中有新詩展一篇，聲調蒼涼神骨堅，擬掣鯨魚垂直釣，恍如坐我磻溪邊，吁嗟此事難再得，且把一杯看青天，青天無言不可呼，半晴半雨日欲暮，知君本是煙霞人，一榻蕭蕭更可親，他日攜朋來古渡，還當長嘯醉花茵。（卷六，頁12）

在徐孚遠眼中，堅臥煙霞的陳士京，爲人灑脫不羈，是個爽氣可親的友人。兩人會晤時或飲酒暢談心志，或吟詠詩文以攄胸臆，或相互切磋詩文。一如對陳士京人品有很高評價，對於陳氏詩作，闇公也同樣評價甚高，如詩中稱許士京扇面題詩：「聲調蒼涼神骨堅，擬掣鯨魚垂直釣」，即風格悲壯雄健，氣象宏偉開闊。雖然無法窺知扇中題詩內容，但是審視上述十一首陳氏遺珠，

〔註92〕見徐孚遠：〈再贈陳齊莫〉，《釣璜堂存稿》卷九，頁20。

〔註93〕黃宗羲〈陳齊莫傳〉曰：「丁酉二月，賜姓請君及徐闇公、王愧兩忠孝訓其子。」見氏著、沈善洪主編：《黃宗羲全集》第11冊《南雷雜著稿》（杭州：浙江古籍出版社，2005年9月一版二刷），頁56。

闇公這兩句評語確實中肯，絕非客套、謬讚。

　　對闇公來說，陳士京品德才學兼備，是個值得敬重的知交；只可惜，兩人之間的往來在永曆十三年（1659）陳士京病故時結束。

三、曹從龍

　　曹從龍，字雲霖。乙酉（1645）福王南京政權傾覆，從龍入甲戌（1634）進士、累官下江監軍道荊本徹軍倡義松江。丙戌（1646）荊氏駐軍舟山小沙嶴，從龍復隨之。然而本徹士卒漫無紀律，所到掠民財貨，以致怨懟四起。時肅虜伯黃斌卿戍守舟山，深忌荊氏兵強，乘民怒，順勢造謠謗毀本徹，民兵因而聯合斌卿進擊，荊本徹師潰遇害，〔註94〕曹從龍於是歸返吳地。而後，從龍又從吳至越，黃斌卿以國士待之，從龍因而持節護軍及籌策兵餉。己丑（1649）八月黃斌卿遭沉海而亡，從龍只好航海南行。辛卯（1651）春，魯王晉從龍兵部右侍郎。〔註95〕清軍攻陷舟山，從龍扈從監國南奔廈門。癸巳（1653）春後至丙申（1656）間，離開鷺島前去朝覲桂王，道阻不果，只好從吳地再度進入鷺、浯二島依鄭成功。後為鄭成功所用，桂王晉御史中丞。辛丑（1661）從鄭成功攻取臺灣。壬寅（1662）五月，鄭成功病逝臺灣，從龍偕黃昭、蕭拱宸等擬奉成功弟鄭襲嗣立；十月，鄭經率軍入臺，從龍為經斬殺。〔註96〕從龍所賦詩作曾經付梓，張煌言為之序，可惜該集今日未見。

　　乙酉（1645）清軍南下，徐孚遠和曹從龍皆投身松江建義，至於當時兩人是否結識，文獻闕如不得而知。不過，由《釣璜堂存稿》中〈懷曹雲霖〉

〔註94〕荊本徹（澈）事略參黃宗羲：《海外慟哭記》（臺灣銀行經濟研究室編：臺灣文獻叢刊第135種，台北：臺灣大通書局，1987年10月初版），頁5、（清）徐鼒：《小腆紀傳》卷四十九（臺灣銀行經濟研究室編：臺灣文獻叢刊第138種，台北：臺灣大通書局，1987年10月初版），頁635。

〔註95〕（清）翁洲老民：《海東逸史》卷二：「六年辛卯正月己卯朔，王在舟山。二月（小腆紀年作閏二月）乙卯，張名振殺王朝先，并其軍。以太僕寺少卿曹從龍為兵部右侍郎」（臺灣銀行經濟研究室編：臺灣文獻叢刊第99種，台北：臺灣大通書局，1987年10月初版），頁12。

〔註96〕參張煌言：〈曹雲霖中丞從龍詩集序〉，氏著：《張蒼水集》（上海：上海古籍出版社，1985年10月新1版），頁3～5、彭孫貽：《靖海志》卷三（臺灣銀行經濟研究室編：臺灣文獻叢刊第35種，台北：眾文圖書公司，1979年），頁61～62、（清）夏琳：《閩海紀要》（臺灣銀行經濟研究室編，臺灣文獻叢刊第11種，台北：臺灣大通書局，1987年），頁32。

與〈昌國重懷曹雲霖遠行〉等詩作，〔註97〕至少可以確定，徐孚遠在舟山時，兩人已有往來。丙戌（1646），曹從龍首次到舟山，當時闇公居閩，荊本徹被殺後，曹氏返回吳地。再次到舟山時間，張煌言說曹從龍「及由吳復入越，黃侯虎癡以國士遇之，遂盡護諸軍，爾時張侯侯服與黃侯同據守昌國，予亦奉命持節護張侯軍，時與雲霖旄旄相項背。」〔註98〕據此，依全祖望〈張煌言年譜‧順治四年丁亥〉記：「公（張煌言）在舟山，時定西侯張名振歸，詔公以右僉都御史監其軍。」〔註99〕則曹從龍歸居吳地數月後，丁亥（1647）再度進入舟山；徐孚遠亦於同年四月避地舟山。己丑（1649）八月，黃斌卿遭設計殺害，曹從龍再度離開舟山，徐孚遠則是繼續留止。闇公〈懷曹雲霖〉道：

> 傳君留滯閭閭城，幾度春風好聽鶯；昌國平來新氣勢，黃侯沒後舊交情；倦遊乍息江鄉夢，寒足猶期天上行；聞道中原龍欲起，迢迢旄斾正相迎。（卷十四，頁9）

又云：

> 軍符罷後早知幾，昌國爭權有是非；交似陳餘他日恨，報如豫子古來稀；猶憐部曲千羣在，惟見飄零一鶴歸；此去不愁天闕遠，即今南極正垂衣。（卷十四，頁9）

依文，可知曹從龍又歸返回吳地。

辛卯（1651）舟山淪陷後，從龍與徐孚遠避地廈門。在廈門期間，兩人或時結伴徜徉山水，賦詩吟詠。廈門隔海有青浦目嶼，嶼上有青浦澳，灣澳頗穩，可泊船避風；〔註100〕兩人曾經相偕到此尋奇覽勝，遊賞南國山林和海岸風光，闇公〈同曹雲霖渡青浦游步〉（卷二，頁30）可見。

辛丑（1661）從龍從鄭成功攻打臺灣。隔年五月鄭成功亡於臺灣，曹從

〔註97〕 前者見下文，而〈昌國重懷曹雲霖遠行〉云：「昔年躍馬地，重見闓榛蕪；朱邸空邊次，烏噭定有無；臧洪真不負，豫子豈非夫？寒足朝天杏，微行逐日逋；楚萍難滿腹，越劍尚防軀；三載封章去，遙看雲裏鳧。」見《釣璜堂存稿》卷十六，頁17。

〔註98〕 張煌言：〈曹雲霖中丞從龍詩集序〉，《張蒼水集》，（上海：上海古籍出版社，1985年10月新1版），頁4。

〔註99〕 見《張蒼水集‧附錄》（上海：上海古籍出版社，1985年10月新1版），頁207。

〔註100〕見（清）周凱修纂：《廈門志》卷四（臺灣銀行經濟研究室編：臺灣文獻叢刊第95種，南投：臺灣省文獻委員會，1993年9月），頁123。

龍與黃昭、蕭拱宸等人拒絕祇奉鄭經，擬奉成功弟鄭襲嗣繼，遭鄭經率兵入臺弭平，曹從龍被殺。情形如《靖海志》載：

> （壬寅）十月，洪旭、鄭泰等以兵千餘人配船，送鄭世子入臺灣。鄭經以周全斌爲五軍，馮錫範爲侍衛（澄世之子），陳永華爲諮議參軍。至澎湖，其將李思忠船飄至臺灣，知諸將有謀，逃回；鄭經隨即防禦，因乘風入鹿耳門登岸。全斌令連夜伐木爲寨扎營。次早，黃昭、蕭拱宸謀奉世襲拒經，值大霧，晝暝，咫尺不相見，諸將多迷誤失期。惟黃昭兵先至，攻其前。黃昭攀木而登，爲流矢所中，墮下。全斌令斬其首，大呼示眾，軍士皆迎降。大霧忽晴，日已晌午。鍾宇等至，皆反戈而迎。鄭經入安平鎮，請世襲至，待之如初。世襲委罪於其僕蔡雲，雲自縊；鄭經收蕭拱宸、李應清、曹從龍等斬之，餘皆不問。〔註101〕

聞知曹從龍慘死，徐孚遠極度悲憤，不禁傷歎「救君無力更嗟君」，自責自己無力相救，更嗟怨從龍「早年未肯趨荀令，晚歲方思比叔文，江夏冒刑緣寡識」，竟魯莽捲入鄭氏家族的權力鬥爭以致枉送性命，進而激憤認爲「不若田間曳布裙」，倒不如歸耕田間。〔註102〕

四、沈佺期

　　沈佺期（1608～1682），字雲又，號復齋，泉州南安人。明崇禎十五年（1642）舉人，十六年（1643）登進士，授吏部郎中。清順治二年（1645），唐王即位福州，擢爲都察院右副都御史。翌年八月，唐王敗死汀州，佺期棄官南歸，誓不仕清，爲避清廷徵召，嘗隱於同安大帽山甘露寺、水頭鵠嶺白蓮寺等處。順治四年（1647）八月，鄭成功與鄭鴻逵會師於泉州桃花山，沈佺期率兵響應。此役大敗清廷泉州提督趙國佐，並毀除溜石寨，殺其參將解應龍，〔註103〕戰果

〔註101〕（清）彭孫貽：《靖海志》卷三（臺灣銀行經濟研究室編：臺灣文獻叢刊第35種，台北：眾文圖書公司，1979年），頁61～62。

〔註102〕〈曹雲霖在東被難挽之〉，《釣璜堂存稿》卷十五，頁26。

〔註103〕據《臺灣鄭氏始末》卷二載：「（順治四年）八月，成功會鴻逵於泉州桃花山（晉江縣東南三十里），沈佺期等起兵應之；泉州提督趙國佐以兵二千迎戰。成功與鴻逵出奇兵夾攻，大敗之，遂圍泉州；而分伏於中途，襲殺溜石寨參將解應龍，拔其寨。」見（清）沈雲：《臺灣鄭氏始末》（臺灣銀行經濟研究室編：臺灣文獻叢刊第15種，台北：臺灣大通書局，1987年10月初版），頁13～14。

輝煌。後隨鄭成功入廈門，爲鄭氏禮遇。康熙二年（1663）十月，清軍破思明、金門二島，從鄭經南退銅山；翌年，又從而東渡臺灣。居臺期間，佺期以醫藥濟人，受其診治者無數，後世尊爲臺灣醫祖，康熙二十一年（1682）在臺逝世，享壽七十五。〔註104〕

乙酉（1645）冬，徐孚遠入福京赴行在，官天興司李、後晉兵科給事中，與沈佺期同仕唐王朝。閩都傾覆，兩人分別爲復明大業奮鬥——徐孚遠入浙從魯監國，沈佺期返泉州舉兵，而後相繼避地思明。《釣璜堂存稿》以沈佺期爲題僅有二詩，一是〈壽復齋中丞〉：

三山塵外似增城，仙桂飄香伴月卿；此日煙霞供笑傲，他年人物倚澄清；卓侯仍入雲臺畫，綺季何嫌束帛迎；南海灘頭相待老，敢將二鈔並時名。（卷十五，頁18）

另一爲〈沈復齋過訪不飯而去〉：

中丞車騎過蓬門，叢菊無花三徑存；知得陶家釀未熟，別攜玉塵向平原。（卷十八，頁3）

前者祝賀沈佺期生辰，後者記載沈佺期來訪因無酒可飲，於是不餐率性離去之事。

順治十七年（1660），王忠孝徙居金門賢厝鄉，沈佺期日與徐孚遠、盧若騰、洪旭同王氏商略古今，校定書史。〔註105〕康熙二年（1663）十月金、廈二島被清軍攻陷，鄭經不得已率領明宗藩與舊臣輾轉退守臺灣，沈佺期與王忠孝、盧若騰、辜朝薦等皆在其中，然徐孚遠另有打算。據林霍所述，徐孚

〔註104〕 傳參（清）蔣毓英：《臺灣府志》卷九（見《臺灣府志》三種，北京：中華書局，1985年5月一版一刷），頁222、（清）周凱：《廈門志》卷十三（臺灣銀行經濟研究室編：臺灣文獻叢刊第35種，南投：臺灣省文獻委員會，1993年9月），頁556、（清）徐鼐：《小腆紀傳》卷五十七，（臺灣銀行經濟研究室編：臺灣文獻叢刊第138種，台北：臺灣大通書局，1987年10月初版），頁790、沈雲：《臺灣鄭氏始末》卷二（臺灣銀行經濟研究室編：臺灣文獻叢刊第15種，台北：臺灣大通書局，1987年10月初版），頁13～14、連橫：《臺灣通史》卷二十九（台北：眾文圖書股份有限公司，2004年12月一版四刷），頁750、李金表：〈臺灣醫祖沈佺期墓〉（見政協泉州市委員會編：《泉州與臺灣關係文物史跡》，廈門：廈門大學出版社，2005年10月一版一刷），頁356～358。

〔註105〕 洪旭〈王忠孝傳〉云：「（王忠孝）後移居浯島，住賢厝鄉，日與盧若騰、華亭徐孚遠、沈佺期，及余（洪旭）數人，楊確古今，校定書史。」見王忠孝：《惠安王忠孝公全集》（南投：臺灣省文獻委員會，1993年12月），頁260。

遠臨別執沈佺期手道：

> 吾居島十有四載，只爲一片乾淨土耳。今遇傾覆，不得已南奔，得
> 送兒子登岸守先人宗祧，即返而與盧牧舟、王愧兩諸公共顛沛流離
> 大海中，雖百死吾無恨也。〔註106〕

豈知事與願違，徐孚遠不但遁棲廣東饒平、未歸返故鄉華亭，更無機會再浮
槎臺灣與沈佺期、王忠孝等抗清契友聚首道舊。

　　沈佺期避地鷺島期間，亦與王忠孝、盧若騰、張煌言和諸葛倬等人相交
善，同這些復明執友相遊於鷺、浯二島間。如順治六年（1649）冬，佺期偕
同王忠孝造訪住在金門楊翟里之諸葛倬，三人一起躋登太武山尋幽訪勝，聊
藉以發抒感時憂國之情，王忠孝有〈太儛山記〉誌之。〔註107〕又如與盧若騰
等人遊覽鷺島萬石巖，盧氏〈同沈復齋、黃石庵、張希文遊萬石巖次壁間韻〉
可見。詩曰：

> 憂亂愁懷銷未開，偶携勝友上高臺。層層寺向雲霄出，片片花從水
> 石來。身世寄將洞口桌，道心清似雪中梅。何時便作太平逸，長此
> 茗甌又酒杯。〔註108〕

萬石巖距思明城東約二里。此地「磊石插天，巖扉鐫『問漁』二字，旁有石
洞，深可半里，紆迴曲折，泉流其中，廓處可坐數十人，名『小桃源』；又
有「『象鼻峯』」、『萬笏朝天』諸石刻，上有一覽亭，可觀海」。〔註109〕對盧
若騰、沈佺期等抗清志士來說，託身其中，或可暫且釋憂解愁。

　　沈佺期雖善詩文，爲海外幾社六子之一，但不若其餘五子，其詩文集名
稱爲何不得而知，僅知其平生所作由子孫輯而藏之，然而迄今並未得見。今
所知見僅〈潘山市〉詩、文各一。茲將該詩予以謄錄，以爲參考，曰：

> 機盡隨鷗尚未閒，駒陰不肯駐衰顏；相將醉醒消人事，剩得風流在

〔註106〕林霔：〈庚午冬書稿〉，見《釣璜堂存稿・徐闇公先生年譜・附錄》，頁23。
〔註107〕參王忠孝：〈太儛山記〉，見氏著：《惠安王忠孝公全集》（南投：臺灣省文獻
　　　　委員會，1993年12月），頁6～8。
〔註108〕詩見盧若騰：《留庵詩文集》（金門：金門縣文獻委員會，1970年6月再版），
　　　　頁44。案：首句中「『銷』未開」《島噫詩》本作「『鎖』未開」，第五句「洞
　　　　口『桌』」作「洞口『棹』」，依詩意，以《島噫詩》本爲勝。參盧若騰著、吳
　　　　島校釋：《島噫詩校釋》（台北：臺灣古籍出版社，2003年3月初版一刷），
　　　　頁186。
〔註109〕見（清）周凱修：《廈門志》卷二（臺灣銀行經濟研究室編：臺灣文獻叢刊第
　　　　35種，南投：臺灣省文獻委員會，1993年9月），頁27。

世間；霞絢雲蒸妝淡水，花殷鳥傲靜空山；此時春色又無賴，一曲

漁歌一棹灣。〔註110〕

此詩爲寫景賦閒之作，潘山位於泉州西門外晉江下游北畔，今豐澤區北峰街道招賢社區。順治四年（1647）八月，沈佺期起兵響應鄭成功後寓居思明，而後又寄跡臺灣直到身故，流寓期間並無歸返泉州。是則無庸置疑，本詩爲順治四年（1647）八月沈佺期率兵起義前吟詠所作。

五、盧若騰

　　盧若騰，字閑之，一字海運，號牧洲，金門賢聚人。崇禎十三年（1640）進士，召對稱旨，授兵部主事。若騰爲人凜然有節概、不畏權勢，嘗果敢疏參宰輔楊嗣昌佞佛，又三次上疏劾奏定西侯蔣維祿，而爲權貴所惡，自本部郎中兼總京衛武學，外遷浙江布政使司左參議，分司寧紹巡海兵備道。但若騰正直性格絲毫不減，赴任途中，依然糾舉內臣田國興不法事，使田氏遭逮論罪。任官浙江三年期間，若騰興利除弊，抑制勢豪，並剿平賊寇胡乘龍，使百姓得以安居，士民尊爲「盧菩薩」，並建祠以奉。

　　甲申（1644）國變，福王立南京，召爲僉都御史巡撫。若騰見阮大鋮、馬士英亂政，朝綱敗壞，力辭不受。唐王立，授浙東巡撫，駐節溫州，若騰疏辭不許。將赴任，薦舉宿將賀君堯爲靖海營水師總兵，族弟遊擊若驤扼守盤山關要害。是年溫州大饑，若騰賑恤有功，王晉兵部尚書，並賜手書「無不敬」三字。丙戌（1646）清軍迫臨溫州，若騰七疏請援，卻不見朝廷回應，紳民爲苟全身家性命議謀歸降，若騰則主張守城力抗。不久，城因內應被破，若騰僅和家人及親兵與清兵巷戰。奮戰中，若騰腰臂各中一箭，幸爲靖海營水軍所救始得脫困。脫困後，以族弟若驤赴唐王行在上陳自劾表。閩都傾覆，若騰得聞痛憤不已，欲投水殉國，卻爲同僚救起，轉而圖謀舉兵復明。因而浮海至舟山，間行入大蘭諸山寨，見事不可爲，返回福建葛山，與郭大河、傅象晉等人舉義，屯兵望山，後因糧盡而罷。桂王立肇慶，若騰奉書通問，後同葉翼雲、陳鼎入安平鎮，轉徙思明依鄭成功。期間，桂王嘗因閣臣路振飛疏薦，授若騰官兵部尚書，但道阻不達。永曆十七年（1663）十月，清軍攻犯金、廈二島，十八日若騰浮家南澳。十一月南澳守將杜輝叛降清廷，若

〔註110〕見泉州歷史網‧泉州人名錄 http://qzhnet.dnscn.cn/qzh87.htm。2008 年 10 月 8日。

騰執大義向杜氏力爭，始得免於被清軍俘虜。隔年春三月，從鄭經渡臺，中途病逝澎湖，享年六十五，〔註111〕遺命碑銘「有明自許先生牧洲盧公之墓」。康熙二十三年（1684）臺灣入清後，若騰子迎骨歸葬金門賢聚村，塋墓今日猶存，爲金門縣第三級古蹟。

　　若騰著述甚豐，著有《留菴文集》、《島噫詩》、《方輿圖考》、《浯洲節烈傳》、《與畊堂值筆》、《與畊堂學字》、《島居隨錄》、《島上閒居偶寄》和《印譜》等。〔註112〕林霍稱：「若騰有《島噫詩》一集，身世感遇、其悲愁憤懣之什，皆根於血性注灑毫端，非無病而呻吟也。」〔註113〕

　　如前述，徐孚遠避居金、廈期間，曾同盧若騰、沈佺期、王忠孝等人共同研討書史。但不若海外幾社其餘四子，《釣璜堂存稿》及《交行摘稿》皆不見闇公與若騰酬答、交遊之詩作。而若騰詩文則有〈贈鷺門林烈宇次闇徐公韻〉二首和次闇公〈贈林烈宇〉一詩。闇公贈林氏詩云：

　　　　論交滄嶼外，近喜得君賢；山水探奇秘，圖書伴老年；牆東迹自遠，
　　　　肘後術仍傳；愧我猶萍梗，相看正惘然。（卷八，頁26）

若騰口：

　　　　虎谿曾眺望，蚤識此翁賢。勒石巖棲跡，懸壺市隱年。奇方能卻老，
　　　　好句或堪傳。茗椀靜相對，煩襟一灑然。

又日：

　　　　際茲衰且亂，愛爾隱而賢。藜杖收佳句，棠巢飲小年。君公形影近，

〔註111〕盧若騰生卒年，今日其金門故居後人所供俸之神主牌書爲：「生於萬曆庚子年（1600）八月十二日寅時，卒於永曆甲辰年（1664）三月十九日未時。」（參許維民主持：《金門縣第三級古蹟「盧若騰故宅及墓園」之調查研究》，金門：金門文史工作室，1996年4月）據此，盧若騰享壽當爲六十五。

〔註112〕事略參（清）林焜熿纂：《金門志》卷十（影印臺灣銀行經濟研究室編：臺灣文獻叢刊第80種，南投：臺灣省文獻委員會，1993年9月），頁262～264、（清）徐鼐：《小腆紀傳》卷五十七（臺灣銀行經濟研究室編：臺灣文獻叢刊第138種，台北：臺灣大通書局，1987年10月初版），頁789、（清）林豪等修：《澎湖廳志》卷七（臺灣銀行經濟研究室編：臺灣文獻叢刊第164種，台北：臺灣大通書局，1984年10月初版），頁251～253、連橫：《臺灣通史》卷二十九（臺灣銀行經濟研究室編：臺灣文獻叢刊第128種，台北：眾文圖書公司，2004年12月1版4刷），頁750～751、（清）翁洲老民：《海東逸史》卷十八（臺灣銀行經濟研究室編：臺灣文獻叢刊第99種，台北：臺灣大通書局，1987年10月初版），頁121。

〔註113〕《林霍詩話》原書未見，引自林學增等修：《同安縣志》（二）卷四十一（影印民國十八年鉛印本，台北：成文出版社，1967年12月臺一版），頁1325。

　　　　韓伯姓名傳。但得棲眞意，市廛亦曠然。〔註114〕

林烈宇，文獻未錄，事蹟不詳。依闇公與若騰所述，林氏爲廈門人，居虎谿巖，隱而不仕，以醫藥濟人，深受徐、盧二人敬重。

　　永曆十七年（1663）十月，金、廈二島傾覆，若騰浮家南澳，徐孚遠漂泊銅山。翌年三月，若騰先闇公而逝，入臺途中病逝澎湖。

第三節　徵士

　　此處所稱徵士，係指潛心學識、涵養個人品德，既不仕宦於南明朝廷，也無效命鄭氏家族，更不出仕清廷之文士。

一、紀許國

　　紀許國，字石青，福建同安人。十六歲爲諸生。曾從父紀文疇聽講鄞山，在當時二百多名弟子中年紀最輕，黃道周許以掉臂獨行。崇禎十五年（1642）登舉人，與同榜莆田林說、林尊賓，被稱爲三異人。閩京亡，從父舉義，丁亥（1647）遷徙鷺島。居鷺島期間，與諸遺老遊，魯監國授禮科給事中，未就職；路振飛薦於桂王，道阻不果行；鄭成功意欲延攬入幕府，許國亦辭謝不任。居十五年而卒，享年四十一，著有《焦書》、《三異人集》、《吾浩堂詩文集》等。今可見《焦書》二卷，及《廈門志》所錄〈嘯草序〉、〈石函錄序〉兩篇文，和〈登雲頂巖〉、〈同駱亦至夜宿半山寺〉、〈浯嶼〉、〈大擔嶼風雨感事〉等詩。清周凱纂修《廈門志》時，嘗徵引《吾浩堂集》、《異人集》、《石青遺稿》，稱「流寓諸賢之志跡，皆藉許國以不泯也」〔註115〕。

　　以年歲論，徐孚遠約長紀許國二紀；以科場論，兩人則爲壬午（1642）同年。徐孚遠自言「與石青往還島上如兄弟」〔註116〕，與紀許國深厚情誼可想而知。關於摯友紀許國，徐孚遠稱「斯人南海秀，婉孌在空谷，持身必典型，遠俗神肅穆」〔註117〕；並道：

〔註114〕見盧若騰著、李怡來輯：《留庵詩文集》（金門：金門縣文獻委員會，1970年6月再版），頁37。

〔註115〕參（清）周凱修纂：《廈門志》卷十三（臺灣銀行經濟研究室編：臺灣文獻叢刊第95種，南投：臺灣省文獻委員會，1993年9月），頁561～562。

〔註116〕見徐孚遠：〈湄龍堂詩文集序〉，《徐闇公先生遺文》六，頁2。

〔註117〕見〈同諸子石青齋讌集紀懷〉，《釣璜堂存稿》卷三，頁5。

我友有紀子，性不過人飯，春來已七旬，寂寂戶常鍵，風吹澗草香，

日映山花晚，獨行世所希，取適在文苑，時或賦思玄，不知甑塵滿，

尚想企高蹤，行行如陟巘。〔註118〕

所述無疑爲紀許國濯纓滄浪、特立獨行不與世沉浮之註腳。且不難發現，縱使歲數遠長於紀許國，徐孚遠誠然對許國風操欽服萬分，此又可從徐孚遠序許國父文疇《湄龍堂詩文集》得到印證。紀文疇字南書，一字元昉，爲諸生時即有聲名，議論識見自有主張，不隨人俯仰。唐王時承黃道周舉薦，授中書舍人；後擢翰林院待詔，纂修福王「聖安實錄」。丙戌（1646）福京敗，暗集里閭志士舉義抗，隔年，挈家入廈門。戊子（1648）與鄭成功克復同安，城破，勞瘁身亡。〔註119〕文疇身故後，許國裒輯其所遺留詩文，集成，以先前所居「湄龍」命名爲《湄龍堂詩文集》。一來與紀許國契若金蘭般情誼，二來與紀文疇同是蒙受黃道周提攜，徐孚遠因而爲之題序。文中，闇公以歐陽修拔擢蘇洵之事稱美黃道周與紀文疇間，並稱：

今紀公之子石青，文章義節表表自立，度其所至，將不減文忠，而其次諸子森森各有頭角，安知無有文定者繼其後乎？紀氏之媲美蘇氏曰可俟也。〔註120〕

不僅讚譽紀許國品格與文章，甚至上比蘇東坡，並借蘇軾、蘇轍昆仲比況許國兄弟，進而將文疇父子媲美三蘇。姑且不論是否過於溢美，毫無疑義，徐孚遠對許國推崇備至。

如上所述，紀許國飛遯離俗，守志鷺島，徐孚遠高度讚揚；而張煌言則以爲「山中到處巢玄鶴，海外何人釣巨鼇」〔註121〕，期盼許國當積極參與國事。事實上，徐孚遠與許國曾相約南遊赴桂王行在，有意投入朝廷，最終因

〔註118〕見〈贈紀石青〉，《釣璜堂存稿》卷三，頁2。

〔註119〕事蹟參（清）周凱《廈門志》卷十三（影印臺灣銀行經濟研究室編：臺灣文獻叢刊第35種，南投：臺灣省文獻委員會，1993年9月），頁559～560、（清）徐鼒：《小腆紀傳》卷五十五（臺灣銀行經濟研究室編：臺灣文獻叢刊第138種，台北：臺灣大通書局，1987年10月初版），頁745。

〔註120〕見徐孚遠：〈湄龍堂詩文集序〉，《釣璜堂存稿・徐闇公先生遺文》六，頁2。

〔註121〕張煌言〈寄紀石青年丈〉曰：「歸帆一掛鷺江濤，紫氣南迴望轉高；關塞羽書偏間隔，乾坤蓬鬢正蕭騷；山中到處巢玄鶴，海外何人釣巨鼇？極目寒雲空在抱，不知鴻雁爲誰勞？」見氏著：《張蒼水集》（上海：上海古籍出版社，1985年10月新一版一刷），頁65。

路途險阻無有成行。〔註122〕許國只能於每年十月既望二日，具巾袍入普陀寺南望遙拜；〔註123〕並於所居吳莊修己養志，「於身良不負，出處待時清」〔註124〕；「抽揚銀筆存華夏，點注丹書泣鬼神，禾黍悲歌當日事，衣冠磊落百年身」〔註125〕，寄寓詩文以攄黍離之悲與忠憤憂國之情。

徐孚遠豁達大度、秉性耿直，遇事往往正言不諱，即使遭遇國難、流離異鄉依舊如是。然世俗本已難容直道，遑論亂世？〈石青以養兌處潛見勖作此以當書紳〉道：

> 我生喜豁達，交情無薄厚；懷意恥囁嚅，是非紛然剖；行己三十年，
> 盡言亦罕咎。爾來南海濱，適當亂離後，世事不可測，荊棘固多有。
> 諒哉石青子，戒我兌其口；況在乾爻初，保身良非偶。人苦不自知，
> 多君能善誘，從此凜如冰，養默以自守。臧否付秋風，豈曰藏山藪？
> 庶幾寡悔咎，持以報我友。（卷三，頁5）

處世之道有別於徐孚遠，紀許國主張遭逢亂離當慎默自養，並為避免知交直言賈禍，勸戒徐孚遠謹言，韜光養晦以遠害保身。而如詩文所述，闇公亦能從諫如流。足見紀許國對徐孚遠而言，不只是品格嶔崎如手足般之契友，亦是位不可多得之諒直諍友。

二、洪思

洪思，字阿士，一字浩士，世稱石秋子，福建龍溪人。自幼好古，少隨

〔註122〕參徐孚遠〈約石青南游不果，賦以抒懷〉。詩云：「翩然去故鄉，與君水一方，各吟紫芝曲，世外看滄桑。聿來已數載，空采谷中苢。寂寞無英人，復旦將何待？白石自粼粼，北風揚其塵，六龍拄不得，客子自苦辛。君乃策雙足，就我荒山麓，野謀若一身，勉之在不辱。不辱且何之？南游以為期。吹簫望斗杓，微軀同所歸，誓欲適遠道，蒼梧雲霧杳。褰車以徘徊，雙翮何時矯？獻歲東風吹，春草更芳菲，且行且復止，淹留徒爾為。」見《釣璜堂存稿》卷三・頁29。

〔註123〕見（清）周凱修纂：《廈門志》卷十三（臺灣銀行經濟研究室編：臺灣文獻叢刊第35種，南投：臺灣省文獻委員會，1993年9月），頁562。

〔註124〕〈紀石青〉云：「紀子淡無營，臨風自濯纓；每為人物論，知有薛蘿情；書卷仍千古，山田足此生；於身良不負，出處待時清。」見《釣璜堂存稿》卷九，頁21。

〔註125〕徐孚遠〈詠石青詩集有感〉曰：「南海歸來已涉旬，詠君詩句每沾巾；抽揚銀筆存華夏，點注丹書泣鬼神；禾黍悲歌當日事，衣冠磊落百年身；仲長衡宇如相近，倘許河汾一問津。」見《釣璜堂存稿》卷十二，頁24。

父榜（字尊光）執業於黃道周。道周兵敗殉國，與父著道袍竹冠，山棲不入
城市，雖貧，猶晏然自得。黃道周著述甚多，卻多散失於兵燹，洪思於是多
方蒐羅，近五十年而遺書始全。期間，嘗至廈門與同門友紀許國及徐孚遠交
遊。康熙四十三年（1704），卒於收文之行。所編撰有《石齋十二書》、《黃子
年譜》、《洪圖》、《石秋子敬身錄》……等。思素慕宋末謝翱、鄭思肖高志，
而峻節亦同於二子，門生故舊私諡文晦先生。〔註126〕

　　洪榜從道周講學期間，曾於榕檀掌門人修業事。見道周身後所著萍散，
遂偕思矢志收備道周所作，卻未竟身亡，臨終，囑思承志整理。順治十一年
（1654）二月，洪思免喪後出敬身山，為蒐索道周遺文至鷺島造訪徐孚遠。徐
孚遠不僅告知洪思執友鄭郊整理黃道周《明易》一書的事，〔註127〕更大大讚賞
洪思的高行奇節，並將他喻比成揚雄以及王通的高足董常。〈石秋子歌〉云：

> 海上何來洪思人，孤松偃塞出風塵？雖然湛寂似揚子，著書數卷絕
> 無倫。年纔十八事黃公，門人敬之董常同。天崩日墮聞哭聲，哭聲
> 散落幽巖中。即今矯矯緇其冠，行蹤未肯落人間。空王之居聊寄跡，
> 倚石長歌秋滿山。（卷六，頁13）

對洪思這位後生，徐孚遠絲毫不吝稱許。此後，為收文事二人時有往來。同年
九月，洪思會同徐孚遠、紀許國，泛舟入漳上憑弔黃道周。洪思慨歎良多，發
而為詩六首，茲錄其一以為參考。曰：「自匿空山久，是游似採芝；二三名士駕，
風雨過江時；此道能無任，外人安得知？有心頻至止，但惜收文遲。」〔註128〕

〔註126〕傳參（清）周凱：《廈門志》卷十三（影印臺灣銀行經濟研究室編：臺灣文獻
　　　　叢刊第95種，南投：臺灣省文獻委員會，1993年9月），頁554、（清）鄭玟
　　　　〈洪石秋子傳〉與（清）鄭亦鄒〈石秋子傳〉（前者見洪思：《石秋子敬身錄》，
　　　　四庫禁燬書叢刊集部第53冊（據中國科學院圖書館藏清鈔本影印，北京：北
　　　　京出版社，2000年），頁152～153，後者見同書頁153～154。
〔註127〕洪思〈答徐闇公書〉（甲午二月）曰：「思今方免喪，蓬頭短衣涉江而來也。」
　　　　又〈明易書後〉云：「先子彌留時常屬思曰：『收文吾責也，汝行當先過參斜。』
　　　　既免喪，見徐闇公於江，聞南泉子（鄭郊）方理《明易》，甚喜。」各見《石
　　　　秋子敬身錄》，四庫禁燬書叢刊集部第53冊（據中國科學院圖書館藏清鈔本
　　　　影印，北京：北京出版社，2000年），頁195、193。
〔註128〕事見洪思收文詩序。序云：「石秋子於是浪家而東，匿漳海隅不樂見人，駕一
　　　　葉之舟與水禽皆飛，惟同家紀子、華亭徐子（孚遠）時時來以商略收文事。
　　　　甲午（1654）九月既免喪將復理收文，同舟會漳上入橋弔文明江。」詩、序
　　　　俱見《石秋子敬身錄》，四庫禁燬書叢刊集部第53冊（據中國科學院圖書館
　　　　藏清鈔本影印，北京：北京出版社，2000年），頁214。

未能得晤徐孚遠之前，洪思早已知聞闇公博雅聲名。因此除商略收黃子遺文事外，洪思或時問學於徐孚遠；〔註 129〕並將所著《洪圖》、《石秋子敬身錄》，均先致徐孚遠披覽。其中，《敬身錄》徐孚遠有題跋，稱洪思「胸中嶡然而不滓」，「其文皆堅潔清遙，壹出於六經」；至於《洪圖》則爲「救世之書」。〔註 130〕

三、鄭郊

鄭郊，字牧仲，晚號南泉居士，福建莆田人。父名涇，字巨濟，爲萬曆中諸生。弟郟，字奚仲，諸生，博聞強識，與郊齊名。郊自幼嗜讀經史，長而以著述自任。補郡弟子員，才識爲督學郭子奇、李長倩所賞，擢爲第一。黃道周嘗稱其「一日千里，未易才也！」順治三年（1646）南明唐王朝滅，郊偕弟郟奉母遯隱壺公山之南泉，安貧樂道，以著書自娛，不仕清廷以終。著有《史統》、《明易》、《南華十轉》、《水書》、《寓騷》、《孝經心箋》及禪詩文若干卷等，然未有刊刻，今多不傳。〔註 131〕

鄭郊與徐孚遠交誼，緣起於夏允彝。崇禎十年（1637）夏允彝登進士，授官長樂知縣。於長樂五年期間，夏允彝與鄭郊爲文字交，鄭郊因而從允彝處得聞徐孚遠。鄭郊說：「余以己卯（崇禎十二年）再會彝仲（夏允彝），爲予歷數幾社諸賢，首以博雅稱吾闇公，予心識之。」〔註 132〕至於二人眞正結識，《徐闇公先生年譜》作康熙四年（1665）三月，〔註 133〕與闇公〈贈鄭牧仲〉所見有所出入。該詩闇公稱鄭郊「閉戶行吟一俊民，十年於野對秋旻」（卷十三·三十四）；核以鄭郊生平事蹟，自順治三年（1646）奉母隱居壺公山起算

〔註 129〕參洪思：〈書·答徐闇公書〉（甲午二月）、〈山居帖·答徐闇公書〉（空山乍拜）、〈山居帖·答徐闇公書〉（契闊十年），分別見《石秋子敬身錄》，頁 195、198、199。

〔註 130〕見徐孚遠：〈書石秋子敬身錄後〉，載洪思：《石秋子敬身錄》，頁 209。

〔註 131〕傳參（清）廖必琦等修《興化府莆田縣志》卷二十六，（影印清光緒五年潘文鳳補刊本，1926 年重印本，台北：成文出版社，1968 年 12 月台一版），頁 577、陳衍：《福建通志列傳選》卷六（臺灣銀行經濟研究室編：臺灣文獻叢刊第 195 種，台北：臺灣大通書局，1987 年 10 月初版），頁 351。

〔註 132〕見鄭郊：〈祭大中丞闇公老祖臺老社翁文〉，見《徐闇公先生年譜·附錄》，頁 18。

〔註 133〕《徐闇公先生年譜》載：「永曆十九年（康熙四年）乙巳六十七歲，三月始識鄭牧仲（郊）。」見《徐闇公先生年譜》，頁 38。

十年，則本詩當成於順治十二年（1655）左右。又《廈門志》載鄭郊曾入鷺島，而徐孚遠居廈門期間，與鄭郊、葉后詔輩結爲方外七友。〔註 134〕如是，則二人不當遲至康熙四年才結識。

鄭郊隱壺公山，再加上徐孚遠抗清身分，兩人會晤不易，多以魚雁往返互通訊息，鄭郊或將詩文寄予闇公，〈鄭牧仲隱壺公山，以所著及從遊者詩來，惜曩遊不及訪也〉可見。詩云：

> 憶昔至三江，溪山豁然異。羣峰拱揖閒，壺公特贔屭。未及探幽亭，朝夕把蒼翠。乃有高尚者，埋名於此地。同志四五人，相期斷人事。長吟振岡巒，遺編猶未墜。贈我瑤華音，芬若古人遂。攬之三歎息，把臂良未易。何時重來游，願言展微義？遙望此山中，緬然有遐寄。（卷四，頁 6）

康熙二年（1663）冬，清軍攻陷金、廈，鄭經與明遺老退守銅山，翌年三月，轉而退居臺灣。徐孚遠本擬將兒子永貞送返華亭守先人宗祧，再偕遺老們流離抗清，卻無能如願。爲全髮保節，徐孚遠不得已攜家匿隱廣東饒平。康熙四年（1665），闇公去世前，鄭郊嘗登門造訪，當時情形鄭郊憶道：

> 予以暮春浪遊滙川，叩門握手，歡若平生。杯酒流連，堂階促膝，破涕爲笑、破笑爲顰、破顰爲憤，憤極復哭。籌咨去就之道，惟以一死自祈。仲夏末旬，予買舟豐鎮，過晤闇公，出門執手，語予速歸。〔註 135〕

意想不到的是仲夏末旬爲徐孚遠生前兩人最後一次晤面。一得知徐孚遠謝世，鄭郊立即奔赴弔祭，並經辦闇公後事，爲其銘旌題書「有明右副都御史前兵科給事中六十七壽闇公徐老先生之柩」。而所書〈祭大中丞闇公老祖臺老社翁文〉情感真摯，非惟可見兩人交誼，更可使闇公行誼得以傳世。

第四節　歸屬鄭成功者

這些友人身分，係爲鄭成功部屬及歸順鄭成功者。

〔註 134〕參（清）周凱：《廈門志》卷十三（影印臺灣銀行經濟研究室編：臺灣文獻叢刊第 95 種，南投：臺灣省文獻委員會，1993 年 9 月），頁 551～552。

〔註 135〕鄭郊：〈祭大中丞闇公老祖臺老社翁文〉，見《徐闇公先生年譜・附錄》，頁 19。

一、邢欽之（虞建）

《釣璜堂存稿》中出現之徐孚遠朋儕交遊次數，若說闇公流離前以陳子龍居首，則邢欽之爲流離後之冠。〔註136〕

邢欽之爲何人？生平事略史冊未詳，試從闇公所述探究。〈飲欽之年丈齋醉賦〉、〈歲晏投齊、邢二年兄〉和〈贈邢欽之年丈〉等詩，題文敬稱邢氏「年丈」，是知邢氏爲闇公壬午同年，崇禎十五年（1642）舉人。又〈贈邢欽之年丈〉之一有「龍門古號多才地，海畔吟來避世心，君子營中嘗草檄，宓生堂上亦鳴琴」（卷十四，頁28）之語，可知邢氏爲山西人，曾任將領幕僚，也曾擔任縣令。

搜尋史籍，其中《從征實錄》記敘了永曆八年（1654）十一月初二，漳州協守清將劉國軒獻城歸正，「總鎮張世耀、協將魏標、朴世用、知府房星燁、理刑王元衡、知縣邢虞建等已知我兵進城，是早俱來降」〔註137〕一事。文中邢虞建任職知縣，而邢欽之也曾任職知縣，不禁令人忖度二者根本爲同一人。檢索《王忠孝全集》，內有〈復惠安縣令邢虞建書〉二篇，提供了邢氏爲惠安縣令的線索。〔註138〕依此進而檢閱《嘉慶惠安縣志》，其中〈職官〉載錄邢氏爲山西安邑人，舉人出身，在順治十年（1653）到任。

〔註136〕邢欽之見於《釣璜堂存稿》之詩題有：卷四〈子誠、復甫過飲，隔日益以欽之、子膺飲子誠齋，隔日又飲復甫齋賦之〉、〈佩遠入海半年予不得晤，與欽之結友而去，作此寄懷兼羨二子之交也〉、〈過江集楊玉環齋事賦之，與坐者齊、邢諸公皆能詩〉，卷十一〈同年邢欽之門生王能詩疑有託而隱者因贈邢詩〉二首、〈飲欽之年丈齋醉賦〉、〈和齊价人初春同羣公過飲宿欽之齋晨集即事〉四首、〈和欽之遣悶〉，卷十四〈贈邢欽之年丈〉二首、〈諸公偕飲小齋，欽之賦贈，依韻奉答，是日偶有感觸兼抒鄙懷〉、〈价人、欽之數有酬和之作，題以識不孤兼寄示〉、〈邢欽之連賦詩篇見示，作此投之助發新思〉、〈欽之投笟論諸詩家，又枉詩四篇賦答〉、〈和欽之除夕詩次韻〉二首，卷十五〈時有傳余亦隨使入朝觀者，欽之因贈餘余，已而訛言也，依韻奉和，兼送黃職方南歸〉三首、〈和欽之感事次韻〉、〈和欽之元宵次韻〉、〈和欽之送使還闕〉二首、〈奉和欽之足惌思藥不得，余亦時病之〉、〈題齊、邢兩年丈新詩〉、〈和欽之懷鄉〉、〈率爾遣興示齊、邢兼遠子〉、〈和欽之髮白〉、〈賀邢欽之得子〉、〈送欽之赴軍前兼送齊、黎二公〉，和卷十六〈飲欽之齋八韻〉、〈歲晏投齊、邢二年兄〉，以及卷二十〈贈欽之〉，共二十七處，三十六首。

〔註137〕（明）楊英：《從征實錄》（臺灣銀行經濟研究室編：臺灣文獻叢刊第32種，台北：眾文圖書公司，1979年），頁71～72。

〔註138〕（明）王忠孝：《惠安王忠孝公全集》（南投：臺灣省文獻委員會，1993年12月），頁150～151。

〔註139〕再進而考索《解州安邑縣志‧選舉》，知邢虞建登崇禎十五年（1642）壬午科，任惠安知縣。〔註140〕可以確定，邢虞建即闇公筆下的邢欽之，「虞建」為名，「欽之」為字。

　　要言之，邢虞建字欽之，山西安邑人，崇禎十五年（1642）舉人。入清後，順治十年即永曆七年（1653）任職福建省惠安縣知縣，永曆八年（1654）十一月投降鄭成功，而後避地鷺島，與闇公結交往來。

　　邢欽之好詩、善詩，避地鷺島期間猶「賦就千篇興不禁」，〔註141〕屬文不輟，屢與闇公有詩文往來，闇公〈邢欽之連賦詩篇見示，作此投之助發新思〉可見。詩曰：

> 比日高吟興更深，玄帷習靜晝陰陰；披書不厭揚雲閣，得句真同安石金；似我婆娑開老眼，觀君才調欲虛襟；即今谷裏鸞皇嘯，何若當年堂上琴？（卷十四，頁 34）

二人也常相唱和，闇公應和欽之題詠有〈和欽之遣悶〉（卷十一，頁 19）、〈諸公偕飲小齋，欽之賦贈，依韻奉答，是日偶有感觸兼抒鄙懷〉（卷十四，頁 32）、〈和欽之除夕詩次韻〉二首（卷十四，頁 36）、〈時有傳余亦隨使入朝覲者，欽之因贈余詩，已而訛言也，依韻奉和，兼送黃職方南歸〉三首（卷十五，頁 1）、〈和欽之感事次韻〉（卷十五，頁 2）、〈和欽之元宵次韻〉（卷十五，頁 2）、〈和欽之送使還闕〉二首（卷十五，頁 2）、〈奉和欽之足恙思藥不得，余亦時病之〉（卷十五，頁 7）、〈和欽之懷鄉〉（卷十五，頁 9）與〈和欽之髮白〉（卷十五，頁 13）。可惜不見邢氏題詠。

　　至於邢欽之才學如何？徐孚遠〈欽之投箚論諸詩家又枉詩四篇賦答〉道：

> 日有詩筒慰寂寥，羨君風調特相饒；才如方朔三冬學，氣似揚州八月潮；自古北人繁典籍，今來南海賦鵁鶄；莫言諸子能肩背，健筆翩翩已九霄。（卷十四，頁 35）

不僅才贍學博，筆調更是氣勢雄渾磅礴、豪邁脫俗，眾人難以望其項背。不難發現，徐孚遠對邢欽之稱羨與欽服之情溢於言表。也正因如此，徐、邢二人交誼不僅止於科考同年，而得以為詩文友，更進為至交契友。

〔註139〕（清）吳裕仁纂修：《嘉慶惠安縣志》（中國方志集成據民國二十五年林鴻輝鉛印本影印，南京：江蘇古籍出版社，1991 年 6 月一版），頁 61。

〔註140〕（清）言如泗修：《解州安邑縣志》卷六（據清乾隆二十八年刊本影印，台北：成文出版社，1976 年臺一版），頁 232。

〔註141〕〈贈邢欽之年丈〉（之一），《釣璜堂存稿》卷十四，頁 28。

二、齊价人（維藩）

關於齊价人名字、籍貫和生平事蹟，《廈門志》、《金門志》、《小腆紀傳》等所載不詳，僅知其避地金、廈與明遺老遊。〔註142〕據徐孚遠〈贈齊价人年丈〉、〈壽价人年丈〉、〈數從价人年丈飲，歎其神味不同於眾賦贈〉、〈題齊、邢兩年丈新詩〉等詩，敬稱齊价人「年丈」，可見价人與闇公相同，亦為崇禎十五年（1642）舉人。又〈贈齊价人年丈〉之二，闇公稱齊氏「龍眠好友久差池，蘭籍如君會面遲」，可知齊价人鄉貫為龍眠，即安徽桐城。考《桐城續修縣志》，崇禎十五年舉人，齊姓者僅一齊維藩。記道：「國朝（清）浙江台州知府，崇禎壬午舉人。」〔註143〕復考康熙十七年（1678）所刊之《龍眠風雅》，潘江云：

> 齊維藩，字价人，號復齋，崇禎壬午舉人。順治初為吳縣學博，與
> 林雲鳳若撫、葉襄聖野輩詩文唱酬，名滿吳下。稍遷國子監助教，
> 以兵部郎中出守浙江台州，府城陷，不知所終。〔註144〕

又當時闇公居金、廈所交友人——趙威，曾於齊氏生辰賦作〈壽舊台守齊价人初度〉一詩祝賀。〔註145〕題中所言「舊台守」，即指齊氏曾出守台州，則徐孚遠交遊之齊价人，與曾任清廷台州知府之齊維藩為同一人，當無疑誤。

齊維藩何以入金、廈二島與徐孚遠等明遺老遊？潘江說齊維藩台州府陷後不知所終。考《台州府志》卷一百三十五，順治十四年（1657）鄭成功攻

〔註142〕參見（清）周凱《廈門志》卷十三（影印臺灣銀行經濟研究室編：臺灣文獻叢刊第95種，南投：臺灣省文獻委員會，1993年9月），頁566、（清）林焜熿纂：《金門志》卷十二（影印臺灣銀行經濟研究室編：臺灣文獻叢刊第80種，南投：臺灣省文獻委員會，1993年9月），頁312、（清）徐鼒：《小腆紀傳》卷五十七（臺灣銀行經濟研究室編：臺灣文獻叢刊第138種，台北：大通書局，1987年10月初版），頁795。

〔註143〕（清）金鼎壽等纂：《桐城續修縣志》卷七，（影印清道光七年刊本，台北：成文出版社，1975年），頁185。

〔註144〕見（清）潘江輯：《龍眠風雅》卷四十八，載於四庫禁燬書叢刊編纂委員會編：四庫禁燬書叢刊集部冊第98冊（影印北京圖書館藏清康熙十七年潘氏石經齋刻本，北京：北京出版社，2000年1月一版），頁482。

〔註145〕趙威，字書癡，闇公居金、廈期間，兩人時有往來。〈壽舊台守齊价人初度〉云：「囊中自有赤城霞，環堵依稀處士家；自謂漢陰機已息，豈猶蒙叟智無涯？開尊輒詣羲皇境，學道曾登羊鹿車；剝啄罕聞塵事簡，駐顏何必覓靈瓜？」見（清）魏憲編：《百名家詩選》卷五十八，四庫全書存目叢書集部第397冊（據湖南圖書館藏清康熙枕江堂刻本影印，台南：莊嚴文化，1997年六月初版一刷），頁518。

陷台州，總兵「李必及知府齊維藩、臨海知縣黎嶽詹俱被執。」〔註146〕又《從征實錄》記永曆十一年，亦即順治十四年八月，鄭成功進攻台州府之事曰：

> 二十六日，李必率轄將常太初等出城叩見，藩親慰勞之。遂遣北鎮姚國泰進札南門，援勦右鎮賀世明札東門，仁武營康邦彥札北門，右衝鎮魏騰札西門。知府齊維藩、臨海縣知縣黎嶽詹叩見，遞府縣正供戶口籍冊，藩禮接待之，諭令照舊供職。〔註147〕

是則齊維藩於鄭成功北攻台州時反清歸降，並隨鄭成功入思明。正因如此，故而徐孚遠言其「往日長干冠蓋滿，今來蒼嶼羽毛垂」。〔註148〕

　　由於載記齊維藩資料者多不全，或記其避地鷺島前，或僅述其避地後事蹟；且因記述齊氏於鷺島活動者，皆以齊价人稱，導致論者誤以為《台州府志》等所記之齊維藩，與《小腆紀傳》等所錄之齊价人並非同一人。〔註149〕因此，以下將所見齊氏生平整合要述，以為參考。

　　齊維藩，字价人，號復齋，安徽桐城人。崇禎五年（1632）阮大鋮於桐城舉中江社，同錢澄之等諸多六皖名士入社，參與阮大鋮詩文活動。〔註150〕崇禎十五年登舉人。鼎革入清。順治初為吳縣學博，詩文名滿吳下，遷國子

〔註146〕喻長霖等纂修：《浙江省台州府志》，影印民國二十五年鉛印本，台北：成文出版社，1970年11月台一版），頁1801。

〔註147〕（明）楊英：《從征實錄》（臺灣銀行經濟研究室編：臺灣文獻叢刊第32種，台北：眾文圖書公司，1979年），頁115。

〔註148〕見〈贈齊价人年丈〉之二，《釣璜堂存稿》卷十四，頁30。

〔註149〕魏中林與尹玲玲即是如此主張。見二人合著之〈阮大鋮所結中江社考論〉，《學術研究》2005年第11期，頁131。

〔註150〕錢澄之年譜載：「壬申年（崇禎五年）二十一歲。是年邑人舉中江大社，六皖名士皆在，府君（錢澄之）與三伯（錢秉鐔）與焉。」（見錢撝祿編：《先公田間府君年譜》，景印清宣統三年鉛印本，北京：北京圖書館出版社，2006年8月一刷，頁646）又《桐城續修縣志》卷十五：「方啓曾，字聖羽，少負不羈之才，肆力詩古文，嘗同汪應洛、范世鑒、齊維藩、趙相如、吳道凝、洪敏中聯吟，社於江中。」（（清）金鼎壽等纂：《桐城續修縣志》，影印清道光七年刊本，台北：成文出版社，1975年）而《詠懷堂詩》多處錄有阮大鋮與齊价人詩酒會集之作，如卷三〈春五日雪，與价人、肅應、五一、損之感賦〉、〈吳長人、元起、季木、許中燕、汪翔先、齊价人、章永錫、劉慧玉、曹肅應、張損之、黃任魯雪夜酌〉、〈春陰同聖羽、价人、五一、慧玉、喬伯集園中得樽字〉、〈春晚郊居，范子明自桐來同价人、五一過訪，時雨適降，欣賦茲作〉、〈大方移酌，同价人、五一、前之弟觴詠盡日〉、卷四〈除夕大雷雨，同徐慶卿、曹肅應、齊价人、周子久、張損之守歲詠懷堂賦〉……等。（見阮大鋮：《詠懷堂詩》，台北，臺灣中華書局，1971年5月台一版。）

監助教。順治十三年（1656）以兵部郎中出任浙江台州知府。翌年，鄭成功進攻台州，齊維藩偕同總兵李必、臨海知縣黎嶽詹叛清歸附明廷，遂而避地思明。於金門、廈門期間，與明諸遺老遊，後不知所終。入廈門前，曾刊行所著《燕吳近詠》、戊子（1648）、己丑（1649）詩，然未見；《龍眠風雅》錄有其避地廈門前詩作七十五首。〔註151〕

齊維藩雅好詩文又善長吟詠，和當時諸多文士來往，雖然交識奸佞之臣阮大鋮，更與忠節之士姜垓交好。姜垓有〈齊价人載酒過草堂，偕秋若、聖野、霖臣分作〉二首。〔註152〕

姜垓，字如須，山東萊陽人，思宗朝禮科給事中姜埰弟，崇禎十三年（1640）進士。因奏疏除去行人廨舍碑中阮大鋮名字，爲阮大鋮所恨，阮大鋮得志後欲殺姜垓，姜垓於是走避紹興。福王敗，魯王擢吏部考功司員外郎。後因方國安緣故遯跡天台、雁蕩之間。順治四年（1647）再入姑蘇，不事貳姓，閉戶著書，順治十年（1653）病逝。〔註153〕徐孚遠與姜垓有交誼。姜垓遯跡後，闇公許久不聞他的音訊，意外的，齊維藩避地廈門，爲闇公帶來姜垓消息。〈姜如須留吳久之不得音問，价人傳其已沒，掛劍無期，詩以哭之〉云：

> 桃葉渡頭盪槳來，詩懷酒興兩徘徊；幾年落魄長洲苑，千里傷心廣固臺；張邵告終猶感范，伯鸞避地亦思恢；相憐神往音容絕，只傍要離土一坯。（卷十五，頁 10）

許久不聞知交音信，沒想到再度得知竟是噩耗。姜垓享年僅有四十，思及好友遭遇闇公自是悲哀，又想到山河淪落、無法到好友墳前祭拜，不知何時才能如願，喪友和亡國的雙重打擊，悲慟之情橫溢於字裡行間。

齊維藩之氣質神韻與詩才，徐孚遠極爲欣賞，〈數從价人年丈飲，歎其神味不同於眾賦贈〉可見，云：

〔註151〕 參（清）潘江輯：《龍眠風雅》卷四十八，四庫禁燬書叢刊集部冊第98冊（四庫禁燬書叢刊編纂委員會編，影印北京圖書館藏清康熙十七年潘氏石經齋刻本，北京：北京出版社，2000年1月一版），頁482。

〔註152〕 見姜垓：《流覽堂詩稿殘編》，錄於高洪鈞編：《明清遺書五種》（北京：北京圖書館出版社，2006年11月一版一刷），頁29。

〔註153〕 參姜垓門人何天寵〈姜考功傳〉，見於《流覽堂詩稿殘編》附錄，高洪鈞編：《明清遺書五種》（北京：北京圖書館出版社，2006年11月一版一刷），頁61～63、（清）張廷玉等撰：《明史》卷二百五十八（北京：中華書局，1997年3月北京第6刷），頁6668。

屢接光儀道氣淹，只行我法亦無嫌；交醇似飲周郎酒，守靜如垂嚴
子簾；夙有長才稱博洽，時吟麗句見新尖；何當移就村中住，伴老
消愁兩事兼。（卷十四，頁 32）

是以，齊氏居住鷺島後，兩人往來頻繁，屢屢宴集吟詠、賦詩酬和，徐孚遠
有〈贈齊价人年丈〉二首、〈和齊价人聞來詩依韻，時馬玉樓相接到浙營，辭
不赴〉、〈和价人山中〉、〈和价人何事〉、〈和詠价人詩賦感〉、〈和齊价人初春
同羣公過飲宿欽之齋晨集即事〉四首、〈歲晏投齊、邢二年兄〉……等酬答齊
維藩之作。這些詩雖爲酬和往來所作，然並非僅純屬應酬、附庸風雅之作，
徐孚遠也藉此抒懷。如〈和詠价人詩賦感〉：

健筆投來堪度春，抑揚風月遣情眞；覓梨幼子今方長，魋結山妻久
耐貧；何事野豬輕寓客，更愁颶母伺波臣；總教陵谷無邊變，不似
當時避世人。（卷十五，頁 14）

傾訴自己寄寓不受重用、僅能以詩遣情之無奈。

三、陳永華

　　陳永華（1634～1680），字復甫，福建同安人。父陳鼎，更名鼎，熹宗天
啓七年（1627）舉人。永曆二年（1648）閏三月，鄭成功取同安，以鼎爲教
諭，七月清帥陳錦率軍攻奪同安，鼎同知縣葉翼雲等人守城，八月城陷殉國。
[註154] 當時永華年方十五，爲博士弟子員，先奉母逃離出城後，再冒死喬裝
成僧侶入城，將鼎屍運出歸葬。入思明後，永華究心天下事，王忠孝以爲經
濟之才，推薦於鄭成功。成功見而與談時事，永華指論大局皆中肯要，成功
極爲激賞，稱以「今之臥龍」，授職參軍，時永華年二十三。此後，備受鄭成
功、鄭經父子禮遇與倚重。成功曾告訴鄭經：「陳先生當世名士，吾遺以佐汝」，
並命鄭經以師禮事之。永曆十二年（1658），鄭成功北征江南，命永華留守思

〔註154〕陳鼎事略參參（清）阮旻錫：《海上見聞錄》卷一，（臺灣銀行經濟研究室編：
　　　　臺灣文獻叢刊第 24 種，台北：臺灣大通局，1987 年 10 月初版），頁 5～6、（清）
　　　　夏琳：《閩海紀要》卷上（臺灣銀行經濟研究室編，臺灣文獻叢刊第 11 種，
　　　　台北：臺灣大通書局，1987 年 10 月初版），頁 5、（清）黃宗羲：《賜姓始末・
　　　　鄭成功傳》（臺灣銀行經濟研究室編，臺灣文獻叢刊第 25 種，台北：臺灣大
　　　　通書局，1987 年 10 月初版），頁 14、林學增等修：《同安縣志》（二）卷三十
　　　　四（影印民國十八年鉛印本，台北：成文出版社，1967 年 12 月臺一版），頁
　　　　1111。

明輔佐鄭經。永曆十六年（1662）成功卒，鄭經嗣位，授諮議參軍，〔註155〕
凡軍國大事皆徵詢永華。金、廈二島淪陷，甲辰（1664）從鄭經入臺，永華
慨然以身任事，輔佐鄭經治理臺灣，任勇衛後，更不辭勞苦，曾躬詣南、北
二路各社。經濟上，永華頒布屯田制，分諸鎮開墾種植五穀，以解決糧食問
題；並教民種植甘蔗製糖，以販運國外；還教民曝曬作鹽，使足供食用與課
徵。此外，又請鄭經買通清朝邊將，貿易貨物入臺，以平抑物價。制度行政
上，改東都爲東寧，升天興、萬年爲州，分都中爲東安、西定、寧南、鎮北
四坊，坊置簽首；又興建衙署、引進保甲制度。爲使民眾居處安固，教工匠
取土燒瓦，和伐木造屋；又爲維持社會秩序，嚴禁淫賭，懲辦盜賊。除安定
百姓生活外，永華更推行文教，請鄭經興建孔廟、立學校，於各社普設小學。
可說東寧施政謀劃，大多出於永華。永曆二十八年（1674）春，耿精忠叛清
據福建，鄭經乘機率師攻打閩、粵，令永華爲東寧總制居守臺灣。期間，永
華支援前線，使軍需糧餉、兵械裝備無有匱乏。永曆三十四年（1680）年，
鄭經退回台灣，永華遭馮錫範、劉國軒妒恨排擠，因而請辭兵權，見鄭經無
心西征，將領又苟且偷安，不久即抑鬱而終。鄭經謚號文正，贈資政大夫正
治上卿。〔註156〕

　　永曆二年（1648），陳鼎殉節，陳永華遂奉母依鄭成功，與闇公之結交，
在闇公避地思明「比年招白社」，仿東晉慧遠白蓮社集賢之事。當時陳永華年

〔註155〕陳永華授職諮議參軍時間，連橫《臺灣通史》卷二十九記爲永曆十五年，鄭
　　　　成功克臺後（臺灣銀行經濟研究室編：臺灣文獻叢刊第128種，台北：眾文
　　　　圖書公司，2004年12月1版4刷，頁755）；然（清）阮旻錫《海上見聞錄》
　　　　卷二（臺灣銀行經濟研究室編：臺灣文獻叢刊第24種，台北：臺灣大通書局，
　　　　1987年10月初版，頁41）、（清）夏琳：《閩海紀要》卷上（臺灣銀行經濟研
　　　　究室編，臺灣文獻叢刊第11種，台北：臺灣大通書局，1987年10月初版，
　　　　頁30）、（清）黃宗羲：《賜姓始末・鄭成功傳》（臺灣銀行經濟研究室編，臺
　　　　灣文獻叢刊第25種，台北：臺灣大通書局，1987年10月初版，頁31）、（清）
　　　　彭孫貽：《靖海志》卷三（臺灣銀行經濟研究室編：臺灣文獻叢刊第35種，
　　　　台北：眾文圖書公司，1979年，頁61）等書皆載於鄭成功殂、鄭經繼位之後，
　　　　本文從後者之說。
〔註156〕參（清）謝金鑾等纂：《續修臺灣縣志》卷五（臺灣銀行經濟研究室編：臺灣
　　　　文獻叢刊第140種，台北：臺灣大通書局，1984年10月初版，頁354～355。
　　　　連橫：《臺灣通史》卷二十九（臺灣銀行經濟研究室編：臺灣文獻叢刊第128
　　　　種，台北：眾文圖書公司，2004年12月1版4刷），頁755～757、（民國）
　　　　林學增等修：《同安縣志》（二）卷三十六（台北：成文出版社，1967年12
　　　　月臺一版），頁1172～1174。

紀固然尚輕，已「磊落高人意」，深得闇公欣賞，以為「堪攜弄白雲」，可與
之偕隱。〔註157〕兩人往來期間，闇公曾偕同永華與明室奉新王，過訪遠離塵
雜、逸居山林之鄰友，情形如〈同奉新、復甫過鄰居〉所述：「鄰居三四子，
暇日自相存；對此雲山靜，如何車馬喧？胡麻邀楚客，臘酒進王孫；飲啄兼
無悶，都忘與世論。」（卷十，頁2）而在永華卜居在山水之間時，闇公有〈復
甫新居次子誠韻〉云：

> 山閒新卜宅，井邑舊芳鄰；元結洄溪老，子真谷口人；移居雞犬識，
> 過從酒杯頻；他日披裘至，不須重問津。（卷十一，頁18）

以漢代鄭子真谷口岩耕、唐朝元結隱居洄溪讚許永華不慕名利、修身自好。
至於兩人交誼，闇公〈贈陳復甫〉曾道：「誰言年少難輸心？車笠相期交已深，
流水淡蕩高山岑，卻令重鼓伯牙琴」。〔註158〕可知兩人情誼深厚，永華是徐孚
遠可談心的知音，並不因雙方年紀相差近三十五歲而隔閡。

　　闇公眼中的永華「有長才為世瑞，大鏞匉訇明堂器，不蜚不鳴靜得意」；
於「有時徵用辨所宜」時，往往慷慨雄談、分析精闢，使人相形失色。〔註159〕
此外，遇事往往又能沉著以對，〈復甫居爇奉慰作〉可證。詩云：

> 何事祝融火，來侵揚子亭？迅風禁噀酒，枯井渴垂缾；劍古能穿屋，
> 書飛盡逐螢；相看玄語發，不改舊娉婷。（卷十一，頁15）

不幸遭遇回祿，永華猶然平常以對，「相看玄語發，不改舊娉婷」，安慰話語
反而顯得多餘。就因了解陳永華沖默淡泊、器識弘曠為經略之才，故而在永
華任職參軍後，復明一事闇公對永華寄予厚望，希望他「小心參帷幄，大力
運昭回」。〔註160〕後來鄭氏東撤臺灣，永華雖然無能完成復明志業，然輔佐鄭

〔註157〕參徐孚遠〈贈陳復甫〉，詩云：「比年招白社，年少得陳君；身是孤兒後，才
　　　　從淨業分；不妨偕胄子，未許作螢軍；磊落高人意，堪攜弄白雲。」見《釣
　　　　璜堂存稿》卷十，頁3。

〔註158〕見〈贈陳復甫〉，《釣璜堂存稿》卷七，頁16。

〔註159〕〈贈陳復甫〉曰：「君有長才為世瑞，大鏞匉訇明堂器，不蜚不鳴靜得意，有
　　　　時徵用辨所宜，几席之間見位置，凡羽紛綸無足言，涼秋霄漢展其翅。旅人
　　　　久作河渚鄰，風神雖黯情自親，誰言年少難輸心？車笠相期交已深，流水淡
　　　　蕩高山岑，卻令重鼓伯牙琴。」見《釣璜堂存稿》卷七，頁16。

〔註160〕〈重九壽陳復甫參軍〉：「世事方屯難，經營賴上材，小心參帷幄，大力運昭
　　　　回，入座香風滿，懷人梁月催，笑言通夢寐，杯斝屢追陪，徐孺沈憂久，元
　　　　龍爽氣開，旅途雖偃蹇，高義感雲雷，頻有西園賞，無虞江夏災，欣逢瑤海
　　　　使，遙自日邊來，正值龍山會，兼陳戲馬臺，可令南極老，黃髮倚鄰枚。」
　　　　見《釣璜堂存稿》卷十六，頁22。

經理邦治國、建設臺灣，無愧臥龍之稱，無辱闇公知人之明。可惜，闇公癸卯（1663）清軍攻陷金、廈二島後展轉流寓廣東饒平，又於乙未（1665）辭逝，無能目睹。

第五節　明宗室

在遭遇國難，以復明為職志下，徐孚遠得以與幾位反清明宗室產生交集。雖然詩作中，徐孚遠僅稱這些諸侯王封號，表爵位之「王」字一概不書，如〈魯遣陳文生侍御傳語張玄箸年丈，反不得張書，魯亦旋歿矣〉，不稱「魯王」單言「魯」；但從詩文及相關史乘不難發現，《釣璜堂存稿》述及魯王、安昌王、寧靖王、奉新王、舒城王、永寧王，和義陽王等人。而其中就屬安昌、奉新二王與徐孚遠往來較為密切，茲以敘述之。

一、安昌王

安昌王朱恭枵，明太祖十一世孫，周藩安昌王長子。順治三年（1646）六月朔浮海謁唐王，唐王賜封襲爵。福京破，曾極力勸阻鄭芝龍降清，後依鶴芝從魯王，嘗赴日本乞師。舟山遭清軍攻陷後，不知所終。〔註161〕

由安昌王恭枵相關事蹟來看，徐孚遠與其往來時間，應於順治三年六月朔後，迄順治八年（1651）舟山尚未被清廷攻佔前。順治四年（1647），恭枵奉魯王命泛槎入日本乞師，徐孚遠賦有〈陪諸公奉餞安昌往日本〉曰：

> 樓船祖帳集簪裾，帝子東遊奠帝居；天上紅雲隨鷁首，日邊紫氣候鸞車；彭�八國揮金鉞，回鶻千羣待直廬；獨喜相從皆寶器，也知郤縠好詩書。（卷十二，頁 18）〔註162〕

〔註161〕事略參徐承禮撰：《小腆紀傳》補遺卷一（臺灣銀行經濟研究室編：臺灣文獻叢刊第 138 種，台北：臺灣大通書局，1987 年 10 月初版），頁 955、（清）查繼佐：《魯春秋‧監國紀》（臺灣銀行經濟研究室編：臺灣文獻叢刊第 118 種，台北：臺灣大通書局，1987 年 10 月初版），頁 61、（清）黃宗羲：《海外慟哭記》附錄一〈日本乞師紀〉（臺灣銀行經濟研究室編：臺灣文獻叢刊第 135 種，台北：臺灣大通書局，1987 年 10 月初版），頁 86～87、（清）邵廷采：《東南紀事》卷一、卷十（臺灣銀行經濟研究室編：臺灣文獻叢刊第 96 種，台北：臺灣大通書局，1987 年 10 月版），頁 19、125。

〔註162〕刻本原作「郤」縠。按《國語》卷十〈晉語四〉載：「文公問元帥於趙衰，對曰：『郤縠可，行年五十矣，守學彌惇。夫先王之法志，德義之府也。夫德義，生民之本也。能惇篤者，不忘百姓也。請使郤縠。』公從之。……乃大蒐于

只是此次日本行無功而返，日本並無如所詩所期望——「彭鬖八國揮金鉞」，
協助出兵對抗清廷。同年重陽，安昌王偕同徐孚遠、張煌言、張肯堂、朱永
佑和沈浩然兄弟等人遊覽鎮山。〔註163〕單看這兩首詩，容易誤以爲徐孚遠與
安昌王僅泛泛之交，其實兩人交誼匪淺。某次徐孚遠患病，安昌王還提供藥
方助他早日康復，〈安昌齎藥方申謝〉可證。詩曰：

> 如何憔悴甚，鬚鬢更成玄？換骨須金液，眞符出上僊；士龍無復笑，
> 苟粲失矜年；握節歸鄉日，親朋取次傳。（卷八，頁14）

療效好到讓闇公感到彷彿脫胎換骨，還打算歸鄉時將藥方傳給親友。

辛卯（1651）清軍攻下舟山後，闇公和安昌王失去聯絡，就連安昌王行
蹤，闇公也只能輾轉聽聞。〈傳安昌自瀼海北歸遙贈〉云：

> 憶與王孫有斷金，幾年芳草共幽尋；乘槎常效南冠哭，避地終懷北
> 闕心；古寺禪居時落塵，小山叢桂自成林；相聞已命廣陵駕，八月
> 觀濤思不禁。（卷十三，頁5）

得知安昌王返回揚州傳聞，往日與安昌王在舟山同心爲國奮鬥、齊同踏青尋
幽的　切湧上闇公心頭。深知重逢不易，如浪濤般的思念之情，只能化爲文
字遙寄傾訴。

二、奉新王

奉新王名諱，在詩作中，徐孚遠並未言及，無法與史乘相佐，因此未能
像安昌王恭橒，直接參諸史冊得其名字。

考南明史籍載記奉新王事蹟主要有三。一爲隆武元年（1645），唐王召對
奉新王四姪；隔年奉新王受命，嚴加鈐束僭位遭廢之靖江王亨嘉。〔註164〕二

被廬，作三軍。使郤縠將中軍，以爲大政，郤溱佐之。」（見上海師範大學古
籍整理組校點本：《國語》，台北：里仁書局，1981年12月，頁382～391）
郤縠爲晉國上卿，允文允武，徐孚遠用以借喻之，故依文意改爲「郤」縠。
〔註163〕見張煌言：〈九日，陪安昌王、黃肅虜虎癡、張定西侯服、張太傅鮚淵、朱太
常聞玄、徐給諫闇公及沈公子昆季登鎮山和韻〉，載氏著：《張蒼水集》（上海：
上海古籍出版社，1985年10月一版一刷），頁59。
〔註164〕事見（清）三餘氏：《南明野史》卷中（臺灣銀行經濟研究室編：臺灣文獻叢
刊第85種，台北：臺灣大通書局，1987年10月初版），頁89、114；（清）
李天根：《爝火錄》卷十三、十四（臺灣銀行經濟研究室編：臺灣文獻叢刊第
177種，台北：臺灣大通書局，1987年10月初版），頁754、784；佚名：《思
文大紀》卷二、卷六（臺灣銀行經濟研究室編：臺灣文獻叢刊第111種，台

為入臺之事，如《臺灣府志》曰：「瀘溪郡府次孫慈爌、瀘溪郡府將軍慈某、奉新郡府將軍慈爐，奉南郡府宗主和睦，皆自辛丑（1661）、癸卯（1663）等年渡海。」〔註165〕三為康熙二十二年（1683），鄭克塽降清，奉新王同多位宗室投誠及遷居各省事。如施琅〈舟師抵臺灣疏〉云：

> 故明監國魯王世子朱桓，呈繳金冊一副，同瀘谿王朱慈爌、巴東王
> 朱江、樂安王朱浚、舒城王朱熻、奉新王朱熺、奉南王朱遠、益王
> 宗室朱鎬等，亦赴軍前投見。……茲朱桓等宗室數人，應載入內地，
> 移交督撫，聽其主裁安插。〔註166〕

考《明史‧諸王世表》，奉新王賜封，一為〈諸王世表一〉：「奉新榮憲王睦楢，悼庶六子，正德六年（1511）封」，屬明太祖嫡五子周王橚裔；二為〈諸王世表五〉：「奉新王常漣，宣庶十九子，萬曆三十四年（1606）封」，為憲宗庶六子益王祐檳後。〔註167〕如此，據世表中明皇族世系取名用字次第，可知歸順清廷奉新王為憲宗子益王後裔，亦即朱常漣之孫；且其名如蔣毓英《臺灣府志》作朱慈熺為是。由於臺灣入清距唐王朝近四十年，且朱慈熺襲封時間不詳，史記未全，難以斷定受唐王命者為朱慈熺或為其父。同樣，徐孚遠居鷺、浯兩島往來之奉新王，或許為朱慈熺或為其父。

徐孚遠所交奉新王，依附鄭成功避地鷺島期間，與徐孚遠相比鄰。面對殘破社稷，與帝孫為鄰伍，徐孚遠不由感慨沉痛。〈奉新邸居鄰近有感而作〉云：

> 比來蓬戶擬逃秦，猶有南陽作近鄰；一自府公招揖客，可憐帝子亦
> 依人；已驅宮嬪擔青草，那得晶盤膾白鱗？每聽鵑啼須下淚，相逢
> 杖履自情親。（卷十三，頁7）

思及奉新王本是天潢貴胄，如今遭難寄人籬下，可說不勝唏噓。江山變色，故國不再，對一般勝朝遺民而言，麥秀悲、銅駝恨已難以道盡，更何況曾貴為皇族宗室？眼見先人大業傾崩，宗廟丘墟，以及昔日因血統與生俱來之尊

　　　北：臺灣大通書局，1987年10月初版），頁31、108。

〔註165〕見（清）蔣毓英修：《臺灣府志》卷九〈人物‧勝國遺裔〉，錄於《臺灣府志》
　　　　三種（北京：中華書局，1985年5月一版一刷），頁218。

〔註166〕見（清）施琅：〈舟師抵臺灣疏〉，《靖海紀事》下卷（臺灣銀行經濟研究室編：
　　　　臺灣文獻叢刊第13種，台北：眾文圖書公司，1979年），頁51。

〔註167〕前者見（清）張廷玉等撰：《明史》卷一百（北京：中華書局，1997年3月
　　　　北京第6刷），頁2588；後者見同書卷一百四，頁2960。

貴不復，已是難以承受，卻又依人苟活，更情何以堪？「可憐帝子亦依人」，道出奉新王與其他流離宗室之苦澀、悲痛、失落感，以及現實窘境。事實上，這也是闇公心聲。闇公雖非皇族，但對故國的眷念與希企復國的心志，以及依人的無奈並無二致。故而兩人「每聽鵑啼須下淚，相逢杖履自情親」，得以患難交契。

這段比鄰為友的日子，徐孚遠或時造訪奉新王，如〈過奉新暨王何有寓小憩就晚各歸〉云：

> 臥起暄新旭，春游踏淺沙；和風吹潤水，香氣入鄰花；閒過淮王坐，
> 因來薊子家；未能依桂樹，方欲問丹砂；出沒山山色，低昂面面霞；
> 周觀各自得，歸鳥與心遲。〈卷十六，頁18〉

或同奉新王過訪芳鄰，如〈同奉新、復甫過鄰居〉曰：

> 鄰居三四子，暇日自相存；對此雲山靜，如何車馬喧？胡麻邀楚客，
> 臘酒進王孫；飲啄兼無悶，都忘與世論。〈卷十，頁2〉

與奉新王交遊訪戴過程中，徐孚遠流露出暫時拋卻塵雜、心境閒適恬靜的一面；也顯示出與奉新王交遊時的自在。

小結

考索徐孚遠交遊，以及探知這些所結交人物的生平事略，有助了解詩人情志之外，尚可由這些人物行跡、以及和闇公往來時間，約略推知闇公述及他們詩篇的綴文時間，理解《釣璜堂存稿》、《交行摘稿》詩文內容，避免張冠李戴，更可體會詩人在國破家亡下的生命體驗和情懷。

意外的，隨著這些人物的考索，也出現了其它意義。一是意外發現的海外幾社成員陳士京十一首佚詩，可供文學研究。二是文中考索成果，具有可為史補和糾誤釋疑的史料意義。

可為史補方面，如事略闕如的邢欽之。由闇公吟詠進而檢索《從征實錄》、《嘉慶惠安縣志》、《解州安邑縣志》知為邢虞建，歸順鄭成功之後避地廈門。又齊維藩，清金鼎壽纂修《桐城續修縣志》載其隨鄭成功入廈門以前事蹟，而清周凱纂輯《廈門志》和林焜熿纂輯《金門志》不知齊价人即齊維藩，只載記其居鷺、浯二島事略。經由闇公關於齊价人詩作，可考知齊維藩即齊价人，進而得以整合齊維藩生平事蹟。

　　糾誤釋疑方面，如錢澄之妻方氏，《明史》載：「吳中亦亂，方知不免，乃密紉上下服，抱女赴水死。」《清史稿》云：「阮大鋮既柄用，刊章捕治黨人，澄之先避吳中，妻方赴水死，事具《明史》。」〔註168〕皆指出方氏因吳中亂事而亡，然考索錢澄之、徐孚遠兩人往來、詩文可知，方氏於乙酉（1645）八月跟隨錢澄之偕同閣公南下入閩，十七日在震澤慘遭清軍襲擊，不願被擒，於是攜子抱女投水而亡。又王忠孝亡故時間，各志所載有康熙六年（1667）、康熙九年（1670）之說，然而據王忠孝姻友洪旭所書〈王忠孝傳〉，和參考《王氏譜系》所載，王忠孝當亡於康熙五年（1666）。又清光緒年間王慈考究張煌言《冰槎集・九日陪安昌王、黃肅虜虎癡、張定希侯服、張太傅鯢淵、朱太常聞玄、徐給諫闇公及沈公子昆季登鎖山和韻》題中人物時，認為沈公子昆季「疑是慈谿沈公肜庵子也」；〔註169〕而由《釣璜堂存稿》所見可知，當為沈猶龍子沈浩然（東生）與沈巖生兄弟。

　　如是觀來，考究這些人物的意義，不僅止於對徐孚遠、也有助於對明清更迭之際一些人物事蹟的了解。

〔註168〕前見（清）張廷玉等撰：《明史》卷三百三（北京：中華書局，1997 年 3 月北京第 6 刷），頁 7761；後見趙爾巽等撰：《清史稿》卷五百（北京：中華書局，1996 年 5 月北京第 5 刷），頁 13834。

〔註169〕見《張蒼水集・附錄・人物考略》（上海：上海古籍出版社，1985 年 10 月一版一刷），頁 352。

第四章　世變下之自我認同

　　天下大勢，分久必合，合久必分。在中國三千年漫長的歷史裡，一次又一次上演著朝代的興起和滅亡。對局外人來說，改朝換代是歷史常態，無須驚詫，也無須惋惜；但對身處其中的人而言，卻是攸關自己人生，如何能不作出反應？尤其是士大夫，亡國對他們無疑爲最殘忍的打擊，也是最嚴酷的考驗。面對故國、新朝之間，個人的人格、存在價值，往往在抉擇中呈顯出來。

　　明清鼎革之際，徐孚遠選擇反清復明，視維繫社稷存續爲己任，不惜犧牲個人，力圖拯救瀕臨覆滅的國家。思想影響行爲，行爲反映思想，追本溯源，是他的自我認同主導他在改朝換代之際的行止，改變他的生活，交織和成就他的道德生命，也影響他的文學創作。如此，他的自我認同怎可不知？自我認同是指「個人的行爲與思想一致」；〔註 1〕另外，也是自我身分的意識與確認，而爲自己找到身分的歸屬，以保持個體生命存在和思想的獨立性。〔註 2〕是以本文從闇公在鼎革時的抉擇、焦慮，與人格建構三方面進行體察。

第一節　鼎革下之抉擇

　　身處明清易代的變局，在故國和新朝之間，士大夫面臨一連串的抉擇，挑戰他們的政治道德人格。首先是生／死，即殉國與否的選擇。對擇死者來說，一旦慷慨殉國也就結束此生，一了百了，毋庸再遭遇其它難題。對擇生

〔註 1〕　張春興：《青年的認同與迷失》（台北：臺灣東華書局，1987 年 8 月五版），頁 37。
〔註 2〕　參羅宇宗：〈論沈從文「鄉下人」自我認同的形成〉，《民族文學研究》，2009 年第 3 期，頁 121。

者來說，選擇存活之後，並不意味可以安度餘生，他們更須面臨認同新朝與否所產生的歸順／抵抗、仕／隱、忠／孝等問題。這些都是莫大的考驗。因此，藉由闇公在改朝換代的抉擇，可見其思想、意志與品格。

一、生／死

在傳統忠於君王、忠於國家民族的道德規範下，不幸遭遇社稷淪亡的明季士大夫，首先考驗他們的是殉國或苟活。明季殉國人數為歷朝之冠，姑且不論是否僅佔當時士大夫的少數，〔註3〕自甲申（1644）國變至桂王朝，的確不少主張「國亡則與之俱亡，國存則與之俱存」〔註4〕的忠節之士殺身成仁。如闇公友人夏允彝，順治二年（1645）清軍攻佔松江城，拒絕清廷勸降，作絕命詞投松塘殉節而死。又如張肯堂在順治八年（1651）舟山島失守，不願降清而舉家自縊。他們都是秉著丹心以死報國，實踐個人大節。

相較之下，面對國族大義，擇生求活者似乎不如以身殉國者；但從擇生者對清廷態度來看，實際情況並不那麼單純。他們之中固然不乏靦顏逐祿之人和貪生怕死之徒，但也有實踐不仕貳姓之節歸隱或遁禪之輩，更有懷抱中興、投身救亡之士。學者論道：「對某一個特定的政權或政治力量不予合作而拒絕出仕，那其實是一種更為執著、更為堅定的政治態度和價值觀念信仰，對一個政治實體的不合作、不仕，恰恰意味著對另一個政治實體的忠誠的輔佐與支持。」〔註5〕如是，則屏隱、逃禪猶是忠於明室的表現，即使他們並未直接挺身對抗清廷。因而，就「生為明人，死為明鬼」的角度觀察，包含闇公在內的明遺民與殉國者實無二致。差別僅在於謝世時機和因何而死，以及或為興復有明、或為「萬民之憂樂」〔註6〕、或為待後王、或為存道統，又或

〔註3〕 何冠彪主張明季殉國人數為歷朝之冠，但以當時全部士大夫階層來說僅佔少數。見氏著：《生與死：明季士大夫的抉擇》（台北：聯經出版社，1997年10月初版），頁17～21。

〔註4〕 順治二年（1645）清軍攻下江南，復社名士楊廷樞遭捕拒降，殉節前之語。見（清）南園嘯客輯：《平吳事略》，載於（清）韓菼：《江陰城守紀・附錄》（臺灣銀行經濟研究室編：臺灣文獻叢刊第246冊，台北：臺灣大通書局，1987年），頁46。

〔註5〕 葉太平：《中國文學的精神世界》（台北：正中書局，1994年12月臺初版），頁72。

〔註6〕 見《明夷待訪錄・原臣》（（清）黃宗羲著、沈善洪主編：《黃宗羲全集》第一冊，杭州：浙江古籍出版社，2005年9月第2刷），頁5。

爲養親撫孤等當活不必死的理由。

從行跡來看，乙酉（1645）松江守城失敗，徐孚遠並未選擇城亡與亡。原因在於他認爲：「從容就義，非難事也，但今天下之勢，猶父母病危，雖無生理，爲子者豈有先死而不顧者乎？倘我高皇帝有一線可延，我惟竭力至死而已。」〔註7〕顯然，不是貪生不願就義，而是主張不該無所作爲的消極殉國。認爲一死了之固然成就個人名節，卻無益匡濟天下，反而是不負責，必須積極的殫心竭力直到身故，才是更具意義的殉國。〈奇零草序〉道：「諸葛公所云『竭股肱之力，繼之以死』，乃志士之準則也。」〔註8〕此處所指，爲諸葛亮在劉備臨終托孤時所說，全文是：「臣敢竭股肱之力，效忠貞之節，繼之以死！」〔註9〕鞠躬盡瘁死而後已，闇公主張有志之士當奉爲圭臬，足見他以救亡圖存爲正鵠，深感死有重於泰山，輕於鴻毛，未達目標絕不輕言一死。顧炎武說：「天生豪傑，必有所任，如人主於其臣，授之官而與之職，今日者拯斯人於塗炭，爲萬世開太平，此吾輩之任也，仁以爲己任，死而後已。」〔註10〕二人所說相呼應。正是爲社稷、爲天下鞠躬盡瘁死而後已的想法，促使闇公投身復明大業，不輕易殉身。

甲申之變，大明江山並非一次全部淪喪。思宗自縊後猶有福王、唐王、桂王賡續偏安踐祚，對致力恢復的闇公來說，只要明室尚未終極，便不是眞正傾覆滅亡，中興希望猶存，責任尚在，自然不能輕易結束生命。了解闇公對殉國的看法，更可理解他何以相繼效命唐王、魯王、桂王，百折不撓。李延昰說：

> 徐孝廉孚遠、夏考功允彝、陳黃門子龍各言其志。孝廉慨然流涕曰：
> 「百折不回，死而後已。」考功曰：「吾僅安於無用，守其不奪。」
> 黃門曰：「吾無闇公之才，而志則過於彝仲，顧成敗則不計也。」終
> 各如其言。〔註11〕

〔註7〕 （清）王澐：〈東海先生傳〉，見徐孚遠：《交行摘稿》附錄（據藝海珠塵本排印，北京：中華書局，1985年北京新一版），頁15。

〔註8〕 《徐闇公先生遺文》八，頁1。

〔註9〕 （晉）陳壽：《三國志》卷三十五（北京：中華書局，1998年3月北京第14刷），頁918。

〔註10〕 （明）顧炎武：〈病起與薊門當事書〉，《顧亭林詩文集‧亭林文集卷之三》（台北：漢京文化事業有限公司，1984年3月），頁48。

〔註11〕 （清）李延昰口授、蔣烈編：《南吳舊話錄》卷二（台北：廣文書局，1971年8月初版），頁144。

依此檢視三人遭遇鼎革巨變所為，誠然言行一致實踐自己志意。夏允彝、陳子龍忠國輕生，亡軀殉節實是不易；闇公冒死繼絕扶傾，顛沛流離長達二十年，幾經危難，存身更為艱難。固然不似夏、陳二子自盡殉節，但闇公忠節何異於二人？甚至，其義無反顧死而後已的精神更在二子之上。

二、忠／孝

為臣盡忠，為子盡孝，乃儒家思想強調的兩大道德準則。若能兩全自然無憾，反之，則須在報國、事親間作出抉擇。不論政局如何，移孝作忠向來都被推崇，無庸贅言。至於以孝為上，在國家安定時選擇辭官盡孝，至多無法出仕兼濟天下，仍是該國子民，沒有叛國不忠、喪失節操的問題。但在改朝換代時，面對故國和新朝之間，盡忠還是從孝的選擇便複雜許多，殘酷的考驗著人心，因為從孝的結果可能導致對故國不忠。

明季士大夫遭遇這樣的兩難，有擇孝仕清而屏棄忠節者，如第二章所述幾社李雯。甲申（1644）五月，滿人入主北京，李雯變節受官弘文院撰文中書舍人。李雯說自己難忘故國恩情卻領食新朝俸祿，是為將亡父歸葬故鄉，以盡人子孝道，即是擇孝而棄忠。復社骨幹吳偉業也是。吳偉業備受崇禎帝青睞，殿試榜眼，授翰林院編修，還欽賜歸里娶親，所受恩惠之深，甲申之變讓他一度想殉節。顧湄〈吳梅村先生行狀〉記載：「甲申之變，先生居里，攀髯無從，號慟欲自縊，為家人所覺，朱太淑人抱持泣哭曰：『而死，其如老人何？』」〔註12〕不忍棄母先去，掙扎下選擇苟活盡孝，以致最終失節仕清。他們固然克盡養親責任，卻也憾恨自己失節。吳偉業說：「故人往日燔妻子，我因親在何敢死，憔悴而今困於此，欲往從之愧青史！」〔註13〕所道不只是他個人，也反映出那些心存節義卻為孝失節者的痛苦。

視孝為忠之上者，並非僅能選擇變節事親，也有抗節盡孝者。他們為盡孝養之責，雖然無法以身許國，但不背棄忠義之道。眾所周知，陳子龍投水殉節，成就他的大節。其實乙酉（1645）松江起義失敗時，他曾身陷忠、孝兩難的處境。〈報夏考功書〉云：

〔註12〕見（清）吳偉業：《吳梅村全集》附錄一，（上海：上海古籍出版社，1999 年 12 月第一版 2 刷），頁 404。
〔註13〕（清）吳偉業：〈遣悶六首之三〉，《吳梅村全集》卷十（上海：上海古籍出版社，1999 年 12 月第一版 2 刷），頁 260。

　　僕門祚衰薄，五世一子。少失怙恃，育於大母，報劉之志，已非一
　　日，奉詔歸養，計終親年。嬰難以來，驚悸憂虞，老病侵尋，日以
　　益甚。欲扶攜遠遁，崎嶇山海之閒，勢不能也；絕裾而行乎？子然
　　靡依，自非豺狼，其能忍之？所以徘徊君親之間，交戰而不能自決
　　也。〔註14〕

不忍拋下老邁祖母，陳子龍選擇從孝事親，於是攜家棲遁，以盡孝道。期間
縱使相繼接獲唐王、魯王詔命，有意奔赴行在，但還是以侍奉祖母爲先。直
到丙戌（1646）三月祖母辭世，效忠和孝親的衝突消失，心繫有明的他才與
魯王陣營互通聲氣，〔註15〕甚至在丁亥（1647）年爲國捐生。

　　秉著堅毅的意志和一片忠忱，徐孚遠毫不遲疑投身匡復明室，在社稷和
親族二者，他選擇前者。〈出亡後呈伯叔兼示弟姪〉云：

　　煙塵動地浩漫漫，回首悲歌行路難；烏石淒清西照晚，螺江蕭瑟北
　　風寒；病深莊舄猶吟越，家散留侯欲報韓；八世簪纓今未絕，可無
　　一個泣南冠。（卷十二，頁1）

堅定表明自己爲報國恩、捨棄家族榮顯之心。闇公六歲喪母、二十四歲喪父，
祖父母則分別在他二十一歲和二十三歲時謝世。〔註16〕他無須盡奉養之責，
不用面對報國、事親相牴觸的窘境，看來似乎沒有忠孝不能兩全的遺憾。但，
其實不然。〈先隴述〉曰：

　　有巍者丘，先人所藏，三世宅兹，纍纍相望，有鬱其松，有條其樟，
　　春濡秋肅，以牲以漿，亦越百年，祀事孔明，惟予小子，爲謀匪臧，
　　志大力小，乃至狴犷，離我桑梓，于焉越疆，未及哭辭，夙夜匪遑，
　　逮於南奔，在水一方，乃睠北顧，塵埃其盈，常虞隴隧，委於榛荊，
　　道路修阻，不可以翔，何時來歸，有簪有纓，敢告不恪，埽除域塋，
　　載夙載啓，先祖之慶。（卷一，頁12）

自古論孝，不僅注重生前奉養，也強調事死如事生、事亡如事存。《禮記・祭
統》說：

　　祭者，所以追養繼孝也。孝者畜也。順於道不逆於倫，是之謂畜。

───────────────

〔註14〕見（清）陳子龍：《陳子龍文集》卷四十五（上海：華東師範大學出版社，1988
　　　　年11月一版一刷），頁404。
〔註15〕（清）王澐：《陳子龍年譜》，收錄於（明）陳子龍著、施蟄存標校：《陳子龍
　　　　詩集》附錄二（上海：上海古籍出版社，1983年7月一版一刷），頁711～712。
〔註16〕陳洙纂：《徐闇公先生年譜》，頁3、5、6。

> 是故，孝子之事親也，有三道焉：生則養，沒則喪，喪畢則祭。養
> 則觀其順也，喪則觀其哀也，祭則觀其敬而時也。盡此三道者，孝
> 子之行也。〔註17〕

祭祀，也是爲人子孫應盡的孝道。在這樣的觀念下，對自己匆匆離鄉，未向
已故雙親辭別；以及身爲長子流離異鄉，不能按時祭奠、未盡守護宗祧之責，
卻託付給仲弟徐鳳彩，〔註18〕這些都讓他耿耿於懷，成爲他捨孝取忠的遺憾。

康熙三年（1664），鄭經撤退臺灣，這次在救亡與盡孝之間，闇公作了先
孝後忠的選擇。闇公辭別沈佺期道：

> 今遇傾覆，不得已南奔，得送兒子登岸歸故鄉，守先人宗祧，即返
> 而與盧牧舟、王愧兩諸公共顛沛流離於大海中，雖百死我無恨也！
>
> 〔註19〕

爲盡事亡之孝，也爲彌補近二十年的虧欠，闇公才決定先將永貞送回故鄉守
護先人宗祧，再到臺灣繼續抗清。只是豈料，這讓他陷入極度痛苦的深淵。
由於清廷戒備森嚴，闇公計畫落空，只能遁跡饒平持節守志、等待時機。思
及多年救亡卻不能力挽狂瀾，又在清廷統治的土地苟活無所作爲，悲憤和慚
恨之情讓他「誓以一死，全其素衣」，「惟以一死自祈」。〔註20〕然而，素來秉
持鞠躬盡瘁、死而後已之志，臺灣還有反清的鄭經，復明猶存一絲希望；再
加上他對沈佺期的諾言，以及兒子永貞尚未歸鄉承祧等原因；闇公並未自盡
殉節。於是，他就在恥生求死的矛盾下，飽受煎熬的度過一年殘生，最終悲
憤痛哭嘔血而亡。

張岱說：「世亂之後，世間人品心術歷歷皆見，如五倫之內無不露出眞情，
無不現出眞面。余謂此是上天降下一塊大試金石。」〔註21〕基於自己的認同，
在故國和新朝之間，闇公選擇忍死抗清，將自己推向無比艱險、困苦的道路，
其人格、情操的高尚，不言而喻。

〔註17〕 （漢）鄭玄注、（唐）孔達疏：《禮記》卷四十九（重刊宋本禮記注疏附校勘
記，台北：藝文印書館，1993 年 9 月 12 刷），頁 830。

〔註18〕 〈聞聖期二弟沒賦哀〉之六曰：「本將宗祐寄，仍賴典型傳。」《釣璜堂存稿》
卷十一，頁 12。

〔註19〕 （清）林霍：〈庚午冬書稿〉，《徐闇公先生年譜》附錄，頁 23。

〔註20〕 （清）鄭郊：〈祭大中丞闇公老祖臺老社翁文〉，《徐闇公先生年譜》附錄，頁
19。

〔註21〕 （清）張岱撰、高學安等標點：《快園道古》卷四〈言語部〉（杭州：浙江古
籍出版社，1986 年 11 月一版），頁 58。

第二節　世變焦慮

關於焦慮，美國心理學家羅洛・梅（Rollo May）主張：「焦慮是因為某種價值受到威脅時所引發的不安，而這個價值則被個人視為是他存在的根本。威脅可能是針對肉體的生命（死亡的威脅）或心理的存在（失去自由、無意義感）而來，也可能是針對個人認定的存在價值（愛國主義、對他人的愛，以及「成功」等）而來。⋯⋯焦慮的情境因人而異，人們所依賴的價值亦然。但是焦慮不變的是，威脅必定是針對某人認定的重要存在價值，及其衍生的人格安全感而來。」〔註 22〕如是意味從個人焦慮，可推知其所認定的存在價值。依此觀察闇公身陷「天崩地解」的時代，〔註 23〕面對國家滅亡與異質文化衝擊所產生的焦慮，有助深入了解其認同的價值。

一、移鼎焦慮

父母之邦是個人存在的根本，巢傾卵破，古往今來凡是具國家意識、認同自己母國者，面對邦國即將傾覆無不恐憂，何況深具忠節觀念的士大夫？「學而優則仕」，傳統儒家將個人存在價值建立在社會群體之生命，士人讀書目的是為投身政治，以經世立業建立自己價值，加上他們將忠君報國思想深化成個人道德，一旦宗廟丘墟，喪失根本和效忠對象，直接衝擊他們的生命意義，如何不焦慮？自然更是憂心如擣。

「餘生何所冀？再見九州清。」〔註 24〕就是這樣的愛國信念，明知不可為，仍然秉持匡濟之志，徐孚遠投身救亡，期待明室能如漢室般中興。對部分明季士大夫來說，乙酉（1645）福王政權傾覆意味明祚結束，恢復無望；但對徐孚遠來說，只要明帝尚存，即使只僅據有半隅之地，明社便未傾覆。在這種認知以及忠藎之心，他一方面懷抱收復失地、興復的希望；另一方面，清廷昌盛、明室危亡的現實，讓他深陷鼎革的焦慮。〈惻怆行〉道：

> 運圮誰能扶？飄風傾王室，世閒顛沛人，余亦居其一，少力與老謀，
> 未知所從出，往者苟息言，千秋董狐筆，天道不可期，此生誓已畢，

〔註 22〕 羅洛・梅（Rollo May）著、朱侃如譯：《焦慮的意義》（The Meaning of Anxiety）（台北：立緒文化事業有限公司，2004 年 8 月初版一刷），頁 257～258。

〔註 23〕 （清）黃宗羲：〈留別海昌同學序〉，見沈善宏主編：《黃宗羲全集》第 10 冊（杭州：浙江古籍出版社，1993 年），頁 627。

〔註 24〕 〈小立〉，《釣璜堂存稿》卷十一，頁 11。

悠悠日月徂，山閒空抱膝，春愁託芳草，秋悲寄蟋蟀，更憂陵谷遷，

東西無通術，縱懷終老心，餘年猶惻怵。（卷四，頁12）

〈春仲感吟〉則曰：「比年常慮封狐入，半夜還憂大壑更。」（卷十四，頁2）

　　國家在風雨飄搖中，個人顛沛流離、愁苦事小，倘若社稷最終能免於覆滅，國祚可以延續，再艱苦都值得；就只怕事與願違。可見在情感上詩人滿懷恢復希望、懷抱復國意志，但現實讓又他理智的清楚中興杳渺。是以深感亡國危機的他，憂恐宗社一旦傾圮，個人存在的根本、投入的心力和期望全部化為烏有，而經年累月、不分晝夜飽受亡國恐懼的煎熬。

　　從經驗來說，恢復時機轉瞬即逝，匡復社稷須和時間競賽。張煌言說：「若不及早經營，則報韓之士氣漸衰，思漢之人情將輟。」〔註25〕傾覆之初，人們大多對舊國還懷有情感，但時日一久人心思治，新朝統治日益穩固，救亡根本毫無希望可言，舊國也就成為歷史，成為人們的記憶。深知這個道理，闇公〈南海抒懷〉曰：

一自持竿趁釣船，常憂大壑久須遷；豈知魚服猶三變，不覺萍蹤又

十年？此地蛟龍方得穴，何時日月可經天？隨人趨步非吾事，且乞

閒身狎紫煙。（卷十四，頁11）

闇公吟詠此詩時，滿清入主中原已經十多年。十多年歲月過去，不見清廷削減，反而領土愈加擴增、政權更加鞏固，更難撼動；而福王、唐王、魯王政權卻相繼傾滅，明廷更如風中燭。闇公擔心不及恢復、憂恐清廷就此定鼎的心可以理解。

　　期待恢復是明清之際，忠義、遺民的生命支撐，也是闇公擇生忍死、進而投身復興志業的原因。投入救亡，於公為國，於私伸展個人抱負、實踐個人思想，無論公、私，都不願家國淪亡、期待落空。闇公如是，其他忠義之士亦是如此，是以焦慮社稷覆滅程度遠深於常人。

二、文化焦慮

　　華夏，為中原漢族，夷為周邊少數民族。中國嚴夷夏之防的意識很早產生。《尚書·舜典》已有對「蠻夷猾夏」的警惕，〔註26〕《左傳》有「裔不謀

〔註25〕 （明）張煌言：〈上魯國主啟〉，見氏著：《張蒼水集》（上海：上海古籍出版社，1985年10月新1版），頁27。

〔註26〕 （漢）孔安國傳、（唐）孔穎達疏：《尚書》卷三〈虞書·舜典〉（重刊宋本尚

夏，夷不亂華」之說，〔註27〕孟子也說：「吾聞用夏變夷者，未聞變於夷者也」。
〔註28〕漢民族優越感使他們認為華夏文化才是正統，視不同服飾、語言、長相、生活習慣、風俗的周邊少數民族為落後低微的異類，而加以蔑視。這樣異乎尋常強烈的漢人中心主體意識，發展出「華優夷劣」論和「華正夷偏」論。前者認為華夏民族才是文化正統，擁有道統；後者則主張華夏民族為中原地區王朝正統，具有所謂的治統。〔註29〕易言之，即認為唯有華夏民族才能具備道統和治統，其它民族沒有資格。

　　明亡清興，滿族取代漢族統一中原，而非漢族內部政權轉移，既有同於朝代鼎革的歷史共性，也有以夷猾夏異族入侵的特性；既有政治上的王朝易主，更有文化上的衝突激盪。正因如此，此次朝代更迭引起的震盪，帶給明遺民們的心靈衝擊和心理創傷是空前的。他們從「華正夷偏」、「華優夷劣」的觀點，或提出「可禪，可繼，可革，而不可使夷類間之」〔註30〕的主張；或表現出「有亡國，有亡天下」，「易姓改號，謂之亡國，仁義充塞而至於率獸食人，人將相食，謂之亡天下」〔註31〕道德文化淪喪的憂懼。英國學者Mike Crang 說：

　　國族性（nationality）不只是個政治——法律地位，也涉及我們相信
　　自身所擁有的社會特徵，我們與同胞共有的特質。……文化認同都
　　被視為固定的客體，一代傳諸一代，也具有領域特性，該文化的空
　　間充滿了族群或國族觀念——形成了「血與土」之間的強大結合。
　　因此，領土常以身體的譬喻來描述，如「父祖之國」（fatherland）和
　　「母親大地」（motherland），或是賦予人格。於是文化地景經常在這
　　個過程裡被視為作用者——它被當成傳遞文化歸屬的容器。這種族
　　群國族主義認為文化等同於空間，而空間等同於人民——這便形成

　　　　書正義附校勘記，台北：藝文印書館，1993 年 9 月 12 刷），頁 44。
〔註27〕（晉）杜預注、（唐）孔穎達正義：《左傳》定公十年（重刊宋本左傳注疏附校勘記，台北：藝文印書館，1993 年 9 月 12 刷），頁 976。
〔註28〕（漢）趙岐注、（宋）孫奭疏：《孟子・滕文公上》（重刊宋本孟子注疏附校勘記，台北：藝文印書館，1993 年 9 月 12 刷），頁 98。
〔註29〕參劉立夫：〈王夫之華夷之辨與民族愛國主義〉，《衡陽師範學院學報》2010 年 10 月，頁 1～2。
〔註30〕（清）王夫之：《黃書・原極》（台北：世界書局，1959 年出版），頁 3。
〔註31〕（清）顧炎武：《日知錄》卷十七〈正始〉（台北：臺灣明倫書局，1979 年），頁 379。

循環邏輯，即某人歸屬於某個空間的權利，端視其是否擁有用以指認該領土的文化。〔註32〕

他所說有助我們了解漢族主張華夷之辨、嚴夷夏之防的心理，以及為何當周遭異族自關外入主中原、征服華夏民族時，華夏民族，特別是作為代表的士人抗拒尤其激烈。因為在他們根深蒂固的民族意識中，氣候、地理、物產等生活條件較好的中原地區，理所當然屬於高度文化的漢族所有，不屬於落後的邊疆民族；邊疆民族入侵是以夷變夏，侵占漢族生存空間和消滅華夏文化。

　　一如漢民族意識強烈的士人，徐孚遠也極具夷夏之辨思想，深深鄙夷外族；由他對安南的態度可證。一來嗤鄙安南為「小夷」，如〈舟中雜感〉（二）言：「臣節當堅中路阻，天威未振小夷驕」；〔註33〕又或歧視其為「蠻鄉」，〈四日〉「志欲吹篪慮未詳，忽然鼓棹入蠻鄉」，〔註34〕〈舟中雜感〉（一）「玉帳久懸都護檄，蠻鄉空寄少卿詩」〔註35〕即是；而〈舟中雜感〉（六）：「安得禁中求頗牧，早施長策定南蠻」，〔註36〕再又鄙稱越南為南蠻。二如〈舟中雜感〉（一）所道：「十年荒島心常苦，一拜夷王節又虧」〔註37〕，貶損安南國王為「夷王」。三來如〈舟中雜感〉（八）：「嗟爾蠻人何種生，先朝棄此海南平」，鄙夷全體安南人為「蠻人」；〔註38〕或如〈交州漫題〉（二）：「披髮夷人何意氣，擔簦客子甚忡忡」，〔註39〕和〈五日同黃、張飲歌〉：「夷人喜怒不可知，羝羊能乳在何時」，〔註40〕鄙稱其夷人；或如〈入交港，同行者或云：此中有似三吳，感賦〉（三）：「夷女看人渾未識，笑聲咥咥滿前溪」，〔註41〕以及〈土風〉（二）：「蠻女跣行窺玉節，夷男箕坐弄霜毫」〔註42〕，分別以夷男和夷女、蠻女鄙稱安南國男女。四則如〈晦日同臣以、衡宇〉所言：「晴光煜煜雨霏霏，

〔註32〕 Mike Crang 著、王志弘等譯：《文化地理學》（台北：巨流圖書股份有限公司，2008 年 9 月初版五刷），頁 214～215。
〔註33〕 《交行摘稿》，頁 4。
〔註34〕 《交行摘稿》，頁 4。
〔註35〕 《交行摘稿》，頁 4。
〔註36〕 《交行摘稿》，頁 5。
〔註37〕 《交行摘稿》，頁 4。
〔註38〕 《交行摘稿》，頁 5。
〔註39〕 《交行摘稿》，頁 3。
〔註40〕 《交行摘稿》，頁 9。
〔註41〕 《交行摘稿》，頁 1。
〔註42〕 《交行摘稿》，頁 6。

夷服夷言相刺譏」，〔註43〕與〈五日同黃、張飲歌〉所述：「雖有夷釀常盈缶，
漓似督郵難入口」，〔註44〕連安南的服裝、語言和酒，闇公也難以接受。甚至，
他可以爲維護國族尊嚴、不對安南行跪拜禮，而放棄朝覲桂王的機會。這些
在在說明闇公濃厚的漢民族優越感，處處以華夏爲本位。以今人尊重各民族、
接受多元文化來看，這是狹隘的大民族主義思想，但在弱肉強食的君權時代，
「分辨華夏主要是一種防禦，是對本民族文化的崇尙與對此文化秩序被破壞
的憂慮。」〔註45〕只能說時代環境、認知和風氣不同，觀念自有差異。

　　民族文化包含內在精神和外部形式。髮式、衣著即爲文化的外在形式。
中國自古以來漢民族以「衣冠之族」自居，視衣冠爲漢民族及優越文化的象
徵，孔子之所以稱：「微管仲，吾其被髮左衽矣」，〔註46〕讚許管仲攘夷有功，
就是這個道理。清廷強制薙髮易服，一方面意味政治表態，另方面也是認同
新朝與其文化的具體表現。換言之，對明遺民和清廷來說，推行滿族辮髮服
制等以夷變夏措施，就是爲突顯其新朝禮制和宣示文化霸權。清廷滅明朝而
立，國家被異族滅亡，除了那些貪求榮華之輩外，明季士人已是憤怒又哀傷，
這麼做無疑更挑動他們的民族意識，並喚醒他們對傳統文化消失的憂慮。《鹿
樵紀文》載，清軍初定江南，「東南郡邑一時帖然，猶若不知有鼎革之事者。
自薙髮令下，而人心始搖」。〔註47〕乙酉（1645）薙髮令下，江南地區之所以
紛紛群起舉義，原因即在於此。闇公漢民族爲本位的意識型態，面對滿清要
求薙髮易服、以夷狄風俗改變華夏文化，內心的憤怒、抗拒，和守護本族文
化的心可想而知。

　　若說清廷藉由辮髮、胡服等外在形式宣示文化主權，那麼認爲「衣冠千
古事」〔註48〕，以衣冠、薙髮區別夷夏的闇公，則是如論者所言：「明遺民的
夷夏之辨實際上是一場文化救亡運動」，〔註49〕藉保全衣冠捍衛漢族文化。可

〔註43〕《交行摘搞》，頁 3。
〔註44〕《交行摘搞》，頁 9。
〔註45〕 李瑄：《明遺民群體心態與文學思想研究》（成都：巴蜀書社，2009 年 1 月一
　　　　版一刷），頁 37。
〔註46〕（魏）何晏注、（宋）邢昺疏：《論語》卷十四〈憲問〉（重刊宋本論語注疏附
　　　　校勘記，台北：藝文印書館，1993 年 9 月 12 刷），頁 127。
〔註47〕（清）吳偉業：《鹿樵紀聞》卷上，（臺灣銀行經濟研究室編：臺灣文獻叢刊
　　　　第 127 種，台北：臺灣大通書局，1987 年 10 月初版），頁 37。
〔註48〕〈歸舟〉，《交行摘搞》，頁 9。
〔註49〕 李瑄：《明遺民群體心態與文學思想研究》（成都：巴蜀書社，2009 年 1 月一

以說他拒絕改易衣冠，一方面表明個人民族大節，另方面其實是憂懼文化淪喪、民族沉淪的心理呈現。〈海潭久泊有懷〉云：

> 中原當積弱，顧盼失金鈕，翼虎縱橫飛，誰能控戶牖？鼎湖龍一升，
> 兩見鑾輿走，戎服遍九州，衣冠焉可守？傷哉浮海客，狂奔有若狗！
> 憶昔文皇帝，金鉞驅羣醜，插劍涌清泉，南面看北斗，玉趾實三巡，
> 高勳名不朽，華夷迭盛衰，穹廬反居首，窮途已萬里，囊空無一有，
> 諸將皆奴才，全身但含垢，何年遇英哲，慷慨開我口？一旅尚可興，
> 胡運當不久。（卷二，頁26）

「生平不負身，安能事戎羯」的信念，促使闇公「宵興赴行在，艱難保鬢髮」，
〔註50〕投入唐王朝反清復明。但唐王接續崇禎、福王朝遭滿清消滅，即使他
懷抱「一旅尚可興，胡運當不久」的希望，還是不禁心生「戎服遍九州，衣
冠焉可守」的焦慮，深懼夷盛華衰，社稷、文化就此淪喪。

正是憂懼本族文化喪亡和守護文化的心，當「東門重見胡雛嘯，海內衣
裳皆顛倒」〔註51〕時，闇公頻頻強調自己依然身著漢服、頭戴漢冠。〈閒吟〉
說：「南海灘頭把釣翁，一年來去總無功；蒼茫不曉人間事，猶著衣冠碧浪中。」
（卷二十，頁11）又〈晚興〉道：

> 蕭蕭門外看青壁，浩浩灘頭步紫瀾；此地風聲入夜勁，一時樹色帶
> 春寒；不愁環島吹胡笛，且喜瀨江戴漢冠；稍俟斗杓瞻王氣，雙梟
> 欲去路非難。（卷十四，頁8）

〈送人北歸〉也云：

> 別去猶堪著漢冠，檣帆高掛水波寬；潭邊空繫張公劍，客裏難登韓
> 信壇；家似浮舟依草澤，身隨銅馬待龍鸞；埋名十載無須惜，今日
> 應將紫氣看。（卷十四，頁12）

這些詩篇不僅呈顯他憂國、忠貞情懷，和個人民族氣節，更深深的反映出，
他在憂懼異質文化的滿族改變傳統漢族文化的同時，更付諸行動挺身反抗，
以捍衛和延續本族文化。或許就現實政治局勢來看，闇公所做是無謂的掙扎；
但對他個人來說，卻是在萬般艱難中延續民族文化的最好方法。

版一刷），頁183。
〔註50〕〈懷陳開一妹婿〉，《釣璜堂存稿》卷二，頁16。
〔註51〕〈東門行〉，《釣璜堂存稿》卷七，頁18。

三、失節焦慮

「節」的本義是竹節，後來引申爲節操、氣節、名節、志節等等，指個人爲人處世、道德和政治上的堅定原則。荀子說：「是故權利不能傾也，群眾不能移也，天下不能蕩也。生乎由是，死乎由是，夫是之謂德操。」〔註52〕意即要求人們不論處在順境還是逆境，在國家民族、富貴貧窮、生死福禍和榮辱功名祿等方面都必須堅持自己操守，強調爲人重在大節，處世必以德操、守身必從大義，要能做到富貴不能淫、貧賤不能移、威武不能屈，和不降其志、不辱其身，成仁取義，以及窮不失義、達不離道等等。

孔子說：「歲寒，然後知松柏之後凋也。」〔註53〕荀子說：「歲不寒無以知松柏，事不難無以知君子無日不在是。」〔註54〕氣節情操必須經過淬煉才得以顯現，個人意志和品格才得以表現。於是操持氣節成爲儒家理想人格的最高要求，在社會中被視爲人的存在價值，與品評人物的標準，進而成爲志士仁人的立身處世之道，及人生理想和價值；特別在改朝換代，更是自我評價的重要標準。

明亡清興，滿族取代漢族統一中原，當時追求道德生命的士人，不僅須盡人臣忠節不仕二姓，還須接受不臣夷狄、堅守民族氣節雙重的嚴峻考驗。二者一體，虧負其一，便全部失守，因此必須更加謹慎行事和堅定意志，否則可能落得失節或變節的下場。處在這樣的情勢中，「今我亦遠游，令名期不朽」，〔註55〕傳統氣節觀影響與個人信念，闇公深以忠節自許，心懷「髡頭終負國，折齒不爲奴」的意念，〔註56〕自期留下屈原般不朽的美名。再者「豈求微志申，但願躬無悔」〔註57〕，闇公要求自己俯仰無愧、行事不悔，於是「矢心終帶髮，此腹不藏珠」〔註58〕，重義輕財、堅守氣節不歸降清廷。自身砥志礪行外，闇公也希望友人能操持志節。〈懷彭燕又〉：「莫厭郊居寂，隨

〔註52〕　（周）荀況著、李滌生集釋：《荀子・勸學》（台北：臺灣學生書局，1991年10月第六刷），頁19。

〔註53〕　（魏）何晏注、（宋）邢昺疏：《論語》卷九〈子罕〉（重刊宋本論語注疏附校勘記，台北：藝文印書館，1993年9月12刷），頁81。

〔註54〕　（周）荀況著、李滌生集釋：《荀子・大略》（台北：臺灣學生書局，1991年10月第六刷），頁624。

〔註55〕　〈梁明卿贈楚詞〉，《釣璜堂存稿》卷三，頁9。

〔註56〕　〈述往四十韻〉，《釣璜堂存稿》卷十六，頁3。

〔註57〕　〈言志〉，《釣璜堂存稿》卷三，頁33。

〔註58〕　〈受事贈言〉，《釣璜堂存稿》卷十六，頁13。

人入洛來。」（卷十一，頁 17）〈懷盛鄰汝〉：「遠道不可致，願子保南金。」
（卷二，頁 16）〈送沈子東生別〉：「相見非可期，願言保芳蘭。」（卷二，頁
21）〈黃臣以就別感贈〉則云：「年老多愁恨，途艱賴友生；如何蘭茝侶，各
作雁鴻鳴？眞感萬方亂，莫言一別輕；幾時重執手？願爾保身名。」（卷十一，
頁 14）無論對幾社故交彭賓、盛翼進，還是南明朝僚友沈浩然、黃事忠都是
如此，在在說明闇公高度崇尚氣節。

　　守節取決於個人價值觀，更關乎個人意志。貞士之所以難得，難就難在
於意志能否堅定，熬得住漫長歲月，不屈服於威脅利誘和生活等現實壓力，
貫徹始終、至死不渝。一般往往總是如黃宗羲所說：「慨然記甲子蹈東海之人，
未幾已懷鉛槧入貴人之幕矣；不然，則索遊而伺閽人之顏色者也。」〔註 59〕
時間一久，不敵現實而改變初志。熟知這個的道理，視節操爲自己存在價值
的闇公，「客子拱手心躊躇，常恐失身在肘腋」，〔註 60〕深怕稍有不愼便喪失
節操。畢竟，對他來說，乙酉（1645）松江兵敗之所以沒有殉國，是要效法
諸葛亮盡忠竭力匡復故土。一旦不愼失節，成爲不忠不義之人，不僅愧對那
些殉國的知交同志，他個人更是無法接受德操有虧的自己。

　　正是自身的信念，和憂心失節的焦慮，可見闇公時時表達守節意念，惕
厲自己、堅定心志。〈荅暇豫歌〉道：「暇豫之吾吾，何不擇好枝？枝苑良可
託，枝枯良可危，嗟嗟我心終不移。」（卷一，頁 4）表明生死無懼，不作清
廷順民，只當有明臣民的心跡。〈粵信至感懷〉（一）則說：

　　久住顏眞靦，推車未有期；生涯隨瘇癘，死路總親知；骨朽名焉用，
　　神傷志不移；雖然無一就，所執亦非癡。（卷十一，頁 18）

強調自己固然偃蹇失意，不得隨侍桂王出謀獻策，仍舊守志持身無所動搖。
又〈垂橐〉云：

　　薄宦垂橐行，征途浩無軫，華腴非所希，長飢詎可忽？室人料口分，
　　恆虞瓶粟盡，餘生慘不歡，誰能鬢髮鬒？諒無春華滋，徒悲秋霜隕，
　　匪石每自持，昭信夙所允。（卷二，頁 18）

表示即使三餐不繼、生活困苦，依然窮不失義，懷匪石之心，貞潔自守，心
志不遷。於不同的困境中，闇公每每呈現他「三軍可奪帥也，匹夫不可奪志

〔註 59〕　（清）黃宗羲：〈陸汝和七十壽序〉，見沈善宏主編：《黃宗羲全集》第 10 冊
　　　　　（杭州：浙江古籍出版社，2005 年 9 月第 2 刷），頁 678。
〔註 60〕　〈從者歎〉，《釣璜堂存稿》卷五，頁 15。

也」，〔註61〕不辱志屈節的意志，可說是他消解失節焦慮的方式，而達到如〈偃息〉所言：「臨風看鬢影，不負百年身」（卷九，頁26）的人生理想。

四、時間焦慮

「人生天地之間，若白駒之過郤，忽然而已。」〔註62〕人一呱呱墜地開始他的生之途，不諱言的，同時也開始邁向他的人生終點。面對有限的人生，或認為「人生寄一世，奄忽若飆塵，何不策高足，先據要路津，無為守貧賤，軥軻長苦辛」；〔註63〕應當乘時積極有為。或以為「生年不滿百，常懷千歲憂，晝短苦夜長，何不秉燭遊，為樂當及時，何能待來茲」；〔註64〕應當及時行樂。這兩種截然不同的態度，也形成人對自我價值的認定和尋求的差異。

傳統儒家將個人生命置於全體生命之中，強調「人們自我」，而非著重個體生命的「屬己自我」。〔註65〕要求窮則獨善其身，達則兼善天下，修身的目的不僅止於涵養個人德性，而是為治國乃至平天下。為生民立命、為萬世開太平，儼然成為仁人志士的使命，而將他們的存在價值透過政治，服務社會國家、蒼生黎庶呈現，藉由建功立業名留青史，以達到不朽的目標。對他們來說，形體存在世間雖然短暫，精神卻可以長久流傳。於是立德、立功、立言三不朽，成為他們畢生追求的目標，尤其是立功。在有限的生命建立金石之功、寄榮名於後世的期許，使得士人對時間的感受，不僅表現出對死亡的恐懼，更多呈現出韶光似箭、寸功未建的憂慮。「汩余若將不及兮，恐年歲之不吾與」，「老冉冉其將至兮，恐脩名之不立」，〔註66〕憂心「不及」的焦慮自

〔註61〕　（魏）何晏注、（宋）邢昺疏：《論語》卷九〈子罕〉（重刊宋本論語注疏附校勘記，台北：藝文印書館，1993年9月12刷），頁81。

〔註62〕　（周）莊周著、（清）郭慶藩集釋：《莊子・知北遊》（台北：群玉堂出版公司，1991年10月初版），頁746。

〔註63〕　佚名：〈古詩十九首〉，（梁）蕭統編、（唐）李善注：《文選》（台北：藝文印書館，1976年10月八版），頁418。

〔註64〕　佚名：〈古詩十九首〉，（梁）蕭統編、（唐）李善注：《文選》（台北：藝文印書館，1976年10月八版），頁420。

〔註65〕　海德格認為「自我」是「人對自己選擇態度的存在」，並且此在的自我性可分成「屬己的自我」，與失去屬己自我的「人們自我」兩種不同方式。我們人多半「最先而且多半為他的世界所眩惑」，常陷溺於日常生活中所關切的事物與人；因此，這個自我只是「人們自我」而非「屬己自我」。參項退結：《海德格》（台北：東大圖書公司，2001年5月二版一刷），頁66～67。

〔註66〕　屈原：〈離騷〉，見（宋）洪興祖補注、（清）蔣驥註：《楚辭補注、山帶閣註

是油然而生。

　　社稷承平，未能大展襟抱的士人，對時光遷逝莫不感到無奈、悲傷和壓力沉重，何況天下板蕩？乙酉（1645）福王政權瓦解，明室危如累卵，面對這地坼天崩般的變局，闇公選擇投身救亡。這年，他已近半百。人生非金石，豈能長壽考，時間的消逝對他來說無疑是種威脅。〈時邁〉云：

　　　我思哲人，所寶寸陰，載馳載驅，勖茲令音，魚志澄潭，鳥企高林，

　　　我之不力，白日其沉，如何冉冉，憂心曷任。（卷一，頁 9）

「詩歌藝術中的時間意識是一種生命意識」，〔註67〕詩中可見闇公深深了解時間的不可逆、不可掌控，以及意識到時間和人生轉瞬即逝，中興復明期間，歲月不居更讓他倍感西山日薄的焦慮。

　　憂懼年華老去、死亡到來，擔心希望、抱負無法實現，因而闇公對春秋改節、四時迭代特別敏感。〈春分〉說：「一半春光去不追，千回行坐總成癡；和風遲日爭明媚，催取羈人霜雪髭。」（卷二十，頁 14）在他的時間意識下，明媚的春光不再令他心神爽俱爽，而是催使他更加衰老的使者。又〈側逼〉道：

　　　我聞昔開士，息影方丈內，龍象千乘來，天人共祇對，今我坐小舟，

　　　閱歲又已再，僂仰類尺間，轉側動成礙，展書屢掣肘，握筆如秉耒，

　　　箕股尻欲穿，拘攣見老態，夕斜黔妻爨，畫乏陶監貲，緬想寶牘樂，

　　　況乃雕牆在，常恐步履衰，居然成土塊，涇雲久不飛，仰視正靉靆。

　　　（卷二，頁 18）

詩人將客觀的光陰流逝等同個人的衰邁老死，時間逝去即是生命的消失，因而惜時憂逝之情無比沉重。

　　闇公於〈廣勖〉說道：「人命無根株，自古傷蒲柳，何不及壯年，努力圖不朽。」（卷二，頁 25）顯然惜時憂逝並非意味闇公畏死貪生，而是源自對人生期望、目標的有待，志業未竟的遺憾。換言之，即時間流逝、年華老逝，深恐不及、齎志而歿的焦慮，〈詠懷〉之二可見。詩云：

　　　行行見古墳，不知幾時造，石椁與山平，隴上多青草，昔我同心友，

　　　往往不得老，蘭馨發當途，年壽何能保？而況寄寓人，波濤方浩渺？

　　　且多未可知，乃期凌雲表。（卷三，頁 14）

　　楚辭》（台北：長安出版社，1991 年 8 月），頁 6、12。

〔註67〕蕭馳：《中國詩歌美學》（北京：北京大學出版社，1986 年 11 月一版一刷），頁 236。

論者認為，「生的恐懼使人對現實人生充滿焦慮，而死的恐懼則使人極力關注如何能在有限的生命空間裏更好地實現個人的理想和抱負。」〔註68〕闇公表露的正是企求在朝露人生實現自我的渴望——期許自己輔佐明廷匡復故土，再開盛世。

人生難能總是一帆風順，現實和理想往往有所衝突。寄寓鷺島後，闇公不再能親身直接為復興明室貢獻心力。面對現實不遂心，志意不張，自身年事已高，來日有限的壓力，他呈顯出兩種生命意識。

一是懷抱希望，欲有所作為，憂恐不及的遲暮感。〈東門行〉曰：

> 東門重見胡雛嘯，海內衣裳皆顛倒，我今棲島近十年，那知徒向滄浪釣？力疲難度倚馮夷，心憂不決問禪竈，共擬洪圖當再開，卻悲逋客年將耄，南極遙遙久樹纛，土宇雖偏形勝好，側聞九州同一心，咸戴曾孫真有道。（卷七，頁18）

又〈遙傳〉說：

> 槎中閒坐莽悠悠，忽傳好語豁深憂，已聞太白能入月，驅遣貔貅用金鉞，唐家再振靈武師，周室觀兵太子發，敷天共戴曆數歸，九州滌盪一戎衣，不知丹書誰授者？仍恐徵車就道遲。（卷七，頁21）

二詩非但表現他的悵然抑鬱，更流露他「桑榆日欲逼，何以寄微軀」〔註69〕的遲暮感，以及不及實現匡時濟世、光復故國的憂慮。

另一則是宏志在現實中成空，無能有所作為，對歲月東流的無奈、焦急和苦悶。〈客居〉曰：

> 客居何事又經秋，歲月空馳失遠遊；物態積年應賦恨，余懷此日亦言愁；屢邊猶有虞翻戇，百鍊終悲越石柔；自古依人難意氣，幾時揮手一扁舟？（卷十四，頁21）

字裡行間籠罩著深深的焦慮和憂愁，抒發出既失意又寄人籬下的苦悶。「客居何事又經秋，歲月空馳失遠遊」，反映出闇公離鄉抗清無法遂志，對時間遷逝的憂慮和無奈。同樣的情懷，〈愁吟〉云：

> 淒淒荒嶼又何求？攬鏡時驚日月流；遣興幾忘身事盡，披書常笑古人愁；屈原江介仍宗國，杜甫茅堂更雅遊；今我飄零無處所，十年生計一扁舟。（卷十四，頁13）

〔註68〕鄭明璋：〈論先秦時間觀與漢賦創作〉，《船山學刊》2006年第4期，頁128。
〔註69〕〈客歎〉，《釣璜堂存稿》卷四，頁31。

〈濡跡吟〉也道：

> 偶然濡跡在滄州，隱几長悲日月流；但見飛鳧頌繡繡，幾聞梯海入
> 琳球；交期空感張元伯，節鉞徒懷祖豫州；十口飄蓬雙鬢老，何時
> 五岳可邀遊？（卷十四，頁 29）

依闇公志意，餘生有限怎堪虛擲歲月？卻因不敵現實，陷入志願不伸、生命消逝的深淵，只能飽受焦慮和悲傷的折磨。

徐孚遠對時間流逝的焦慮、恐慌，顯然源自中興復國未竟，是現實人生短暫、有志難酬的痛苦；而「投身反清本為遺民最切實的報國之路，也是他們實現自我人生價值的重要途徑。」〔註70〕換言之，闇公的時間焦慮，是未能藉「立功」實現自我存在價值的焦慮。

要言之，徐孚遠的焦慮來自憂懼所認同的國家、文化、道德，生命價值淪喪，也反映出他對國族認同、道德和個人存在價值的看法。

第三節　人格典範之追尋

「生命本是豐富的、層層面面的、生動的，落在平面、空間性的社會結構之中，又積澱著立體、時間化的歷史與文化。」〔註71〕任何個體的誕生，都是形成中的自我，自我認同的建構，經歷多元的濡染統合，既由自我意念決定，又受到社會、文化普遍價值觀和群體分類影響。「在中國倫理化環境中，倫理價值成了文學家的自覺價值，並構成了中國文學家獨特的倫理人格。對個人而言，實現某種理想的道德範型，常常是中國文學家的重要目標。」〔註72〕秉著「哲人日已遠，典型在夙昔」的想法，於是中國古代士人，對歷史上所謂的典型人物，不僅加以推崇和肯定，更接受他們的品格、精神，內化為自我要求，形成自我認同，以肯定自我存在價值。徐孚遠亦是如此，藉由尋求歷史上人格的認同，建構出現實世界的自我認同。因此，從其文本中所推重、效法的前賢，可知其自我定位，深入了解他在易代之際的行事標準。

〔註70〕李瑄：《明遺民群體心態與文學思想研究》（成都：巴蜀書社，2009 年 1 月一版一刷），頁 319。

〔註71〕翁開誠：〈生命、書寫與心理健康〉，《應用心理研究》2005 年 3 月，第 25 期，頁 27。

〔註72〕參蘇桂寧：《宗法倫理精神與中國詩學》（上海：上海三聯書店，2002 年 6 月一版一刷），頁 13。

一、伯夷、叔齊

　　伯夷、叔齊爲一般所認同最早的逸民或遺民。其事蹟孔子稱二人「求仁
而得仁，又何怨？」〔註73〕又稱其「不念舊惡，怨是用希」〔註74〕，並推崇
其爲「不降其志，不辱其身者」的「逸民」〔註75〕。先秦典籍《莊子·讓王》、
《孟子·離婁》、《呂氏春秋·誠廉》、《戰國策·秦策三》皆有記載，但所記
不一。由於《史記》所載較爲完整，下文將移錄《史記》所錄，以見他們事
蹟。〈伯夷列傳〉云：

> 伯夷、叔齊，孤竹君之二子也。父欲立叔齊，及父卒，叔齊讓伯夷。
> 伯夷曰：「父命也。」遂逃去。叔齊亦不肯立而逃之。國人立其中子。
> 於是伯夷、叔齊聞西伯昌善養老，盍往歸焉。及至，西伯卒，武王
> 載木主，號爲文王，東伐紂。伯夷、叔齊叩馬而諫曰：「父死不葬，
> 爰及干戈，可謂孝乎？以臣弑君，可謂仁乎？」左右欲兵之。太公
> 曰：「此義人也。」扶而去之。武王已平殷亂，天下宗周，而伯夷、
> 叔齊恥之，義不食周粟，隱於首陽山，采薇而食之。及餓且死，作
> 歌。其辭曰：「登彼西山兮，采其薇矣。以暴易暴兮，不知其非矣。
> 神農、虞、夏忽焉沒兮，我安適歸矣？於嗟徂兮，命之衰矣！」遂
> 餓死於首陽山。〔註76〕

伯夷、叔齊二人爲孤竹君之子，孤竹，地屬今河北盧龍縣境，其君爲墨胎氏，
子姓，是商代的同姓諸侯國。〔註77〕二人因讓國而至周地，巧遇周武王伐紂
的行伍，二人諫止，不聽，遂隱於首陽山，義不食周粟，寧願餓死。司馬遷
以「歲寒，然後知松柏之後凋」，「舉世混濁，清士乃見」〔註78〕來評論伯夷

〔註73〕　（魏）何晏注、（宋）邢昺疏：《論語》卷七〈述而〉（重刊宋本論語注疏附校
　　　　　勘記，台北：藝文印書館，1993 年 9 月 12 刷），頁 62。
〔註74〕　（魏）何晏注、（宋）邢昺疏：《論語》卷五〈公冶長〉（重刊宋本論語注疏附
　　　　　校勘記，台北：藝文印書館，1993 年 9 月 12 刷），頁 45。
〔註75〕　（魏）何晏注、（宋）邢昺疏：《論語》卷十八〈微子〉（重刊宋本論語注疏附
　　　　　校勘記，台北：藝文印書館，1993 年 9 月 12 刷），頁 166。
〔註76〕　（漢）司馬遷：《史記》卷六十一〈伯夷列傳〉（北京：中華書局，1989 年 9
　　　　　月第 11 刷），頁 2123。
〔註77〕　參李學勤：〈試論孤竹〉，收入氏著《新出青銅器研究》（北京：文物出版社，
　　　　　1990 年第一刷），頁 55～57。
〔註78〕　（漢）司馬遷：《史記》卷六十一〈伯夷列傳〉（北京：中華書局，1989 年 9
　　　　　月第 11 刷），頁 2126。

叔齊，認爲他們能堅持自己的理想，高節不屈，至死不渝，爲忠貞不二的典範。基於這個理由，後世往往以他們爲「易代守節者」的代表，加以歌頌，進而成爲效法對象。

闇公於〈除夕重歎〉自評一生道：「除夕行吟更可傷，此生回首竟茫茫；他年倘入先賢傳，不附三閭即首陽。」（卷十八，頁 7）屈原沉淵殉節，伯夷和叔齊不食周粟餒餓而死，皆是忠節的典型。就詩中所述，足見闇公有意識將自己定位如屈原、伯夷和叔齊之倫；也因此〈籠鳥篇〉中他表達「生食周餘薇，死從魚腹葬」（卷三，頁 12）的意念。

關於屈原的接受，下文再談，先看闇公論伯夷、叔齊二賢。正因爲闇公自期如伯夷般的品格，所以他們易代守節、不屈身辱志的節操，闇公不只將之化爲內在德性，更有意識的加以實踐。詩中闇公或以他們自況，〈南信〉云：

> 日望天南使，黔陽信又希；星槎仍泛泛，鐵馬尚騑騑；貔虎當求敵，
> 鶺鴒故苦違；有心稱漢老，無計采周薇。（卷十一，頁 14）

表明自己如伯夷、叔齊不食周粟，拒當有清臣民的心志。另外，表示自己雖然處境迍邅，也樂於固窮守志之心。〈釋悶〉：

> 誰憐南海一逋臣，半畝之宮山鬼鄰？生計不堪桃梗泛，國恩愁見璽
> 書頻；年來足軟思邛杖，客至身慵廢葛巾；惟有巖邊薇蕨長，行吟
> 采采自相親。（卷十三，頁 36）

萍寄鷺島這塊有明的淨土，偃蹇困頓，體力也日益衰弱，如伯夷般固窮守志、不辱己身，是闇公問心無愧的證明。這是他守道安貧的動力，也是他顛沛流離時的自我期許和心理安慰。

爲了次子永貞承祧，闇公忍死苦節，隱遁饒平山林，萬般煎熬度最後殘存的人生，最終不勝悲慟全髮以終。對闇公本人來說，未能復興明室，以及自己竟然生活在有清的領土，都令他慚恨不已。不過，以他能冒死堅持己志，全髮以終，生不作清廷子民來看，他確實實踐了伯夷、叔齊高節不屈，忠貞不二的節操。

二、屈原

屈原，戰國楚人，懷抱忠貞、一意報國，卻先後遭奸臣靳尙、上官大夫讒譖，被楚懷王、頃襄王流放，最終不忍見楚國淪亡，自沉汨羅江而死。司馬遷爲其立傳並稱揚：

其志絜，故其稱物芳，其行廉，故死而不容自疏。濯淖汙泥之中，

蟬蛻於濁穢，以浮游塵埃之外，不獲世之滋垢，皭然泥而不滓者也，

推此志也，雖與日月爭光可也。〔註79〕

屈原這種身處政治昏昧、世道溷濁，仍堅定意志不隨波逐流和忠貞不二的品格，明清之際不僅備受仁人志士推崇，就連沉淵的方式也爲殉國者所效法。右僉都御史祁彪佳，福王政權傾覆後端坐池中而死。〔註80〕魯王兵部尚書余煌，丙戌（1646）紹興失守，投水殉節；〔註81〕禮、兵二部尚書陳函輝，丙戌（1646）從魯王航海，中途失散，入雲峰山，作絕命詩六言十章，沉池自盡。〔註82〕戊子（1648）清軍攻陷永福，兵科給事中鄢正畿、御史林逢經俱投水而死。〔註83〕之所以如此，一方面屈原是忠貞愛國的典型；另一方面，水的清潔，正好象徵人們最看重的人格清白。〔註84〕〈漁父〉說：「安能以身之察察，受物之汶汶者乎？寧赴湘流，葬於江魚之腹中，安能以皓皓之白，而蒙世俗之塵埃乎？」〔註85〕《抱朴子‧內篇‧釋滯》說：「夫寵貴不能動其心，極富不能移其好，濯纓滄浪，不降不辱。」〔註86〕對亮節之士來說，寰宇間彷彿只有清水，才有資格容納皓皓之身，襯托和保有個人高尚的節操。

屈原忠貞爲國精神，是闇公抒發忠憤情懷的慰藉。〈楚師〉（一）道：

楚師今不進，懷抱日縱橫；萬里身何寄？八年魂更驚；諸公空玉帛，

客子歎冠纓；天意終難問，含悽弔屈平。（卷八，頁 29）

國家處危亡之秋，群臣卻僅知私利，棄國家民族不顧，闇公的悲憤和孤掌難

〔註79〕 《史記》卷八十四〈屈原賈生列傳〉（北京：中華書局，1989 年 9 月第 11 刷），頁 2482。

〔註80〕 （清）張廷玉等：《明史》卷二百七十五，（北京：中華書局，1997 年 6 月一版四刷），頁 7054。

〔註81〕 （清）徐鼒：《小腆紀傳》卷四十二（臺灣銀行經濟研究室編，臺灣文獻叢刊第 138 種，台北：臺灣大通書局，1987 年 10 月初版），頁 509～510。

〔註82〕 （清）徐鼒：《小腆紀傳》卷四十二（臺灣銀行經濟研究室編，臺灣文獻叢刊第 138 種，台北：臺灣大通書局，1987 年 10 月初版），頁 511～514。

〔註83〕 （清）張廷玉等：《明史》卷二百七十六，（北京：中華書局，1997 年 6 月一版四刷），頁 7071。

〔註84〕 姚蓉：《明末雲間三子研究》（廣州：廣東高等教育出版社，2004 年 9 月一版一刷），頁 116。

〔註85〕 （宋）洪興祖補注、（清）蔣驥註：《楚辭補注、山帶閣註楚辭》，〈漁父〉（台北：長安出版社，1991 年 8 月），頁 180。

〔註86〕 （晉）葛洪：《抱朴子‧內篇》卷二〈釋滯〉第八（百子全書本，長沙：岳麓書社，1994 年 9 月一版二刷），頁 4713。

鳴的無力感和屈原並無二致，一片拳拳之忠世人難以理解，唯有尋求和自己同情共感的屈原慰藉，藉憑弔屈原以抒發忠憤憂國情懷。

此外，「他年倘入先賢傳，不附三閭即首陽」，〔註87〕闇公有意識將屈原品格融入自己道德生命，並加以實踐。在〈粵信至感懷〉之二中，則直接表示私淑屈原的心。云：

> 餘生真可厭，必死反忘危；主聖天當祐，臣孤命未知；百王區宇盡，
> 一節日星隨；滄海非全地，三閭是我師。（卷十一，頁18）

「三閭是我師」，對闇公來說，一來效法屈原赤血丹心、忠貞愛國情操，以自我激勵；二來視死如歸的他，也強調師法屈原沉水殉國的方式。〈不惜〉說：

> 不惜頭須白，其如塵更黃；家鄉拚夢裏，勳業付河梁；未死翻成恨，
> 如愚道可傷；常懷屈子志，終擬賦沅湘。（卷八，頁22）

緬懷陳子龍、夏允彝時，闇公又傳達出同樣的意念。〈同志近多蒙難追感陳、夏作〉道：

> 二君相繼去，佩玉揖江妃，自爾十年來，魂夢不相違，每念同心友，
> 如挾白雲飛，音容儼昔日，仿佛舉手揮，余亦海潮裏，餘年寧有幾？
> 怡情岫上雲，養生籬下杞，四顧浩茫茫，巖棲餘一紀，猰貐互相侵，
> 真龍何日起？況聞忠義徒，蒙難復聯軌，宿草不及哭，操筆不遑誄，
> 生存與死亡，天公等一視，靈均不我拒，迎我琴高鯉。（卷四，頁36）

夏、陳二人先後投水殉節，前者乙酉（1645）抗節不降，自沉松塘而亡，後者丁亥（1647）遭清軍緝捕，不屈投水自盡。昔日幾社好友投水以保志節，他們的精神成為鼓舞他抗清的力量，也讓闇公有意追隨他們師法屈原的腳步。而在不得實質參與救亡活動，自覺厚顏苟活時，闇公也興起「蘇卿回朝如可期，屈子投湘亦有數」〔註88〕的想法。闇公最終固然悲慟喀血以歿而非投水自沉，但詩中流露出強烈師法屈原的心，是不容置疑的。

三、蘇武

蘇武，字少卿，漢武、昭帝時人。武帝時期，連年攻打匈奴，漢、胡交惡，雙方互留使臣十幾人。天漢元年（100B.C），且鞮侯單于初立為王，蘇武擔任使節護送留在漢廷的匈奴使者北歸。匈奴緱王與虞常等人謀反，副中郎

〔註87〕 〈除夕重歎〉，《釣璜堂存稿》卷十八，頁7。
〔註88〕 〈歲暮村賽作〉，《釣璜堂存稿》卷七，頁18。

將張勝、假使者常惠牽涉其中而連累蘇武。匈奴王招降蘇武，蘇武不從，於是被流放到北海放牧公羊。在北海，蘇武杖著漢節牧羊不離身，最終連節旄都脫落了。昭帝踐祚，匈奴與漢和親，才回到漢廷。蘇武在匈奴十九年，經歷九死一生，仍然不改心志，班固褒讚他「志士仁人，有殺身以成仁，無求生以害仁」、「使於四方，不辱君命」。〔註89〕

　　乙酉（1645）六月清廷行薙髮令，闇公指髮誓說：「此即蘇武之節矣！」〔註90〕認爲薙髮與否攸關民族大節，他要如蘇武般堅守大節，寧可全髮而死，也不願薙髮隳節。可見蘇武不降匈奴、堅持民族氣節對闇公的意義。

　　對於蘇武，闇公既感敬佩更引以爲榜樣。〈遣興〉言：「年老何能更請纓，止將清論佐昇平；漢家汗馬皆茅土，麟閣猶聞圖子卿。」（卷二十，頁 14）蘇武返國後雖然年事已高不再奉命出使，但他迎立漢宣帝，備受宣帝優寵，授右曹典屬國，號稱祭酒，名列麒麟閣功臣之一。詩中闇公表示自己即使年老不能請纓，猶可如蘇武返國後輔弼中興，其自我期許可知。

　　闇公每每以蘇武自比，表示自己堅守民族大節、不降異族之志。如停滯安南等候晉見安南王予以假道期間，〈贈安南范禮部〉（自注：名公著，僭稱尚書）曰：

> 十載風塵臥翠微，今來假道赴皇畿；未聞脂秣逿賓駕，更有荊榛牽
> 客衣；生似蘇卿終不屈，死如溫序亦思歸；南方典禮惟君在，僑胖
> 相期願弗違。〔註91〕

一方面向安南范禮部表示交好之意，另方面也強調自己堅守民族大節，抗節不屈之志。而〈三日〉（自注：時聞有兵至粵，若將可待，而竟寂然）：「金馬空傳不可徂，相聞洱海下王鈇；輕票皆出禁中旅，留滯還同西城胡；每羨游鱗能赴壑，只憐苞羽尚囚笯；元戎布算今須定，爲取蘇卿入帝都。」〔註92〕則用以表示希望王師將帶自己入朝覲見桂王之心。至於〈將回，贈臣以職方〉（自注：時臣以議欲間道行復命也）：「瀚海吞氈報漢恩，蕭然返棹不堪論；

〔註89〕蘇武事蹟參（漢）班固：《漢書》卷五十四〈李廣蘇建傳〉（北京：中華書局，1997 年 6 月第 10 刷），頁 2459～2469。
〔註90〕（清）王澐：〈東海先生傳〉，見徐孚遠：《交行摘稿》附錄（據藝海珠塵本排印，北京：中華書局，1985 年北京新一版），頁 15。
〔註91〕《交行摘稿》，頁 2。
〔註92〕《交行摘稿》，頁 4。

輪車高蓋誰迎者，辦得芒鞋朝至尊。」〔註93〕表達自己恪守氣節以報國恩，不向安南折腰讓國家蒙羞，即使最終不得假道進入雲南朝覲桂王。

在異邦安南如是，在國內更是如此。如〈病吟〉：「莫嗟蘇監返國遲，猶勝委骨北海湄。」（卷六，頁20）〈述往四十韻〉：「實恐伏隆禍，兼憂蘇武拘。」（卷十六，頁4）〈趙書癡命賦春江花月夜詩同諸公作〉（二）：「舊日黃衫猶健否？蘇卿早已白髭生。」（卷十五，頁16）〈棲海遣興之作〉：「博望留胡宜有婦，子卿在海亦生男。」（卷十四，頁25）〈歸志〉：「陶監青雲徒緬爾，蘇卿白髮是歸期。」（卷十四，頁20）〈有懷故鄉〉：「蘇監歸來節已見，何妨亦咨少卿詩」。（卷十九，頁13）詩中闇公都直接以蘇武代稱不歸順滿清的自己，其不願屈服異族的堅定心志可見一斑。

四、管寧

管寧，字幼安，北海朱虛人。東漢末年天下大亂，避亂遼東，依附太守公孫度。公孫度為了使管寧安居，特意騰出驛館，但管寧卻選擇自行結廬於山谷。在遼東期間，純粹只論經典，不問世事。獻帝時曹操任司空曾辟命管寧，但遼東太守公孫康並未轉達。魏文帝時返鄉。文帝、明帝多次徵詔，管寧辭卻不受。齊王曹芳下詔徵聘，安車蒲輪，束帛加璧，然管寧已溘然長逝。管寧節操清高，不為權祿所動目，是以備受稱頌。明帝詔稱：「耽懷道德，服膺六藝，清虛足以侔古，廉白可以當世。」〔註94〕中書侍郎王基稱：「寧清高恬泊，擬跡前軌，德行卓絕，海內無偶。」〔註95〕陳壽評曰：「管寧淵雅高尚，確然不拔。」〔註96〕文天祥〈正氣歌〉則稱：「或為遼東帽，清操厲冰雪。」

管寧卓然不群，清白廉潔，富貴不能淫、貧賤不能移，拒絕出仕曹魏政權，誠然為易代之際士人修身的典範。闇公對管寧常表欽慕之意，並以管寧行事為標準來檢討自己的立身處世。〈勸志〉（二）云：

〔註93〕 《交行摘稿》，頁10。
〔註94〕 （晉）陳壽：《三國志·魏書》卷十一（北京：中華書局，1998年3月北京第14刷），頁356。
〔註95〕 （晉）陳壽：《三國志·魏書》卷十一（北京：中華書局，1998年3月北京第14刷），頁360。
〔註96〕 （晉）陳壽：《三國志·魏書》卷十一（北京：中華書局，1998年3月北京第14刷），頁366。

> 惟昔幼安，遠跡東海，既靜且閒，屬而不殆；伊余寡昧，觸事斯悔，
> 雖慕通和，好盡為累，庶幾守默，用晦其采。（卷一，頁 13）

感歎管寧避亂遼東，守靜潛修不問世事、自我砥礪風節又能避禍全身，而自己卻是個性戇直動輒得咎，且不知韜光養晦以致身心交瘁，當效法管寧亂世潛藏之道。又〈讀管幼安傳，嗟古賢不可及也，賦以示意〉曰：

> 滄嶼頻年作坐賓，每當趨府自逡巡；鵁鶄枝上猶堪寄，鷖鶴雲中不
> 可馴；拾掇鑿坏全晚節，談經修讓避時屯；無能盡反公孫贈，以此
> 深愧遼海人。（卷十五，頁 13）

魏文帝黃初四年（223），管寧離開遼東返鄉，將昔日公孫度、公孫康和公孫恭所贈全數歸還，絲毫不取。反觀自己避地廈門，依附鄭成功，固然保全名節，但卻靠鄭氏供給物資，相較管寧的冰雪清操，闇公不禁自覺形穢。

此外，闇公也常自比管寧。或是強調自己恬淡安貧，守節不移，如〈圃吟〉：

> 雨後披衣泡暮煙，嫣然物色小籬邊；江鄉縈我悲長日，瓜果留人欲
> 判年；不道河西客自貴，可如遼海臥能堅；門前高樹方垂蔭，夏去
> 秋來擬聽蟬。（卷十三，頁 10）

又〈日暮〉：

> 九月滄波上，朔風吹晚涼；親朋希一過，烏鵲自成行；推枕追餘夢，
> 觀書倚隙光；幼安常默默，終日坐藜牀。（卷八，頁 20）

呈現其寧靜守志的一面。或是表示自己避地全節，不受鄭成功看重。如〈問海客〉所言：「祇聞遼海客幼安，不見燕宮師郭隗。」（卷七，頁 6）又〈遣興〉曰：

> 歲歲行藏祇問天，蕭條雲樹又殘年；已拌雪鬢滄浪裏，難傍丹心日
> 月邊；老至未期蓬瑗化，羈棲誰道管窰賢？歸西返北無成計，欲倩
> 飛鳧路幾千。（卷十四，頁 35）

依附鄭成功後，不得隨侍君側貢獻己力，又不得鄭成功重用，無法像在唐王、魯王時真正投身復明運動，闇公一直深感遺憾和抑鬱不得志。二詩呈現闇公對自己僅能避地全節，不能投入反清復明運動的無奈。

無論是以管寧為修身準則，還是自比管寧，闇公以管寧自期，並將其品格內化成自己道德要求，不言而喻。

五、韓偓

　　韓偓字致堯，小字冬郎，自號玉山樵人。十歲能詩，才華橫溢，深得姨丈李商隱讚賞。但仕途曲折，唐昭宗龍紀元年（889）才登進士，授刑部員外郎。天復元年（901），韓偓協助宰相崔胤平定劉季述叛亂，迎昭宗復位，論為功臣，深得昭宗器重。是年冬，宦官韓全誨劫昭宗至鳳翔，韓偓聞訊，星夜追趕，扈從西行，隨侍左右，耿耿忠心可見一斑。昭宗任韓偓為兵部侍郎，進翰林學士承旨。天祐元年（904），朱全忠弒殺昭宗後，曾二次召韓偓回京任職，但他都拒絕奉召。流徙福州期間，頗受王審知禮遇，但始終不任王審知府中一官半職。天祐四年（907），朱全忠篡唐，改國號梁，王審知獻表納貢，俯首稱臣。韓偓大失所望，於是離開福州至泉州南安縣葵山隱居。龍德三年（923）逝世於豐州東郊龍興寺。威武軍節度使檢校尚書左僕射傅實為其營葬，墓在今日南安市豐州鎮環山村杏田自然村葵山之陽。

　　一來緣於韓偓的貞亮志操，二來兩人有著共同的經驗──都經歷了亡國之痛，也因不認同新朝流寓閩地。這讓闇公來到福建後，對韓偓更心生景慕而探尋前哲芳躅。〈韓學士偓入閩後無記者，王愧兩司馬云近有斲山得其斷碑，知終沒於此矣，捋虎為朱梁所忌，見本集〉曰：「先生早去國，不見受終時；未遂冥鴻志，常懷捋虎危；史書湮舊跡，野老斲殘碑；賴有香奩句，高吟續楚辭。」（卷九，頁33）又〈弔古〉說：

> 昔者韓致光，英華堪繡鞴，廣明巡幸時，亦嘗執鞚扈，岐鳳駐鑾輿，
> 艱難託肺腑，苦辭拜袞榮，願言守冊府，造膝進讜言，柱折誰當補？
> 本無攀龍心，屢觸捋虎怒。運去從官危，權移至尊侮，從此去天室，
> 飄搖適茲土。王氏初建節，相攜避網罟，雖聞依地主，奇謀不一吐，
> 初服狎漁樵，旅食懷芳杜，豈無恤緯心，冥冥不猶愈？我來景高賢，
> 遺踪杳難睹，惟有玉臺篇，詞藻傾今古。（卷三，頁15）

韓偓高風峻節，有「唐末完人」之稱。〔註97〕在朝時，宰相蘇檢曾引薦他為相，但他不願因私利受藩鎮控制，反而怒斥：「乃欲以此相汙！」是以王夫之稱頌說：「不以宰相為人生不易得之境，……鼎食且僥於此日，其能戒心戢志如韓偓者，凡幾人也？」〔註98〕朱全忠篡唐後，許多搢紳之士安其祿而立於

〔註97〕　（清）紀昀總纂：《四庫全書總目提要・集部》卷二五一（台北：藝文印書館，1989年1月六版），頁3002。

〔註98〕　（清）王夫之：《讀通鑑論》卷二十七（台北：里仁書局，1995年2月出版），

朝，不顧社稷存亡，僅以私利爲榮。對此，歐陽脩不禁慨歎：「嗚呼！唐之亡也，賢人君子既與之共盡，其餘在者皆庸懦不肖、傾險獪狡、趨利賣國之徒也。」〔註99〕而韓偓處在氣節不彰的世局，悲憤故國遭亂臣賊子篡竊之外，猶能堅持己志，絕意仕進，不踐二姓，秉持氣節高蹈自修，尤其難能可貴。劉克莊讚譽道：「方唐之亡也，士大夫貴顯而全節者惟司空表聖、韓致光二公。……表聖、致光皆疏遠乃高蹈而去，不踐二姓之廷，難也！」〔註100〕韓偓這樣的風骨和亮節，誠然爲士大夫典範。對韓偓滿懷景仰之情，想找尋先賢遺蹤卻又遍尋不著，失望之餘，闇公再次思憶韓氏一生之忠藎、骨骾，其有意師法韓偓、激勵自己持節守志之心可見。

六、鄭思肖

鄭思肖，字憶翁，號所南，福建連江人，宋太學上舍生，爲人性情剛介，有志節。宋亡不仕，隱居吳下，適意緇黃，自稱三外野人。念念不忘故國，平素坐臥必向南，畫蘭不畫土根，一聽到北語便掩耳加速離開，逢歲時伏臘，輒南向拜野哭。著《心史》、《太極祭煉》、《謬餘集》、《文集》……等。〔註101〕

崇禎十一年（1638）冬十一月，蘇州承天寺狼山中房僧人浚井，發現封藏在鐵函中的《心史》手稿。當時皇太極大舉南侵，節節進逼，使明廷飽受威脅，也使士人們憂心忡忡。《心史》內容多誌宋亡之痛，同樣都是遭遇異族入侵，因此在當時文士中引起巨大反響。當時傳抄、刊刻過程中，書序作跋的有張國維、楊廷樞……等二十餘位。另外，在明清之際，包含徐孚遠在內，至少近百位著名文士如王夫之、顧炎武、歸莊、張岱黃宗羲……等紛紛爲它題詩作文。〔註102〕

闇公〈題心史〉云：「亡宋孤臣鄭所南，蕭然無室亦無男；欲傳萬古傷心恨，遺史成時鐵作函。」（卷十八，頁14）宋被蒙古族滅國後，鄭思肖隱居不

頁1001。

〔註99〕　（宋）歐陽修：《新五代史》卷三十五〈唐六臣傳〉（北京：中華書局，1995年3月五刷），頁376。

〔註100〕　（宋）劉克莊：《後村先生大全集一》卷九十六（四部叢刊正編，上海涵芬樓影舊鈔本，台北：臺灣商務印書館，1979年11月臺一版），頁833。

〔註101〕　參（明）盧熊纂：《蘇州府志》卷四十（中國方志叢書，據明洪武十三年鈔本影印，台北：成文出版社，1983年3月臺一版），頁1641～1644。

〔註102〕　參陳福康：《井中奇書考》（上海：上海文藝出版社，2001年7月一版一刷），頁152～239。

仕，意味他不僅堅守人臣之忠節，也執守民族之大節。闇公對鄭思肖宋亡後能安貧守志、對故國忠貞不移既佩服又感慨。對闇公來說，都是身處異族入侵的政治變局，有共同遭遇的鄭思肖更足以爲榜樣，因而在抗清期間，隨時以鄭氏志操鞭策自己。〈晝眠詠懷〉說：

> 偉哉鄭所南，作書垂身後，相去四百年，一朝寒井吼，幽光久不沒，
> 浩氣凌牛斗，斯人夙所欽，吟詠常在口，緬懷君子志，冥冥不敢負。
> （卷二，頁 25）

甚至曾經動念賡續鄭思肖作《心史》。〈鄭所南心史錮之井中，其書始出，而胡又亂華，不知復有作史如先生者乎？若果屯大瞿，將濡筆以俟之〉曰：

> 每懷興替日潸潸，難把愁容住世閒；海外一丘眞絕跡，雲峰千疊莫
> 窺關；不知晉魏堪長隱，可作陽秋付別山；井底不沈亡國恨，高風
> 今古尚能攀。（卷十二，頁 12）

如同鄭思肖之期待宋室中興，闇公盼望明室中興之心可見。只是，大勢已去，獨木難支。闇公題《奇零草》說：「鄭所南悼宋國之覆作《心史》，錮之井中，三百餘年其書始出，書中猶曰：『宋室中興有日也。』然則，所南先生固不知宋之不復中興矣。」〔註103〕由今日觀之，不只鄭思肖不知宋之不復中興矣，闇公亦不知明室最終也不復中興，二朝已成歷史，惟有孤臣忠憤之情懷、和松柏後凋之節長存人世。

　　除了上述伯夷等人，當然還有諸多前哲先賢爲闇公所激賞，甚至奉爲楷模，如第一節所述鞠躬盡瘁，死而後已的諸葛亮即是。此外，下文再略舉數人例證。一爲超然遠舉、清靜自守的許由。〈多夕〉中說：「所期守微尙，豈敢希鐘鼎？夷夏稍分明，願言息馳騁，談笑南山阿，我師箕與潁。」（卷三，頁 9）表明自己不慕名利權位，待到克復神州後師法許由隱居的心。二爲義不帝秦的魯仲連。〈西門行〉曰：「前有魯連後幼安，其人矯矯若飛鸞。」（卷一，頁 2）讚許魯仲連能超群出眾，不降志屈節。三爲自許「節俠」、重信輕生的田光。〈獨漉〉中稱：「何必諄諄，所矜一諾？如彼田光，義無前卻，其直則繩，於人何疑，身邁心遐，君子之儀。」（卷一，頁 2）認爲田光爲信守然諾而自刎，堪爲典範。四則爲正直清廉、高風亮節的邴曼容。〈秋老〉提到：「出處都無意，吾思邴曼容」（卷九，頁 32），以邴曼容激勵自己在不得志時養志

〔註103〕〈奇零草序〉，見（明）張煌言：《張蒼水集》（上海：上海古籍出版社，1985
　　　年 10 月新 1 版），頁 327。

修身。他們無不是歷史上備受尊崇的奇節瑰行之士，闇公之自我期許不言而喻。

認同包含確認（identification）或歸屬（belongingness）兩個面向，「確認」是指個別的生命體經由辨識自己的特徵，從而知道自己與他人之不同，肯定自己的個體性；而「歸屬」則是指經由辨識自己與他人的共同之處，從而知道自己的同類何在，肯定自己的群體性。〔註104〕可說闇公經由認同屈原等歷史典型人物，將自己歸屬於同類，內化他們超拔的品格，形成現實世界的自我認同，使他屢屢以抗志清操、忠貞節義之士自居。

廖咸浩認為：「身分是由文化感情和現實策略所交織而成。文化感情中帶著無以名之，彷若天生的固執；而現實策略則壓低較偏向本質的因素，強調以福祉或利害為依歸。身分的形成便是建立在這兩種辯証態度的發展上。身分對人都不是明確不變的，但較大範圍的文化或政治性身分危機，則往往是在社會產生重大變動的特殊狀況下較容易出現。」〔註105〕確實，自古改朝換代，潔言汙行、屈服於現實利害，違背社會文化所建構出道德人格者所在多有。至於闇公猶能一本初衷，將文化道德感情凌駕在現實策略之上，言行一致，篤行自身認同的價值和思想，實屬難能可貴。

小結

徐孚遠藉由歷史上人格的典型，建立自身的道德人格。當明清易代，面對自己認同的母國、文化瀕臨顛覆危機，和確認個人存在價值，他以「鞠躬盡瘁，死而後已」代替自縊殉國，持節守志投身救亡。這意味他實現了自我——歷史社會備受肯定人格精神，進而使自身人格達到理想的境界。另外，他認同的人格，成了支撐他抗清的力量，使他不受以福祉或利害為依歸的「現實策略」有所動搖。

〔註104〕參江宜樺：《自由主義、民族主義與國家認同》（台北：智揚出版社1998年5月初版），頁10。

〔註105〕廖咸浩：〈在解構與解體間徘徊——台灣現代小說中「中國身分」的轉變〉，收於張京媛編：《後殖民理論與文化認同》（台北：麥田出版社，1995年7月初版），頁194～195。